나의 문화유산답사기

1

나의 문화유산답사기

1

남도답사 일번지

유홍준 지음

창비

답사기를 다시 매만지며

그리고 세월이 많이 흘렀다. 『나의 문화유산답사기』 첫 책이 간행된 것은 1993년 5월이었다. 두번째 책은 94년에, 세번째 책은 97년에 연이어 펴냈다. 집필을 시작한 1991년 3월부터 셈하면 20년 전, 15년 전에 쓴 글인데 지금도 독자들이 찾고 있다는 것이 한편으로는 고맙고 신기하게 생각되지만 저자로서는 좀 미안한 감이 없지 않다.

지금 읽어보면 답사처의 환경과 가는 길이 크게 바뀌어 글 내용과 맞지 않는 것도 있고, 새로 발견되어 유물 설명이 누락된 부분도 많으며, 유적지 관리가 부실하다고 비판한 데가 면모일신하여 말끔히 고쳐진 곳도 있다. 글 쓸 당시의 세태를 빗대어 은유적으로 말한 것은 왜 그 시점에 그 얘기가 나오는지 새 독자들은 잘 이해하기 힘들 것 같다. 어떤 독자는 태어나기 전에 씌어진 글을 읽는 셈이니, 심하게 말하면 내가 육당 최남선의 『심춘순례』를 읽는 것 같은 거리감이 있을 성싶다.

이 점은 『나의 북한 문화유산답사기』에서 더 심하다. 내가 처음 방북한 것은 1997년 9월이었다. 당시 나의 방북은 하나의 사건이었다. 분단 50여년 만에 남북 양측이 처음으로 공식적인 허가를 내준 것이다. 그 때문에 많은 제약도 있었다. 당시 독자들은 북한의 문화유산보다도 그들이 사는 방식에 더 많은 관심을 갖고 있었다. 그래서 남한의 답사기와는 전혀 다른 맥락에서 썼다. 기회가 있을 때마다 답사기 행간에 그네들의 일상생활, 그네들의 유머감각, 그네들이 생각하는 태도를 본 대로 느낀 대로 중계방송하듯 기술했다. 그래서 남한의 독자들이 반세기 동안 닫혀 있던 북한사회를 편견 없이 볼 수 있는 계기가 되기를 희망했다.

그러나 나의 방북 이후 북한의 문이 점점 열려 정상회담도 두차례나 있었고 지금은 북한에 다녀온 사람도 적지 않아, 내가 신기한 듯 전한 사실들이 이제는 모두가 알고 있는 평범한 이야기가 되었고 지금이라면 더 생생히 말할 수 있겠다는 생각도 갖게 되었다.

북한답사기 두번째 책인 '다시 금강을 예찬하다'의 경우는 나의 방북 이듬해에 금강산 관광길이 열리게 됨으로써 방북 직후 집필한 것을 폐기하고 2년간 현대금강호를 타고 철따라 다섯차례를 답사한 뒤에 다시 쓴 것이어서 그나마 생명을 지닐 수 있었다. 그러나 나중엔 육로 관광길이 열려 뱃길로 다니던 현대금강호는 다시 떠나지 않게 되었고 지금은 다시 금강산 답삿길이 끊겼다.

나는 이 다섯 권의 답사기를 그냥 세월의 흐름 속에 맡길 생각이었다. 언젠가 수명을 다하면 그것으로 끝낼 생각이었다. 그래서 이미 북한답사기 두 권은 어느 시점에선가 절판시켰다. 그러나 『나의 문화유산답사기』 국내편에는 미결로 남겨둔 것이 있었다. 남한의 답사기를 세 권이나 펴내도록 충청북도, 경기도, 서울, 그리고 제주도와 다도해의 문화유산은 언급조차 못했다. 어쩌다 이 지역 독자들로부터 항의성 부탁을 들을 때면 언젠가는 이를 보완하겠다고 그들과 약속했고 나 스스로도 사명감 같은 것을 갖고 있었다. 북한편도 개성, 백두산, 함흥을 남겨두었다.

그러나 답사기에만 매달릴 수 없었다. 사실 답사기는 원래 내 인생 스케줄에 없던 일이었다. 나는 오랫동안 업으로 삼아온 미술평론집도 펴냈고, 한국미술사 연구논문집도 출간했다. 또 답사기보다 먼저 연재를 시작했던 '조선시대 화인열전'도 마무리해야 했다. 그리고 바야흐로 다시 답사기를 시작하려는 시점엔 공직에 불려나가 4년간 근무하고 돌아오는 바람에 10년의 공백이 생기고 말았다.

이렇게 미루어만 오다가 재작년 가을부터 '씨즌 2'를 시작한다는 자세로 답사기 집필에 들어가 마침내 여섯번째 책을 출간하게 되었다. 그러고 보니 앞서 나온 다섯 권의 책에 대해 저자로서 책임질 부분이 생긴 것이다.

어떻게 할 것인가? 나는 많은 사람들에게 자문을 구했다. 굳이 고쳐 쓸 이유가 없다는 견해, 가는 길이 뒤바뀐 것을 다 손본다는 것은 거의 불가능할 것이라는 조언, 글 사이에 들어 있는 언중유골의 에피소드는 신세대 독자들을 위해 상황 설명을 덧붙이라는 권유 등 내가 미처 생각지 못한 것을 많이 지적해주었다.

이럴 경우 저자가 의지할 가장 좋은 조언자는 역시 편집자다. 편집자는 '제일의 독자'이자 '독자의 대변인'이기 때문에 그들이 이상하게 느끼면 독자도 이상하게 느끼고, 그들이 괜찮다면 독자들에게도 괜찮은 것이다. 편집자는 내게 이렇게 권유하였다.

1) 반드시 개정증보판을 낼 것. 2) 처음 씌어진 글도 그 나름의 역사성과 의미를 갖고 있으므로 되도록 원문을 살리고 각 글 끝에 최초의 집필일자를 명기할 것. 3) 수정 보완이 필요한 부분은 첨삭을 한 다음 최

초 집필일자와 수정 집필일자를 병기할 것. 4) 행정구역 개편으로 달라진 지명은 글 쓴 시점과 관계없이 현재의 지명에 따를 것. 5) 답사처로 가는 길은 변화된 도로 상황만 알려두고 옛길로 갔던 여정을 그대로 살릴 것. 6) 사진은 흑백에서 컬러로 바꿀 것.

나는 편집자의 이런 요구에 응하기로 했다. 이 원칙에 입각해 다섯 권의 책을 오늘의 독자 입장에서 다시 읽어보며 마치 메스를 손에 쥔 성형외과 의사처럼 원문을 수술하는 개정작업에 들어갔다. 그 결과, 그동안 부기로 밝혀놓았던 오류들은 모두 본문에서 정정하였고, 강진 만덕사의 혜장스님 일대기, 감은사탑에서 새로 발견된 사리장엄구, 에밀레종의 음통과 울림통에 대한 과학적 분석결과, 무령왕릉 전시관과 공주박물관 부분은 새로 보완하였다. 또 북한답사기에서는 누락되었던 조선중앙력사박물관과 조선미술박물관 순례기도 써넣었다. 그리고 화재로 인해 새로 복원한 낙산사는 거의 새로 집필하였다.

개정판 작업에서도 답사회 총무인 김효형(도서출판 눌와 대표)님의 큰 도움을 받았다. 특히 답사일정표와 새 지도를 직접 제작해준 것에 대해 깊이 감사드린다. 흑백사진을 컬러로 바꾸거나 낡은 사진을 더 좋은 사진으로 교체하면서 많은 분들의 도움이 있었다. 사진자료 수집을 맡아준 김혜정 조교, 사진작가 김복영, 김성철, 김형수, 안장헌, 이정수, 故 김대벽 선생님, 그리고 낙산사와 운문사에 감사의 인사를 전한다.

이리하여 다섯 권의 개정판을 세상에 내놓게 되니 밀렸던 숙제를 다 하고 난 개운함이 없는 것은 아니지만, 마음에 걸리는 일이 따로 생겼다. 하나는 북한답사기를 진작에 절판시켜놓고 이제 와 창비에서 개정판으로 다시 펴내게 되었으니 중앙M&B에 미안한 마음이 일어난다. 고맙게도『나의 문화유산답사기』를 전집 형태로 마무리하고 싶다는 저자의 마음을 넓은 마음으로 이해해주셨다.

그러나 어디에 대고 양해조차 구할 수 없는 미안함이 따로 남아 있다. 그것은 기왕에 다섯 권을 구독한 독자들이다. 이는 모든 개정판 저자들이 갖는 고민인데 나로서도 출판사로서도 어쩔 도리가 없다. 책이 수명을 연장해가는 하나의 생리라고 이해해주십사 독자 여러분의 너그러움에 호소할 따름이다.

내가 지난날의 독자분들에게 따로 보답할 수 있는 길은 이제 막 시작한 답사기 '씨즌 2'를 열심히 잘 써서 다시 즐거운 글읽기와 행복한 답삿길이 되게 하는 것밖에 없는 것 같다. 그리고 언젠가 『나의 문화유산답사기』가 전집으로 완간되면 그때 독자 여러분께서는 저자가 이 씨리즈를 완성하는 데 세월을 같이했다고 보람을 나눌 수 있기를 바라는 마음이다. 넓은 마음으로 이해해주시고 기왕의 따뜻한 격려를 다시 한번 부탁드린다.

2011. 4. 10.
유홍준

국토박물관의 길눈이

"우리나라는 전국토가 박물관이다."

1987년, 뉴욕 메트로폴리탄 뮤지엄의 한 관계자가 내게 한국의 박물관 실태를 물어왔을 때 내 대답의 요지는 그것이었다. 서구의 미술관들은 경쟁적으로 그 규모의 방대함을 자랑하고 있지만 그것은 제국주의시대의 산물로 한결같이 "이국 문화의 포로수용소"일 뿐, 낱낱 유물의 생명력은 벌써 잃어버린 것이다. 그래서 프랑스의 한 평론가는 "명작들의 공동묘지"라는 혹독한 자기비판을 하기에 이르렀다.

우리나라는 참으로 좁은 땅덩이이다. 그러나 우리나라처럼 같은 지역에서, 같은 혈통끼리, 같은 언어로, 같은 제도와 풍습을 지니면서, 같은 운명공동체로서 그토록 오랜 역사를 엮어온 민족국가는 드물다. 길게는 7, 8천년, 줄여잡아도 3천년의 연륜을 헤아리게 된다.

그 역사의 연륜이 좁은 땅덩이에 쌓이고보니 우리는 국토의 어디를 가

더라도 유형, 무형의 문화유산을 만나게 된다. 그것은 영광의 왕도에서 심심산골 하늘 아래 끝동네까지 아직도 생명을 잃지 않고 거기에 의연히 자리하고 있는 것이다. 지금 박물관 유리장에 진열된 유물들이란 어차피 고향을 떠나야만 했던 실향 유물들의 보호처일 뿐 전국토가 박물관인 것이다.

그리고 모든 유물은 제자리에 있을 때에만 온전히 제 빛을 발할 수 있다. 태백산맥 전체를 절집의 정원으로 끌어안은 부석사 가람배치의 장대한 기상과 그윽한 암곡동 계곡에서 쫓겨나 경주박물관 뒤뜰로 옮겨온 고선사탑의 애처로움은 국토박물관이라는 나의 표현에 정당성을 부여해준다.

그럼에도 불구하고 우리는 국토박물관의 참모습과 참된 가치를 제대로 인식하지 못하고 살아왔다. 외국을 관광하고 돌아오는 사람 중에 "대영박물관에 가보았더니 한국미술품이 너무 초라하더라"라는 식의 말을 아주 쉽게 해버리는 경우를 자주 만난다. 그러나 이 말을 정확한 표현으로 고친다면 "대영박물관의 한국미술품 컬렉션은 별 볼일 없더라"라고 해야 옳다.

사람들은 생래적으로 흔한 것은 귀하게 여기지 않는 습성이 있다. 가식의 화려함에는 곧잘 현혹되면서도 평범하고 소박한 가운데 진실과 아름다움이 있음은 쉽게 놓쳐버린다. 게다가 세상의 관심이 아직도 남의 문화에 대한 대책없는 선망과 모방에 쏠리다보니 저 국토박물관의 유물이 말해주는 진실과 아름다움을 읽어내지 못하고 있다.

그렇다고 하여 국토박물관의 유물에 대한 친절한 안내글이 세상에 있는 것도 아니다. 답삿길에 문화재 안내표지판을 읽다보면 저렇게 어려운 전문적 사항의 냉랭한 나열이 과연 관람자들에게 무슨 도움이 될지 의심스럽기만 하며, 문화재 전문가의 한 사람으로 살아가고 있는 나 자신이 일반대중에게 큰 잘못을 저지르고 있다는 죄책감 같은 것을 느낄 때가 한두번이 아니었다.

미술사를 전공으로 삼은 이후 내가 주위 사람들로부터 가장 많이 받은 질문은 어떻게 하면 미술에 대한 안목을 갖출 수 있느냐는 것이었다. 이 막연한 물음에 대하여 내가 대답할 수 있는 최선의 묘책은 "인간은 아는 만큼 느낄 뿐이며, 느낀 만큼 보인다"는 것이었다. 예술을 비롯한 문화미란 아무런 노력 없이 획득되는 것이 아니기 때문이다.

그러면 그것을 아는 비결은 따로 없을까? 이에 대하여 나는 조선시대 한 문인의 글을 원용하여 훌륭한 모범답안을 구해둔 것이 있다. "사랑하면 알게 되고 알면 보이나니, 그때 보이는 것은 전과 같지 않으리라."

그러한 사랑의 감정으로 문화유산을 답사하면서 나는 감히 국토박물관의 길눈이가 되어 나와 동시대에 살고 있는 모든 사람들과 함께 국토의 역사와 미학을 일상 속에 끌어안으며 살아가는 행복을 나누어 갖고 싶었다. 그것이 이 글을 쓰게 된 계기다.

이 책은 월간 『사회평론』에 '나의 문화유산답사기'라는 제목 아래 연재한 글들에서 16회분을 묶은 것이다. 그러나 그때의 글들을 그대로 재록한 것은 아니다. 불가피한 원고 제한으로 미흡했던 설명과 빠진 부분들을 보완하고 때로는 새 글을 써서 삽입한 것도 있다. 이를 위하여 나는 애초에 내가 쏟았던 시간의 두배 이상을 할애해야 했으니 그것은 새집 짓기보다 헌집 수리하기가 어려운 것과 같았다.

책에 실린 사진들은 내가 지난 20년간 답사 다니면서 슬라이드 강의를 위하여, 또는 아름답거나 괴이한 풍광을 보는 순간 거의 습관적으로 찍어둔 것들이다. 따라서 일광과 계절을 고려한 전문적 노력이나 솜씨가 들어간 것은 아니다. 다만 꼭 필요한 몇 장만은 사진작가의 것을 이용하고 이름을 밝혀두었다.

책이 나오기까지 나는 수많은 분들의 도움과 수고로움을 입었다. 내 비록 그분들의 이름을 여기에 일일이 기록하지 않지만 그 고마움만은 가슴깊이 새기면서 감사를 올린다. 그리고 나의 역마살을 용서해준 집사람과 두 아이에 대한 미안함도 함께.

나는 앞으로도 계속해서 이 답사기를 쓸 것이다. 그 양이 얼마가 될지는 나 자신도 가늠치 못한다. 어림짐작에 국토의 절반, 남한땅을 다 쓰는 데만 50회는 족히 넘을 것 같으니 책으로는 서너 권의 분량이 될 것 같다.

국토박물관 문화유산에 대한 사랑의 지지자가 될 독자 여러분의 성원을 부탁드린다.

1993. 4. 11.
유 홍 준

나의 문화유산답사기 1

차례

아름다운 월출산과 남도의 봄

월출산 / 도갑사 / 월남사터 / 무위사 / 남도의 봄

잃어버린 옛 정취의 미련

국토의 최남단, 전라남도 강진과 해남을 『나의 문화유산답사기』 제1장 제1절로 삼은 것은 결코 무작위의 선택이 아니다. 답사라면 사람들은 으레 경주·부여·공주 같은 옛 왕도의 화려한 유물을 구경가는 일로 생각할 것이며, 나 또한 답사의 초심자 시절에는 그런 줄로만 알았다.

그러나 지난 20년간 내가 답사의 광(狂)이 되어 제철이면 나를 부르는 곳을 따라 가고 또 가고, 그리하여 나에게 다가온 저 문화유산의 느낌을 확인하고 확대하기를 되풀이하는 동안 나도 모르는 사이 여덟번을 다녀온 곳이 바로 이 강진·해남땅이다.

강진과 해남은 우리 역사 속에서 단 한번도 무대의 전면에 부상하여 화려한 스포트라이트를 받아본 일 없었으니 그 옛날의 영화를 말해주는

대단한 유적과 유물이 남아 있을 리 만무한 곳이며, 지금도 반도의 오지로 어쩌다 나 같은 답사객의 발길이나 닿는 이 조용한 시골은 그 옛날 은둔자의 낙향지이거나 유배객의 귀양지였을 따름이다.

그러나 월출산, 도갑사, 월남사터, 무위사, 다산초당, 백련사, 칠량면의 옹기마을, 사당리의 고려청자 가마터, 해남 대흥사와 일지암, 고산 윤선도 고택인 녹우당, 그리고 달마산 미황사와 땅끝(土末)에 이르는 이 답삿길을 나는 언제부터인가 '남도답사 일번지'라고 명명하였다. 사실 그 표현에서 지역적 편애라는 혐의를 피할 수만 있다면 나는 '남도답사 일번지'가 아니라 '남한답사 일번지'라고 불렀을 답사의 진수처인 것이다.

거기에는 뜻있게 살다간 사람들의 살을 베어내는 듯한 아픔과 그 아픔 속에서 키워낸 진주 같은 무형의 문화유산이 있고, 저항과 항쟁과 유배의 땅에 서린 역사의 체취가 살아있으며, 이름없는 도공 이름없는 농투성이들이 지금도 그렇게 살아가는 꿋꿋함과 애잔함이 동시에 느껴지는 향토의 흙내음이 있으며, 무엇보다도 조국강산의 아름다움을 가장 극명하게 보여주는 산과 바다와 들판이 있기에 나는 주저없이 '일번지'라는 제목을 내걸고 있는 것이다.

그리하여 나는 이 글을 쓰기 전에 '일번지'를 멋지게 장식해볼 의욕을 갖고 지난 1992년 3월 28, 29일 1박2일 코스로 다시 한번 답사하고 돌아왔다. 때마침 그럴 수 있는 좋은 계기가 생겼던 것이다. 그러나 그것은 나의 큰 실수였고, 과욕이었다.

남도는 변하고 있었다. 10년 전과 5년 전이 다르고, 재작년이 작년과 다르더니, 올해는 또 작년과 달라졌고 내년은 올해와 다르게 변색되고 말 것이 눈에 훤히 비치고 있었다. 인간의 손때보다 더 더러운 것이 없다더니 저 더러운 손길이 닿을 적마다 옛 정취도, 자연의 생태계도, 인간의 마음씀도 송두리째 바뀌어버리고 있다.

언제부터인가 우리의 농촌은 곡식을 길러내는 농사의 터전에서 돈 많은 도시인의 휴양지로, 소유욕과 투기의 대상으로 전락하고 있다. 그것이 강진땅, 해남의 땅끝까지 내려오고 만 것이다.

　　18년 유배객이 머물던 귀양지의 소담한 시골집들은 번듯한 전원주택으로 바뀌어가고, 월출산을 가장 아름답게 바라볼 수 있는 자리에 외롭게 서 있는 월남사 폐사지의 동그만 시골마을은 폐가가 늘어나고 그 자리에 여관과 식당이 들어섰다. 다산초당 천일각에서 훤히 내려다보이는 구강포의 너른 갯벌과 아름다운 포구는 간척지 긴 뚝방에 절반은 잘려나갔고, 만덕산 등줄기 솔밭은 솔껍질깍지벌레로 인해 처참하게 전멸하였다. 아늑하고 소담한 절집 무위사는 능력있는 주지스님이 바야흐로 거찰이 될 터닦이를 시작했고, 칠량면 옹기마을은 드디어 그 명맥을 끊고 문을 닫았다.

　　그렇다면 나의 '남도답사 일번지'는 어디에서 시작해야 할 것인가? 잃어버린 옛 정취에 대한 추억으로 써야 할 것인가, 아니면 오늘의 허망을 여기에 넋두리로 늘어놓아야 할 것인가? 나는 그것을 가늠치 못하여 무수한 파지만 냈을 뿐 한달이 다 가도록 이 글의 서두조차 꺼내지 못하고 있었다.

　　그러나 초심자에게 '남도답사 일번지'의 저력은 여전한 것이었다. 지난 3월 28일 나의 이곳 답사는 영남대학교 대학원 미학·미술사학과 학생 15명을 민주식 교수와 함께 인솔하는 일이었다. 일행 모두 강진땅이 초행길이라는 이 TK(대구·경북)의 성골·진골들은 '남도답사 일번지'의 겨우 3분의 1을 답사하고서도 황홀한 문화적 충격을 받았다고 한다. 그 답사가 끝나고 한달이 지난 지금에 와서도 "마치 꿈결 속에 다녀온 미지의 고향 같다"는 정직한 고백을 듣고보니 나는 오늘의 상처를 아쉬워할지언정 그 초행자들의 눈을 빌려 '일번지'의 자랑을 버리지 않고 이 글을 쓸 수 있게 되었다.

팔팔고속도로 지리산휴게소

대구 칠호광장에서 출발한 우리 일행은 팔팔고속도로를 타고 고령·거창·함양·남원·순창·광주를 거쳐 13번 국도를 타고 내려가는 길을 택하게 되었다. 서울에서 강진에 가자면 보통 버스로 일곱시간을 잡는데 대구에서는 다섯시간 반 걸리는 거리였다.

우리는 당연히 팔팔고속도로 지리산휴게소에서 쉬어 갔다. 거리상으로도 그렇고, 기왕에 쉴 바에야 저 역사의 산, 지리산을 마다할 이유가 있겠는가. 그러나 나에게 지리산휴게소는 중부고속도로 중부휴게소(현재의 음성휴게소)와 함께 망측스러움에서 쌍벽을 이루는 불쾌한 곳으로 각인되어 있다.

지리산휴게소는 우선 위치 설정이 잘못되어 말이 지리산휴게소이지 지리산이 조망되는 곳이 아니다. 뱀사골 입구로 바짝 다가붙은 지점이기에 그저 눈앞에 육중한 산이 가로막고 있을 따름이다. 그것은 당연히 좀 더 남원 쪽으로 빼내어 겹겹이 싸인 산봉우리 너머 노고단을 바라볼 수 있게 하든지, 함양 쪽으로 다가가서 천왕봉 영봉의 드높음을 보여주었어야 한다. 그럴 때 휴게소에 내려 우리는 "아! 지리산!"을 가슴속으로 새길 수 있었을 것이다.

게다가 지리산휴게소 저 아래쪽에는—내가 차마 내려가서 눈으로 확인하고 싶지 않은—무슨 준공(竣工) 내지는 반공, 참전, 순국 과에 속하는 기념조형물이 설치되어 있는데, 그것은 박정희 시절에 무수히 제작된 기념조각의 전형으로 삐죽 솟은 20여미터 기념탑 아래쪽에 작업모 쓴 인부들이 노동하는 동상인 것이다. 특히 이 기념탑은 약 80°를 이루는 예각

| 지리산휴게소 | 팔팔고속도로 지리산휴게소는 앞산이 가로막혀 정작 지리산은 볼 수 없는 답답한 곳이다. 게다가 예각의 팔팔고속도로 준공탑이 산골의 평온을 망쳐버린다.

의 첨탑으로 삐죽 솟아 있고 위 모서리도 사선으로 마감함으로써 날카로움을 극대화시켰는데 그것이 바로 앞산 지리산을 가로막고 있는 것이다. 이 조용하고 한적한 산골에 저처럼 생선회 치는 긴 칼 모양의 조형물을 세워놓는 아이디어, 이것은 단군 갑자 이래 20세기 후반의 인간들 아니고서는 5천년 역사 속에 없었던 일이다. 우리는 이런 엄청난 시절에 살고 있다.

지리산휴게소를 지나 남원으로 빠져나갈 때 우리는 창밖으로 지리산의 준봉들이 연이어 달리는 것을 볼 수 있었다. 침묵의 산, 지리산은 계속 우리를 따라오고 있었다. 나는 버스 안에서 마이크를 잡고 학생들에게 저 산에 대한 나의 인상을 하나씩 얘기했다. 이태(李泰)의 『남부군』과 조정래(趙廷來)의 『태백산맥』에서 읽었던 감동적인 장면들을 기억나는 대로 엮어넣기도 했다. 그러고 나서, 자연의 지리산이 아닌 역사 속의 지리

| **여원치 고개에서 본 지리산** | 남원에서 운봉으로 넘어가는 여원치 고갯마루에서 지리산의 운해를 볼 때 지리산은 가장 지리산답다.

산을 가장 뜨겁고 애절하게 노래한 시로는 김지하(金芝河)의 「지리산」이 단연코 백미라고 생각하는데 나는 이 시의 첫 마디 두 행밖에 기억하지 못한다며 이렇게 읊었다.

　　저 놈의 산만 보면
　　피가 끓는다.

　그후 답사에서 돌아와 이 시의 이미지 전개를 되새기고 싶어서 김지하의 시집을 꺼내 펴보니 나의 기억은 아주 엉뚱한 것이었다.

　　눈 쌓인 산을 보면

피가 끓는다.
푸른 저 대샆을 보면
노여움이 불붙는다.

　왜 그랬을까? "눈 쌓인 산을 보면"이 왜 내게는 "저 놈의 산만 보면"으로 되었단 말인가? 김지하 시인은 저렇게 장중한 목소리로 유장하게 읊었는데 나는 왜 그렇게 열받아 악에 받친 아우성으로 기억했을까? 내 정서가 그렇게 과격하단 말인가? 그것은 항시 나 스스로의 의문이었는데 이제 와 생각하니 내가 읊고자 했던 또다른 시와 뒤엉켜 있었던 것이 분명하다.

　저 놈의 준공탑만 보면
　피가 끓는다.

남도의 황토, 남도의 들판

　광주 시내를 빠져나와 나주 남평들판을 지나면서 우리는 비로소 남도 땅으로 들어선 기분을 갖게 되었다. 나주평야의 넓은 들 저편으로는 완만한 산등성의 여린 곡선이 시야로 들어온다. 들판은 넓고 평평한데도 산은 가깝게 다가오니 참으로 이상스럽다. 나는 이곳을 지날 때마다 마치 길게 엎드려 누운 여인의 등허리 곡선처럼 느슨하면서도 완급의 강약이 있는 리듬을 느낀다. 남도사투리에서 말끝을 당기며 "~잉" 소리를 내는 여운과도 같고, 구성진 육자배기의 끊길 듯 이어지는 가락같이도 느껴진다. 그것은 나만이 느끼는 별스런 감정이 아니었다. 김아무개라는 졸업생이 내게 이렇게 말을 걸어온다.

"남도땅의 산등성은 참으로 포근하게 감싸주는 아늑함이 있네요. 경산의 압량벌이나 안동 쪽에서는 평퍼짐하거나 육중한 것이 가로막아 저런 따스함을 못 느끼거든요."

인간은 자신이 경험한 만큼만 느끼는 법이다. 그 경험의 폭은 반드시 지적인 것에 국한되는 것이 아니라 시각적 경험, 삶의 체험 모두를 말한다. 지금 말한 그 졸업생은 이제 들판의 이미지에 새로운 시각적 경험을 얻게 된 것이다. 남도의 들판을 시각적으로 경험해본 사람과 그렇지 않은 사람은 산과 들 그 자체뿐만 아니라 풍경화나 산수화를 보는 시각에서도 정서반응의 차이를 보일 수밖에 없다. 답사와 여행이 중요하고 매력적인 것이 되는 큰 이유가 바로 여기에 있다.

달리는 차창 밖 풍경이 산비탈의 과수밭으로 펼쳐졌을 때 우리 일행은 남도의 황토를 가까이서 볼 수 있었다. 누런 황토가 아닌 시뻘건 남도의 황토를 처음 보는 사람들에게는 그것 자체가 시각적 충격이 아닐 수 없었을 것이다. 전라북도 정읍·부안, 고창땅 갑오농민전쟁의 현장 황토현을 가본다면 더욱 실감할 남도의 붉은 황토는 그날따라 습기를 머금은 채 검붉게 피어오르고 있었다.

우리 현대미술에 관심이 많은 한 늙은 학생이 망연히 창밖을 바라보다가 내게 감탄어린 고백을 한다.

"저는 손장섭, 강연균, 임옥상 같은 호남의 화가들이 풍경 속에 그리는 시뻘건 들판이 남도의 역사적 아픔과 한을 담아낸 조형적 변형인 줄 알았는데, 여기 와보니 그것 자체가 리얼리티였네요. 정말로 강렬한 빛깔이네요."

나의 학생들은 이처럼 시각적으로 감성적으로 정직하고, 무엇인가 느낄 줄 아는 답사의 모범생들이었다. 25년 전 대학생 시절 나 역시 처음 남도땅을 밟았을 때, 나에게 다가온 가장 큰 감동은 남도의 포근한 들판과 느릿한 산등성이의 곡선 그리고 저 황토의 붉은빛이었다.

반남땅을 지나면서

우리의 버스는 계속 남으로 달리고 있었다. 내가 처음 이곳에 왔을 때는 비포장 신작로 흙길이었는데 훗날 2차선으로 아스팔트가 깔리더니 지금은 4차선 확장공사를 하느라고 바쁘다. 저 공사가 끝난 다음 강진땅으로 가는 여정은 어떤 것일까? 지금 이 길을 달리는 기분도 올해로 끝이 될 것만은 틀림없다.

어느새 우리의 버스는 영산포를 지나 반남들판을 가로지르고 있었다. 나는 마이크를 잡고 해설을 시작했다.

모두들 창 오른쪽을 보십시오. 여기는 나주군 반남면(潘南面), 반남 박씨의 본관지입니다. 저 안쪽 들판은 대단히 넓은 곡창지인데 곧장 뻗으면 영산강 줄기와 맞닿습니다. 그래서 이 땅의 풍요를 바탕으로 일찍부터 토호들이 성장하여 백제시대에도 하남·공주·부여의 문화와는 다른 지방적 특성이 있었습니다. 그것이 유명한 반남고분군의 독무덤입니다.

반남면 신촌리, 대안리, 덕산리에는 일고여덟개씩의 큰 무덤들이 떼를 지어 있는데 그 무덤에서는 커다란 독 두세개를 포개서 만든 옹관(甕棺)이 나옵니다. 그리고 이런 옹관묘는 삼국시대에 오직 영산강 일대에서만 발견되는 독특한 무덤형식인 것입니다. 지금 광주박물관에 진열되어 있는 무지하게 큰 옹관은 신촌리에서 수습된 것입니다.

그래서 오랫동안 광주박물관장을 지낸 이을호 관장은 남도에 답사온 학생들을 보면 "여기는 금관은 읎어도 옹관은 있어요잉"이라며 뼈 있는 농담으로 시작하곤 했습니다.

그런데 신촌리 제9호 무덤에서는 다섯개의 옹관이 한꺼번에 나오면서 그 가운데 옹관에서는 금동관이 출토되었습니다. 이것은 공주의 무령왕릉이 발굴되기 이전에 유일하게 백제지역에서 출토된 금동관으로, 백제의 금관과는 다른 것이었습니다. 그렇다면 이 금동관의 주인공은 누구일까요? 그것이 고고학과 역사학계에서 매우 흥미로운 문제로 부각되고 있는데, 대체로 마한의 마지막 족장이 아닐까 추정되고 있습니다. 마한은 처음에 충청·호남지방에 근거를 두었는데 북쪽에서 내려온 백제에 밀려 충청도 직산에서 금강 이남인 전라도 익산으로 쫓겨갔다가 4세기 후반 근초고왕의 영토확장 때 이곳 영산강까지 밀리게 되며 이후 백제가 공주·부여로 내려오면서 더욱 압박을 받게 되어 5세기 말에는 완전히 굴복하고 만 것으로 추정됩니다. 그러니까 반남고분군은 대개 5세기 유적으로 비정되고 있죠.

나의 이야기가 계속되는 동안 학생들은 창밖의 풍경을 놓치지 않으려고 뚫어지게 바라보고 있었다. 그중에는 반남 박씨도 한명 있었던 모양이다. 땅의 의미란 그런 것이다. 모르고 볼 때는 낯선 남의 땅이지만, 그역사적 의미를 알고 보면 내 나라의 땅, 우리의 땅으로 느껴지는 것이다.

| **차창 밖으로 비친 월출산** | 저녁 안개가 내려앉으면서 산의 두께를 느낄 수 있을 때 월출산은 더욱 신비롭고 아름답다.

월출산의 조형성

반남을 지난 우리의 버스가 영암에 거의 다 닿았을 때 일행은 모두 육중하게 다가오는 검고 푸른 바위산의 준수한 자태에 탄성을 지른다. 처음 보는 사람에게 월출산은 마냥 신기하기만 하다. 완만한 곡선의 산등성이 끊기듯 이어지더니 너른 벌판에 어떻게 저러한 골산(骨山)이 첩첩이 쌓여 바닥부터 송두리째 몸을 내보이고 있는 것일까? 그것은 신령스럽기도 하고, 조형적이기도 하면서 한편으로는 대단히 회화적이다.

계절에 따라, 시각에 따라, 보는 방향에 따라 월출산의 느낌과 아름다움은 다르기 마련이지만 겨울날 산봉우리에 하얀 눈이 덮여 있을 때, 아침 햇살이 역광으로 비칠 때, 그리고 저녁나절 옅은 안개가 봉우리 사이사이로 비치면서, 마치 산수화에서 수묵의 번지기 효과처럼 공간감이 살아날 때는 그것 자체가 완벽한 풍경화가 된다.

현대미술에 관심이 많은 그 늙은 학생이 내게 또 물었다.

"호남 화단에 수많은 산수화가, 풍경화가가 있는데 왜 월출산을 그
리는 화가는 없나요? 혹시 있습니까?"

없다! 아니, 있기는 있다. 어쩌다 전라남도 도전(道展)의 도록이나, 개
인전 팸플릿에서 슬쩍 본 적은 있다. 그러나 그것은 월출산의 혼을 그린
것은 아니었다. 무덤덤한 풍경화에 지나지 않았다. 그러기에 아직껏 이
명산의 화가는 없는 셈이다. 그것은 호남화단의 고루함과 매너리즘을 말
해주는 물증이기도 하다. 일부 민족미술인을 제외하고 대부분의 호남 화
가들은 관념과 전통의 인습에 파묻혀 있을 뿐, 현실과 현장은 외면하고
있다. 호남 화단의 양적 풍부함은 그래서 허구로 비칠 때도 있다. 광주,
목포, 영암, 강진, 해남 어디를 가나 집집마다, 식당, 다방 심지어는 담배
가게에도 그림과 글씨가 주렁주렁 걸려 있다. 액틀 하나라도 걸 줄 아는
것이 남도사람들의 풍류인 것만은 틀림없지만 그 내용은 의미도 모르고
읽지도 못하는 초서 현판, 있을 수 없는 공상의 산수, 감동은 빼버린 사군
자 나부랭이들이다. 남도의 황토와 아름다운 산등성, 너른 들판, 야생초,
동백꽃, 월출산 같은 그림은 눈을 씻고 보아도 없다. 이래도 남도의 화가
들은 아니라고 우길 것인가.

호남의 화가들이여! 예술은 관념에서 시작하는 것이 아니라 모름지기
대상에 대한 사랑과 감동에서 시작함을 다시 한번 새길 일이다.

| **도갑사 경내** | 도갑사 경내는 아주 조용하고 정갈한 분위기를 지니고 있다. 남도의 산사들은 소담스런 분위기가 있어서 더욱 정감이 간다. 지금은 이층 대웅보전이 들어서는 등 큰 불사를 하여 호젓한 산사의 정취를 느낄 수 없다.

월출산 도갑사

주어진 일정인지라 우리는 월출산의 대표적인 절집 도갑사(道岬寺)를 지나치고 말았지만, 남도답사 일번지를 2박3일, 3박4일로 잡을 때면 당연히 도갑사 아랫마을 구림리 민박집에서 하루를 묵어갔었다. 월출산 산장호텔이라는 아담한 갑종 여관이 한 채 있어, 중년의 나이인 요즈음에는 그 집에 묵어간 일도 있지만 젊은 시절 그 집은 나에게 마냥 사치스러워 보였다. 남도뿐만 아니라 나 자신도 그렇게 변해버린 것이다.

도갑사의 정취는 아침나절 산안개가 걷힐 때 가장 아름답다고 기억된다. 매표소에서 돌담을 끼고 계곡을 따라 조금 가다보면 비스듬히 출입문이 나 있는 것을 볼 수 있는데 이 해탈문(解脫門)은 국보 제50호로 일찍부터 문화재로 지정되어 있다. 조선초기의 목조건축으로 집의 생김새가 특이하고 주심포·다포 양식의 공존이라는 건축사적 의의를 모르는 바 아니지만 이 정도 건물에 국보라는 가치를 부여한 것에 나는 선뜻 동의할 수가 없다. 시대가 오래되고 드물면 국보로 되는 것은 아니리라.

　도갑사 경내로 들어서면 한적하고 소담스런 분위기가 무위사만은 못해도 그 나름의 운치가 없는 것은 아니었는데 근래에 들어와서 조용한 산사들이 너나없이 장대하게 보이려고 밀어제끼는 허장성세의 유행이 도갑사에도 미치어 주위의 옛집과 나무를 모조리 쳐버리니 시원스럽기는커녕 허전하기만 하다. 그래서 대웅전 한쪽 켠 나무숲에 둘러쳐져 있던 묘각화상(妙覺和尚)의 탑비가 덩그러니 온몸을 드러내고 있어 쓸쓸한 기분마저 감돈다. 이 비석의 주인공이나 생김새에 특별한 해설이 필요할 것 같지 않은데 다만 비문 중에는 특이하게도 석수(石手)와 야장(冶匠)의 이름까지 새겨져 있어서 나는 항시 그것을 신기하게 생각하고 있다. 이런 경우는 아주 드문 일인데, 이 비석은 1629년에 세워진 것인바, 17세기의 다른 비문에서도 몇개 더 볼 수 있을 뿐이니 임진왜란 이후 세상이 변하면서 잠시 있었던 일인지도 모르겠다.

　대웅전 뒤쪽 대밭을 지나는 오솔길은 곧장 월출산으로 오르는 길이 되는데, 계곡을 따라 표지판대로 오르면 미륵전이라는 아주 가난하게 생긴 옛 당우(堂宇)가 하나 나온다. 낮게 둘러져 있는 담장도 허름한 모습이지만 그 운치만은 살아있으니 사람들은 여기에서 곧잘 사진을 찍는다. 미륵전 안에는 미륵님이 모셔져 있는 것이 아니라 고려말의 석조 석가여래상(보물 제89호)이 항마촉지인(降魔觸地印)을 하고 있다. 석가를 모셔놓고도 미륵전이라고 부르던 것이 조선후기의 불교였다. 그러니까 부처님의 교리보다도 그저 세상을 구원하는 미륵님이면 그만이던 말세의 신앙이 남긴 흔적인 것이다. 이 석조여래상은 그 생김이 미남형이어서 개성적인 고려불상 중 예외적으로 잘생긴 편에 속한다.

　작년에 이 미륵전에 왔을 때 나는 새로 봉안한 신중탱화를 보았는데,

이것이 사람의 눈을 놀라게 하는 바가 있었다. 요즘 새로 만드는 불화들은 전통불화도 아니고 신식불화도 아닌 '이발소 그림의 불화적 재생산'이라고나 할 무성격한 키치(Kitsch)의 만연이라고 하겠는데, 이 불화는 그렇지가 않다. 검정에 가까운 감색으로 바닥을 칠하고 금빛으로 여러 신중의 군상을 그려놓았기 때문에 그것이 어두컴컴한 조명 속에서는 괴이한 집단적 항거의 모습을 연출하고 있다. 나는 이런 독창적인 20세기 후반의 불화가 많이 나오기를 은연중 기대해왔다. 함께 갔던 화가 김호득에게 나는 농담으로 "저 미륵전 안에 임옥상이가 납품한 것 같은 불화가 있어"라고 했더니 김호득은 얼른 보고 나오면서 킥킥거리며 "맞다, 맞어, 괴이한 게 꼭 그렇다"라며 내 안목에 동의했다.

도갑사 관음32응신도

사실 도갑사의 불화로 말할 것 같으면 생각할수록 아쉬움이 남는 조선시대 불화의 최고 명작이 봉안되어 있었다. 지금은 일본 쿄오또(京都)의 대찰인 지온인(知恩院)에 소장되어 있는 「관음32응신도(觀音三十二應身圖)」다. 높이 2.3미터, 폭 1.3미터의 비교적 대작인 이 두루마리 탱화는 화려한 고려불화의 전통과 조선전기의 산수화풍이 어우러진 둘도 없는 명작으로 1550년 인종 왕비인 공의왕대비(恭懿王大妃)가 돌아가신 인종의 명복을 빌기 위하여 이자실(李自實)에게 그리게 하여 이곳 도갑사에 봉안했던 것이다.

「관음32응신도」란 『묘법연화경』의 「관세음보살 보문품(普門品)」에서 관세음보살이 서른두가지로 변신하여 그때마다 다른 모습으로 중생을 구제한다는 내용을 그림으로 풀어낸 것이다. 중앙에 관세음보살을 절벽 위에 편안히 앉아 있는 유희좌(遊戲座)의 모습으로 그리고 그 아래로는 무수한 산봉우리가 펼쳐지면서 중생이 도적을 만났을 때, 옥에 갇혔을 때, 바다에서 풍랑을 만났을 때 등 그때마다 관음의 도움을 받는 그림이 동시축약으로 담겨 있다. 각 장면은 바위, 소나무, 전각, 인물들로 이루어진 낱폭의 산수인물도라 할 만큼 회화성이 아주 높은데 바위에는 경전의 내용을 마치 암각 글씨인 양 금물로 써넣어 각 장면의 의미를 명확히 하였다.

더욱이 이 탱화는 우측 상단에 붉은 빛을 띠는 경면주사로 1550년에 왕대비가 인종의 명복을 빌기 위해 이 그림을 그려 월출산 도갑사에 봉안한다는 관기(款記)가 분명하고 또 좌측 하단에는 신(臣) 이자실이 목수경사(沐手敬寫, 손을 씻고 삼가 그림)하여 바친다고 적혀 있어 제작 동기, 봉안 장소, 화가의 이름까지 모두가 밝혀진 조선시대 회화사의 기념비적 작품이다. 1997년 호암미술관에서 열린 '조선전기 국보전' 때 모처럼 국내에 공개되어 많은 미술사가와 관객들이 「몽유도원도」 못지않게 이 작품에서 큰 감명을 받았다. 이 그림을 그린 이자실이 과연 누구인가에 대해서는 아직 확언하기 힘들지만 이동주 선생은 여러 전거를 들어 「송하보월도」를 그린 노비 출신의 화가인 학포 이상좌일 가능성이 높다고 했는데, 나 또한 그렇게 생각하고 있다.

이런 명화가 어떻게 일본으로 건너가게 되었을까? 나는 임진왜란, 또는 그 직전 이 일대에 빈발하던 왜변(倭變) 때 왜구들이 약탈해간 것으로 생각하고 있다. 16세기 후반 강진·영암 일대에 일어났던 왜변의 상황은 벽초 홍명희의 『임꺽정』 제3권 양반편 마지막 장에 잘 그려져 있다. 활 잘 쏘는 이봉학이와 돌팔매질 잘하는 배돌석이가 재주 시합한 곳이 바로 영

| 관음32응신도 | 이자실이 그린 이 탱화는 조선시대 불화의 최고 명작으로 불화이면서 산수인물화의 멋도 함께 보여준다.

| **도선국사비** | 전설 속의 스님 도선국사의 일대기를 새긴 이 비석은 17세기에 세워진 것이
지만 그 규모의 장대함과 조각의 섬세함이 볼 만하다.

암성이었다. 왜구의 침입이 그렇게 잦았고 그들은 우리 사찰의 범종과
불화를 가져다 일본 사찰에 거금을 받고 팔아넘기곤 했던 것이다. 그러
나 이제 와서 그들이 이 그림을 반환해줄 리 만무인지라 잃어버린 문화
유산의 이야기로만 남을 수밖에 없어 아쉽기 그지없다(근래에는 도갑사
에서 실물대 정밀 복사본을 만들어 지금 도갑사 유물기념관에 전시해놓

고 있다).

미륵전에서 내려와 다시 산 위쪽으로 몇걸음 더 올라가면 도갑사를 일으킨 도선(道詵)과 중창한 수미(守眉)선사 두분의 공적을 새긴 높이 4.8미터의 거대한 비석을 볼 수 있다. 이 비석을 받치고 있는 돌거북은 아마도 우리나라 비석거북 중에서 가장 큰 것이 아닐까 생각되는 거대한 모습이다. 게다가 고개를 왼쪽으로 틀게 하여 생동감도 표출하였고 흰 대리석비의 용머리 부분도 아주 정교하여 볼 만한 물건인데 겨우 지방문화재로지정되어 있을 뿐이다. 비문을 보면 이 비석 제작에 17년이 걸렸다고 하니 옛 사람들의 공력과 시간 개념에는 퍽이나 지긋한 면이 있었다는 생각을 갖는다. 글을 지은 분은 삼전도비를 쓴 바 있는 영의정 이경석(李景奭, 1596~1671)이고, 글씨는 한석봉의 제자 오준(吳竣, 1587~1666)이 썼다.

이것으로 도갑사의 볼거리는 다 본 것인데 사실 더욱 중요한 것은 따로 있으니, 월출산이 낳은 불세출의 인물 도선국사를 말하지 않고는 여기를 다녀간 의미가 반감된다. 그러나 나는 언젠가 그분을 위한 글을 따로 써야만 할 것 같다. 그리고 영암 월출산이 내세우는 또 하나의 인물, 백제 왕인(王仁) 박사의 유허지가 도갑사 남쪽 성기동(聖基洞)에 있는데 한번은 가볼 만하다. 왕인 박사는 백제 고이왕 52년(285)에 일본에 한문(천자문)을 전해주어 일본의 문명이 발전할 수 있는 인프라를 제공했던 백제인이다.

그러나 그가 영암 출신임을 크게 내세워 지금처럼 자랑하는 방식에 대해 나는 조금은 생각을 달리한다. 왕인을 추앙할 사람들은 우리보다 일본인이다. 아펜젤러는 한국 개화사에서 이름난 것이지 미국 현대사에 족적을 남긴 인물이 아닌 것처럼. 실제로 일본 토오쬬오의 우에노공원을 거닐다가 길가에 세워진 왕인 박사 추모비를 보면 일본사람들이 고마워하는 마음을 엿볼 수 있었다. 영암의 왕인 박사 유적지도 이처럼 조용하고 차분한 사적지로 만들었으면 거기서 마음으로 생각게 하는 바가 더 깊고 그윽했을 성싶다. 그러나 자못 거대한 기념관으로 치장해놓고 보니 혹시 식민지시절 일본에 당했던 아픔의 정신적 보상을 이런 식으로나 찾으려는 것이 아닌가 싶어 오히려 애처로운 마음이 일어 발길이 한번에 그치고 말았다.

월남사터를 지나며

각설하고, 이제 우리는 다시 일정대로 움직여야겠다. 영암에서 월출산을 오른쪽으로 비껴두고 들판 너머 의연히 서 있는 산의 자태를 차창 밖으로 그림 보듯 감상하다보니 차는 이내 큰 고개를 넘고 있다. 그 고개가 풀티재, 초령(草嶺)이다. 찻길이 나기 전, 그 옛날에는 험하고 험한 누릿재, 황치(黃峙)를 넘어야 했다고 한다. 풀티재, 누릿재 고갯마루는 영암과 강진을 갈라놓는 경계선이다.

고갯길을 내려가면서 우리는 다시 월출산이 봉우리부터 나타나기 시작하는 것을 볼 수 있었다. 그리고 고개가 끝날 무렵 시야가 넓어지면서 오른쪽으로 마을이 나타나니 거기가 월남리(月南里)이다. 나는 다시 마이크를 잡았다.

창 오른쪽 월남상회 옆으로 난 길을 따라가면 예쁜 마을이 나옵니다. 거기에는 준수하게 생긴 고려시대 삼층석탑이 있습니다. 석탑을 연구하는 사람들은 이것을 모전석탑(模塼石塔)이라고 부르는데, 그것은 맞는 표현이 아닙니다. 탑의 지붕돌이 지붕꼴이 아니라 계단식으로 되어서 그렇게 부른 모양인데 그렇다고 벽돌 모양인 것은 아닙니다. 이 탑이 중요한 것은 고려시대에 만들어졌음에도 부여의 정림사

| **월남사터 삼층석탑** | 월출산이 가장 아름답게 보이는 자리에 세워진 월남사터 삼층석탑은 고려시대 탑이지만 백제양식이라는 지방적 특성이 잘 살아나 있다.

탑을 모방하는 지역적 특성이 살아있다는 점이며 그래서 늘씬하고 우아한 풍모가 느껴진다는 점입니다.

월남사터 삼층석탑 가까이에는 깨진 비석을 등에 이고 있는 돌거북이가 있는데, 돌거북 얼굴은 용머리 형상으로 힘이 장사로 느껴집니다. 대부분의 고려 조형물에 보이는 완력과 괴력의 강조가 여기에도 나타나 있습니다. 이 비는 월남사를 창건한 진각(眞覺)국사의 비입니다.

나의 해설은 여기서 그쳤다. 그 바람에 나는 정작 중요한 사실은 빼버린 셈이었다. 모든 절터가 그렇듯이 월남사 자리는 역시 명당이다. 멀리

아스라이 보이는 월출산 봉우리들은 이제까지 도로변에서 보던 것과는 달리 더욱 신령스럽다. 그러니까 월출산을 가장 아름답게 바라볼 수 있는 자리에 절터를 잡은 것이었다. 서울사람인 나는 그 뾰족한 봉우리의 연속이 마치 도봉산 만장봉, 자운봉 줄기 같다는 인상을 받곤 하는데 그 옛날 다산(茶山) 정약용(丁若鏞, 1762~1836)이 강진땅으로 유배가던 길에 여기를 지나며 쓴 시의 내용이 바로 그렇다.

> 누리령 산봉우리는 바위가 우뚝 우뚝
> 나그네 뿌린 눈물로 언제나 젖어 있네.
> 월남리로 고개 돌려 월출산을 보지 말게.
> 봉우리 봉우리마다 어쩌면 그리도 도봉산 같을까.

5년 전만 하여도 월남사터는 상처받은 대로 정취어린 곳이었다. 탑전 마을로 들어가는 과수밭 탱자나무 울타리도 예쁘고, 대밭으로 둘러진 집들의 모습도 아취있게 느껴졌다. 언젠가 여름답사 때 삼층석탑 앞집 돌담을 타고 피어오른 능소화가 어쩌나 곱고 예뻤던지.

월남사터 아래쪽으로는 계단식 논밭과 오붓한 옛 마을이 시골의 정취를 간직하고 있다. 농사가 뒷전으로 밀리면서 밭은 채소가 아니라 매화나무 감나무가 대신 차지했고 폐가는 하나둘씩 토속식당으로 변해가고 있지만 그래도 마을의 자리앉음새가 정겨워 한바퀴 둘러보며 향토적 서정을 몸으로 느끼고 싶게 한다. 나는 그때 아무리 일정이 바빴어도 월남사터는 들렀어야 했다고 후회하고 있다. 그렇게 우리가 서둘렀던 이유는 해가 지기 전에 무위사를 답사하기 위함이었다. 지금은 월남사터 뒷산이 설록차밭으로 아름답게 가꾸어져 있고 산길이 좋게 뚫려서 길도 빠르고 중턱에서 드넓은 차밭을 내려다보는 풍광도 환상적이지만 그때만 해도

| 무위사 극락보전 | 조선초에 세워진 대표적인 목조건축으로 맞배지붕의 단아한 기품을 잃지 않으면서 불당의 엄숙성도 유지하고 있다.

월남사터와 무위사는 큰 산자락으로 갈라져 있었다.

무위사 극락보전의 아름다움

남도답사 일번지의 첫 기착지로 나는 항상 무위사를 택했다. 바삐 움직이는 도회적 삶에 익숙한 사람들은 이 무위사에 당도하는 순간 세상에는 이처럼 소담하고, 한적하고, 검소하고, 질박한 아름다움도 있다는 사실에 스스로 놀라곤 한다. 더욱이 그 소박함은 가난의 미가 아니라 단아(端雅)한 아름다움이라는 것을 배우게 된다.

월남리에서 강진 쪽으로 불과 3킬로미터. 길가에는 '국보 제13호'라는 큰 글씨와 이발소 그림풍의 관음보살상 입간판이 오른쪽으로 화살표를

| 극락보전의 측면관 | 극락보전은 측면관이 아주 아름답다. 기둥과 들보를 노출시키면서 조화로운 면분할로 집의 단정한 멋을 은근히 풍기고 있다.

해놓고 있다. 여기서 월출산 쪽으로 다시 3킬로미터.

사실 우리는 이 입구부터 걸어가야 옳았다. 비탈길을 계단식 논으로 경작해 흙과 함께 살고 있는 농부들의 일하는 모습, 그 일하는 사람들이 옹기종기 모여사는 동그만 마을과 마을. 그리고 저 위쪽 마을, 오래된 한옥과 연꽃이 장엄하게 피어난다는 백운동(白雲洞)의 연못도 구경하고, 가다가 모정(茅亭)에 쉬면서 촌로의 강한 남도사투리도 들어보았어야 했다. 그러다 보면 산모퉁이를 도는 순간 월출산의 동남쪽 봉우리가 환상의 나라 입간판처럼 피어올랐을 것이다. 우리는 이 행복한 40분간의 산책로를, 무감각하게도 문명의 이기를 이용하여 5분 만에 지나 무위사 천왕문 앞에 당도해버렸다. 그것은 편리가 아니라 경박성이라고 해야 할 것이다.

천왕문을 지나면 곧바로 경내, 오른쪽으로는 허름한 슬라브집 요사채가 궁색해 보이지만 정면에 보이는 정면 3칸의 맞배지붕 주심포집이 그렇게 아담하고 의젓하게 보일 수가 없다. 조선시대 성종 7년(1476) 무렵에 지은 우리나라의 대표적인 목조건축의 하나다.

세상의 국보 중에는 국보답지 못한 것이 적지 않지만 무위사 극락보전은 국보 제13호의 영예에 유감없이 답하고 있다.

예산 수덕사 대웅전, 안동 봉정사 극락전, 영주 부석사 조사당 같은 고려시대 맞배지붕 주심포집의 엄숙함을 그대로 이어받으면서 한편으로는 조선시대 종묘나 명륜당 대성전에서 보이는 단아함이 여기 그대로 살아 있다. 거기에다 권위보다도 친근함을 주기 위함인지 용마루의 직선을 슬쩍 공글린 것이 더더욱 매력적이다. 치장이 드러나지 않은 문살에도 조선초가 아니면 볼 수 없는 단정함이 살아있다.

내가 어떤 미사여구를 동원한다 해도 이 한적한 절집의 분위기에 척 어울리는 저 소담하고 단정한 극락보전의 아름다움을 반도 전하지 못할 것 같다. 언제 어느 때 보아도 극락보전은 나에게 "너도 인생을 가꾸려면 내 모습처럼 되어보렴" 하는 조용한 충언을 들려주는 것 같다.

그러나 나의 학생들은 극락보전의 낮은 목소리를 못 듣는 것 같았다. 본래 단순한 미는 얼른 눈에 들어오지 않는 법이다. 나는 학생들을 법당 안으로 들어가게 하였다.

상하구도와 원형구도의 차이

극락보전 안에는 성종 7년에 그림을 끝맺었다는 화기(畵記)가 있는 아미타 삼존벽화와 수월관음도(水月觀音圖)가 원화 그대로 보존되어 있다. 이것은 두루마리 탱화가 아닌 토벽의 붙박이 벽화로 그려진 가장 오래된 후불(後佛)벽화로, 화려하고 섬세했던 고려불화의 전통을 유감없이 이어

받은 명작 중의 명작이다. 무위사 벽화 이래로 고려불화의 전통은 맥을 잃게 되고 우리가 대부분의 절집에서 볼 수 있는 후불탱화들은 모두 임란 이후 18~19세기의 것이니 그 기법과 분위기의 차이는 엄청난 것이다.

그러나 무위사 벽화는 역시 조선시대 불화답게 고려불화의 엄격한 상하2단구도를 포기하고 화면을 꽉 채우는 원형구도로 바뀌었다. 고려불화라면 협시보살(脇侍菩薩)로 설정한 관음과 지장보살을 아미타여래 무릎 아래로 그려 위계질서를 강조하면서 부처의 권위를 극대화했겠지만, 무위사 벽화에서는 협시보살이 양옆에 서고 그 위로는 6인의 나한상이 구름 속에 싸이면서 부처님을 중심으로 행복한 친화관계를 유지하고 있다. 같은 불화라도 상하2단구도와 원형구도는 이처럼 신앙형태상의 차이를 반영하는 것이니 미술이 그 시대를 드러내는 것은 꼭 내용만이 아니라 이처럼 형식에서도 구해진다.

극락보전 안벽에는 이외에도 많은 벽화가 그려져 있었다. 그러나 세월이 흘러 곧 허물어질 지경에 이르게 되어 1974년부터 해체보수를 시도하였고 지금은 그 벽화들을 통째로 들어내어 한쪽에 벽화보존각을 지어놓고 일반에게 관람케 하고 있다.

후불벽화의 뒷면, 그러니까 극락보전의 작은 뒷문쪽에도 벽화가 그려져 있다. 백의관음이 손에 버드나무와 정병(淨瓶)을 들고 구름 위에 떠 있는데 아래쪽에는 선재동자(善財童子)가 무릎을 꿇고 물음을 구하고 있는 그림이다. 박락이 심하여 아름답다는 인상은 주지 않으나 그 도상은 역시 고려불화의 전통이라 의의는 있다. 그런데 이 벽화에는 어떤 기독교신자가 열십자를 굵게 그어놓아 일부러 불화를 파괴했으니 이는 또 무슨 해괴한 20세기의 자취인가. 그 기독교신자가 그때 했을 바로 그 말을

| **극락보전의 벽화** | 고려불화의 화려하고 섬세한 기법이 그대로 남아 있는 조선초 벽화의 대표작으로 꼽히고 있다.

| **무위사의 늙은 개** | 송아지만한 이 큰 누렁이는 능구렁이가 다 되어 답사객이 밀어닥쳐도 눈 하나 꿈적 않고 낮잠을 즐겼다. 그러나 이제 이 누렁이도 세상을 떠났다.

나는 아낌없이 되돌려주고 싶다. "사탄아 물러가라."

무위사의 늙은 개

극락보전 옆에는 고려초 이 절을 세번째로 중수하여 방옥사(芳玉寺)라 이름붙였던 선각(禪覺)국사의 사리탑비가 1천년이 되도록 상처 하나 입지 않고 온전히 보존되어 있어 이 절집의 예스러운 분위기를 살려준다.

그러한 무위사를 몇년 전 능력있는 스님이 들어와 손을 대기 시작했다. 담장이 둘러지고 천왕문을 새로 지었으며 입구에는 매표소도 만들어놓았다. 극락보전을 감싸고 있던 대밭을 몽땅 베어버렸고 경내 한쪽의 목백일홍도 온데간데없다. 감싸주던 아늑함은 사라지고 평 뚫린 허망함만 극대화되어버린 것이다. 그리하여 경내 저쪽에 자리잡은 천불전, 미륵전, 삼신각들이 한눈에 들어오게 되었다. 의도인즉 호방하게 보이기 위함이었겠지만 내 눈에는 마냥 허전하게만 느껴진다.

변함없는 것은 오직 무위사의 늙은 개뿐이었다. 진돗개, 셰퍼드, 도사견, 누렁이의 잡종인 이 송아지만한 무위사 개는 아마도 천수를 다했을 나이다. 내가 이 덩치 큰 무위사 개를 본 지도 10년이 되었다. 이 늙은 개는 능구렁이가 다 되어 답사객이 들어오건 불자가 들어오건 꿈쩍도 않는다. 양지바른 벽 쪽에 길게 엎드려 고개를 앞발에 푹 묻고는 다만 눈꺼풀만 잠시 들었다가 2,3초 이내에 감아버린다. "응, 너 또 왔냐"는 식이다. 저것은 능청일까, 달관일까, 체념일까? 정답은 음흉이었다.

무위사의 이 늙은 개는 이상하게도 적색 공포증이 있다. 나는 이 사실을 잘 알고 있기에 빨간 파카를 입은 여학생에게 가까이 가지 못하도록 주의를 주었다. 언젠가 한번은 성전 우체부 아저씨가 예의 빨간색 오토바이를 타고 와서 소포를 전해주고 돌아가는 길에 이 개한테 물리는 것을 보았는데 절집 아주머니 왈, 저 개는 빨간색을 보면 달려든다는 것이었다. 누렁이마저 냉전시대, 분단시대의 지병을 앓고 있는 것인가? 그러나저러나 이 누렁이를 본 것도 그것이 마지막이었다.

남도의 봄, 남도의 원색

이제 우리의 오늘 일정은 끝났다. 강진읍내 남도장여관에 여장을 풀고 해태식당에서 저녁을 먹는 일만 남았다. 나는 인솔자의 긴장을 풀고 차창 밖으로 비치는 남도의 봄빛을 한껏 끌어안았다. 내 얼마나 그리워하던 남도의 봄날이었던가. 그것은 여덟번의 답사 중 꼭 두번째 만나는 조선의 원색이었다.

유난히도 봄이 일찍 찾아온 금년 3월 28일, 강진땅의 모든 봄꽃이 피어 있었다. 산그늘마다 연분홍 진달래가 햇살을 받으며 밝은 광채를 발하고, 길가엔 개나리가 아직도 노란 꽃을 머금은 채 연둣빛 새순을 피우고

| **영랑생가 뒤뜰의 동백꽃** | 영랑생가 뒤뜰의 동백꽃이 한창 피고질 때면 왜 사람들은 동백꽃은 반쯤 폈을 때가 아름다운지 절로 알게 된다.

있었다. 무위사 극락보전 뒤 언덕에는 해묵은 동백나무의 동백꽃이 윤기나는 진초록 잎 사이로 점점이 선홍빛을 내뿜고, 목이 부러지듯 잔인하게 벌어진 꽃송이들은 풀밭에 누워 피를 토하고 있었다. 그리고 강진읍 묵은 동네 토담 위로는 키 큰 살구나무에서 하얀 꽃잎이 떨어져 내리고 있었다. 이것이 바로 남도의 봄빛이었다. 피고 지는 저 꽃잎의 화사한 빛깔은 어쩌다 때가 되면 한번쯤 입어보는 남도의 연회복이라면, 남도땅의 평상복은 시뻘건 황토에 일렁이는 보리밭의 초록 물결 그리고 간간이 악센트를 가하듯 심겨 있는 노오란 유채꽃, 장다리꽃이다.

한반도에서 일조량이 가장 풍부하다는 강진의 하늘빛은 언제나 맑다. 강진만 구강포의 푸르름보다도 더 진한 하늘빛이다. 그것은 우리가 알고 있는 청색의 원색이다. 색상표에서 제시하는 바 싸이언(C) 100퍼센트이다. 솔밭과 동백나무숲이 어우러지며 보리밭 물결이 자아내는 그 빛깔은 노란색과 청색 100퍼센트가 합쳐진 초록의 원색이다. 유채꽃, 장다리꽃, 개나리꽃은 100퍼센트 노랑(Y)의 원색이며, 선홍색 동백꽃잎은 100퍼센트 마젠타(M)이다. 그 파랑, 그 초록, 그 노랑, 그 빨강의 원색을 구사하며 그림을 그리는 화가는 남도의 봄 이외에 아무도 없다. 그 원색을 변주하여 흑갈색 황토와 연분홍 진달래, 누우런 바다갈대밭을 그려낸 화가도 남도의 봄 이외엔 아무도 없다.

서양사람들이 그들의 자연 빛에 맞추어 만든 먼셀 색상표에 눈이 익어버렸고, 그 수치에 맞추어 제조된 물감과 잉크로 그림 그리는 일, 인쇄하는 일, 그렇게 제작된 제품에 익숙한 우리의 눈에 저 남도의 봄날이 그려보인 원색의 향연은 차라리 이국적이고, 저 먼 옛날 단원 김홍도, 혜원 신윤복 그림에서나 본 조선왕조의 원색으로 느껴진다. 하물며 연지빛, 등황빛, 치자빛, 쪽빛의 청순한 색감을 여기서 더 논해 무엇할 것이냐.

나는 우리시대의 화가들에게 단호히 말한다. 남도의 봄빛을 보지 못한 자는 감히 색에 대하여 말하지 말라. 되다란 기름기의 번적이는 물감을 아무런 정서적 거부감 없이 사용하면서 함부로 민족적 서정이니 향토색이니 논하지 말라. 그리고 모든 화학공학자, 모든 화공품 제조업자, 모든 화장품 회사, 모든 염색업자, 모든 물감공장의 관계자들에게 민족의 이름으로 부탁드린다. 그 뛰어난 기술, 그 좋은 시설의 100분의 1만이라도 잃어버린 조선의 원색을 찾아내는 데 사용해달라고. 우리에게 무한한 평온과 행복한 환희의 감정으로 다가오는 향토의 원색을 제조해달라고.

남도의 봄, 그것은 우리가 영원히 간직해야 할 자연의 원색이고 우리의 원색인 것이다. 나는 그날 그 원색의 물결 속을 거닐고 있었다.

1992. 4.

---

* 무위사의 선각국사 사리탑이 어떤 책에는 도선국사의 비로 나와 있다는 질문이 있었는데 그건 착각이다. 도선국사의 시호도 선각(先覺)이긴 하지만 당신의 비는 광양 옥룡사에 있고

여기 있는 선각국사는 동명이인으로 무위사를 중수하고 방옥사라 이름붙인 스님이다. 스님의 속명은 최형미(崔逈微)로 864년에 태어나 중국 유학을 10년간 했는데 왕건과 가까워 917년 궁예에게 죽임을 당했다. 비의 생김새와 글씨가 모두 당대의 대표작이다.

영랑의 슬픔과 다산의 아픔

해태식당 / 영랑생가 / 구강포 귤동마을 / 다산초당

한정식의 3대 음식점

강진땅을 답사할 때 나는 언제나 남도장여관에 여장을 풀고 해태식당에서 저녁을 먹는다. 본래 답삿길에 나는 절집 가까운 여관에 머물다가 이튿날 새벽 일찍 일어나 관광객이 아직 잠들어 있을 때 한적하게 사찰 경내를 둘러본 다음 아침식사를 하고는 아홉시가 되기 전, 그러니까 주위가 소란스러워지기 전에 그곳을 떠나는 것을 상례로 삼고 있다. 그렇게 하는 것이 시간도 절약되고 유흥지의 번잡함을 피할 수 있는 유일한 묘책이기 때문이다. 그러나 강진땅에는 그럴 만한 숙박지가 없기 때문에 읍내에 머물 수밖에 없다. 그중 내가 남도장여관을 택하는 이유는 남도탕 목욕탕이 맞붙어 있고 또 다음날 아침 읍내 저쪽의 김영랑생가를 산책 겸 답사하기 좋은 위치에 있기 때문이다. 그런데 올봄에 갔더니 남도장여관은 인심이 사나워져 목욕탕 값을 따로 받고 있었다.

해태식당은 강진 공용터미널 뒤쪽에 있는 한정식집으로 낡은 기와집인지라 시설이 깨끗지는 못하고, 연륜도 아직 20년이 채 못되었으니 대단한 명물이라 소개할 만한 형식은 못 갖추었다. 그러나 강진 해태식당은 해남 천일식당, 서울 인사동 영희네집과 더불어 조선백반의 진수를 보여주는, 내 경험으로 꼽을 3대 한정식집 중 하나다. 사람에 따라서는 서울 삼청각이나 장원, 광주 송죽헌, 남원 청석골, 순천 대원식당을 꼽을 분이 있을지도 모르겠지만 그런 요릿집들은 서민 내지 소시민의 차지가 못될 뿐더러 고급스러운 취미가 유별나서 우리네 보통사람 입맛에는 맞지도 않는다.

내가 꼽은 3대 한정식집 중, 인사동 영희네집은 맛의 정갈함과 담백함이 가히 일품이지만 예약 안하고는 발 디딜 재간이 없고 또 셋 중 가장 비싼 곳이며, 천일식당은 맛이 화려하고 푸짐하며 떡갈비 같은 별식이 가히 환상적이라고 하겠는데 음식맛이 너무 진하다는 약점이 있는 데다 값비싼 별식을 주문하지 않으면 손님 대접을 해주지 않는 장삿속이 있다. 이에 비해 해태식당은 주인 아줌마의 인상이 넉넉하고 며느님도 상냥하게 맞아주고 한정식 한 상에 채어육(菜魚肉), 즉 육해공군이 밑반찬과 요리로 28접시나 나온다. 돔배젓·토하젓 같은 토산젓갈뿐만 아니라 깻잎 하나를 무쳐도 서울 맛과는 다른 접시가 되며, 생선회와 찌개는 철따라 메뉴가 달라진다.

나는 이 집 한정식이 1인당 500원일 때부터 드나들었는데―그래 봤자 여덟번이다―지금은 8,000원이 되었다. 1인당 5,000원을 받던 2년 전 여름답사 때 생선회는 빼고 3,000원짜리 백반으로 우리 답사회 식구들이 아침, 저녁을 먹기도 했는데, 올해 갔을 때도 그런 식으로 해달라니까 이제는 안된다고 거절하였다. 그것은 남도땅이 나를 슬프게 하는 여러 사항 중 하나였다.

영랑생가의 툇마루에서

해질녘, 저녁식사가 끝나면 향토의 술맛이 생각나지 않을 수 없을 것이다. 나는 술을 거의 못하지만 분위기와 안주만은 남보다 잘 먹고 잘 마신다. 강진에서는 당연히 돌다리밑 선술집으로 가야 한다. 가서 초고추장에 찍어 머리부터 통째로 씹어먹는 세발낙지를 맛보아야 남도에 온 기분이 난다. 정력에 무한대로 좋다는 이 작고 발이 가는 세발낙지를 입에 넣으면 씹어 삼킬 때까지 그 가는 발의 빨대가 입천장과 볼 안쪽에 달라붙는 몬도가네식의 징그러움이 따르지만 그 고소한 맛은 이 글을 쓰는 순간에도 군침이 돌게 하는 것이다.

올봄 답사에도 나는 이 세발낙지를 찾았다. 그러나 세발낙지는 봄철엔 나오지 않는다는 것을 나는 몰랐다. 만능의 인솔자인 척했던 나의 밑바닥 실력은 간혹 이렇게 드러나곤 한다. 남도를 아무리 사랑해도 나는 역시 외지 사람, 강진땅의 이방인인 것이다.

남도장에서 하룻밤을 자고 이튿날 아침이면 나는 나의 답사객들과 함께 일정대로 김영랑생가로 산책을 나선다. 강진읍내 군청 뒷산 초입에 있는 영랑생가로 가자면 「모란이 피기까지는」의 시인의 고향답게 모란아파트가 있고 영랑화랑이라는 이름의 표구점도 있다.

영랑생가는 강진군 강진읍 남성리 211번지. 김영랑(金永郎, 1903~50)의 본명은 윤식(允植), 1903년 이곳에서 대지주의 아들로 태어나 강진공립보통학교를 졸업하고, 휘문의숙에 다니다가 3·1운동 때 6개월간 복역하고, 출옥 후 일본 아오야마(青山)학원 영문과에 입학했으나 1923년 방학 때 잠시 귀국한 사이 관동대지진 소식을 듣고는 학업을 중단했다. 22세

| **영랑생가** | 소담한 초가 안채와 뒤뜰의 해묵은 동백꽃은 영랑의 시처럼 아름답지만 요새 만든 영랑시비는 우악스러워 고가의 분위기를 망쳐버렸다. 그래도 남도 서정의 잔편이 곳곳에 남아 있다.

인 1925년에 결혼하고 1930년 박용철, 정지용, 이하윤, 정인보 등과 『시문학』지를 창간하여 「내 마음을 아실 이」 같은 향토색 물씬 풍기는 영롱한 서정시로 이름을 얻고 또 '북의 소월, 남의 영랑'이라는 말과 함께 뭇사람의 사랑을 받았다. 1945년 해방공간 때는 강진에서 우익운동을 주도하여 강진대동청년단장으로 활동하고 1948년 가족과 함께 서울 신당동으로 이사한 후 공보처 출판국장도 역임했으나 6·25동란 중 은신하다 포탄에 맞고 사망, 서울 망우리에 안장되었다. 향년 47세. 이것이 영랑생가에서 답사팀당 한 장만 나눠주는 안내문에 실린 그의 약력이다.

영랑생가는 동산 중턱 양지바른 쪽 읍내가 훤히 내려다보이는 터에 본채와 사랑채가 널찍이 자리잡고 있다. 화단에는 방문객을 위함인지 그를 기리기 위함인지 모란꽃을 가득 심어놓아 그 작위적 발상이 가상스러운데, 한쪽에는 1988년에 세운 영랑시비가 육중하고 촌스러운 자태로 이

집의 운치를 다 망쳐놓았다. 오직 볼 만한 것은 뒷담 쪽으로 빽빽이 들어선 대밭의 싱그러움과 해묵은 고목이 된 동백나무 여남은 그루가 있어 아리땁고 그윽한 남도의 정취를 보여주고 있음이다. 그러께는 이 집을 지방문화재 제89호(현 중요민속자료 제252호)로 지정하여 사랑채를 초가로 올려 복원해놓았는데, 나는 이 영랑생가 초가 사랑채 툇마루에 앉아 아침 햇살을 받으면서 나에게 있어서 영랑은 누구인가를 한번쯤 생각해보았다.

돌담에 소색이는 햇발같이
풀 아래 웃음 짓는 샘물같이
내 마음 고요히 고운 봄 길 위에
오늘 하루 하늘을 우러르고 싶다

새악시 볼에 떠오는 부끄럼같이
시(詩)의 가슴에 살포시 젖는 물결같이
보드레한 에메랄드 얇게 흐르는
실비단 하늘을 바라보고 싶다

「돌담에 소색이는 햇발」 같은 영랑의 시를 생각하면 첫째로 나는 1930년대 식민지 현실 속에 만연한 인간적 상실과 좌절을 뼛속까지 느끼게 된다. 영랑의 시가 향토적 서정과 민족적 운율을 동반한 영롱한 서정시라는 것은 문학사가들의 해설이 없어도 알겠고 또 실수 없이 느낄 수도 있다. 그러나 그 서정의 발현이라는 것이 너무 파리하고 가냘프다. 모란이 피기까지 그가 기다린다는 것은 고작 '찬란한 슬픔의 봄'이었다.

1910년 한일병합이 되고, 1919년 3·1운동이 일어나고 개화·신문화운동이 뿌리를 내리기 시작하여 1925년이 되면 카프(KAPF)를 비롯한 진보적인 문예운동이 일어나다가 1930년대 들어서면 국내는 진보적 운동이 결정타를 맞고 그 대신 남만주와 북간도에서는 항일 게릴라와 독립군이 무장투쟁을 하고 있을 때다. 이때 우파의 문학·예술인들은 맥없이 순수예술을 주장하다가 그래도 그중 괜찮다는 사람들이 일말의 양심 내지 자존심에서 좌파가 내세운 민족성·현실성의 가치 중 일부를 고작해서 향토색이라는 이름으로 흡수하여갔다. 그것이 문학에서 국민문학파이고 미술에서 오지호·김용준 등의 향토색 논쟁이며 김중현·김종태의 향토적 서정주의 그림이다. 그리고 음악에서 홍난파 같은 작곡가를 낳았다. 속알맹이는 송두리째 일제에 빼앗겨버린 식민지적 현실을 극복할 비전과 의지는 상실한 채 형식에서만 향토적 빛깔과 맛을 찾으면서 그것으로 민족적 아이덴티티를 지켜보려 했던, 그런 시절이 있었던 것이다. 그래서 나는 영랑의 시에서 차라리 측은한 인간적 상실과 사회적 좌절의 비애가 느껴지는 것이다.

둘째는 미학적인 질문이다. 김영랑을 비롯한 『시문학』 동인의 문학적 특질은 시에 회화적 묘사와 음악적 운율을 끌어들인 데 있다고 한다. 특히 김영랑 시의 음악성과 정지용 시의 회화성은 아주 극명하게 대비된다.

그런데 이상하게도 음악성을 내세운 김영랑의 시는 멋진 노래로 작곡된 것이 없는 반면에 정지용의 회화적 정경은 「고향」「향수」처럼 멋들어진 노래로 만들어졌다. 나는 강진에 오면서 차 안에서 박인수와 이동원이 부르는 정지용의 「향수」를 두어번 반복해서 들었다. 이 노래는 플라시도 도밍고와 존 덴버가 부른 「퍼햅스 러브」를 번안했다는 생각을 버릴 수 없지만 그래도 그 노래가 풍기는 정취는 싫지 않았기 때문이다. 이것이 무슨 아이러니인가?

그 이유를 나는 둘 중 하나라고 생각한다. 첫째는 시어(詩語) 자체가 운율을 지니고 있기 때문에 음악적으로 요리할 폭이 그만큼 좁아져버린 것이 아닌가 하는 생각이다. 하인리히 하이네의 시, 김소월의 시도 이 점에서 마찬가지일지 모른다는 생각이 더욱 그렇게 만든다.

그러나 또 한편으로 김영랑 시의 운율성은 그야말로 향토적인 것인데 작곡하는 노래 형식이 향토적인 것이 아닌 서양음악이라는 이질적인 문법으로 접근했기 때문에 실패했거나 성공하지 못한 것이 아닌가 하는 의문이 든다. 만약에 서양음악의 7음계에 기본을 두는 것이 아니라 우리 음악의 5음계에 근거한 노래로 만든다 치면 성공할 수 있는 것은 정지용의 시가 아니라 김영랑의 시일 것이라는 생각도 드는 것이다. 김영랑은 소문난 고수(鼓手)였다니 더구나 그런 생각이 든다. 그러나 우리시대에는 아직 그런 음악적 시도가 이루어진 것을 보지 못했으니 내가 제기한 의문은 그저 의문으로 남을 뿐이다.

영랑생가의 툇마루에서 일어나 강진읍 묵은 동네 돌담길을 따라 숙소로 돌아오는 길에 아침 햇살을 역광으로 받으면서 내 입가에 맴도는 노래는 김영랑의 "돌담에 소색이는 햇발같이"가 아니라 정지용의 "넓은 벌 동쪽 끝으로 옛이야기 지즐대며……"였다.

다산초당으로 가는 길

김영랑을 강진사람들이 기리는 마음은 끔찍하다. 읍내로 들어가는 입구를 영랑로터리라고 이름 붙이고 영랑동상도 세워놓았다. 그러나 강진 땅이 나의 '남도답사 일번지'로 올라온 것은 다산 정약용의 18년 유배지가 여기였고, 여기에서 그의 학문이 결실을 맺게 되었고, 여기에서 그의 숱한 저술, 저 유명한 『목민심서(牧民心書)』가 집필되었기 때문이다. 다산의 유배지를 답사하는 사람들은 곧잘 다산초당으로 직행하는데 사실 그분의 강진 유배처는 네번 옮겨졌다.

> 나는 가경 신유년(1801) 겨울에 강진에 도착하여 동문 밖 주막집에 우거하였다. 을축년(1805) 겨울에는 보은산방(寶恩山房, 高聲寺)에서 기식하였고, 병인년(1806) 가을에는 학래(鶴來, 李靖)의 집에 이사가 있다가, 무진년(1808) 봄에야 다산에서 살았으니 통계하여 유배지에 있었던 것이 18년인데, 읍내에서 살았던 게 8년이고 다산에서 살았던 것이 11년째였다. 처음 왔을 때에는 백성들이 모두 겁을 먹고 문을 부수고 담을 무너뜨리고[破門壞墻] 달아나며 편안히 만나는 것을 허락하지 않았다.(『다산신계』 중에서)

유배 온 귀양객을 사람들이 마치 대독(大毒)인 듯 여겨 파문괴장(破門壞墻)하고 달아날 때 그를 가련히 여겨 돌봐준 이는 술집[酒家]이자 밥집[賣飯家] 주인인 오두막 노파였다고 한다. 다산은 이 오두막에서 무려 4년을 지냈고 그 집 당호를 '마땅히 지켜야 할 네가지'라는 뜻으로 사의재(四宜齋)라 했다고 한다. 그 집이 지금 어디인지 한번 가보고 싶은데 박석무의 『다산기행』에 의하면 샘물이 있어서 샘거리라고 하는 곳 어드메쯤 된다고 한다. 지금은 읍내에 사의재가 복원되어 찻집으로 손님을 맞이하고 있다.

강진읍내에서 다산초당까지는 자동차로 불과 10여분밖에 안 걸리는 가까운 거리다. 그리하여 사람들은 유배지로 가는 길을 실감하기 힘들다. 그러나 이 길이 포장되지 않았던 5년 전까지만 해도 다산초당을 찾아가는 맛이 참으로 별스러웠다.

강진읍을 나와 목포와 해남으로 갈라지는 길목에서 해남 쪽으로 뻗은 길을 타고 조심스럽게 가다가 왼쪽편으로 '○○○부대'라는 군부대 입간판을 보는 순간 좌회전해야 했다. 하필이면 군대가 여기까지 따라붙을까? 아무튼 이정표는 그것뿐이었다. 나는 두번인가 이 표지판을 놓쳐 되돌아왔으니 지금도 여기 갈 때면 습관적으로 두 눈이 긴장된다. 길을 꺾어들면 여기부터 비포장길, 그래도 오른쪽 만덕산 기슭의 군부대가 보일 때까지는 그런 대로 갈 만했다. 그러나 군부대를 지나면 아주 좁은 농로 외길로, 거기에 비라도 내리게 되면 차바퀴는 미끄럼타기 바빠 구르질 못했다. 설상가상으로 하루 두번 다니는 시외버스를 마주치면 엄청난 낭패를 보며, 경운기만 만나도 그 뒷수습이 용이치 않던 흉악한 시골길이었다. 다행히 길 중간 백련사로 들어가는 입구에 숨통이 있어서 그런 난국을 모두 수습했었다. 이제 와 생각해보니 그것이 다산초당으로 가는 길다웠다.

그렇게 그렇게 털털거리며 30여분을 찻속에서 시달릴 때도 차창 밖으로 펼쳐지는 강진만 구강포의 넓은 바다와 키 큰 바다갈대들이 우리 버스의 바퀴까지 올라오는 포구의 정취는 도회인의 몸과 가슴속에 사무치는 스산한 정서를 유발하곤 했다. 그래서 다산초당 입구에서 하차하면 답사객들은 초당으로 올라가는 길로 들어설 생각보다도 내내 오도록 창밖으로 바라본 포구 쪽 갈대밭으로 먼저 눈길이 간다. 특히 정서와 감정이 풍부하다 못해 제어장치가 잘 돌아가지 않는 예술가, 그것도 이름 높은 예술가가 답사객 중에 있으면 영락없이 그쪽으로 달려간다. 그런 사태가 벌어지면 답사일정은 다 망가진다.

1986년 민족미술협의회 답사 때는 각 장르마다 이름 높은 예술가들이 동참했는데 소설 쓰는 송기원과 영화 만드는 장선우는 구강포 바다갈대밭에 아예 신 벗고 들어갔다. 이들이 돌아오길 기다리다 지친 나는 있는 대로 신경질을 부리며 끌고 왔다. 그때 이들은 나더러 "역시 너는 학삐리

| **굴동마을의 어제** | 20년 전 굴동마을은 이처럼 향토적 서정이 짙게 풍기는 전형적인 남도의 시골마을이었다.

이론가야"라며 내 정서의 메마름을 불쌍히 여겼다.

굴동마을은 우리나라 여느 시골동네와 마찬가지로 육중한 농협창고가 초입에 점잖게 자리잡고 있고 그 뒤쪽 언덕배기로 집집마다 이마를 맞대고 이어지는 동그만 마을이다. 그리고 넓고 큰 농협 담벽에는 어김없이 붉은 글씨의 반공표어가 붙어 있다. "때려잡자 공산당, 찢어죽이자 김일성"이 0.1시력의 내 눈에도 선명히 보이게 씌어 있었다. 아직도 마찬가지인데 이 반공표어는 궁벽한 시골로 들어갈수록 된소리를 많이 구사한다.

그래도 굴동마을은 참으로 아담하고 정감어린 곳이었다. 반쯤 무너져 내린 토담, 그 옆집은 탱자울타리, 그 윗집은 개나리담장, 그 뒷집은 대나무밭 안쪽, 뒤뜰엔 감나무, 오동나무, 동백나무, 목백일홍…… 돌 반, 흙 반의 비탈길에는 토종 누렁이가 뒤꽁무니로 돌아서며 짖어대고 모이 주

| 귤동마을의 오늘 | 양옥이 들어서면서 새단장을 했지만 예스러움이 사라져 지난날의 풍광이 그리워지곤 한다.

는 아주머니 따라 병아리들이 모이던 그런 전형적인 시골동네였다.

그런데 4, 5년 된 것 같다. 귤동마을에도 변화가 일어나 서울사람 여럿이서 여기에 잘생긴 한옥을 짓고 이 마을 토박이들도 농가주택을 깔끔한 전원주택으로 바꾸어 찻집도 생기게 되니 마을은 깨끗해지고 가난의 흔적들이 지워지기는 했지만 다산초당이 있는 귤동마을의 아련한 분위기는 다시는 찾을 수 없게 되었다. 내게 마침 귤동마을의 어제와 오늘을 비교할 사진이 있어 여기에 제시하노니, 이것을 보고나면 여러분은 내가 왜 다산초당에 당도하기까지 이리도 서론이 장황했는가를 충분히 이해할 것이다.

재작년 여름 이곳에 왔을 때 나는 귤동마을의 이런 모습이 너무도 보기 싫어서 저 아래쪽 백련사로 올라가서 만덕산을 넘어 다산초당으로 갔고 올봄에 올 때는 땅만 보면서 이 길을 올랐다.

다산초당의 허구

귤동마을 지나 이제 다산초당이 있는 다산을 오르자면 갑자기 청신한 바람이 답사객의 온몸을 휘감고 돈다. 빽빽이 들어서 하늘이 감추어진 대밭과 아름드리 소나무가 무성히 자라 초당으로 오르는 길은 언제나 어둡고 서늘하다. 이것도 올봄에 갔더니 높은 데서 지시했는지 대밭도 솔밭도 시원스레 솎아내서 자못 훤해졌는데 그래도 워낙에 울창했던 것인지라 청신한 공기에는 변함이 없었다. 생각보다 긴 이 비탈길을 오르다 보면 길 한쪽 제법 평퍼짐한 곳에 묘소가 하나 있다. 그것은 윤종진(尹鍾軫, 1803~79)의 무덤인데, 그의 조부인 윤단은 정약용 외가 쪽 친척 되는 분으로 정약용이 강진읍내와 절집으로 떠돌다가 이 다산으로 오게 되는 계기였다. 이 무덤이 미술사를 전공하는 나에게 관심거리가 되는 이유는 양쪽에 서 있는 석상인데 그 얼굴형이 아주 야무지면서도 귀엽고, 경쾌하게 단순화된 것이 자못 현대적 감각을 풍긴다. 19세기에 들어서면 각 지방의 토호들은 왕릉의 문신·무신석, 양반 무덤의 호신석을 흉내내어 자기네 조상 무덤 앞에도 이러한 석인상을 세우곤 했다. 그러니까 지배층 문화를 흉내내어 자신들도 문화적 향유 내지 소비를 할 수 있는 경제적·신분적 상승이 있었던 것이다. 그것이 각 지방마다 지역적 특성이 있는 석인상을 다량으로 만들게끔 하였는데 귀가 크고 볼이 넓으며 눈동자가 은행알 같은 이런 형태의 석인상은 강진·해남·장흥지방의 양식이었다.

여기서 잠시 한 호흡 돌리고 다시 가파른 길을 오르면 이내 다산초당이 보인다. 이름은 초당이라고 하였건만 정면 5칸 측면 2칸의 팔작기와지붕으로 툇마루가 넓고 길며 방도 큼직하여 도저히 유배객이 살던 집 같지가 않다. 나도 본 일이 없지만 실제로 이 집은 조그만 초당이었다고

한다. 그것이 무너져 폐가로 된 것
을 1958년 다산유적보존회가 이처
럼 번듯하게 지어놓은 것이다. 다
산을 기리는 마음에서 살아생전의
오막살이를 헐고 큰 집을 지어드린
것이라고 치부해보고도 싶지만, 도
무지 이 좁은 공간에 어울리지 않
는 크기여서 그것이 못마땅하다.
더군다나 예비 지식 없이 온 사람
들은 유배객 팔자가 늘어졌다는 생
각만 갖고 가니 이것은 허구 중의
허구다.

| 윤종진 묘의 동자석 | 정다산이 귀양지를 귤동으
로 옮기게 한 해남 윤씨 집안의 한 묘 앞에는 귀엽고
현대적 조형감각이 살아있는 동자석이 세워져 있다.

　다산초당의 툇마루에 앉아보았
자, 남향집이건만 동백숲과 잡목이
우거져 한낮인데도 컴컴하고 앞에
보이는 것이 없다. 단지 뜰 앞에 넓적한 돌이 하나 있고 왼쪽에 연못이 있
는데 이것은 초당 오른쪽 바위에 새겨놓은 '정석(丁石)'과 함께 정약용
유배시절의 진짜 유적인 것이다.

　정약용은 유배에서 풀려난 지 3년 되는 1821년, 당시 육순 때 손수 장문
의 자찬묘지명(自撰墓誌銘)을 지었다. 그의 자서전이라 할 수 있는 이 글
에 의하면 다산초당의 모습은 이러했다.

　　무진년 봄에 다산으로 거처를 옮겼다. 축대를 쌓고 연못을 파기도
　하고 꽃나무를 벌여 심고 물을 끌어다 폭포를 만들기도 했다. 동서로
　두 암(庵)을 마련하고 장서 천여권을 쌓아두고 저서(著書)로써 스스

| 다산초당 | 주변의 나무숲이 울창하여 다산초당은 언제나 이처럼 어둠침침하다. 초당을 복원하면서 번듯한 기와집으로 세워 답사객들은 어리둥절해 한다.

로 즐겼다. 다산은 만덕사의 서쪽에 위치한 곳인데 처사 윤단의 산정(山亭)이다. 석벽에 '정석' 두 자를 새겼다.

지금 초당 연못의 석축과, 긴 대통으로 물을 끌어 낙숫물보다 조금 굵은 폭포를 연출한 것이 그때의 모습인 것도 같다. 뜰 앞의 큰 너럭바위는 '다조(茶竈)'라고 해서 차를 그곳에서 달였던 곳이다. 그리고 '정석' 두 글자는 단정한 해서체로 크고 깊게 새겨져 있다.

다산과 추사의 현판 글씨

이 초당에서 미술사를 전공한 내 눈길을 끄는 것은 현판글씨다. 행서로 씌어진 '다산초당(茶山艸堂)'과 예서를 변형시켜 쓴 '보정산방(寶丁山

| 정석 | 정다산이 여기에 머물던 시절 손수 쓰고 새긴 각자(刻字)로 그의 귀양살이를 말해주는 유일한 유물이다.

房)' 모두 천하명필 추사 김정희의 글씨다. 이중 다산초당은 추사의 글씨를 집자해서 만든 것인지라 글씨에 울림은 있으나 글자의 크기와 구성이 다소 어수선해 보인다. 그러나 '보정산방' 현판은 추사체의 멋이 한껏 풍기는 명작이다. 이 현판은 다산의 제자인 청전(靑田) 이학래(李學來)가 추사에게 부탁하여 받은 작품을 나무에 새긴 것이다.

'보정산방'이란 '정약용을 보배롭게 모시는 산방'이라는 뜻으로 다산의 제자됨을 가리킨다. 추사는 자신의 호를 100여가지로 두루 쓰는 가운데 '보담재(寶覃齋)'라고도 했다. 이는 자신이 스승으로 모신 청나라 학자 담계(覃溪) 옹방강(翁方綱)을 보배롭게 생각한다는 뜻인데, 옹방강은 또 소동파를 보배롭게 모시는 뜻에서 그 서재를 '보소재(寶蘇齋)'라고 했으니 그렇게 그렇게 연결되는 내용이다.

그런데 다산초당 연못 옆으로는 조그만 기와집이 하나 있고 거기에는

| 다산동암 | 정다산의 글씨를 집자(集字)하여 만든 현판으로 해맑은 획맛이 있다.
| 보정산방 | 추사 김정희의 중년 글씨로 글자의 구성과 획의 변화가 능숙하게 구사됐다.

'다산동암(茶山東菴)'이라는 정약용 글씨를 집자한 현판이 걸려 있다. 이 글씨를 추사의 '보정산방'과 비교하면 두 명필의 서체와 두 학자의 성품 차이를 단번에 알아차릴 수 있게 된다.

정약용은 학자로서 상당한 명필이었다. 그의 글씨는 해서건 초서건 획이 아주 정확하고 붓을 들어올리고 내리면서 강약의 리듬을 잘 맞추어 글씨의 흐름이 겉멋으로 기울거나 자세의 흐트러짐이 없다. 멋을 부렸음에도 그 멋이 단아한 규율과 법도에 꼭 들어맞는 한에서만 구사했다. 이것은 보통 어려운 일이 아니며 보통 경지로는 될 일도 아니다. 그래서 정약용의 글씨에서는 해맑은 느낌이 마치 천고의 무공해 글씨체 같기도 하고, 술에 곯아떨어진 다음날 아침 밥상에 나온 북어국 백반 같기도 하다.

이에 반해 추사 김정희는 진짜 예술가로서 명필이었다. 글자의 구성과 획의 변화에서 능수능란하고 자유자재로워 멋대로인 듯하지만 질서가 있고, 파격을 구사했는데도 어지럽지 않다. 평양감사 박규수(朴珪壽, 1807~76)의 표현대로 "신기가 오가는 듯하고 조수가 넘나드는 듯하다". 그것은 프로가 아니면 이를 수 없는 경지였다. 그러나 정약용의 글씨는 프로가 아니면서도 프로를 넘어서는 아마추어리즘의 승리를 보여주는 일면을 지니고 있으니 우리는 여기에서 인생과 예술의 오묘한 변화를 다시금 생각해보게 되며 다산에게 명필이라는 칭호를 아낄 이유가 없다는 생각을 갖게 된다.

다산과 추사의 관계

한국 지성사의 두 거장인 다산과 추사의 관계는 참으로 아름다운 것이었다. 추사는 정약용보다 24세 연하로 다산의 아들인 정학연, 정학유 형제와 친구로 지냈으니 한 세대 아래인 셈이다. 추사의 문집에는 정약용에게 경학(經學)의 가르침을 구하면서 대드는 듯한 편지가 두 통 실려 있어 간혹 추사가 다산을 존경하지 않았던 것처럼 생각하는 이도 있다. 그러나 그것은 장년 시절 기고만장했던 추사의 학문적 열정이 그렇게 나타난 것일 뿐 추사가 다산을 얼마나 존경하고 사모하였는가는 다산이 지은 「수선화」라는 시에 잘 나타나 있다.

1828년 가을, 다산 나이 66세, 추사 나이 42세 때 이야기다. 추사는 평안도 관찰사로 부임한 아버님을 찾아뵙고자 평양으로 갔다. 그때 마침 연경 다녀오는 사신이 평안감사에게 수선화 한 뿌리를 선물하자 추사는 이를 얻어 화분에 심은 다음 심부름꾼을 시켜 귀양살이에서 풀려나 남양주 여유당에 계신 다산 선생께 보냈다. 이 정성스러운 선물을 받은 다산은 기쁜 마음에 「수선화」라는 시를 한 수 지었다.

신선의 풍채나 도사의 골격 같은 수선화가

30년 만에 또 나의 집에 이르렀다.

옛적엔 복암 이기양이 사신길에 가지고 온 것이 있었는데

지금은 추사 김정희가 대동강가 관아에서 보내주었다네.

외딴 마을 동떨어진 골짝에서는 보기 드문 것이라서

일찍이 없었던 것이기에 다투어 구경하며 떠들썩하네.

손주녀석은 처음엔 억센 부춧잎 같다고 하고

어린 여종은 도리어 마늘이 일찍 싹튼 것이라며 놀란다.

그런데 다산은 이 시에 부기로 달기를 "늦가을에 벗 김정희가 평양에서 수선화 한 뿌리를 부쳐왔는데 그 화분은 고려고기(高麗古器)였다"고 하였다. 참으로 다산과 추사의 아름다운 관계를 영화의 한 장면처럼 보여주는 아름다운 이야기이다.

다산동암의 그림 한 폭과 일기

사람들은 다산을 너무도 존경한 나머지 정약용이 강진 유배시절에 죽어라 공부만 한 줄로 아는데 인간인 그가 어떻게 그럴 수 있었겠는가? 유배시절의 명저로 손꼽히는 『목민심서』 등 여러 글이 그의 유배생활 18년 중 마지막 5년간에 모여 있다는 사실도 그냥 흘려버릴 일이 아니다. 나는 그가 바로 이 동암에서 심심풀이로 쓰고 그린 두 폭의 서화를 소개한다. 그중 고려대학교 박물관에 소장되어 있는 「매조도(梅鳥圖)」는 정약용이 1813년 7월 14일 다산동암에서 그리고 썼다는 것으로 그림 아래쪽에는 그의 독특한 '북어국 백반체'로 다음과 같이 씌어 있다.

파르르 새가 날아 내 뜰 매화에 앉네 　　翩翩飛鳥 息我庭梅

향기 사뭇 진하여 홀연히 찾아왔네 　　有烈其芳 惠然其來

이제 여기 머물며 너의 집을 삼으렴 　　爰止爰棲 樂爾家室

만발한 꽃인지라 그 열매도 많단다. 　　華之旣榮 有蕡其實

　외로움을 달래고자 날아든 새에게조차 함께 살자고 조르는 정약용의 심사를 알 만도 한데 그 옆에 씌어 있는 이 그림과 글씨의 사연이 더욱 쓸쓸하다.

　내가 강진에서 귀양살이한 지 수년 됐을 때 부인 홍씨가 헌 치마 여섯 폭을 부쳐왔는데, 이제 세월이 오래되어 붉은 빛이 가셨기에 가위로 잘라서 네 첩(帖)을 만들어 두 아들에게 물려주고 그 나머지로 이 족자를 만들어 딸아이에게 준다.

余謫居康津之越數年 洪夫人寄敝裙六幅 歲久紅渝 剪之爲四帖 以遺二子 用其餘 爲小障 以遺女兒

　매화가지에 앉은 새의 그림 또한 그 애절한 분위기가 어느 전문화가도 흉내 못 낼 솜씨로 되어 있다. 붓의 쓰임새가 단조롭고 먹빛과 채색의 변화도 구사되지 못했건만 화면 전체에 감도는 눈물겨운 애잔함이란 누구도 흉내 못 낼 것 같다. 그래서 나는 예술은 감동과 감정에 근거할 때 제빛을 낼 수 있다고 믿는 것이다. 그리고 그 감정은 깊고 오랜 것일수록 좋다고. 나는 미술대학에서 학생들을 가르치다보니 이따금 실기실을 둘러보게 되는데, 어느날 갑자기 그림이 좋아지는 학생을 간혹 발견한다. 그런 경우 열 중 아홉은 실연당한 학생이었다.

　정약용이 다산동암에서 쓴 또다른 작품은 일기체로 된 소폭 서첩이다.

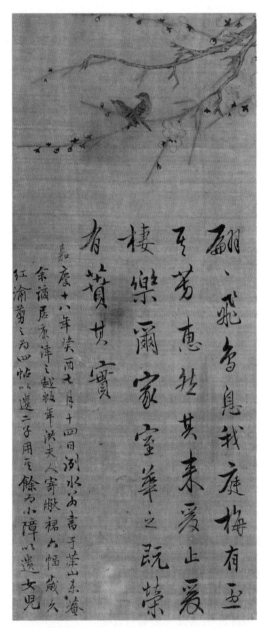

| 정다산의 「매조도」 | 아내가 보내준 치마를 오려 장첩(障帖)을 만들어 딸을 위해 그림과 글씨를 쓴 애절한 사연이 담겨 있다.

그중 다음에 소개하는 글을 읽으면 그분의 서정어린 낭만이 너무도 고고하게 표현되어, 유배객의 심사처럼 느껴지지 않기도 한다.

9월 12일 밤, 나는 다산의 동암에 있었다. 우러러보니 하늘은 적막하고 드넓으며, 조각달이 외롭고 밝았다. 떠 있는 별은 여덟아홉에 지나지 않고 앞뜰엔 나무 그림자가 하늘하늘 춤을 추고 있었다. 옷을 주워 입고 일어나 걸으며 동자로 하여금 통소를 불게 하니 그 음향이 구름 끝까지 뚫고 나갔다. 이때 더러운 세상에서 찌든 창자를 말끔히 씻어버리니 이것은 인간세상의 광경이 아니었다.

九月十二之夜 余在茶山東菴 仰見玉宇寥廓 月片孤淸 天星存者 不逾八九 中庭藻荇漪舞 振衣起行 令童子吹簫 響徹雲際 當此之時 塵土腸胃 洗滌得盡 非復人世之光景也

천일각에서 구강포를 바라보며

다산초당을 찾은 답사객은 어둡고 습한 초당에 오래 머물지 못한다. 너나없이 동암 바로 옆에 있는 천일각(天一閣)으로 빠져나가 거기서 멀리 훤하게 내려다보이는 구강포를 바라보며 쾌재를 부른다. 그 풍광의 시원한 눈맛이란 가보지 않은 자에겐 설명할 길이 없다.

정약용 유배시에 천일각 건물이 없었다. 다만 그분도 독서와 저술에 지치면 초당과 동암을 나와 이 자리 어느 그루터기나 바윗등에 앉아 속마음을 후련히 씻어주는 바다를 보며 생각에 잠기기도 했을 것 같다. 이제는 세상의 편의가 있어 그 자리에 넓고 편한 정자가 세워졌으니 우리는 거기에 앉아 긴 난간에 기대어 그분을 위한 묵상에 잠겨볼 일이다.

나는 이 글을 쓰면서 다산 정약용을 어떻게 말할 것인가 무던히 고심

했다. 사실 나 또한 이 시대 대부분의 지식인처럼 다산 정약용을 존경하고 사모한다. 만약 단군 갑자 이래 이땅의 가장 존경받을 인물을 꼽는 한국갤럽의 사회조사가 있다면 '학삐리' 사회에서는 그분이 단연코 1등을 차지할 것이다. 그분을 알기 위한 몇권의 필독서가 있다. 송재소 번역의 『다산시선』(창비 1981), 박석무 번역의 『다산산문선』(창비 1985), 윤사순 편의 『정약용』(고려대출판부 1990), 박석무 저 『다산기행』(한길사 1988), 최익한 저 『실학파와 정다산』(청년사 1989) 등의 책과 이이화의 「목민철학의 이론가」 같은 논문을 읽어보면 정다산의 모습이 제각각이다. 세상에는 "다산을 모르는 사람도 없지만 다산을 아는 사람도 없다"는 말이 맞다는 생각이 든다. 그분이 지닌 인간적 총체성은 어디로 가고 자기 전공에 따라서 실학자도 되고, 사상가도 되고, 경륜가도 되고, 경학자(經學者)도 되고, 심지어는 천주학 했던 사람도 되고 또 의학자, 약학자, 음악가까지 되는가? 이런 판국에 내가 무슨 소리를 어떻게 들으려고 다산을 아는 척하겠는가? 그래서 나는 내 전공대로 그분의 글씨와 그림만 얘기하고 지나갔던 것이다.

다만 일찍이 위당(爲堂) 정인보(鄭寅普) 선생이 "다산 선생 한 사람에 대한 연구는 곧 조선사의 연구요, 조선 근세사상의 연구요, 조선혼의 밝음과 가리움 내지 조선 성쇠존망에 대한 연구이다"라고 설파한 것, 갑오농민전쟁 때 동학군이 선운사 마애불 배꼽에서 꺼냈던 비기(秘機)는 곧 『목민심서』였다는 전설, 심지어는 베트민의 호찌민(胡志明)이 부정과 비리의 척결을 위해서는 조선 정약용의 『목민심서』가 필독의 서라고 했다는 이야기가 전하고 있으니, 이런 것을 그분 위대함의 보론으로 삼고 싶다.

다산이 후대에 끼친 영향은 학술적인 면뿐만 아니라 실천적·경세적 측면에서도 두드러진다. 전두환 대통령도 해외출장 때에는 그 어려운

| **천일각에서 바라본 구강포** | 강진만을 내려다보는 시원스런 전망이 있기에 다산초당은 여기에 자리잡은 것이었다.

책, 그래서 나 같은 천학은 몇장 넘겨보지도 못한 『목민심서』를 비행기 안에서 기자들 보는 데서 열심히 읽었다는 사실, 한준수 연기군수의 관권 총선비리 폭로장은 「목민일기」였다는 사실로써 충분치 않은가?

윤한봉의 눈물 한방울

나는 다산을 잘 모른다고 할 수밖에 없지만 몰라도 가르쳐야 하는 것이 선생이다. 나는 조선시대 미술사를 가르칠 때면 반드시 정조시대의 미술 끝에, 그러니까 18세기의 마지막과 19세기의 첫머리를 가르는 상징적 유물로 정약용의 「매조도」를 보여준다. 1800년은 묘하게도 정조가 죽은 해고 다산이 유배가는 해인 것이다. 그러고는 천일각에서 내려다본 구강포의 슬라이드를 비추면서 19세기의 정치·사회적 변화를 설명한다.

1987년 내가 미국 아시아문화재단 초청으로 미국 내 박물관을 두루 돌아다니고 있을 때 뉴욕에 있는 윤한봉으로부터 한청련에서 강연해달라는 부탁을 받았다. 그때 나는 80년대 한국의 민중미술에 대해 슬라이드 강연을 갖고, 그 이튿날은 쉽게 말해서 간추린 한국미술사를 역시 슬라이드로 강의했다. 거기도 물론 천일각에서 본 구강포의 풍경이 들어 있었다.

강의가 끝나자 그 독하고 심지 굳기로 유명한 윤한봉이 내게 다가와 거의 눈물 한방울을 머금은 채 손을 잡으면서 "고맙네. 자네 덕에 내가 미국으로 밀항온 후 6년 만에 처음으로 고향땅을 보았네"라고 말하는 것이었다. 윤한봉, 그의 이름을 기억 못하는 사람은 나이가 어리거나 세상을 너무 쉽게 산 사람이다. 광주민중항쟁의 주모자로 지목되어 수배중 화물선 갑판 밑 의무실 화장실에서 37일간 라면부스러기로 연명하며 드디어 미국 밀항에 성공한 분이다. 그는 미국에서도 민족학교와 한청련을 조직하여 조국의 민주화와 통일을 위한 해외동포운동에 전념하고 있었던 것이다.

윤한봉의 떨리는 목소리를 듣는 순간, 나는 그가 강진군 칠량사람인 것이 생각났다. 그리고 천일각에서 구강포 바다 너머 보이는 산마을이 곧 칠량땅이었으니, 그는 정말로 고향을 볼 수 있었던 셈이다.

세월이 흘러 5공화국이 6공화국으로 넘어와 이제는 7공화국을 눈앞에 두고 있건만, 그리고 광주민중항쟁은 사회적으로 행정적으로 정치적으로 복권되었건만, 그는 아직도 고국에 돌아오지 못하고 있다. 『한겨레』에서 전한 바에 의하면 한국대사관에서 비자 발급을 해주지 않는다는 것이다. 그가 올 수 있는 길은 또다시 밀항밖에 없는 것인가? 지금 세상에도 이런 일이 아직도 있을 수 있냐고 말하는 분이 있다면 그분은 세상을 아주 순진하게 살고 있는 분이다.

윤한봉의 눈물 한방울. 그로 인해 천일각은 내게 더욱 숙연한 곳이 되었다.

1992. 5.

* 초판에서 나는 강진땅에 갈 때 "언제나 남도장여관에 여장을 풀고 해태식당에서 저녁을 먹는다"고 했으나, 지금은 전혀 그렇지 않다. 책 쓸 당시만 해도 강진엔 버스 한 대의 45명을 수용할 여관이 거기밖에 없었지만 지금은 시설 좋은 새 여관이 즐비하다. 해태식당은 주인이 바뀌었다. 그리고 서울의 인사동 영희네집도 주인이 바뀌었다. 먼젓번 주인인 '영희 언니'는 나 때문에 손님이 너무 많이 몰려들어 힘들어서 그만두었다고 한다.

* 토하젓은 민물새우(土蝦)로 담그는 젓갈인데 강진 시장에서 살 수 있다. 그런데 강진 시장의 한 주인아주머니는 내가 토하젓 한 바가지를 사려고 하니까 '옴천 것'이 아니라며 팔지 않았다. 강진 시장에서 판다고 다 강진 토하젓이 아니고 옴천면 맑은 물에서 잡은 옴천 토하젓이 진짜라는 것이다.

* 다산의 부인 홍씨가 보내주었다는 치마가 빛바랜 붉은색이었다는 것은 시집올 때 입은 녹의홍상(綠衣紅裳)일 가능성이 크다. 2006년에 다산의 이 '하피첩(霞皮帖)'이 200년 만에 새로 공개되어 화제를 모으기도 했다. 전문가들 사이에서는 그것이 진품이냐 아니냐를 놓고 의견이 엇갈리고 있지만, 붉은 치마에 깃든 사랑의 정만큼은 뜨겁게 느껴진다.

* 윤한봉은 결국 1993년 8월 17일에 귀국하여 광주에서 활동하다가 2007년 지병으로 작고하여 국립5·18민주묘지에 묻혔다.

세상은 어쩌다 이런 상처를 남기고

만덕산 / 백련사 / 녹우당 / 윤고산 유물전시실 / 대흥사 유선여관

만덕산 저편 백련사

다산초당 천일각에서 만덕산 허리춤을 세 굽이 가로질러 백련사에 이르는 산길은 늦은 걸음이라도 30분 안에 다다를 수 있는 쾌적한 등산길이다. 등산길이라기보다 산책길이라는 표현이 더 어울릴 이 오솔길은 그 옛날 나무꾼이 다니던 아주 좁은 산길로 정다산이 강진 유배시절 인간적·사상적 영향을 적지않이 서로 주고받았던 백련사 혜장(惠藏, 1772~1811) 스님을 만나러 다니던 길이다.

나무꾼도 길손도 없는 요즘에 와서는 나 같은 답사객이나 일 없이 넘어가는 길이 되어 한여름이면 키 큰 억새를 헤치고 칡넝쿨 끊으며 새 길을 열어야 되지만, 길은 외길인지라 잃을 리 없고, 산은 육산인지라 발끝이 닿는 촉감이 사뭇 부드럽다.

| **만덕산 넘어가는 길** | 다산초당에서 백련사로 넘어가는 산길은 구강포와 아랫마을이 한눈에 들어오는 아름다운 산책길이다.

전형적인 조선의 야산으로 소나무, 참나무, 진달래가 흩어치는 박수처럼 어지러운 가운데 그 나름의 질서가 있고 발목에 스치는 이름모를 풀포기들이 낯설지 않아 당신의 고향땅이 어디든 여기는 잃어버린 향토적 서정의 한자락을 상기시켜줄 것이다.

산허리 한 굽이를 넘어서면 시야는 넓게 펼쳐지면서 구강포 너른 바다가 한눈에 들어오고 산자락 끝 포구 가까이로는 아직도 비탈을 일구어 밭농사 짓고 있는 여남은 채 농가의 정경이 그렇게 안온하게 느껴질 수가 없다.

만덕산의 봄은 내가 이 책 첫머리에서 끝없는 예찬을 보냈던 남도의 원색, 조선의 원색을 가장 극명하게 보여준다. 구강포의 푸른 바다, 아랫마을 밭이랑의 검붉은 황토, 보리밭 초록 물결 사이로 선명히 드러나는 노오란 장다리꽃·유채꽃 밭, 소나무 그늘에서 화사한 분홍을 발하는 진달래꽃, 돌틈에 소담하게 자라 다소곳이 고개 숙인 야생 춘란의 고운 얼굴, 그리하여 백련사 입구에 다다르면 울창한 대밭의 연둣빛 새순과 윤기나는 진초록 동백잎 사이로 점점이 붉게 빛나는 탐스런 동백꽃, 거기에 산새는 잊지 않고 타관 땅 답사객을 맞아주었다.

그런 만덕산에 3년 전 솔껍질깍지벌레떼가 엄습하여 소나무란 소나무는 모조리 전멸시켜버리고 말았다. 올봄 내가 다시 여기를 찾았을 때 이미 고사목이 되고 만 만덕산 소나무들이 아직 편히 누울 자리를 찾지 못하여 앙상한 뼈마디로 하늘을 향해 애절한 손짓을 보내는 처참한 광경만 볼 수 있었다.

그리고 나를 더욱 슬프게 한 것은 솔껍질깍지벌레를 죽이겠다고 헬리콥터로 무절제하게 뿌린 살충제 때문에 결국에는 산새와 들짐승부터 벌나비까지 완전히 사멸시켜버린 것이다. 그리하여 만덕산엔 더이상 산새가 울지 않게 되었고 빈 산엔 가득한 적막만이 감돈다. 솔밭과 산새가 사라진 만덕산의 봄, 그것은 마치 외할머니 돌아가신 외가를 찾는 듯한 허전함으로 다가왔다.

백련사 가람배치의 불친절성

백련사(白蓮寺)는 읍내가 가까운 절집답게 크도 작도 않은 규모로 만덕산 한쪽 기슭 남향받으로 자리잡고 있다. 해안변에 바짝 붙어 있는 절인지라 강화도 정수사, 김제의 망해사처럼 바다를 훤히 내다보는 호쾌한 경관도 갖고 있다. 게다가 서산 개심사 못지않은 정갈한 분위기도 갖추고 있어서 이 조용한 절집을 찾은 사람을 결코 실망시키지 않는다.

그러나 백련사는 우리나라 사찰 중에서 예외적으로 다소는 위압적인 가람배치를 하고 있다는 인상을 준다. 의젓한 풍모를 과시하는 자태가

| 백련사 전경 | 백련사의 가람배치는 앞쪽에 만경루가 육중하게 가로막고 있어서 위엄과 권위를 앞세운 느낌을 준다.

때로는 오만하게 느껴질 정도로 불친절한 인상마저 주는 곳이다. 같은 답사코스에 들어 있는 해남 대흥사 같은 절은 그 규모가 백련사의 몇배도 더 되는 대찰임에도 절집에 당도하면 사람을 포근하게 감싸주는 따뜻함이 있건만 백련사는 당우(堂宇)라고 해봤자 대여섯 채밖에 안되는데 그 외관에서 풍기는 인상은 마치 거구와 마주 대하는 듯한 위압감이 있다. 나는 그 이유가 무엇인가를 곰곰이 따져보았다.

백련사의 불친절성은 그 가람배치의 특수성에 있는 것이 분명하다. 구강포 아랫마을에서 보리밭 지나 동백나무숲을 빠져나오면 백련사 초입의 넓은 마당이 나오는데, 천왕문이라도 있음직한 이 자리엔 아무런 축조물이 없이 저 위편에 장대한 규모의 만경루(萬景樓)가 우리의 시야를 가로막는다. 만경루는 게다가 아래층 벽면은 무슨 창고나 되는 양 널빤

지로 굳게 막혀 있다. 뜰앞에 해묵은 배롱나무가 있어서 그 답답함을 조금은 순화시켜주지만 그로 인한 위압감이 사라지는 것은 아니다.

더욱이 절 안쪽으로 유도되는 길의 배치를 보면 만경루를 완전히 감싸고 돌아 그 앞모습 옆모습을 다 본 다음에야 대웅전 안뜰로 들어서게 되는데 대웅전 또한 높은 축대 위에 팔작다포집으로 하늘을 향해 날개를 편 듯한 형상으로 우뚝 서 있고, 그 정면에는 계단이 없으므로 또다시 저쪽 옆으로 빙 돌게끔 되어 있다. 산비탈에 절집을 짓자니 그럴 수밖에 없지 않았겠냐고 반문할 사람도 있을 것 같다.

그러나 비슷한 구조이지만 안동 봉정사(鳳停寺)의 경우 누마루 밑을 계단으로 뚫어 그것을 정문으로 삼고, 그 길은 앞마당에서 대웅전으로 연결되어 있어 가지런한 돌계단을 밟으며 곧장 부처님 품안으로 들어갈 수 있다. 그에 비해 백련사는 방문객을 빙빙 돌려가면서 고등학교 훈육주임처럼 우리를 감시하고 있는 것이다.

그래서 남도답사 일번지를 오게 되면 나는 나의 학생들에게 어제 본 월출산 무위사는 조용한 선비풍의 단출함이 느껴지는 반면에 만덕산 백련사는 기골이 장대한 무인의 기상이 풍긴다는 식으로 해설하곤 한다. 아닌 게 아니라 백련사에는 얼마 전까지만 해도 무술을 하는 스님이 있었고 절집의 내력도 무인과 인연이 남달리 깊었다.

백련사의 흥망성쇠

백련사의 내력은 정다산이 제자들과 찬술한 「만덕사지」, 중종 때 명문장 윤회(尹淮)가 지은 「만덕산 백련사 중창기」 그리고 지금 백련사에 남아 있는 조종저(趙宗著, 1631~90) 찬의 '백련사사적비' 비문이 남아 있어 소상히 알 수 있다.

기록에 의하면, 839년 구산선문 중 하나인 충남 보령 성주사문을 개창했던 무염(無染)선사가 창건했다고 하니, 신라말기에 지방호족들이 큰스님을 초치하여 산간벽지에도 절을 세우던 그 시절에 그런 사연으로 세워진 것이다. 한반도의 끄트머리 강진땅의 백련사가 이러한 지방호족 발원의 작은 절집에서 역사의 전면으로 부상하게 되는 것은 13세기초 무신정권이 들어선 때의 얘기다.

군사쿠데타에 의해 정권을 장악한 무신정권은 그들의 지배이데올로기를 받쳐줄 사상의 강화 내지는 재정비 작업에 착수하게 되는데 여기에 부응한 불교계의 동향이 이른바 결사(結社)운동이었다. 훗날 보조국사가 된 지눌(知訥, 1158~1210)스님이 조계산 송광사에서 수선(修禪)결사를 맺으며 선종을 개혁하여 조계종을 확립하던 바로 그 시점에, 지눌의 친구이기도 했던 원묘(圓妙, 속명 서료세徐了世)스님은 백련결사를 조직하면서 천태종의 법맥을 이어간다.

원묘는 지방호족으로 최씨정권과 밀착해 있던 강진 사람 최표, 최홍, 이인천 등의 후원을 받아 1211년부터 7년간의 대역사 끝에 80여 칸의 백련사를 중건하고 사람을 모으니 그의 제자 된 중만도 38명, 왕공·귀족·문인·관리로 결사에 들어온 사람이 300명이었다고 한다. 그것만으로도 백련사의 당당한 위세를 알 만도 한데 이후 120년간 백련사에서는 8명의 국사가 배출되었으니 그것은 백련사의 화려한 영광이 아닐 수 없다.

그러나 세월이 흘러 왕조의 말기현상이 드러나고 왜구의 잦은 침략이 극에 달하여 급기야 해안변 40리 안쪽에는 사람이 살 수 없는 지경에 이르고보니 강진만에 바짝 붙어 있는 백련사도 어쩔 수 없이 폐사가 되고 말았다. 그 무렵 백련사에서 구강포 맞은편에 자리잡고 있던 사당리 고려청자 가마도 문을 닫아버렸으니 강진땅의 성대한 모습은 고려왕조의 몰락과 함께 허물어져버린 것이었다.

조선왕조가 들어선 이후 강진땅엔 다시 사람들이 들어와 정착하게 되었고 왜구의 준동도 사라졌지만 숭유억불정책 속에 백련사를 중창할 스님이나 토호는 없었다. 그러나 임진왜란이 끝난 후 조선 불교가 민간신앙으로 크게 중흥하게 되어 금산사 미륵전, 법주사 팔상전, 화엄사 각황전 같은 거대한 법당이 세워지는 열기 속에서 백련사에는 행호(行乎)스님이 나타나 효령대군이라는 왕손의 후원으로 중창을 보게 된다. 지금 백련사 종루가 세워진 뒤쪽 넓은 터에 우뚝 서 있는 '백련사사적비'는 그때 세워진 것으로, 글은 당시 홍문관 수찬을 지내고 있던 조종저가 찬하고 글씨는 당시 왕손 중에서 명필 소리를 듣던 낭선군(郎善君) 이우(李俁)가 쓰고, 비액의 전(篆)은 그의 동생인 낭원군(郎原君) 이간(李偘)이 쓴 것이다. 다만 받침대 돌거북과 머리지붕은 원래 이 자리에 있던 원묘국사비(명문장 최자崔滋의 글임)가 깨져 없어지고 나뒹굴던 그것을 그대로 사용하였다.

행호스님은 백련사를 중창하면서 또다시 왜구의 침입이 있을 시 자체 방어를 위하여 절 앞에 토성을 쌓았다고 하는데 그것은 훗날 행호산성이라 불리게 되었고 지금은 그 자리에 해묵은 동백나무가 숲을 이루고 있다.

행호스님 이후 백련사는 그런대로 사맥을 유지하여갔으나 1760년 화재로 수백 칸을 다 태우고 2년에 걸친 역사 끝에 오늘의 모습을 갖추게 되었다. 만경루와 대웅보전에 당대의 명필 원교(圓嶠) 이광사(李匡師)의 글씨가 걸리고 대웅전에는 후불탱화와 삼장탱화가 봉안된 것이 모두 그때의 일이다. 그리고 정다산이 강진으로 유배올 당시는 혜장스님이 주석하고 있었는데, 혜장은 대흥사 12대강사(大講師)로 기록되고 있는 큰스님이었다.

동백숲 지나 밀밭 사이로

백련사에 오르면 반드시 대웅전 기둥에 기대서서 강진만을 바라보든 지 스님의 용서를 받고 만경루에 올라 누마루에 앉아 창밖을 내다보아야 이 절집의 참맛을 알게 된다. 백련사 만경루를 답사객에게 불친절하게 보일 정도로 가파른 비탈을 이용하여 세운 이유는, 바로 만덕산 산자락 에서 구강포로 이어지는 평온한 풍광을 끌어안기 위함이었던 것이다.

절집이건 서원이건 여염집이건 우리는 관객의 입장이 아니라 사용자 의 입장에서 그 집을 살펴야 그 건축의 본뜻을 알게 된다. 그리고 바로 이 점, 남에게 으스대기 위하여 치장하는 것이 아니라 사용자의 편의에 입각 하여 배치할 줄 아는 당연한 슬기를 이 시대 우리는 마땅히 배워야 한다.

이제 백련사를 떠나야 할 시간이 되었다. 백련사 만경루를 다시 빙 돌 아 앞마당으로 내려오면 우리는 장대한 동백나무숲 한가운데로 난 길을 걸어내려가게 된다. 3천평 규모의 이 울창한 동백숲은 천연기념물 제151 호로 지정된 조선의 자랑거리로 고창 선운사의 동백숲보다도 훨씬 운치 가 그윽하고 연륜도 깊다. 모든 것을 다 떠나서 이 동백꽃을 구경할 목적 만으로 백련사를 찾아올 만도 한데, 그 시기는 동백꽃이 반쯤 져갈 때, 그 리하여 탐스런 꽃송이가 목이 부러지듯 쓰러져 나무 밑 풀밭을 시뻘겋게 물들이고 상기도 피어 있는 꽃송이들이 홍채를 잃지 않은 3월 중순께가 좋다.

그러나 떨어진 동백꽃을 비켜가며 노목이 된 동백나무 줄기를 쓰다듬 으며 숲길을 산책하던 답사의 행복을 이제 우리는 갖지 못하게 되었다. 재작년 당국에서는 이 동백숲길에 장중하고도 장중한 강철 울타리를 굳 세고도 굳세게 박아놓았다. 그러고는 철책을 넘어 들어가면 엄벌에 처한 다는 반(半)공갈조의 경고문을 동백꽃보다도 붉은 빛깔로 선명하게 써

| **백련사 사리탑** | 전형적인 조선시대 승탑으로 동백숲 속에 아담하게 자리하고 있다.

놓았다. 이것은 훗날 틀림없는 20세기 후반의 뚜렷한 유적이 될 것 같다.

백련사 아랫마을로 내려가는 언덕배기 밭이랑에는 언제고 봄이면 밀을 심어놓는 곳이 있다. 요즘 우리 주변에서 밀밭을 구경한다는 것은 목화밭을 보기만큼이나 어렵게 되었다. 해마다 수입해오는 밀가루가 천문학적 수치이지만 거의 사라져버린 것이 밀농사다. 그러니 요즘 학생들이 밀밭을 본들 그것이 밀밭인지 알 리 없다. 한번은 백련사에서 내려오는 길에 밀밭 앞에서 두 학생이 주고받는 말에 나는 경악과 폭소를 금치 못했던 일이 있다.

"얘, 이게 대나무 묘목인가보다. 백련사 대밭을 이렇게 키우는 게지?"

"아니야! 아까 본 대나무는 왕죽(王竹)이고 이건 세죽(細竹)이야.

미술사 시간에 배웠잖아. 바람에 날리면 풍죽(風竹), 비 맞아 축 처지면 우죽(雨竹) 하면서."

고 녀석들 문자속이나 깊지 않았으면 귀엽기라도 했을 것이다.

해남 윤씨 부귀의 내력

강진 백련사에서 해남까지는 50리길. 버스로 30분이면 우리는 국토의 끄트머리에 있는 마지막 읍내로 들어서게 된다. 지금 내 머릿속에 감도는 해남의 인물이라면 모두가 예술인이다. 여류시인 고정희, 건강한 시의 모범을 보여주고 있는 김준태, 혁명가적·지사적 오롯함의 김남주, 80년대식 감성주의 황지우…… 이들의 고향이 해남이다. 게다가 시인 김지하, 소설가 황석영이 80년대 초 한때는 여기로 낙향하여 그들의 자랑스런 문학적 성과물을 생산해낸 곳이기도 하니 예향을 자부하는 해남이 우리 현대문학사에서 차지하는 무게는 그 근수를 넉넉히 잴 수 있을 것 같다. 세월을 거슬러올라가 보면 국문학사에서 빛나는 한 장을 차지하는 고산(孤山) 윤선도(尹善道, 1587~1671)와 조선후기 속화(俗畵) 양식을 제시한 선비화가 공재(恭齋) 윤두서(尹斗緖, 1668~1715)가 있었으니 지금 우리는 그들의 고택을 찾아가는 길이다.

해남읍에서 대흥사 쪽으로 꺾어지면 자못 넓은 들판을 달리게 되는데 여기를 삼산벌이라고 부르고 행정구역으로도 삼산면이다. 태백산에서 출발하여 소백산, 속리산, 덕유산, 지리산을 이루며 호기있게 치닫던 노령산맥의 끝자락이 망망한 남해바다를 내다보고는 급브레이크를 밟아 주춤거리면서 이루어낸 분지평야가 삼산벌이며 문득 정지한 지점이 두륜산이다.

| 윤고산 고택 | 해남 윤씨의 종가로 고산 윤선도와 공재 윤두서를 배출한 유서 깊은 고가다.

차창 밖으로 내다만 보아도 풍요로움이 가슴에 와닿는 이 삼산벌 논밭의 소유자가 지금 누구인지 나는 알 턱이 없다. 그러나 그 옛날 호남의 대부호 해남 정씨의 땅에서 해남 윤씨의 소유로 넘어가는 과정을 생각하면 자본의 생리와 자본집중논리의 무서운 힘을 엿보게 된다.

요즘 우리 사회의 상속제도를 보면 자손에게 차등분배하는 것이 민법상의 규정인 모양인데, 이전에는 장자상속과 자손균분이 병존하였다. 집안마다 다르기는 했지만 임진왜란을 경계로 자손균분에서 장자상속으로 넘어갔고 국가의 토지정책도 자작소농제가 아닌 대토지소유제를 택하였으니 토지에 의한 자본집중과 팽창은 임란 이후의 현상이라는 것이 농업경제사의 설명이다.

임란 이전에 삼산벌의 주인은 해남 정씨였다. 그러나 선대의 예에 따라 자손균분의 상속으로 이 땅은 해남 윤씨에게 시집간 딸에게 떼어주게 되었다. 처갓집 덕분에 큰 부자가 된 어초은(漁樵隱) 윤효정(尹孝貞)은 일찍이 장자상속을 시행하고 이것을 윤씨 집안 만대의 유언으로 남기어 해남 윤씨의 자산은 눈덩이처럼 불어나게 되었다. 이리하여 신흥갑부가 된 해남 윤씨 집안은 이 재력을 바탕으로 하여 인물을 배출하기 시작하니 어초은의 4대손에 이르면 고산 윤선도라는 걸출한 인물이 나오고 그의 증손자대에는 공재 윤두서가 배출되었다. 윤고산이 정치적으로 남인이었기 때문에 그의 후손들은 노론이 주도하는 18,19세기 정국에서 소외되어 정치적으로 큰 인물이 나오지 못했다. 하지만 장자상속의 해남 윤씨 재산만은 유지되어, 윤고산 13대손에 이르면 자유당 국회의원을 지낸 윤영선(尹泳善, 1904~97)이 이 집안 장손으로 종갓집을 지켜왔다. 이 풍요로운 삼산벌을 지날 때면 나는 창밖을 물끄러미 내다보면서 엷은 졸음을 떨쳐버리고 이런저런 생각에 잠겨보곤 한다.

녹우당과 유물전시관

삼산벌을 가로질러 3킬로미터쯤 가다보면 왼편으로 '고산 윤선도 고택'이라는 표지판이 나오는데 여기서 1킬로미터쯤 깊숙이 자리잡은 마을이 바로 연동마을이며, 연동마을 제일 안쪽 울창한 비자나무숲에 덮인 덕음산 바로 아래에 해남 윤씨 종갓집이 자리잡고 있다.

차를 타고 들어가면 연동마을을 지나 넓은 주차장이 있고, 마주 보이는 곳에 수령 500년, 높이 20미터의 은행나무가 예쁜 기와돌담을 배경으로 서 있어 이 집의 연륜을 증언해준다. 요즈음 수리공사가 한창인 이 집은 ㅁ자형으로 호남지방의 한 양반가옥이라 할 것이나 우리가 건축적으로 살펴보아야 할 그 무엇이 따로 있는 것은 아니다. 다만 사랑채와 안채

| **녹우당 현판** | 옥동 이서의 글씨다. 옥동은 윤공재의 친구이자 성호 이익의 형님으로 동국진체(東國眞體)의 원조로 불리고 있다.

가 따로 떨어지지 않아서 갑갑한 느낌이 들기도 한다. 혹시 서울에 비해 바깥양반의 손님이 적었던 탓으로 사랑채를 독립시키지 않았나보다라는 생각을 가볍게 해본 적이 있다.

이 집 사랑채는 고산 윤선도가 이럭저럭 30년 유배 끝에 환갑이 넘어 다시 관직에 들어갔을 때 효종이 왕세자 시절 사부였던 윤고산에게 수원에 사랑칸 한 채를 지어 하사해준 것을 훗날 여기로 옮긴 것이다. 그 당호를 녹우당(綠雨堂)이라고 한 것은 천연기념물로 지정된 뒷산의 비자나무가 한줄기 바람에 스치면 우수수 봄비 내리는 소리처럼 들렸다고 해서 붙인 것이다. 이 녹우당 편액(扁額)은 윤공재의 친구이자 성호 이익의 이복형인 옥동(玉洞) 이서(李漵)의 글씨이다. 그는 당대의 명필로 서결(書訣)까지 지었고, 중국과 다른 민족적 서체인 동국진체(東國眞體)의 원조인 분이다.

녹우당 뜰로 올라가면 이 집안을 일으킨 어초은과 고산의 위패를 모신 사당이 있다 하나 내 발길이 거기까지 간 적은 없다. 녹우당이 녹우당으로 우리를 여기까지 부른 것은 윤고산, 윤공재가 있었기 때문이며 이들이 남긴 예술적·문화적 위업은 지금 녹우당 앞 양옆의 유물관리실과 유물전시실에서 살필 수 있으니 거기로 가면 된다.

| **공재 윤두서의 자화상** | 초상화 왕국이라 불릴 조선시대의 뛰어난 초상화 중에서도 최고의 명작으로 손꼽히는 작품이다. 국보 제240호로 지정되었다.

해남 윤씨 유물전시관이 처음 세워진 것은 1979년, 그후 1986년에 해남군에서 지금의 관리소를 짓고 유물을 전시·관리해왔는데, 작년에 새로 전시관을 따로 지어 현재는 주차장 왼편은 관리실, 오른편은 전시실로 되어 있다. 두 건물 모두 한옥 형식의 양옥으로 전통 속에 현대적 기능을 집어넣은 것인데, 전시관은 누구의 설계인지 참하고 아담하게 잘 지어졌지만, 해남군의 관리소는 박정희시대부터 육영수가 그렇게 좋아했다는 미색 수성페인트를 발라놓은 '공무원표 표준설계'로 되어 있어 향토적 정취가 없는데다 주변의 풍경과는 어울리지 않아 안타깝게 한다. 게다가 높이 솟은 국기게양대에는 항시 새마을 깃발이 창공에 나부낀다.

유물전시관에는 보물로 지정된 노비문서, 역시 보물로 지정된 윤고산의 육필원고 중 『금쇄동기(金鎖洞記)』『산중신곡(山中新曲)』 등이 전시되어 있다. 특히 『산중신곡』 첩 중에 "내 벗이 몇인고 하니 수석과 송죽이라 동산에 달 오르니 긔 더욱 반갑고야……"로 시작되는 유명한 「오우가(五友歌)」가 펼쳐져 있어 고등학교 국어책이 생각나서 정말로 반갑고, 또 힘차며 맵시있는 중세 한글서체의 멋이 눈맛을 상큼하게 해준다.

그리고 이 유물관이 자랑하는 또다른 유물은 국보 제240호로 지정된 공재 윤두서의 자화상과 보물로 지정된 윤공재와 그의 아들 윤덕희, 손자 윤용의 3대 작품을 모은 『가전화첩(家傳畵帖)』인데, 아뿔싸! 이게 어찌된 일인가. 이들이 지금 전시해놓은 것은 진품이 아니라 사진복제품이었다. 관리소가 없고 전시실이 없다면 그럴 수도 있겠지만 새마을 깃발이 우렁차게 펄럭이는 관리소가 코앞에 있으면서 사진조각을 전시해놓는단 말인가.

말하지 않아도 왜 그랬는지 나는 알고 있다. 재작년, 이 집 유물 중 공재 윤두서의 작품으로 잘못 알려진 다 낡은 「미인도」를 도난당했다. 그것이 거치고 거쳐 부산의 어느 화상 손에 넘어갔는데, 이 화상은 아무것도

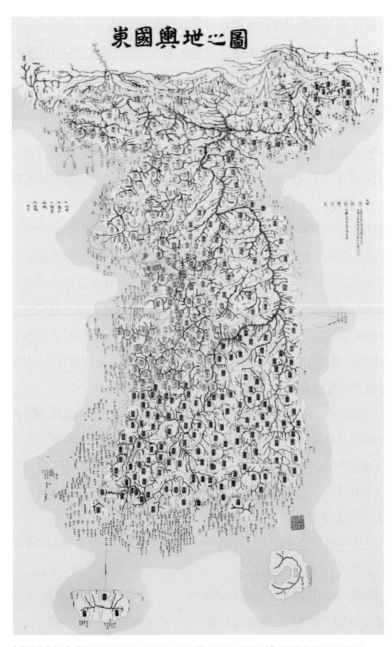

| 동국여지지도 | 윤공재가 그린 이 조선전도는 그의 실학자적 면모와 화가다운 필치를 유감없이 보여준다.

모르고 그림을 좋게 수복(修復)하여 비싼 물건으로 살려볼 요량으로 일본의 유명한 표구집에 맡겼다가 이것이 장물인 것을 뒤늦게 알게 됐다. 부랴사랴 「미인도」는 반환되었고 화상들은 줄줄이 끌려들어갔는데 구속된 화상들이 일본으로 빼돌렸다는 자백을 받으려는 경찰의 고문과 구타를 폭로하여 세상이 시끄러워진 사건이 생겼다. 이것이 한때 소란했던 '미인도사건'의 시말인 것이다.

'미인도사건' 이후 유물관리소는 작품 원본들을 금고 속에 가두어넣고 사진조각을 전시하고 있는 것이 분명하니 그렇다면 전시실은 전라도 말로 "뭣 땀시 저러코롬 좋게" 지어놓았단 말인가.

공재 윤두서의 자화상이나 다시 볼 겸 찾아온 녹우당 유물전시실에서 이 망연한 허탈감을 채울 길 없어, 내가 정말로 좋아하여 복제품을 하나 구해 족자로 표구하여 지금 내 연구실에 걸어놓은 윤공재의 「동국여지지도」만 하염없이 살피다 나왔다. 정다산의 외증조할아버지이기도 한 공재 윤두서의 이 아름다운 지도는 그가 선비화가일 뿐 아니라 실학에 보인 관심이 남달랐음을 말해주는 유물이기도 하다.

유물관을 나오면서 나는 문득, 윤고산과 윤공재가 조금은 측은하게 생각되었다. 만약에 저 유물들이 국립중앙박물관에 기탁되었다면 얼마나 빛나는 대접을 받았을까를 생각하면서…… 그래서 미술품 상속의 가장 좋은 방법은 차등분배도 장자상속도 자손균분도 아니고, 박물관 기증을 통한 사회환원인 것이다.

유선여관의 '노랑이'

해남의 명승지 대흥사는 몇해 전부터 관광위락시설 단지를 재정비하고 있어서 내년쯤에는 완전히 새 모습을 보이게 될 것이다. 대흥사 초입까지 들어와 있던 상점, 여관, 식당 들을 저 아래쪽 주차장 밖으로 철거하게 되어 있다. 이 정비계획은 거의 다 시행되어 요새는 두륜산 대흥사 입장료를 절집 앞에서 받지 않고 주차장 입구에서 관리하고 있다. 그렇게 되면 대흥사로 들어가는 십리 숲길의 떡갈나무·벚나무·단풍나무의 나무터널은 다시금 장관을 이룰 것이다.

두륜산에서 내려오는 여러 계곡이 대흥사에서 만나 제법 큰 내를 이루는데 여기 사람들은 이를 '너부내'라고 부르고 이 너부내를 뒤뜰로 하여 운치있는 한옥을 짓고 여관과 식당을 경영하고 있는 집이 유선여관이다. 강진에 살던 차씨 아저씨가 30년 전에 이 고가를 인수하여 운영해온 유선여관은 이번 철거 대상에서도 제외되는 특전을 받았다. 지금도 장작불을 때는 전통한옥인지라 목욕탕·화장실이 불편하지만 그래도 구들장 맛을 느껴볼 집은 여기만한 곳이 없는지라 나는 유선여관의 단골이 되었다.

유선여관을 내가 자주 찾는 또 하나의 이유는 이 집의 누런 개 '노랑이' 때문이다. 지금 노랑이의 어미는 3년 전에 죽었는데 그 어미 이름도 노랑이였다. 순종 진돗개였던 어미노랑이가 5년 전에 옆집 누렁이와 붙어서 낳은 것이 지금의 노랑이인 것이다.

인연이 묘해서, 5년 전 내가 송기원이 주관한 실천문학 답사팀과 한겨울 여기를 찾았을 때, 우리는 그 어미노랑이가 백설이 날리는 눈밭에서 옆집 누렁이와 '꿀붙는 것'을 보았다. 그때 옆에서 쿵쿵대며 구경하는 한 마리 개를 보고 황석영이 저런 놈은 '덩덕개'라고 하였다. 그 말이 너무도 재미있다 싶었더니 시 쓰는 정희성은 금세 「덩덕개」라는 시를 지어 그의 시집 『한 그리움이 다른 그리움에게』에 실었다.

어미노랑이는 참으로 영리하였다. 자기집으로 찾아오는 손님을 반갑게 맞아주고는 이른 새벽 등산을 가거나, 대흥사, 일지암 어디로 가든 꼭

| **유선여관의 노랑이** | 대흥사 대웅보전 위에 올라가 자기집 손님들의 거동을 살피는 영리한 진돗개이다. 이제 노랑이도 세상을 떠나고 노랑이의 아들, 손자 진돗개들이 이곳을 지키고 있다.

앞장서서 길을 안내하고 그 손님이 차를 타고 떠나는 것을 보아야 집으로 돌아간다.

한번은 화가 김정헌이 어느 겨울날 가족들과 일지암에 오르는데 갑자기 눈이 내려 울퉁불퉁한 길 어디를 밟아야 좋을지 몰라 당황했는데 이 노랑이와 그의 똘마니들이 눈밭을 펄쩍 뛰면서 길을 만들어주어 개발자국을 밟고 따라왔단다.

또 한번은 어느 초심자가 두륜산을 등반하는데 노랑이가 따라오자 "저놈의 개가 길 잃으려고 여기까지 오나" 하면서 자꾸 노랑이를 쫓아보냈단다. 그러나 노랑이는 뒤따라오다가 갑자기 자지러지게 짖고는 따라오지 않고 산모퉁이를 돌아 보이지 않을 때까지 그냥 거기 서서 짖더라는 것이다. 그때 이 손님은 길을 잃어 밤늦게야 완도 쪽으로 내려왔고, 시무룩이 돌아온 노랑이는 자기가 끝까지 안내하지 못한 그 손님이 여관으로 짐 찾으러 되돌아온 다음에야 펄펄 뛰었단다.

어미노랑이는 살아생전에 새끼노랑이가 이렇게 하도록 교육시켜놓았다. 항시 데리고 다니면서 어미의 일을 가르쳐주었던 것이다.

올가을 유선여관에 우리 학생들을 데리고 갔을 때도 나는 노랑이와 놀았다. 그런데 아침에 일어나니 노랑이가 없다. 대흥사 가면 따라오겠지 했으나 일지암에 오르도록 노랑이는 보이지 않았다. 그러다 일지암과 두륜봉으로 갈라지는 길목에서 노랑이를 만났다. 노랑이는 두륜봉 쪽에서 달려와 내게 펄쩍 뛰며 안기는 것이었다. 나는 노랑이에게 "왜 먼저 왔냐, 일지암으로 가자" 하며 길을 재촉하였다. 얼마간 오르다가 노랑이는 더이상 가지를 않았다. 이상하여 나도 주저앉았는데 저쪽에서 어젯밤 유선여관 안채에 들었던 나이 드신 등산객들이 내려오자 그들과 합류해 가는 것이었다. 새벽 등산에 오르는 손님을 길안내하고 내려오는 길에 나를 만났던 것이다.

나는 이 노랑이가 단체손님이 올 때면 꼭 인솔자나 좌상 되는 사람에 붙어다닌다는 사실도 알고 있다. 유선여관으로 돌아와 나는 노랑이의 턱을 쓰다듬으면서 물었다.

"이놈아, 내가 인솔자인 걸 몰랐냐!"

그러자 노랑이는 제4이동통신으로 이렇게 대답했다.

"인솔자면 뭘 해! 내가 암만 개새끼지만 밤새 술 퍼마시고 해가 중천에 떠도 일어나지 않는 인간들을 손님이라고 대접할 줄 알았어!"

1992. 6.

* 만덕산의 나무들은 다시 소생하여 지금은 정겨운 야산으로 복원되었고, 다산기념관, 다산청소년수련원이 세워져 역사유적지로 정비되었으며 다산초당에서 백련사로 넘어가는 길은 깔끔하게 다듬어져 있다. 그러나 그 모든 것이 아무것도 없던 때만 못하다는 인상을 주니, 유적지 보존이란 원상 그대로 유지하는 것이 차원 높은 보존책이라는 생각을 갖게 한다.

일지암과 땅끝에 서린 얘기들

두륜산 대흥사 / 일지암 / 미황사 / 땅끝

아는 만큼 느낀단다

방학 때 어딜 다녀오면 좋겠냐고 물어온 학생에게 남도답사 일번지 코스를 일러주었더니 다녀와서 내게 하는 말이 정말로 잊지 못할 환상적인 답사였다고 감사에 감사를 거듭하고 선물까지 사왔는데, 단서가 하나 붙어 있었다.

"샌님예, 근데 대흥사는 뭐가 좋응교?"

"왜? 절집 분위기가 좋지 않디?"

"분위기가 좋은 겁니꺼. 내는 뭐 특출한 게 있는가 싶어 집이고 탑이고 유물관이고 빠싹허니 안 봤능교. 봐도 봐도 심심해 영 실망했는데, 낭구(나무) 하나는 괜않습디더."

학생의 말대로 대흥사는 큰 볼거리가 있는 절이 아니다. 비록 나라에서 보물로 지정한 유물이 셋 있으나 그것은 역사적 가치일 뿐 예술적 감동을 주는 것은 아니기 때문이다. 그렇다고 해서 대흥사의 답사적 가치가 낮은 것은 물론 아니다. 인간이 간직할 수 있는 아름다움의 범주는 거의 무한대로 넓혀져 있다. 그 아름다움은 시각적 즐거움에서 비롯되는 자연미·예술미뿐만 아니라 자못 이지적인 사색을 동반하는 문화미이기도 하다.

자연의 아름다움이란 우리가 늘상 시각적으로 경험하고 있는 대상이기에 별다른 설명 없이도 이 학생처럼 "나무 하나는 괜찮다"라고 실수 없이 간취할 수 있다. 그러나 예술미라는 인공적 아름다움과 문화미라는 정신적 가치는 그 나름의 훈련과 지식 없이 쉽게 잡아낼 수 있는 것이 아니다. 그런 의미에서 사람은 "아는 만큼 느낀다"고 할 수 있다.

만약에 그 학생이 나와 함께 대흥사에 가서 내가 천불전 분합문짝의 창살무늬를 잘 보라고 했으면 그는 아마도 수많은 사진을 찍었을 것이고, 대웅보전으로 오르는 돌계단 양쪽 머릿돌의 야무지게 생긴 도깨비상을 눈여겨보라고 했으면 그냥 예사롭게 지나쳐버렸을 리가 없다.

대흥사 여러 당우(堂宇)들에 걸려 있는 현판 글씨는 대단한 명품으로 조선후기 서예의 집약이기도 하다. 대웅보전, 천불전, 침계루(枕溪樓)는 원교 이광사의 글씨이며, 표충사는 정조대왕의 친필이고, 가허루(駕虛樓)는 창암 이삼만, 무량수각은 추사 김정희의 글씨인 것이다. 그러나 서예에 대한 예비 지식과 안목 없이는 느껴질 그 무엇이 없을 것이다.

더욱이 유형의 예술미가 아닌 무형의 문화미에 이르면 "아는 만큼 느낀다"는 말이 더더욱 실감난다. 대흥사 입구 피안교를 건너 '두륜산 대흥사'라는 편액이 걸려 있는 천왕문을 지나면 길 오른쪽으로 고승의 사리

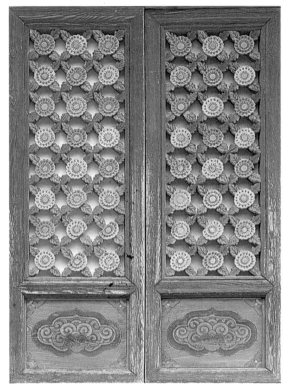

| **천불전 창살무늬** | 사방연속무늬의 아름다움을 자랑하는 이 창살은 내소사 창살과 함께 손꼽히는 아름다운 꽃창살이다.

탑과 비석이 즐비하게 늘어선 승탑밭이 나오는데 여기에는 서산대사 이래 13대종사(大宗師)와 13대강사(大講師)의 납골이 모셔져 있다. 지금 나는 별로 아는 것이 없어서 이 한 시대의 고승 스물여섯분의 삶과 사상을 더듬으면서 느낄 수 있는 문화미를 잡아내지 못한다. 다만 오직 한분, 초의(草衣)스님에 대해서는 들은 바가 있어서 '초의탑' 앞에서 잠시 걸음을 멈추고 추사의 제자였던 위당(威堂) 신관호(申觀浩)가 쓴 그 비문을 살펴보고 나중에는 당신의 말년 거처였던 일지암에도 오를 것이니, 내가 아

는 만큼만 느낄 뿐이다.

두륜산 대흥사의 숲

국토의 최남단에 우뚝 선 두륜산(해발 706미터)의 여러 봉우리에서 흘러 내린 골짜기들이 한줄기로 어우러져 제법 큰 계곡을 이루어 '너부내'라는 이름을 얻은 평퍼짐한 자리에 대흥사는 자리잡고 있다. 이곳은 행정구역상 해남군 삼산면 구림리(九林里) 장춘동(長春洞)에 속하는데, '아홉 숲'에 '긴 봄'이라는 이름이 아무렇게나 붙여진 것은 아닐 것이다.

너부내 계곡을 타고 대흥사로 들어가는 십리 숲길은 해묵은 노목들이 하늘을 가리는 나무터널로 이어진다. 소나무·벚나무·단풍나무가 저마다 제멋으로 자라 연륜을 자랑하고 있으니 봄 여름 가을 겨울이 모두 계절의 제 빛을 놓치지 않는다. 이 나무숲이 대흥사 경내의 연못 무염지(無染池)까지 뻗어 여기에서 다시 왕벚꽃나무·동백나무·배롱나무가 어울리게 되었으니 그 학생의 말대로 '낭구 하나는 장관'이 아닐 수 없다.

이 풍광 수려한 구림리 나무숲에 나 또한 당연히 내가 보낼 수 있는 최대의 찬사를 꾸며내고 싶건만, 고은 선생이 『절을 찾아서』(책세상 1987)에서 독백식으로 읊은 그 구절 이상으로 표현해낼 문장력이 내게는 없다.

   내가 비록 나무를 좋아할 나이는 아니건만, 그 나무를 좋아하고 싶어서 동양사람으로 늙음을 재촉해도 그런 장난이 허락된다.

구림리 나무숲은 가을이 장관이다. 온갖 수목이 오색으로 물들고 특히나 단풍나무의 붉은 빛이 햇살에 빛날 때, 왜 단풍의 상징성을 단풍나무가 가져갔는지 알게 된다. 그러나 나는 가을보다도 겨울날의 대흥사를

| 천불전에서 내다본 침계루 | 대흥사는 넓고 호방한 규모이지만 돌담과 당우가 적절히 배치되어 공간의 흐트러짐이 없다.

더 좋아한다. 벌거벗은 나뭇가지가 보드라운 질감으로 산의 두께를 느끼게 해주고 비탈길에는 파란 산죽들이 눈 속에서 싱싱함을 보여줄 때, 그때는 왕후장상만이 인생의 주인공이 아님을 말해준다. 그래서 구림리 윗동네가 장춘동이라 하여 긴 봄날의 화사함을 자랑한다 하더라도 나는 겨울날의 대흥사가 더 좋다는 내 생각을 바꿀 수 없다.

대흥사의 내력

대흥사(大興寺)라는 명칭이 어떻게 생겼는가를 알아보면 모든 사물에 붙여진 이름의 세월 속 탈바꿈이 얼마나 우스운가를 생각해보게 된다.

두륜산의 원래 이름은 '한듬'이었다. 국토 남단에 불찰 솟은 그 형상에

| 대흥사 대웅보전 | 대흥사의 중심건물인 대웅전 경내는 큰 절집이면서도 아늑한 분위기를 유지하고 있다.

서 나온 말일 것이다. 이것을 한자어와 섞어서 '대듬'이라고 부르더니 나중엔 대둔산(大苞山)이라 불리게 됐고 '한듬절'은 '대듬절'에서 '대둔사'로 바뀌게 되었다. 그런 중 또 유식한 자가 나타나서 대둔산은 중국 곤륜산(崑崙山) 줄기가 동쪽으로 흘러 백두산을 이루고 여기서 다시 뻗은 태백산 줄기의 끝이라는 뜻에서 백두산과 곤륜산에서 한 자씩 따서 두륜산(頭崙山)이라고 이름지었는데, 일제 때 전국 지명을 새로 표기하면서 '륜'자를 바꾸어 두륜산(頭輪山)이라고 하고 대둔사는 대흥사로 바꾸어 놓았으니 이제 와서 두륜산 대흥사라는 명칭 속에서 '한듬절'의 이미지는 되살릴 길이 없어지고 만 것이다. 세월의 흐름 속에 내용은 저버리고 형식만 바꾸어가다가 나중엔 그 본뜻을 잃어버리고 마는 사례가 여기에도 있는 것이다.

대흥사 내력은 아도화상이 세웠다는 등 도선국사가 세웠다는 등 그 창

건설화가 구구했던 모양이다. 그
런데 대흥사의 12대강사로 강진
백련사에서 다산 정약용과 가깝
게 지냈던 혜장스님은『만일암고
기(挽日菴古記)』에서 이 모든 설화
가 터무니없음을 증명하고 나섰
다. 아마도 실사구시의 정신에서
그렇게 변증한 것이리라.

| 대웅보전 돌계단의 돌사자 | 돌계단 머릿돌에 이처
럼 호신수를 새기는 것은 범어사에서도 볼 수 있는데
이 돌사자는 아주 매섭게 생겼다.

혜장스님의 이런 실증은 초의
스님에게 이어져 초의는『대둔사
지』를 쓰면서 종래의 기록은 "실
록(實錄)이 아닐까 두렵고", 누각
당우가 번성함을 기록하고 있으나
"옛 초석과 섬돌이 하나의 자취도
없으니 어찌 이치에 맞겠는가"라면서 설화를 부정했다. 그것 또한 스님
세계에서 받아들인 실학정신의 일단인 것이다.

그리하여 한듬절의 유래는 나말여초의 어느 때로 짐작되고 있으며 지
금 확실한 물증으로 제시할 수 있는 것도 나말여초의 유물들이다. 대흥
사 응진전 앞의 삼층석탑(보물 제320호), 두륜산 정상 바로 못미쳐 있는 북
미륵암의 마애불(국보 제308호)과 삼층석탑(보물 제301호), 그러니까 나라에
서 국보·보물로 지정한 대흥사의 세 유물이 모두 나말여초의 시대양식
을 지니고 있다.

그럼에도 불구하고 오늘날 대흥사를 소개하는 수많은 안내책자와 대
흥사의 안내판은 버젓이 아도화상과 도선국사의 창건을 말하고 있다. 초
의스님이 일껏 진실을 찾아 논증해놓은 것을 버리고 허장성세를 위해 다

시 허구를 말하는 세상으로 돌아왔으니 세월이 흘러간다고 발전하는 것이 아님을 여기서도 보게 된다.

서산대사의 유언과 표충사

국토의 남단, '지방 중에서도 지방'의 절집으로 창건되어 그 이상도 이하도 아니던 '한듬절'이 대흥사로 일약 변신하게 된 것은 임진왜란 이후 서산대사(西山大師, 1520~1604)의 유언 때문이었다.

1604년 1월, 어느날 서산대사는 묘향산 원적암에서 마지막 설법을 마치고는 제자 사명당(泗溟堂, 1544~1610)과 처영(處英)스님에게 당신의 의발(衣鉢)을 두륜산에 둘 것을 유언하였다.

두륜산은 해변 한구석에 있어 명산은 아니지만 거기에는 세가지 중요한 뜻이 있느니라.

첫째는 기화이초(奇花異草)가 항상 아름답고 옷과 먹을 것이 끊이지를 않는다. 내가 보건대 두륜산은 모든 것이 잘될 만한 곳이다. 북으로는 월출산이 있어서 하늘을 괴는 기둥이 되고 남에는 달마산이 있어 지축에 튼튼히 연결되어 있다. (…) 바다와 산이 둘러싸 지키고 골짜기는 깊고 그윽하니 이곳은 만세토록 훼손되지 않을 땅이다.

둘째는 (…) 나의 공덕을 누가 말할 만하다 않겠는가? (나로 인한 국가에 대한 충성이) 이 때문에 보여지고 느껴진다면 후세에 저 무표정한 나무 사이를 스치는 바람소린들 어찌 우매한 세속을 경고하지 않겠는가.

셋째는 처영과 여러 제자들이 모두 남쪽에 있고 내가 출가하여 머리 깎고 법을 들은 곳이 두류산(頭流山, 즉 지리산)이니 여기는 종통(宗

統)의 소귀처(所歸處)이다.

그리고 나서 서산대사는 자신의 영정을 꺼내어 그 뒷면에 마지막 법어를 적었다.

80년 전에는 네가 나이더니, 80년 후에는 내가 너로구나.

붓을 놓은 서산대사는 결가부좌한 채로 입멸하였다. 향년 85세, 법랍 67년이었다.

그리하여 사명당은 서산대사의 시신을 다비하여 사리는 묘향산 보현사에 안치하고 영골(靈骨)은 수습하여 금강산 유점사 북쪽 바위에 봉안하고, 스님의 금란가사(金襴袈裟)와 발우는 대흥사에 봉안하였다.

서산대사의 의발이 전해진 이후 대흥사는 문자 그대로 크게 일어났다. 임란 이후 민간신앙으로서 불교가 중흥했던 그 시대적 추세에 힘입어 수많은 당우가 세워졌다. 현재 남아 있는 대웅보전은 1667년에 심수(心粹) 스님이 3년에 걸쳐 중창한 조선후기의 전형적인 팔작지붕 다포집이다.

또 절집의 기록에 의하면 1669년에 정면 3칸 맞배지붕으로 표충사를 지어서 여기에 서산대사, 사명당, 처영스님 등 세분의 영정을 모셨다고 한다. 그리고는 1백년이 좀 넘었을 때 일이다. 호조판서를 지내던 서유린의 진언에 따라 정조대왕은 표충사라는 어필사액(御筆賜額)을 내려 해마다 예조에서 관리를 내려보내 제사를 지내게 하니, 지금 표충사 정면에 있는 정면 5칸 측면 3칸의 의중당(義重堂)은 제사 때 제물을 차리던 집이다.

1811년에 대흥사에 큰불이 나서 극락전·지장전·천불전 등 여러 당우가 소실되었으나 2년 후 완호(玩虎)스님이 다시 복원하였으니 현재의 대흥사는 그때의 모습이 전해지는 것이다.

대흥사의 가람배치는 아주 뛰어난 마스터플랜을 보여준다. 양쪽에서 흘러드는 계곡을 끌어안아 절집 전체를 4구역으로 나누고는 크게 남원(南院)과 북원(北院)으로 갈라놓았다.

대웅보전을 중심으로 한 남원에는 법당과 승방이 있고, 천불전을 중심으로 한 북원에는 강원(講院)이 있으며 그 위로 표충사와 부속건물, 대광명전과 부속건물로 절집의 두께를 더하여갔다.

그리하여 각 당우를 낮은 돌담으로 둘러치고 그 사이사이 공간에는 해묵은 노목과 밝은 계곡 그리고 무염지가 자리잡게 하여 산사의 아늑함을 유지하면서도 대찰이 지니는 위용을 잃지 않았으니 그 공간의 경영이 자연을 거스름이 없으며 공간을 낭비한 것도 없다. 대흥사의 호방함과 안온함은 이렇게 이룩된 것이었다.

그런 대흥사의 이 멋진 가람배치가 무너져버린 것은 1970년대 박정희 대통령의 성역화작업 때문이었다. 기회만 있으면 군사문화를 심으려고 아산 현충사 같은 황당한 일을 벌이던 시절 대흥사에는 서산대사 성역화작업으로 장대한 유물관을 설치하게 했던 것이다. 그것 자체야 내가 크게 나무랄 이유가 있으리요마는 그 유물관이란 예의 미색 수성페인트 콘크리트 한옥으로, 이미 있던 대흥사 당우의 몇배 큰 건물로 들어앉아 이 절집의 조화로운 배치는 사라져버린 것이다. 마치 조순한 비구니 스님들이 계곡 곳곳에서 도란도란 얘기하는 정겨운 풍경 속에 고래고래 괴성을 지르는 남정네가 들어선 모습 같다.

그 때문이었을까? 서산대사 이후 13대종사와 13대강사를 배출하는 조선의 명찰이 되어 6·25동란 중에도 피해가 없던 대흥사에 좋지 못한 일들이 꼬리를 물었다. 그 좋던 탱화는 도적맞았는지 팔아먹었는지 알 수도 없고, 1988년에는 신구 주지의 싸움으로 집달리 차압문서 경고문이 당우

| **초의스님** | 다선일치를 실현하고 추사 김정희, 유산 정학연 등 문인과 교류한 당대의 학승다운 모습을 보여준다.

마다 붙여졌다. 모든 것이 그 조화로움을 잃은 뒤의 얘기들이다.

초의스님

이제 나는 내 전공에 따라 초의스님 살아생전의 상주처로서 대흥사의 문화미를 엮어간다.

초의스님의 속세 성명은 장의순(張意恂)이었으며, 1786년 나주 삼향면

| 일지암 | 초의선사가 칩거하던 일지암은 다선(茶禪)의 전통을 지키기 위하여 차를 아는 스님만을 주인으로 모신다. 일지암 암주는 여연스님을 거쳐 이제는 무인스님이 맡고 계시다.

에서 태어나 5세 때 물에 빠진 것을 어느 스님이 살려준 것이 인연이 되어 16세에 남평 운흥사(雲興寺)에 들어가 중이 되었다.

초의는 월출산·금강산·지리산·한라산 등 명산을 유람하며 선지식을 찾아다니고 불법을 구하다가 대흥사 조실 완호스님의 법맥을 이어받았다. 그는 종교로서 불교의 굴레를 벗어 학문으로서 선교(禪敎)를 연구하고 유학과 도교에까지 지식을 넓혀갔다. 자하 신위, 추사 김정희, 위당 신관호 같은 당대의 대학자·문인들과 교류하여 유림에서도 큰 이름을 얻었다.

그런가 하면 맥이 끊어져가던 차(茶)문화를 일으켜 『동다송』 같은 명저를 남기었고, 선운사 백파스님이 『선문수경』을 지어 오직 수선(修禪)에 전념할 것을 갈파했을 때 초의는 『선문사변만어』로써 선(禪)과 교(敎) 어느 한가지만 고집할 일이 아님을 주장했다. 백파가 초의의 이런 논지를 반박하여 "교·선을 둘이 아님(不二)이라고 한 것은 잘못된 곳(誤處)"

이라고 지적하자 초의는 "당신이 오처(誤處)라고 한 것은 바로 내가 깨달은 바의 오처(悟處)"라고 당당하게 맞받아쳤다.

그것은 불가 나름의 실학정신이었다. 초의는 모든 것을 '있는 것'에서 생각하고 풀어나가고 생활하였다. 범패와 원예와 장담그기에까지 일가를 이루었던 초의의 모습이나 시(詩) 차(茶) 선(禪)을 모두 하나의 경지로 통합하는 자세 등도 그러한 것이었다.

초의는 자신의 명성이 차츰 세상에 알려지자 은거에 뜻을 두고 대흥사에서 두륜봉 쪽으로 걸어서 족히 40분은 걸리는 산중턱에 일지암(一枝庵)을 짓고 거기서 두문불출하며 40여년 지관(止觀)에 전력하니 스님께 사미계를 받은 스님이 40명, 보살계를 받은 스님이 70명, 선교와 잡공(雜工)을 배운 사람은 수백명이었다고 한다. 향년 81세, 법랍 66년이었다.

초의와 추사와 차

초의스님은 당대의 명사, 시인, 묵객, 초야에 묻힌 어진 사람에 이르기까지 그 교류범위가 넓었지만 무어라 해도 그의 평생지기는 추사 김정희였다. 초의와 동갑내기인 추사 김정희는 초의에게 차를 배웠다. 또 초의가 보내주는 차 마시기를 제일 좋아하였다. 그리하여 추사는 초의에게 차를 구하는 편지를 자주 보냈는데 그중 한통에 다음과 같은 애절한 사연이 들어 있다.

편지를 보냈는데 한번도 답은 보지 못했습니다. 아마도 산중엔 반드시 바쁜 일은 없을 줄로 생각되는데 그렇다면 나 같은 세속 사람과는 어울리고 싶지 않아서 나처럼 간절한 처지도 외면하는 것입니까. (…) 나는 스님을 보고 싶지도 않고 또한 스님의 편지도 보고 싶지 않으

| 대웅보전 현판 | 신지도에 귀양살고 있던 원교 이광사가 쓴 글씨이다. 획이 바싹 마르고 기교가 많이 들어갔지만 화강암의 골기가 느껴진다.

나 다만 차와의 인연만은 차마 끊어버리지도 못하고 쉽사리 부수어 버리지도 못하여 또 차를 재촉하니 편지도 필요없고 다만 두 해의 쌓인 빚을 한꺼번에 챙겨 보내되 다시는 지체하거나 빗나감이 없도록 하는 게 좋을 거요.

어린애들의 장난기어린 투정까지 부리면서 이처럼 막역한 우정을 나누고 있는 것은 그것 자체가 미담이고, 선망의 대상이 된다.

이러한 우정이 추사의 지극정성스런 예술과 만났을 때 그 결과는 어떠했을까. 그것이 추사의 예술 중에서 백미로 꼽히는 희대의 명작 「명선(茗禪, 차를 마시며 참선에 든다)」 같은 작품을 낳은 것이었다. 한나라 때 비문인 백석신군비(白石神君碑) 글씨에서 그 본을 구하여 웅혼한 힘과 엄정한 구성을 유지하면서도 필획의 변화가 미묘하게 살아 움직이는 추사 예서체의 진수가 들어 있다. 더욱이 잔 글씨로 이 작품을 쓰게 된 내력을 말하고 있는 것이 그 내용과 형식 모든 면에서 예술적 깊이를 더해준다.

| **무량수각 현판** | 추사 김정희가 귀양살이 가면서 쓴 글씨로 획이 기름지게 살지고 구성의 임의로운 변화가 두드러져 있다.

초의가 스스로 만든 차를 보내왔는데, (중국의 유명한 차인) 몽정과 노아보다 덜하지 않다. 이 글씨를 써서 보답하는바, (한나라 때 비석인) 백석신군비의 필의로 쓴다. 병거사의 예서.

草衣寄來自製茗 不減蒙頂露芽 書此爲報 用白石神君碑意 病居士隷

추사 김정희와 원교 이광사

추사 김정희가 주창한 금석학과 고증학은 무너져가는 조선왕조의 이데올로기인 성리학을 뿌리부터 검증하는 일이었다. 병자호란 이후 청나라의 강희·건륭연간에 일어난 이 신학문을 더이상 오랑캐 학문이라고 외면해서는 안된다는 그의 스승 박제가의 훈도를 받고, 24세 때 아버지 따라 북경에 가서 그 학문과 예술의 번성함을 보고는 더욱 확신을 얻어 여기에 매진하게 된다.

글씨에 있어서도 그동안 조선의 서체는 원교 이광사의 동국진체라는 개성적이며 향색(鄕色), 즉 민족적 색채가 짙은 것이 크게 유행하고 있었는데 추사는 이를 글씨의 고전, 한나라 때 비문 글씨체의 준경한 법도에 근거한 것으로 바꿔야 한다고 주장하였다.

추사는 신학문과 신예술의 기수가 되어 기고만장하게 30대와 40대를 보내고 54세에는 정치적으로도 출세하여 국방부차관(병조참판)이 되어 청나라에 동짓날 가는 외교사절단 부단장(동지부사 冬至副使)으로 30년 만에 다시 꿈에도 잊지 못할 북경으로 떠나게 되었다. 그러나 잠깐 사이에 정변이 일어나 추사는 급기야 사형선고를 받게 된다. 다행히 벗인 영의정 조인영의 도움으로 죽음을 면하고 절해고도인 제주도 귀양길에 오르니 그 인생의 허망은 여기서 절정에 달했다.

제주도 귀양길에 추사는 전주·남원을 거쳐 완도로 가던 길에 해남 대흥사에 들러 초의를 만났다. 귀양살이 가는 처지이면서도 추사는 그 기개가 살아있어 대흥사의 현판 글씨들을 비판하며 초의에게 하는 말이 "조선의 글씨를 다 망쳐놓은 것이 원교 이광사인데, 어떻게 안다는 사람이 그가 쓴 대웅보전 현판을 버젓이 걸어놓을 수 있는가"라며 있는 대로 호통을 치며 신경질을 부렸다. 초의는 그 극성에 못이겨 원교의 현판을 떼어내고 추사의 글씨를 달았다고 한다.

제주도에서의 귀양살이 7년 3개월, 햇수로 9년. 추사는 유배중 부인의 상을 당하고, 유배중 회갑을 맞았으나 축복해주는 이 없는 외로움을 맛보았다. 처음엔 찾아주던 제자들의 방문도 뜸해졌다. 그런 중에 변치 않고 책을 구해다주는 이상적의 마음에 감동해 "날이 차가운 후(歲寒然後)에 소나무 잣나무의 푸르름을 안다"고 「세한도」를 그려주기도 하였다. 귀양살이를 하면서 그 외로움, 억울함, 쓸쓸함을 달래기 위하여 추사는 글씨를 쓰고 또 썼다. 한나라 비문체뿐만 아니라 각체를 익혔던 그가 여기에서 자신의 감정을 듬뿍 실은 개성적인 글씨를 만들어내게 되니 그것이 추사체의 완성이었던 것이다.

| 추사의 「명선」 | 초의가 보내준 차를 받고 그 답례로 보낸 추사의 작품으로 병거사(病居士)라 낙관한 추사 말년의 대표작이다.

연암 박지원의 손자로 셔면호 사건 때 평양감사를 지낸 박규수가 "추사는 바다를 건너간 후 남에게 구속받거나 본뜨는 일 없이 스스로 일가를 이루었다"고 평한 것은 이를 말하는 것이었다.

1848년 12월, 추사는 63세의 노령으로 귀양지에서 풀려나게 되었다. 햇수로 9년 만에 맞는 해방이었다. 서울로 올라가는 길에 다시 대흥사에 들른 추사는 초의를 만나 회포를 풀던 자리에서 이렇게 말했다고 한다.

"옛날 내가 귀양길에 떼어내라고 했던 원교의 대웅보전 현판이 지금 어디 있나? 있거든 내 글씨를 떼고 그것을 다시 달아주게. 그때는 내가 잘못 보았어."

추사 인생의 반전(反轉)은 그렇게 이루어졌다. 법도를 넘어선 개성의 가치가 무엇인지를 그는 외로운 귀양살이 9년에 체득한 것이었다. 추사 김정희, 그는 분명 영광의 북경이 아니라 아픔의 제주도로 갔기에 오늘의 추사가 될 수 있었다.

지금 대흥사 대웅보전에는 이리하여 다시 원교 이광사의 현판이 걸리게 되었고, 그 왼쪽에 있는 승방에는 추사가 귀양가며 썼다는 '무량수각' 현판이 하나 걸려 있으니 나는 여기서 조선의 두 명필이 보여준 예술의 정수를 다시금 새겨보곤 한다. 원교의 글씨체는 획이 가늘고 빳빳하여 화강암의 골기(骨氣)를 느끼게 하는데, 추사의 글씨는 획이 살지고 윤기가 나는 상반된 미감을 보여준다. 쉽게 말해서 원교체는 손칼국수의 국숫발 같고, 추사체는 탕수육이나 난자완스를 연상케 하는 그런 맛과 멋이 있다. 그러나 귀양살이 이후의 글씨인 「명선」에 와서는 불필요한 기름기를 제거하고 자신의 기(氣)와 운(韻)을 세우게 되니 그런 경지란 원교는 꿈에도 생각지 못했을 높은 차원이었던 것이다.

'땅끝'에 서서

대흥사를 답사한 다음에는 반드시 '땅끝'에 가야 한다. 대흥사에서 차로 불과 40분이면 당도할 이 국토의 '끝'에 서서 인생과 역사를 추슬러볼 기회를 갖는다는 것은 여간 뜻깊은 일이 아닐 수 없다.

사람은 누구나 계기만 있으면 감상적 상념을 일으킨다. 봄비가 내리고

| 미황사 대웅보전 | 달마산의 준봉들을 배경으로 한 멋진 건물로 빛바랜 단청이 더욱 고찰의 맛을 자아내고 있다.

낙엽이 떨어져도 여린 상처를 받는 게 인간의 감정인데 하물며 '땅끝'에 서서 아무런 감상이 없을 것인가.

땅끝으로 가는 길은 오갈 데 없는 절망의 벼랑으로 상상하기 십상이지만 실제로는 우리나라에서 '둘째로' 아름다운 산경(山景) 야경(野景) 해경(海景)을 보여준다.

두륜산의 여맥이 주체하지 못하여 날카로운 톱니처럼 산등성이를 그어가다가 문득 멈추어 선 곳이 땅끝이다. 땅끝으로 가는 들판을 가로지르다 보면 마치 공룡의 등뼈 같은 달마산 줄기가 한눈에 들어오는데 그 정상 가까이에는 고색창연한 미황사(美黃寺)라는 아름다운 절이 있다. 만약 일정이 허락되어 여기에 잠시 머물며 미황사 대웅전 높은 축대 한쪽에 걸터앉아 멀리 어란포에서 불어오는 서풍을 마주하고 장엄한 낙조를 바라볼 수 있다면 여러분은 답사의 행복을 만끽할 수 있을 것이다.

달마산 줄기가 한굽이 치솟아오른 사자봉 높은 산마루, 거기가 일명 토말(土末), '땅끝'이다. 북위 34도 17분 38초. 사자봉 봉수대 옆에는 5층 건물 높이의 땅끝전망대가 세워져 있어 우리는 땅끝에 이는 모진 바람을 막고 사위를 살필 수 있다. 진도, 완도, 노화도 큰 섬 사이로 파아란 남해 바다가 지는 햇살을 역광으로 받으며 아스라이 물결을 일으킬 때 우리는 정녕 땅끝에 선 것 같지 않다.

그러나 땅끝이 언제나 그렇게 아름다울 리는 없다. 어쩌다 해일이 일고 폭풍이 몰아친다면 휴거를 연상할지도 모를 일이다.

뜨겁게 살고, 용기있게 싸우며, 치열하게 사물과 대결하는 시인의 상념 속 땅끝은 처절하고, 절박하고, 고독하다. 김지하 시인이 시와 산문으로 쓴 '땅끝'은 바로 그런 것이다.

1961년, 그의 나이 스물한살 때 김지하는 고향 목포에 있었단다. 빈털터리로 떠돌며 몸은 지쳐 있고 세상의 뜻은 잃었고 대낮에도 식은땀을 줄줄 흘리면서 무작정 흘러다니다 목포 선착장에서 문득 '땅끝행(行)'이라는 깃발을 보았다고 한다. 그때 그는 자신이 땅끝에 와 있는 것을 느꼈고 그 절망감을 못 이겨 '땅끝'으로 가서 끝내버릴 작정이었단다. 그래서 겨우 간 곳이 용당반도 끝이었고, 그 스산한 시야 바다 물결 속에 서툰 자살기도는 실패하고 한 편의 시만 남겼다.

　용당리에서의 나의 죽음은
　출렁이는 가래에 묻어올까, 묻어오는
　소금기 바람속을
　돌속에서 흐느적거리고 부두에서
　노동자가 한 사람 죽어 있다

| **'토말' 비** | 해남군 송지면 갈두마을 땅끝에 세워져 있는 비석으로 멀리 노화도가 보인다.

그러나 나의 죽음
죽음은 어디에.

—「용당리에서」 부분

1985년, 그러니까 김지하가 긴 옥고를 치르고 석방되어 해남으로 내려
온 지 2년째 될 때 그는 사자봉 땅끝에 서서 또다시 막바지까지 왔다는
절망감에서 한 편의 시를 썼다. 그것이 그의 유명한 「애린」이다.

땅끝에 서서
더는 갈 곳 없는 땅끝에 서서
돌아갈 수 없는 막바지
새 되어서 날거나

고기 되어서 숨거나

(…)

혼자 서서 부르는

불러

내 속에서 차츰 크게 열리어

저 바다만큼

저 하늘만큼 열리다

이내 작은 한 덩이 검은 돌에 빛나는

한 오리 햇빛

애린

나.

1960년대와 70년대를 살아오면서 나는 그 시대 여느 진보적 지식인들과 마찬가지로 김지하를 좋아했고, 존경했고, 그를 따랐다. 절망의 벼랑 끝에서도, 죽음과 죽임의 총부리 칼날 아래서도 빛나는 용기와 저버리지 않는 꿈을 지켰던 김지하의 신도였다.

김지하가 우리에게 마지막 모습을 보여준 것은 1991년 어느날 "모로 누운 돌부처"를 얘기하다가 떠난 것이다. 그리고 지금은 무얼 하고 계신지…… 그러나 나에게 있어서 김지하는 그가 땅끝에 서서 "굳게 다문 돌부처의 입술에 침을 뱉던 거역의 예리한 기쁨의 날"을 노래하던 그 장한 형님으로 남아 있다.

지난 가을 어느날 내가 다시 땅끝을 찾아와 까만 토말비에 기대서서 먼바다를 바라보며 이런저런 생각에 잠겼을 때도 땅끝에 이는 감정보다도 먼저 떠오른 것은 지하형에 대한 상념이었다.

1992. 7.

* 답사기를 펴낸 뒤 나는 소리소문 없이 내 책의 답사처를 다녀오곤 하는데, 풀티재 고갯마루의
  강진군을 알리는 입간판은 이렇게 바뀌었다. 지금은 풀티재 터널이 개통되어 고갯마루를
  넘지 않고 바로 월남리로 갈 수 있다.

내포땅의 사랑과 미움
내포평야 / 수덕사 대웅전 / 정혜사 불유각 / 수덕여관

답사를 다니는 일은 길을 떠나 내력있는 곳을 찾아가는 일이다. 찾아가서 인간이 살았던 삶의 흔적을 더듬으며 그 옛날의 영광과 상처를 되새기면서 이웃을 생각하고 그 땅에 대한 사랑과 미움을 확인하는 일이다. 그런 답사를 올바로 가치있게 하자면 그 땅의 성격, 즉 자연지리를 알아야 하고, 그 땅의 역사, 즉 역사지리를 알아야 하고, 그 땅에 살고 있는 사람들의 삶의 내용, 즉 인문지리를 알아야 한다. 이런 바탕에서 이루어지는 답사는 곧 '문화지리'라는 성격을 갖는다. 그런 뜻에서 이번에 1박2일 일정으로 찾아갈 충청남도 서산의 가야산유적지 답사는 자연·인문·역사지리의 기본 골격을 살피는 것부터 시작해야겠다.

천혜의 땅 '내포'와 가야산

오대산에서부터 뻗어내려온 차령산맥 줄기가 서해바다에 다가오면서 그 맥을 주춤거리다 방향을 아래쪽으로 틀면서 마지막 용틀임을 하듯 북쪽을 향해 치솟은 땅이 가야산(伽倻山, 678미터)이다. 이리하여 차령산맥 위쪽 가야산을 둘러싼 예산·서산·홍성·태안. 나아가 당진·아산에는 비산비야의 넓은 들판이 생겼다. 옛날에는 여기를 '내포(內浦)'라 했고 지금도 이 일대를 내포평야라고 부른다. 그래서 이 고장 사람들은 사는 행정구역이 서로 달라도 마치 옆마을 사람처럼 느끼는 친근한 동향의식을 갖고 있으니 내포사람들이라고 불러도 무방할 성싶다.

내포는 농사와 과일이 잘될 뿐만 아니라 안면도·황도의 조기잡이, 간월도의 어리굴젓이 상징하는 바다의 풍요가 있다. 그래서 조선후기의 실학자이자 지리학자였던 이중환(李重煥, 1690~1756)은 『택리지(擇里志)』의 팔도총론에서 이 지역을 다음과 같이 설명하였다.

산천은 평평하고 아름답고 서울의 남쪽에 위치하여 서울의 세력있는 집안치고 여기(충청도)에 농토와 집을 두고 근거지로 삼지 않는 사람이 없다. (…) 충청도는 내포를 제일 좋은 곳으로 친다. 가야산을 중심으로 하여 서쪽은 큰 바다요, 북쪽은 큰 만(灣)이고, 동쪽은 큰 평야, 남쪽은 그 지맥이 이어지는바, 가야산 둘레 열개 고을을 총칭하여 내포라 한다. 내포는 지세가 한쪽으로 막히어 끊기었고 큰 길목에 해당하지 않으므로 임진·병자 두 난리의 피해도 이곳에는 미치지 않았다. 토지는 비옥하고 평평하고 넓다. 물고기, 소금이 넉넉하여 부자가 많고 또 대를 이어 사는 사대부도 많다. (…) 다만 바다 가까운 곳은 학질과 부스럼병이 많다.

이런 내포땅인지라 기암절벽이 이루는 절경은 없어도 낮은 구릉이 굽이치는 평화로운 전경은 일상과 평범 속의 아름다움이라 할 만하다. 만경평야의 드넓은 벌판을 즐겨 그리는 우리시대의 화가 임옥상도 애정어린 농촌의 전형을 그리려면 내포땅이 좋다고 한다.

이 평온 속에 살아온 사람들의 정서와 마음씨는 굳이 따지지 않아도 알 만한 일이다. 부드럽고, 여유있고, 친근하고…… 그러나 무슨 연유에서일까, 내포땅이 배출한 인재들은 온화한 성품의 소유자가 아니라 기골이 강해서 시쳇말로 '깡'이 센 사람들이다. 최영 장군부터 시작해서 사육신의 성삼문, 임진왜란의 이순신, 9년 유배객 추사 김정희, 자결한 구한말의 의병장 면암 최익현, 김대건 신부, 윤봉길 의사, 김좌진 장군, 개화당의 김옥균, 『상록수』의 심훈, 남로당의 박헌영, 만해 한용운, 문제의 화가 고암 이응로…… 모두 쉽지 않은 분들이고, 제명을 못다할망정 의를 다한 분들이다. 세상에 이런 역설이 있을까 싶다. 이것은 필시 내포땅의 '논두렁 정기'가 아니라 가야산 정기와 관련 있을 것이다.

슬프다 수덕사여!

내포땅 가야산의 가장 이름 높은 명승지는 수덕사이다. 가야산 남쪽 덕숭산(德崇山, 580미터) 중턱에 널찍이 자리잡은 수덕사는 백제 때부터 내려오는 유서깊은 고찰이다. 고려 때 지은 대웅전이 건재하고 근세에 들어와서는 경허와 만공 같은 큰스님이 있었다. 그래서 오늘날에도 불교계의 덕숭문중은 큰 일파를 이루어 요즘처럼 종정 선출이 난항을 거듭할 때면 으레 덕숭문중의 의향이 관심의 초점이 되곤 하는 것이다.

그런 중에 수덕사는 『청춘을 불사르고』(문선각 1962)의 시인 김일엽 스님이 있던 곳으로 유명해졌다. 또 여승들의 큰 선방이 여기에 있어 청도

| **수덕사의 돌계단길** | 자연스런 흙길을 버리고 값비싼 돌바닥과 돌계단을 깐 결과 중국 무술영화 쎄트 같은 괴이한 형상이 되고 말았다.

운문사와 같은 청순한 이미지를 갖게 되었다. 가수 송춘희가 부른 「수덕사의 여승」 "인적 없는 수덕사에 밤은 깊은데, 흐느끼는 여승의 외로운 그림자……" 같은 유행가까지 나왔다.

그러나 수덕사는 더이상 그런 수덕사가 아니다. 그 옛날의 수덕사는 완벽하게 망가져버렸다. 최근 몇년간에 걸친 엄청난, 아니 어마어마한 중창불사로 으리으리한 사찰이 되었다. 일주문을 지나면 둥근 원을 그리면서 돌아가던 그 넓고 한적한 길은 없어지고, 마치 중국 무술영화에서나 본 적이 있을 듯한 다듬어진 돌길에다 돌계단으로 화려의 극을 달린다. 무지막지하게 값비싼 돌로 치장하여 돈 냄새를 물씬 풍기면서 돌난간에는 별의별 촌스러운 발상이 난무한다. 지난해 수덕사에 갔다가 문화재 전문위원인 건축사가 신영훈 선생과 이 돌계단을 같이 오르게 되었다. 신선생은 나의 그 어이없어하는 표정, 불쾌한 심사를 알아차리고는

| 정혜사에서 내려다본 수덕사 | 소나무·떡갈나무숲의 널찍한 터에 자리잡은 수덕사는 호방함과 아늑함을 두루 갖추고 있다.

"미안합니다. 이런 짓을 막지 못한 것, 정말 미안합니다"하며 먼 데로 눈을 돌렸다.

　파란 하늘 아래로 바짝 붙어선 덕숭산 산자락에는 예나 지금이나 변함없이 소나무·떡갈나무가 복스럽게 자라 마치 백제시대 산경문전 전돌에 나오는 산수무늬인 듯 곱고 우아한 자태를 보여준다. 아! 슬프다. 오늘의 수덕사여, 그 옛날의 수덕사여.

대웅전 — 간결한 것의 힘과 멋

　수덕사가 아무리 망가졌어도 거기에 대웅전 건물이 건재하는 한 나는 수덕사를 무한대로 사랑한다. 이 대웅전 하나만을 보기 위하여 수덕사를 열번 찾아온다 해도 그 수고로움이 아깝지 않다. 수덕사 대웅전은 고려

충렬왕 34년(1308)에 건립된 것으로, 현재까지 정확한 창건연대를 알고 있는 가장 오래된 목조건축이다. 이를 기준으로 하여 건축사가들은 부석사 무량수전, 안동 봉정사 극락전, 강릉 객사문 등 고려시대 건축의 양식과 편년을 고찰한다.

고려시대에 세운 목조건축이라! 말이 그렇지 나무로 만든 집이 700년 동안 그대로 사용되고 있다는 사실에 차라리 숙연한 마음이 일어난다. 철근을 사용하면서도 길어봤자 100년도 못 가서 헐어버릴 집을 짓고 있는 이 시대의 짧은 눈과 경박한 시대정서에 대한 무언의 꾸짖음이 여기 있다.

수덕사 대웅전 건축은 그 구조와 외형이 아주 단순하다. 화려하고 장식이 많아야 눈이 휘둥그레지는 현대인에게 이 단순성이 보여주는 간결한 것의 아름다움, 꼭 필요한 것 이외에는 아무런 수식이 가해지지 않은 필요미(必要美)는 얼른 다가오지 않는다. 그러나 안정된 정서를 갖고 있는 사람이라면 수덕사 대웅전의 저 간결미와 필요미가 연출한 정숙한 아름다움에 깊은 마음의 감동을 받게 될 것이다. 그것은 마치도 가벼운 밑화장만 한 중년의 미인을 만났을 때 느끼는 감정 같은 것이다.

이런 수덕사 대웅전을 두고 문화재관리국(문화재청 전신)에서 안내표지판이라고 세워둔 그 글귀를 읽어보면 세상에 이처럼 망측스러운 글이 없다.

국보 제49호 (…) 맞배지붕에 주심포형식을 한 이 건물은 주두 밑에 헛첨차를 두고 주두와 소로는 굽받침이 있으며, 첨차 끝은 쇠서형으로 아름답게 곡선을 두어 장식적으로 표현하고, 특히 측면에서 보아 도리와 도리 사이에 우미량을 연결하여 아름다운 가구를 보이고 있다.

이게 도대체 어느 나라 말인가? 말인즉슨 다 옳고 중요한 얘기다. 그러나 그것은 전문가들끼리 따지고 분석할 때 필요한 말이지 우리 같은 일반관객에게는 단 한마디도 도움이 되는 구절이 없다. 그럼에도 불구하고 이런 안내문이 알루미늄판에 좋게 새겨져 설치된 사정 속에서 나는 이 시대 문화의 허구를 역설로 읽게 된다. 그것은 전문성과 대중성에 대한 오해 내지는 무지의 소산이다. 전문가들은 흔히 이런 식으로 자신의 전문성을 티내는 무형의 횡포를 자행하고 있는 것이다. 진정한 전문성은 아무리 어렵고 전문적인 것이라도 대중이 알아들을 수 있는 언어로, 그것도 설득력있게 해낼 때 쟁취되는 것이다. 전문가들의 대중성에 대한 무지 내지는 횡포, 이 표현이 심하다면 최소한 불친절성 때문에 우리는 문화재 안내판을 읽으면서 오히려 우리 문화에 대한 사랑과 자랑을 잃어가고 있는 것이다.

주심포집의 맞배지붕

안내문의 첫구절인 "맞배지붕에 주심포형식을 한 이 건물"을 해설하자면 자연히 수덕사 대웅전의 구조가 보여주는 아름다움이 드러나게 된다.

전통 한옥의 지붕모양에는 맞배지붕, 우진각지붕, 팔작지붕 세가지의 기본형이 있다. 맞배지붕은 지붕의 앞면과 뒷면을 사람 인(人)자 모양으로 배를 맞댄 모양이고, 우진각지붕은 맞배지붕의 양측면을 다시 삼각형 모양으로 끌어내려 추녀가 4면에 고르게 만들어져 흔히 우리가 함석지붕에서 보는 바의 형식이다. 이에 반해 팔작지붕은 우진각지붕의 세모꼴 측면에 다시 여덟 팔(八)자의 모양을 덧붙여 마치 부챗살이 퍼지는 듯한 형상이 되었다고 해서 합각지붕이라고도 한다. 경복궁 근정전을 비롯한 조선시대 대부분의 건축과 부잣집 기와지붕은 이 팔작지붕으로 되었다.

| 수덕사 대웅전 | 현존하는 최고의 목조건축 중 하나로 고려시대 맞배지붕집의 장중하고 엄숙한 멋을 유감없이 보여준다.

그러니까 지붕의 형식 중에서 가장 간단한 기본형이 맞배지붕인 것이다.

삼국시대 이래로 우리 목조건축의 대종은 맞배지붕이었다. 여기에 새로운 스타일인 팔작지붕이 중국에서 건너온 것은 고려중기로 생각되는데 부석사 무량수전이 가장 오랜 유물이다. 팔작지붕이 유행한 이후 이 단조로운 맞배지붕은 어찌 보면 가난한 형식으로 취급되어 발전할 수 없게 된 것처럼 생각되기도 하지만 실제는 전혀 그렇지 않았다. 화려한 집을 지을 때면 팔작지붕이 어울리지만 거기에는 경건한 기품이 없다. 단순한 것 같지만 맞배지붕에는 엄숙한 분위기가 살아난다. 그래서 팔작지붕이 한창 유행한 조선시대에도 종실의 제사장인 종묘, 공자님 사당인 대성전, 강진 무위사 극락보전처럼 고려풍이 남아 있는 초기 사찰 등은 모두 맞배지붕으로 되어 있다.

수덕사 대웅전은 이른바 주심포(柱心包)집이다. 다포(多包)집이 아니라는 말이다. 집을 지으려면 기둥을 세운 다음 이것을 연결시켜 고정해야 한다. 기둥과 기둥을 옆으로 잇는 것을 창방이라고 하고, 앞뒤로 가로지르는 나무를 들보라고 한다. 이 기둥과 창방과 들보를 매듭으로 연결하는 장치, 즉 공포(栱包)를 어떻게 역학적으로 효과있게, 그리고 외형적으로 멋있게 짜느냐가 목조건축에서는 아주 중요한 과제가 된다. 이것만 면밀히 관찰해도 목조건축의 편년까지 가능해진다.

옛날에는 이 공포를 기둥 위에만 설치했다. 그것이 주심포집이다. 그런데 건물을 보다 크고 화려하게 하기 위하여 기둥과 기둥 사이에도 공포를 만들어서 끼워넣었다. 이것이 다포집이다. 그러니까 맞배지붕에는 주심포가 어울리고, 팔작지붕에는 다포집이 어울린다. 다포집이 유행한 이후에도 주심포집이 세워진 것은 단순히 고식(古式)이거나 조촐한 집이기 때문만은 아니었다. 수덕사 대웅전은 그런 맞배지붕의 주심포집인 것이다.

이와 더불어 우리가 빼놓을 수 없는 수덕사 대웅전 건축의 중요한 특징은 배흘림기둥이다. 기둥이 아래에서 위로 곧바로 뻗어올라간 것이 아니라 가운데가 슬쩍 부풀어 탱탱한 팽창감을 느끼게 해주고 윗부분을 좁게 마무리한 기둥을 배흘림이라고 한다. 배흘림기둥은 삼국시대 이래로 우리 목조건축의 중요한 특징이며, 그리스 신전에서도 이 형식이 나타나 이른바 엔타씨스(entasis)라고 말하는 것이다. 그러면 왜 기둥에 배흘림을 가하게 되었을까? 지금 영국의 와버그 미술사연구소장으로 있는 곰브리치는 이것을 아주 명쾌하게 설명한 바 있다.

(엔타씨스 형식을 취한) 기둥들은 탄력성있게 보이며, 기둥모양이 짓눌린 것 같은 인상을 주지 않은 채 지붕 무게가 기둥을 가볍게 누르

| 대웅전의 측면관 | 둥근 기둥과 각이 진 들보를 노출시키면서 절묘한 면분할로 집의 모양새를 더욱 아름답게 장식하고 있다.

고 있는 것처럼 보이게 한다. 마치 살아있는 물체가 힘 안 들이고 짐을 지고 있는 것처럼 보이게 한다.

수덕사 대웅전을 앞마당 아래쪽에서 정면정관(正面正觀)으로 올려다보면 지붕골이 아주 길고 높아서 지붕의 하중이 대단히 위압적이라는 인상을 받는다. 더욱이 이 지역 백제계 건축들은 기둥과 기둥 사이의 간격이 넓은 것이 특징인바, 그로 인하여 위압적이라는 느낌이 강하게 드는 것이다. 그러나 저 팽팽한 팽창감의 배홀림기둥이 탄력있게, 어찌 보면 상큼하게 지붕을 떠받치고 있어서 우리에게 하등의 시각적 불편이나 무리를 느끼게 하지 않는다.

그리고 건축물의 외형은 각 부재들이 이루어내는 면분할의 조화 여부에 성패가 걸린다. 수덕사 대웅전의 면분할은 무엇보다도 건물의 측면관에 멋지게 구현되었다. 우리시대 건축에서는 도저히 찾아볼 수 없는 간결성의 멋과 힘이 거기 있다. 기둥과 들보가 속으로 감추어지지 않고 겉으로 드러난 것이 현대건축·서구건축에 익숙한 사람들에게는 기술상의 미완성, 마감의 불성실로 비칠지 모를 일이다. 그러나 튼튼한 부재의 정직한 드러냄이야말로 이 집이 천년이 가도 끄떡없음을 자랑하는 견실성의 핵심요소라고 나는 생각하고 있다. 더욱이 가로세로의 면분할이 가지런한 가운데 넓고 좁은 리듬이 들어가 있고, 둥근 나무와 편편하게 다듬은 나무가 엇갈리면서 이루어낸 변주는 우리의 눈맛을 더없이 즐겁게 해준다. 그리하여 수덕사를 답사했을 때 내가 가장 오랜 시간 머무는 장소는 저 대웅전의 측면이 한눈에 들어오는 오른쪽 꽃밭 한 귀퉁이로 되었다.

이처럼 단순하고 간결한 구조 속에서 정숙하고 단아한 아름다움을 대웅전 내벽의 조형적 이상으로 삼은 수덕사 대웅전이니, 벽면과 문짝의 처리 또한 이러한 미적 목표에서 벗어났을 리 있겠는가. 대웅전 벽면은 아무런 수식 없이 흰색과 노란색 단장으로 저 조용한 아름다움이 돋보인다. 그것은 그림을 그리지 않음으로써 그린 것보다 더 큰 그림효과를 얻어낸 것이다.

정면과 측면의 문짝 창살무늬를 볼 것 같으면 마름모꼴의 사방연속무늬라는 역시 단순한 구조이지만 거기에 공들인 목공의 치밀한 손끝을 감탄 없이 바라볼 수 없을 것이니, 부안 내소사의 창살무늬가 화려한 아름다움의 극치라는 찬사를 받고 있지만 그것을 수덕사 대웅전에 비교한다면 바둑으로 쳐서 9단과 5단의 차이는 된다.

내부로 들어가면 모든 건축부재들이 시원스럽게 노출되어 서로가 유기적으로 연계되어 있는 것이 한눈에 들어온다. 복잡한 결구의 공교로운 재주부림 같은 것이 없다. 모든 들보와 창방이 쭉쭉 뻗어 있을 따름이다.

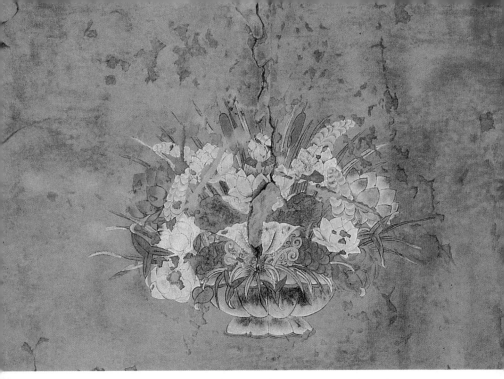

| 대웅전 내벽의 벽화 | 해체수리 때 발견된 꽃그림으로 故 임천 선생이 모사해둔 고려시대 벽화이다.

그래서 최완수 선생은 수덕사 탐방기를 쓰면서 "마치 왕대밭에 들어선 듯 청신한 기운이 전 내에 가득하다"는 탁견을 말하였다.

지금 안벽에는 아무 그림도 그려져 있지 않으나 원래는 아름다운 야생화 꽃꽂이와 비천상들이 그려져 있었다. 그것은 고려불화 중에서 괘불이 아니라 벽화의 모습을 추정하는 유효한 자료일 뿐만 아니라 고려시대 회화의 정수를 보여준다. 이 야생화 벽화는 우리가 조선시대 사찰 벽화에서 볼 수 있는 화려함이나 복잡한 구성이 아니라 항아리에 꽃꽂이를 소담하게 해놓은 일종의 정물화로 되어 있다. 여백의 처리도 여유있고 색조도 담백하여 그것 역시 이 집의 모양새와 조금도 어긋나지 않는다.

1934년 수덕사 대웅전 해체공사가 대대적으로 시행되었다. 이를 위해 곁에 있는 단청과 벽화를 고(故) 임천(林泉) 선생이 모사하던 중 1528년의 개채기(改彩記)를 찾아내고 또 벽화 속에서 원래의 그림을 찾아내었다. 이것은 건립 당초의 벽화로 판명되어 분리작업을 하던 중 1308년에 건립됐다는 기록도 찾게 된 것이다. 이 벽화는 건물 해체에 따라 모두 제자리에서 떨어져나갔고 일부는 모사되었다. 모사화 중 일부는 일본인들이 가져갔고, 원래 벽체는 분리된 상태로 남아 있다가 해방 때 혼란기에 흙더미로 바뀌어 폐기되었다고 신영훈 선생은 증언하고 있다. 지금 국립중앙박물관 창고에는 그중 임천 선생이 그린 야생화 모사도가 한 폭 보관되어 있다.

이런 수덕사 대웅전이다. 만약에 이 건물에 붙일 간결한 안내문 하나를 내게 원고청탁하여 온다면 나는 기꺼운 마음으로 이렇게 쓸 수 있을 것 같다.

국보 제49호. 덕숭산 남쪽에 자리잡은 수덕사의 중심부에 해당하는 건물. 현존하는 다섯 채의 고려시대 목조건축 중 하나로 충렬왕 34년(1308)에 건립된 것이다. 정면 3칸, 측면 4칸의 주심포 맞배지붕으로 조용한 가운데 단정한 아름다움이 돋보이며 불당으로서 근엄함을 잃지 않고 있다. 건물의 모든 결구는 필요한 것만으로 최소화하고 여타의 장식을 배제하였으며 기둥과 창방의 연결고리인 공포장치는 단순한 가운데 힘이 넘치며, 마름모꼴 사방연속무늬의 창살은 이 집의 정숙한 기품을 더욱 살려준다. 특히 이 건물의 측면관의 면분할은 안정과 상승의 조화를 절묘하게 보여주며 거의 직선으로 뻗은 맞배지붕의 사선은 마치 학이 내려앉으면서 날갯짓하는 듯한 긴장이 살아있다. 배흘림기둥에 기둥과 기둥 사이가 비교적 넓게 설정된 것은 백제계 건축의 특징으로 생각되는 것이며 그로 인하여 지붕골이 조금 높고 길다는 인상을 주고 있다. 건물 외벽에 별도의 단청을 가하지 않은 것이 오히려 그림보다 더 큰 조형효과를 자아낸다. 내벽에서는 1934년 대대적인 해체수리공사 때 아름다운 야생화를 담백한 채색으로 그린 것이 발견되었다.

만공스님

수덕사는 결코 볼거리가 많은 절은 아니다. 문화재를 찾는다면 대웅전 하나로 끝이다. 그밖에 오층석탑이니 뭐니 있지만 대수로운 것이 못된다. 그러나 덕숭산의 사계절과 그 자연 속에 살았던 인간의 이야기와 전설이 있기에 우리의 가슴속에 젖어오는 감성의 환기가 있고 이성의 일깨움이 있다. 중국의 곽말약(郭沫若)이 그 유명한 동정호수에 갔다가 오물만 둥둥 떠다니는 것을 보고 실망하면서도, "그래도 여기엔 동정추월 평사낙안을 읊은 옛 시인의 글귀가 서려 있고 뭇 인재들의 영욕이 있어 내 심금을 울린다"고 했다.

수덕사 경내에서 서쪽 계곡을 끼고 덕숭산으로 올라가는 등산길이 있는데, 본사에서 1,200개의 돌계단을 오르면 정혜사(定慧寺)의 능인선원이 나온다. 그 중턱에는 일제시대 때 조선불교의 법통을 지킨 송만공(宋滿空, 1871~1946)스님의 사리탑과 만공스님이 세운 25척의 미륵불이 있다.

사리탑이건 미륵불이건 그 모습에서 어떤 예술적 감동을 주는 바는 없다. 다만 이것이 숱한 일화를 남긴 만공스님이 여기 계셨던 자취임을 분명히 알려주며, 나는 그것으로 족하게 생각한다. 만공스님은 정읍 태인 사람이다. 13세 때 부친이 돌아가시자 어머니가 여승이 됨에 따라 중이 되었다. 소년시절부터 참선에 정진한 만공은 30세에 정혜사 선원 조실이 되어 수많은 납자(衲子)를 배출했다. 만공스님이 속세에 살았다면 대단한 기인이었을 것이다.

| 만공스님의 미륵상 | 일제강점기에 만공스님이 세운 미륵석상으로 그 조형미를
떠나 스님의 족적을 느낄 수 있어서 그 의미를 새기게 된다.

만공은 젊은 여자의 벗은 허벅지를 베지 않으면 잠이 안 온다고 하였
다. 그래서 일곱 여자의 허벅다리를 베고 잤다고 해서 '칠선녀와선(七仙
女臥禪)'이라는 말이 생겼다. 스님의 이런 파격적인 행위는 그의 은사 스
님인 경허스님으로부터 이어받은 것이었다.

어느날 험한 산길을 한 스님과 가는데, 이 동행승이 힘들어서 더는 못
가겠다고 했다. 그때 마침 밭에서 화전을 일구는 부부가 있었는데 경허
스님은 무슨 생각에서인지 냅다 달려가 여자를 덥석 안고 입맞춤을 했

다. 놀란 남편은 쇠스랑을 들고 저 중놈들 죽여버리겠다며 쫓아왔다. 엉겁결에 동행승도 걸음아 날 살려라 달아났다. 숨을 헉헉대며 고갯마루에 올라 이제 화전 부부가 보이지 않게 되자 동행승은 경허스님에게 그게 무슨 짓이냐고 꾸짖었다. 그러자 경허스님은 "이 사람아, 그게 다 자네 탓이라고. 그 바람에 고갯마루까지 한숨에 왔지 않나. 이젠 괜찮은가?" 하였다.

경허스님이나 만공스님은 흔연히 법도를 넘어섰다는 호기 때문에 존경받았다. 진정한 도란 법도에 구속받지 않으면서 또한 법도를 떠나지 않는 데 있다고 하였으니 그 파격이라는 것도 일정한 법도를 지키는 가운데 일어난 일이어서 들어볼 만한 이야기로 전하는 것이다. 그 많은 일화 가운데 여색과 관계되는 것만 인용하면 오해가 있을까 걱정된다. 이런 얘기도 전한다. 일제시대 조선총독이 31본산 주지회의에서 일본불교와 조선불교를 합쳐야 한다고 말하자 만공은 자리를 박차고 "청정본연(淸淨本然)하거늘 어찌 문득 산하대지(山河大地)가 나왔는가!"라고 호령하여 총독이 만공의 기세에 눌렸단다. 그분의 거룩한 초상이다. 1946년 어느날 76세의 노스님 만공은 저녁공양을 맛있게 들고는 거울을 앞에 두고 독백하기를 "이 사람 만공! 자네와 나는 70여년 동안 동고동락해왔지만 오늘이 마지막일세. 그동안 수고했네" 하고는 요를 펴고 누워 열반에 들었다. 만공스님다운 최후다. 고은 선생은 만공의 모습을 오대산 상원사 방한암 스님과 견주며 이렇게 말했다.

만공스님은 한암스님과 더불어 근대 고승의 쌍벽이었다. 한암스님이 곧고 높다면 만공스님은 걸리는 바가 없이 넓었다. 높이나 넓이는 같다. 오대산 상원사는 경건하고 수덕사는 호방하다. 만공의 법맥을 이어받은 많은 후인들은 더러는 술을 마시고 여색도 제도한다. 그것

| 정혜사 '불유각' 현판(부분) | 정혜사의 샘물터에는 보호각이 세워져 있고 '부처님의 젖'이라는 뜻의 현판이 붙어 있다. 만공스님 글씨.

을 파계라고 하면 아주 어리석은 단정이다.

정혜사의 불유각

만공탑에서 다시 돌계단을 오르면 정혜사 능인선원이 나온다. 정혜사 앞뜰에 서서 담장을 앞에 하고 올라온 길을 내려다보면 홍성 일대의 평원이 일망무제로 펼쳐진다. 산마루와 가까워 바람이 항시 세차게 불어오는데, 살면서 쌓인 피곤과 근심이 모두 씻겨지는 후련한 기분을 느낄 수 있을 것이다. 자신도 모르게 물 한모금을 마시며 이 호탕하고 맑은 기분을 오래 간직하고 싶어질 것이다.

정혜사 약수는 바위틈에서 비집고 올라오는 샘물이 동그란 공을 반으로 자른 모양의 석조에 넘쳐흐르는데 이 약수를 덮고 있는 보호각에는 '불유각(佛乳閣)'이라는 현판이 걸려 있다. '부처님의 젖이라!' 글씨는 분명 스님의 솜씨다. 말을 만들어낸 솜씨도 예사롭지 않다. 누가 저런 멋을 가졌던가. 누구에게 묻지 않아도 알 것 같았고, 설혹 틀린다 해도 상관할 것이 아니었다(훗날 다시 가서 확인해보았더니 예상대로 만공의 글씨였다). 나는 그것을 사진으로 찍어 그만한 크기로 인화해서 보며 즐겼다. 그런데 우리집엔 그것을 걸 자리가 마땅치 않았다. 임시방편이지만 나는 목욕탕 문짝에 압정으로 눌러놓았다.

두 여인의 화려하고 슬픈 이야기

수덕사에 사연을 심은 사람이 어디 하나둘이겠는가마는 나는 수덕사에 올 때마다 언제나 두 여인을 생각하게 된다. 한분은 그 유명한 김일엽 스님이다.

일엽스님은 1896년생으로 본명은 김원주(金元周). 목사의 딸이었던 일엽은 조실부모한 후 23세에 이화여전을 졸업하고 3·1운동 후 일본에 건너가 토오꾜오에이와(英和)학교에 다니다 이내 귀국하여 잡지 『신여자(新女子)』를 창간하고 시인으로서 신문화운동, 신여성운동에 적극 참여하였다. 신여성 일엽은 당시 사회적 도덕률에 도전하는 대담한 글과 처신으로 숱한 화제에 올라 신여성 화가 나혜석만큼이나 소문난 여자였다. 여기서 한창 정열이 넘쳐흐를 때 일엽이 쓴 「그대여 웃어주소서」라는 시를 옮겨본다.

> 으셔져라 껴안기던 그대의 몸
> 숨가쁘게 느껴지던 그대의 입술
> 이 영역은 이 좁은 내 가슴이
> 아니었나요?
> 그런데 그런데

나도 모르게

그 고운 모습들을 싸안은 세월이

뒷담을 넘는 것을 창공은 보았다잖아요.

뜨거운 정열을 소진하고 난 다음에 찾아오는 허망을 이렇게 노래한 38세의 일엽은 수덕사 만공스님을 만나 발심(發心)하여 견성암(見性庵)에서 머리를 깎았다. 지금 수덕사 대웅전 아래쪽에는 환희대(歡喜臺)라는 작은 건물이 있는데 여기가 곧 그 옛날의 견성암이다. 누가 어떤 사유로 당호를 이렇게 바꾸었는지 내 자세한 내력을 알지 못하나 "모험적인 연애 끝에" 훗날 자신이 쓴 인생회고록의 책제목처럼 "청춘을 불사르고" 기거하다 열반한 곳이니 그 개명이 잘못되었다고 할 수는 없겠다.

일엽스님은 1971년 세수 76세, 법랍 38년으로 생을 마쳤다. 열반 후 당신이 기거하던 조촐한 한옥이던 견성암은 1981년에 큰 불당으로 면모를 일신하였다. 그 옛날의 견성암 현판은 수덕사 왼쪽에 있는 덕숭총림의 비구니 선방에 옮겨져 걸려 있는데, 덕숭총림은 장판지 240장이 깔린 엄청나게 큰 방에 항시 100명의 여승이 수도하고 있으니 당신이 뿌린 씨가 결코 헛되지 않았음을 말해주는 듯하다. 게다가 지금 환희대 앞에는 어느 누군가가 석탑을 하나 세워놓고 "일엽스님의 영전에 이 탑을 올립니다"라고 새겨놓았으니 일엽스님 당신이야 어떻게 생각하든 그분의 삶은 축복받은 여인의 삶이었다는 생각이 든다.

그러나 수덕사와 인연 있는 또 한 여인은 그런 축복이나 영광, 명성과는 너무도 거리가 먼 쓸쓸하고 조용한 분이다. 수덕사 입구의 수덕여관 주인 아주머니. 지금은 할머니라고 불러야 할 분이다. 이분은 우리 현대미술사의 걸출한 화가라 할 고암(顧菴) 이응로(李應魯, 1904~89)의 본부인이시다. 고암은 작가적 열정이 대단한 화가였다. 이제까지 우리 현대

| **수덕여관의 이응로 암각화** | 고암 이응로의 본부인이 경영하는 수덕여관 뒤뜰에는 고암이 문자추상화를 새겨놓은 너럭바위가 두개 있다. 수덕여관은 수덕사기념관으로 바뀌었다.

미술사에서 고암만큼 다양한 작품세계를 섭렵한 화가도 없고, 고암만큼 방대한 작업량을 보여준 화가도 없으며, 고암만큼 국제적으로 인정받은 화가도 없다. 그리고 고암만큼 정치적 파란을 겪은 화가도 없다.

1957년, 고암이 자신의 예술을 국제무대에서 펼쳐볼 의욕으로 독일을 거쳐 빠리로 건너갈 때 그는 이화여대 제자였던 박인경 여사와 함께 갔다. 들리기엔 오래전부터 본부인을 버리고 그렇게 살았단다. 그렇게 버림받은 고암의 본부인은 초가집 수덕여관을 지어 운영하면서 오늘 이때까지 조용히 수절하고 계시다. 그러나 남편에 대한 원망이나 섭섭함이 조금도 얼굴에 비치지 않는다. 1968년 이른바 '동백림공작단사건'으로 고암이 중앙정보부원에게 납치되어 1년여를 옥살이할 때 대전교도소, 전주교도소로 옥바라지한 분은 이 버림받은 본부인이었다. 그리고 그는 이내 빠리로 돌아갔다.

이것을 아름다운 얘기라고 해야 할 것인가, 슬픈 얘기라 할 것인가. 어쩌면 조선 여인의 체념어린 순종을 그분이 마지막으로 보여주는 것인지도 모른다. 그리고 이 쓸쓸한 얘기를 만들어낸 고암의 행태는 예술가적 기질이라는 명목으로 면책되는 것일까.

나는 고암을 무척 좋아하고 또 미워한다. 그의 삶을 미워하고, 그의 예술을 좋아한다. 내가 고암을 좋아하는 이유는 누가 뭐래도 고암은 우리 전통회화를 현대적으로 계승한 가장 탁월하고 기량있는 화가라고 생각하기 때문이다. 고암의 예술세계는 전통적인 것과 현대적인 것의 만남, 동양적인 것과 서양적인 것의 조화라는 조형적 과제를 풀어나가며 전개되었다. 그것은 유화에서 수화(樹話) 김환기(金煥基)가 추구한 조형목표와 아주 비슷한 것이었다. 그분이 빠리로 가기 전에 그린 사군자와 산수, 인물은 동양적인 것, 전통적인 것을 뼈대로 하면서 현대적·서구적으로 변용시킨, 말하자면 동도서기(東道西器)의 한 모범이 되고, 빠리로 간 이후 그린 빠삐에꼴레와 문자추상은 서도동기(西道東器)의 한 예라 나는 생각하고 있다.

수덕여관 뒤뜰은 수덕사에서 내려오는 계곡과 맞닿아 있다. 뒤뜰 우물가 양옆에는 서넛이 올라앉을 만한 평평하고 두툼한 암반이 둘 있는데 그 암반 옆면에는 고암의 문자추상화가 새겨져 있고 "1969년 이응로 그리다"라는 낙관까지 들어 있다. 나는 이것을 고암의 서도동기식 그림 중 최고작으로 꼽고 있다.

내포땅을 답사할 때 나는 으레 여기서 하룻밤을 묵곤 한다. 수덕여관 뒤뜰 고암의 그림이 새겨진 너럭바위에 조촐한 술상을 차려놓고 동행한 답사객들과 자리를 같이하곤 한다. 계곡물 흐르는 소리인지 솔바람소리인지 구별이 안 가는 가야산 덕숭산의 숨소리를 들으면서 내포땅에서 살다 간 사람들에 대한 사랑과 미움을 되새겨보는 것이 그 밤의 일정이다.

그러나 항시 나의 술자리는 길지 못하다. 내일 날이 새면 우리는 남연군 묘, 해미읍성, 개심사, 서산마애불, 보원사터로 바삐 움직여야 하니까.

1991. 6.

* 수덕사 입구 사하촌은 2011년 현재 밑으로 내려가 관광단지가 조성되어 있고 수덕여관은 수덕사기념관으로 바뀌었다.

불타는 가야사와 꽃피는 개심사

남연군 묘 / 보부상 유품 / 해미읍성 / 개심사

남연군 묘

수덕여관을 떠난 우리의 일정은 가야산의 밑동을 한바퀴 훑는 것이다. 그 첫번째 코스는 남연군(南延君), 즉 흥선대원군 아버지의 묘소이다. 우리가 국사교과서에서 배운 상식으로 말하자면 1868년 독일 상인 오페르트가 이 무덤을 파헤쳐 흥선대원군이 대노하고 이후 천주교를 더욱 박해했다는 사건의 현장인 것이다.

그 사건의 개요는 이렇다. 고종 5년(1868)에, 두번씩이나 통상 요구를 하다 실패한 오페르트는 미국인 자본가 젠킨스의 자금지원을 받아 프랑스 선교사 페롱을 앞세우고는 680톤의 기선 차이나호에 60톤의 소형증기선 그레타호를 붙여 백인 8명, 조선인 천주교도 약간명, 말레이시아인 20명 등 100명을 데리고 상하이(上海)를 떠나 제3차 협상에 나섰다. 1868년

4월 18일 이들은 서산 앞바다 행담도에 정박하고는 증기선 그레타호로 갈아타고 구만포 쪽으로 들어와서 스스로 아라사(러시아) 군병이라고 거짓말을 하며 총을 쏘고 질주하여 곧장 가야산에 있는 남연군 묘를 파헤쳤다.

묘지기 몇명이 당해낼 재간이 없는 급습이었는데 날이 밝아 동민들이 모여들고 서해바닷물이 빠지는 시각이 다가오자 이들은 황급히 퇴각했다. 이 해괴한 사건은 중국 상하이의 외국인들 사이에서도 적지 않은 물의를 일으켜 마침내 자본주 젠킨스는 불법 파렴치죄로 기소됐다. 그러나 요즘도 우리가 흔히 듣는 구실인 '증거불충분'으로 무죄가 됐고 다만 배석판사인 헤이스가 해적의 노략질과 다름없는 무모한 소행이었다는 '소수의견'을 냈다. 이것이 그리피스가 쓴 『코리아, 은둔의 나라』에 나오는 얘기다. 19세기 서구 제국주의자들이 값싼 원료와 넓은 시장을 찾아 우리나라 같은 후진국에 와서는 '개방'이라는 명목의 압력과 침략을 자행할 때, 처음에는 기독교 선교사, 두번째는 장사꾼, 세번째는 대포와 총칼로 들어왔던 그 표본이 여기에 있다.

오페르트는 왜 이런 해괴한 짓을 했을까? 그것은 홍선대원군을 자극해 결국은 협상테이블로 끌어내기 위한 일종의 전주곡을 연출한 것이었다. 그러면 남연군 묘를 파헤치면 홍선대원군이 진노할 것이라고 오페르트와 젠킨스에게 고자질한 것은 누구였을까? 말할 것도 없이 천주교 신자들이었다.

대원군은 "이 괴변은 필시 사류(邪類, 천주교도)의 대응과 향도로 발생한 것"으로 단정짓고 "잔존하는 천주학쟁이를 가일층 엄단하라"고 명을 내렸던 것이다.

불타는 가야사

흥선대원군이 진노한 것은 그것이 단순히 조상의 묘라는 사실 때문만이 아니었다. 거기에는 구구한 사연이 있었고 그로서는 천신만고 끝에 자신의 야망을 성취한 음덕이 바로 거기에 있다고 믿었던 또다른 사연이 있다.

남연군 묘를 가야산 그 자리에 쓰게 된 것을 매천(梅泉) 황현(黃玹, 1855~1910)은 『매천야록(梅泉野錄)』에 소상하게 적어두었는데, 예산의 향토사가 박홍식씨가 『예산의 얼』(예산군 1982)에 쓴 「가야사와 흥선대원군」을 보면 좀 다르게 되어 있다. 황매천은 남연군 사망 당시인 1838년, 흥선군 18세 때의 일로 기록하고 있고, 박홍식씨는 경기도 연천(어떤 기록은 수원)에 있는 남연군 묘를 여기로 이장한 것으로 기록하고 있는데 그때를 1846년, 흥선군 26세 때로 고증하고 있다. 그것이 어떻든 내 관심사는 남연군 묘가 거기에 있다는 사실이다.

석파(石破) 이하응(李昰應, 1820~98)이 젊었을 때 한량 비슷하게 놀면서 지낸 적이 있었다. 이는 자신의 야망이 안동 김씨의 눈에 드러나지 않게 하기 위한 고등의 위장술로 해석되곤 한다. 실제로 그는 제주도 귀양살이에서 돌아와 용산에 살고 있던 추사 김정희를 찾아와 난초와 글씨를 배워 훗날 추사서파의 대표적인 문인화가로 손꼽히고 있다. 이때 이하응에게는 여러 한량이 모여들었는데 어느날 정만인(鄭萬仁)이라는 지관이 찾아와 말하기를 충청도 덕산땅에 "만대에 걸쳐 영화를 누리는 자리[萬代榮華之地]"가 있고 또 가야산 동쪽 덕산에 "2대에 걸쳐 황제가 나올 자리[二代天子之地]"가 있으니 둘 중 한 곳에 선친의 묘를 쓰라는 것이었다. 흥선군은 만대의 영화보다 2대에 그칠지언정 천자를 낳는다는 자리를 택했다.

그런데 황제가 나올 자리란 평범한 산비탈이 아니라 가야산의 유서깊

| 남연군 묘 | 흥선대원군은 여기가 황제를 낳을 명당이라고 가야사를 불지르고 금탑 자리에 선친 남연군의 묘를 썼다.

은 거찰 가야사의 보웅전 앞에 있는 금탑(金塔)―석탑인데 상륜부가 금 동으로 되어 있어 이런 별명이 붙은 탑―자리라는 것이었다. 흥선군은 이 절을 폐사시키고 꼭 그 자리에 묘를 쓸 요량으로 먼저 가야산 아래쪽, 예산군 덕산면 상가리 절골에 임시 묘자리를 정했다. 이 땅은 영조 때 판 서를 지낸 윤봉구(尹鳳九)의 사패지(賜牌地)로 흥선군은 파평 윤씨 윤판 서 후손에게서 이 땅을 빌려냈다는 것이다. 가야사 북서쪽 400미터 떨어 진 곳에 아직도 움푹 팬 곳이 있는데 여기를 구광지(舊壙地)라고 부른다. 이때 쓰인 상여는 남은들(또는 나분들, 예산군 덕산면 광천리) 사람들에게 선사 되어 오랫동안 이 마을 상여로 쓰였다(이 상여는 1974년에 중요민속자 료 제31호로 지정되어 보호각 안에 보호해두고 마을에는 새 상여를 하나 사주었다).

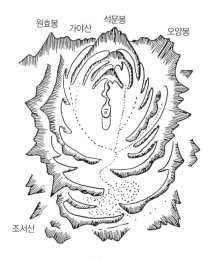

원효봉 가야산 석문봉 오양봉

조서산

| **남연군 묘의 산도(山圖)** | 명당의 모든 조건이 갖추어져 있음을 알 수 있다.

　그후 흥선군은 가야사의 중들을 내쫓아 빈 집을 만든 다음 불을 질러 폐사시켜버리는데,『매천야록』에서는 흥선군이 재산을 처분한 2만냥의 반을 주지에게 주어 불을 지르게 했다고 하고, 박홍식씨는 흥선군이 가보로 내려오는 단계(端溪)벼루를 충청감사에게 뇌물로 주고 중들을 쫓아내게 한 다음에 불을 질렀다고 한다. 이리하여 가야사는 불타버리고 금탑만 덩그러니 남아 있는 폐사지가 되었다.

　가야사가 언제 창건됐고 얼마만한 규모였는지는 지금 알 길이 없다. 다만 보응전에는 세 분의 철불이 모셔져 있었는데 불길에 철불이 모두 녹아 쇳덩이가 되었고 흥선군은 재를 치우면서 이것이 눈에 거슬려 절 뒤쪽에 묻었다. 그후 몇년 뒤 봉산면 봉덕골 대장간 주인이 이를 파서 사철과 함께 녹이면 좋은 가마솥이 될 줄 알고 끓였는데 몽땅 가루가 됐다는 얘기가 전해진다. 아무튼 철불이 세 분 있었다면 하대신라 또는 고려 초 내포지방 호족이 발원한 사찰일 가능성이 크다.

흥선대원군의 무서운 기개

한 인간의 야망이 얼마나 끔찍한 일을 벌이는가를 우리는 여기서도 보게 된다. 그것은 문화재가 소실된 아쉬움 같은 것이 아니라 조선말기의 사회구조와 도덕률이 얼마만큼 황폐화하였는지 그리고 흥선군이라는 인간의 살기 넘치는 야심, 그런 것도 기개라면 기개가 어떠했는지를 보게 된다. 흥선군의 무서운 기개는 그 정도가 아니었다. 이제 남은 일은 금탑을 부수고 묘를 파는 일이었다. 흥선군 4형제는 그 일을 이튿날로 미루고 잠을 자는데 세 형이 모두 똑같은 꿈을 꾸었다. 그것이 『매천야록』에는 이렇게 적혀 있다.

이때 형 세 사람이 잠자리에서 일어나 꿈 이야기를 하는데 흰옷을 입은 늙은이가 노해서 욕설을 늘어놓으며 "나는 탑신(塔神)이다. 너희들은 어찌해서 내 거처를 빼앗느냐? 끝내 장사를 지낸다면 4형제가 폭사할 테니 속히 돌아가라"는 것이었다. 세 형의 꿈이 모두 같았다. 흥선군은 (이 말을 듣자 떨기는커녕 오히려) 흥분하면서 말했다. "그렇다면 이곳은 진정 명당자리입니다. 명(命)이란 타고난 것인데 신(神)이 죽으라고 빈다고 해서 죽겠습니까? 종실이 쇠퇴하여 우리 형제들은 장동 김씨(壯洞金氏, 안동 김씨들이 장동, 지금의 청운동에 살아 그렇게 불렸다) 문전에서 옷자락 끌며 얻어먹으면서 구차한 삶을 바라느니 차라리 일시에 크게 일어서는 것이 좋지 않겠습니까? 형님들은 모두 자식이라도 있으나 하나의 핏덩이도 없는 것은 오직 나뿐입니다. 죽는다고 두려울 것 하나 없으니 쓸데없는 말 하지 마시오.

또 『매천야록』은 이렇게 계속된다. "이른 아침 탑을 깨뜨리고 보니 그 자리는 전체가 돌이었다. 도끼로 깨뜨리니 도끼가 튀기만 한다. 흥선군은 도끼를 치켜들고 하늘을 향해 소리쳤다. '나라고 왜 황제의 아비가 되지 못한다는 것인가!' 그러자 도끼는 다시 튀지 않았다."

훗날 흥선군은 이때 일을 『당의통략(黨議通略)』의 저자인 이건창(李建昌, 1852~98)에게 소상하게 기록하게 한 적이 있는데, 탑을 쓰러뜨리니 그 속에 백자 두개와 단다(團茶) 두 병, 사리구슬 세 알이 있었다고 하면서 사리구슬은 머리통만하여 밝게 비쳐 물에 침수되어서도 푸른 기운이 물을 뚫고 번쩍번쩍 빛나더라는 것이었다.

매장을 마치고 난 후 흥선군은 나중에 누가 손댈까 걱정되어 철 수만 근을 녹여 부었고 그 위에 강회를 비벼서 다졌다고 한다. 오페르트 일당이 밤새 도굴하다 실패한 것은 이 때문이었다. 그래서 이들은 파다 말고 불을 지르고 도주했다고 한다. 그 자리에 일어난 두번째 큰불이었다.

보덕사의 내력

옛날 가야사의 금탑 자리, 지금 남연군 묘자리가 명당인지 아닌지 가려낼 눈이 내겐 없다. 그곳이 양택으로 좋은지 음택으로 좋은지도 모른다. 다만 명당의 조건에 해당하는 요소들이 거의 모범답안처럼 펼쳐져 조산(祖山)·주산(主山)·안산(安山), 좌청룡·우백호가 이처럼 뚜렷하게 드러나는 곳을 보기 쉽지 않다. 얼핏 보기에 좌청룡 쪽 산세가 너무 험악하다는 인상을 주는데, 그 때문에 계곡 아래쪽에는 석조보살상을 세워 그 기세를 누그러뜨렸다고 한다. 오직 흠이 있다면 주산에서 명당으로 흐르는 지맥이 생각보다 짧다. 그래서 정만인은 만대(萬代)가 아닌 2대(二代)의 천자가 나온다고 예언했나보다.

이런 풍수설이 아니라도 우리나라 절집의 자리는 하나같이 기막히게

| 보덕사 부서진 석등 | 부서진 석등 화사석 하나가
이 절의 연륜을 말해주고 있다.

좋은 곳에 자리잡고 있다. 트이면
시원스런 눈맛이 좋고 막히면 아늑
한 운치가 좋다. 절집에서도 가장
좋은 곳은 부처님이 앉아서 내다보
는 경관이다. 어느 절을 가든 대웅
전 기둥에 등을 대고, 또는 댓돌에
앉아서 앞에 있는 탑과 함께 주변
을 살펴보는 것이 황당한 찬사로
씌어진 문화재안내문을 따라 보는
것보다 몇천곱 가치 있다. 바로 그
런 가야사 보웅전 금탑 자리였으니
명당이 아니겠는가.

남연군 묘를 거기에 쓴 후, 흥선
군은 실제로 대원군이 되었다. 아들은 고종황제, 손자는 순종황제가 되
었으니 별 볼일 없는 황제라도 정만인의 예언만은 맞은 셈이다.

대원군은 누군가에게 보답하고 싶었을 것이다. 정만인에게, 가야사에,
또는 가야산의 음덕에. 또 미안한 생각도 들었을 것이다. 특히 가야사에.
고종 2년(1865), 대원군은 남연군 묘 맞은편에 있는 서원산(書院山) 기슭
에 절을 짓고 보덕사(報德寺)라는 이름을 내렸다. 은덕에 보답한다는 뜻
이 있다. 보덕사는 "토목금벽(土木金碧)으로 치장하여 대단히 웅장하고
화려했으며, 많은 전토와 보화가 내려졌다"고 한다. 주지로는 벽담(碧潭)
선사를 임명했고, 절의 시주자는 큰아들 이재면(李載冕)으로 했으니 조
선왕조의 마지막 왕실원당(願堂) 사찰인 것이다.

그러나 이 절집은 6·25동란 중에 불타버리고 지금은 '능력있는' 여승
들이 중창하여 길도 좋게 닦아놓고 주차장까지 설비해놓은 비구니사찰

로 되어 있다.

보덕사 경내에는 부서진 것이지만 석등의 화사석(火舍石)이 하나 전해지고 있는데, 이 화사석의 사면에 새겨진 사천왕의 조각을 보면 제법 정교한 것이 하대신라 풍이다. 이것은 필시 가야사에서 옮겨온 것이리라.

그 옛날의 사연을 멀리하고 오늘의 모습에서 보덕사를 말하라고 한다면 저 비구니사찰의 정결함과 청순함, 그리고 스산한 냉기가 싫지 않게 스며오는 호젓한 분위기의 아담한 절집, 그래서 자꾸만 발길이 닿는 그런 절이다. 이런 절은 요즘 세상에 그리 많지 않다.

'예덕상무사'의 보부상 유품

남연군 묘에서 다시 덕산으로 나오면 덕산면사무소 뒤뜰에 있는 '예덕상무사(禮德商務社)' 기념비각과 보부상 유품전시장이 한번 들러볼 만한 곳이다. 보부상의 모습이 우리에게 형상적으로 다가오는 것은 김주영의 소설 『객주』일 것인데, 패랭이에 솜뭉치를 양쪽에 단 이 장돌뱅이들이 쓰던 도장과 도장궤, 청사초롱, 빨간 보자기(紅褓), 공문서 등을 보면 그 당시 상행위를 상상하는 데 여간 도움이 되는 것이 아니다. 이것은 부여군 홍산면 교원리 김재련씨가 소장하고 있는 신표(信標), 비변사에서 발급한 완문(完文) 등과 함께 중요문화재 제30호로 지정된 것이기도 하다. 그런데 문화재 안내문을 보면 이렇게 되어 있다.

상무사는 조선 말엽 예산과 덕산 지방의 시장에서 상품의 중개와 시장세(市場稅)의 징수 등을 맡았으며 정치에도 관여한 보부상조직으로 널리 알려져 있다. (예산)

(…) 보부상은 주로 상행위가 주된 일이었으나 나라에 위기와 환란이 닥칠 때 자진출두하여 공헌하기도 하였다. (부여)

말인즉 틀리진 않았으나 '무슨' 정치에 관여했고 '어떤' 위기에 공헌했나? 똑바로 알아둘 필요가 있다.

보부상은 보상(褓商)과 부상(負商)이 합쳐진 말이다. 보상은 보자기에 싸고 다녔고, 부상은 지게에 지고 다녀서 생긴 이름인 것이다. 이 장돌뱅이라 불리는 보부상이 하나의 길드적 조직으로 형성된 것은 고려말 조선 초로 생각된다.

이성계가 석왕사(釋王寺)를 지을 때 황해도 토산(兎山) 사람 백달원(白達元)이 보부상을 거느리고 불상과 건자재를 운반한 공이 있어서 이태조가 그에게 보부상의 상행위에 관한 전권을 주었다고 한다. 그래서 '예덕상무사' 비각 안에 모셔져 있는 역대 보부상 두령의 위패 중에서 '두령 백토(白兎) 선생 달원(達元) 신위'가 중앙에 크게 세워져 있다.

보부상의 조직은 근대로 내려올수록 커지고 사회구성에서도 점점 큰 몫을 갖게 됐다. 1866년에 와서는 드디어 나라에 보부청(褓負廳)이 세워졌다. 대원군의 큰아들 이재면이 이 보부청의 청무를 맡았다. 그러고 나서 보부청은 여러번 기구가 개편되고 명칭이 바뀌다가 1899년에는 상리국(商理局) 안의 좌사(左社), 우사(右社)로 개편됐다. 그래서 생긴 말이 상무사(商務社)이며 한일병합 후에는 일본인들이 이들을 해산시키고 상권을 오로지하였던 것이다.

이 보부상들이 정치에 관여하고 환란에 공헌한 것은 사실이다. 임진왜란 때 행주산성의 권율 장군에게 수천명의 양식을 조달해주었고, 병자호란 때는 청나라 군사의 포위망을 뚫고 양곡을 조달해주었으며, 1866년 병인양요 때는 강화도에 군량을 운반해주었다고 한다.

그러나 1811년 홍경래난으로 불리는 관서지방 농민전쟁 때 의주의 보부상 허항이라는 자가 그들 1천명을 데리고 와서 관군을 도왔고, 1894년 갑오농민전쟁 때는 보부상 엄순영·최해승 등이 수백명을 이끌고 농민군 토벌에 공을 세웠고, 1898년 황국협회(皇國協會)는 보부상을 앞세워 독립협회를 분쇄하는 데 이용했고, 개화파의 테러에 보부상이 앞장서고……

그런 정치에 관여했고 그런 위기에 공헌했다. 솔직히 말해서 내가 막연히 생각했던 보부상은 보따리나 지고 다니는 고단한 장사꾼, 오늘날 얘기하는 민중의 한 전형이었다. 그래서 내포땅에 가면 덕산 목바리에 있는, 보부상들이 쉬었다는 밤나무 울타리의 주막에도 들러보았다. 문화유산 답사라고, 가는 곳이 늘상 절집이나 양반문화의 잔영들 같아서 이런 곳을 자랑스럽게 생각하고 사랑하고 싶었다. 그러나 실제는 꼭 그런 것만은 아니다.

그들이 국가의 변란 때 기여했다는 것도 따지고 보면 애국적 동기가 아니라 상권을 지키기 위한 시장보호 차원이었던 면이 더 크다. 돈을 향해서 뛰는 자들은 결국 상권의 보호와 확대를 위해 관권과 결탁했던 것이다. 이런 행태는 오늘날에도 이어지는 자본의 생리라는 사실을 보부상 유품들이 말없이 증언해주고 있다.

해미읍성의 돌다리

덕산에서 해미(海美)로 가는 길은 참으로 예쁘다. 가야산을 오른쪽으로 두고 왼편으로 펼쳐진 논과 밭을 보는 우리의 마음속에는 평온이라는 감정이 조용히 일어난다.

외지에서 해미로 오는 사람은 꼭 해미읍성에 들른다. 해미읍성은 조선

| 해미읍성 | 옛날 충청도 병마절도사의 사령부가 있던 읍성으로 조선시대 성곽 중 가장 온전히 보존된 것이다.

성종 22년(1491)에 쌓은 읍성으로 고창의 모양성, 낙안의 읍성보다 그 원형이 더 잘 보존되어 있다. 여기는 충청도 병마절도사의 영(營), 즉 사령부가 있었던 곳이다. 둘레가 2킬로미터, 높이가 5미터. 임진왜란 직전에 이순신 장군이 여기에서 근무한 적이 있었다고 하지만, 본래 왜구를 막기 위해 쌓은 이 성의 군사적 중요성이 떨어지면서 사령부가 덕산으로, 다시 청주로 옮아가고 그저 읍성으로만 남게 되었다. 동헌을 비롯한 관아건물도, 남문·동문의 누각도 쓰러졌다.

　그러나 1866년, 대원군의 천주교 박해 때 해미읍성은 감옥소가 되었다. 그때의 모습은 우리가 영화 「미씽」에서 칠레의 시민들을 국립경기장으로 몰아넣은 장면으로 변안하여 연상할 수 있을 것이다. 그리고 무려 1천여명이 처형된 형장으로 이용되었다. 당시 내포땅에는 김대건 신부 이래로 천주학이 크게 퍼져 있었다. 그래서 끌려온 수도 그렇게 많았는데 읍성 안의 한 고목나무가 그 처형장이었고, 처형되기를 기다리는 천주교 도들은 자신이 죽는 것보다도 남 죽는 것 보기가 더욱 괴로워 먼저 처형 되기를 원했다는 처절한 사연이 거기에 있다.

일제시대가 되면서 관아건물은 면사무소가 됐고 객사(客舍)는 학교가 됐고, 그 명물이라던 청허당(淸虛堂)에는 일제의 신사(神社)가 세워졌다. 그리고 1973년에는 읍성 안의 모든 관·민 건물을 헐고 공원으로 만들었 으니 이 읍성의 팔자도 기복이 많다.

읍성을 나와 서문 쪽으로 돌아서면 넓은 돌판을 중심으로 철망이 무슨 야구연습장처럼 꾸며진 것이 있다. 하도 괴이해서 사연을 알아본즉, 1866년 천주교 박해 때 읍성 서문 옆에 수문이 있었고 그 수문으로 흘러 나오는 수로에 돌다리가 걸쳐져 있어서 처형될 천주교도들이 이 돌다리 를 지나 처형장으로 갔다는 것이다. 그래서 이 돌다리는 성역(박해)의 상 징이 되어 서산천주교회에서 자기 교회의 명물로 삼을 요량으로 옮겨갔 는데, 읍성을 복원하면서 나라에서 다시 찾아와서는 다시는 누가 못 들 고 가게끔 이 모양 이 꼴로 만들어놓은 것이다.

생태계를 바꾼 삼화목장

나더러 가장 사랑스러운 절집을 꼽으라고 한다면 나는 무조건 영주 부 석사(浮石寺), 청도 운문사(雲門寺) 그리고 서산 개심사(開心寺)부터 생 각할 것 같다. 해미를 떠난 우리는 이제 그런 개심사로 가는 길이다.

지금은 아마 다 포장됐을 것이다. 해미에서 운산, 당진으로 빠지는 647번 지방도로는 참으로 먼지가 많은 길이었다. 갈 때마다 길가 가로수의 희 뿌연 먼지때가 안쓰러워 보이는 길이었다. 개심사가 그렇게 해맑아 보였 던 큰 이유 중 하나는 흙먼지 뒤집어쓰고 가는 길이 길고 길었기 때문인

| **개심사 입구의 연못** | 거울못(鏡池)에는 외나무다리 하나가 걸쳐 있어 조심스럽게 경내로 들어가게 한다.

지도 모른다.

해미를 떠나 개심사 쪽으로 조금만 가면 처음 가는 사람들은 반드시 놀라고 말 전경이 펼쳐진다. 이국 풍경도 이런 이국이 있을까 싶다. 산이란 산은 모두 마치 바리깡으로 머리를 밀듯이 완벽하게 삭발되고 거기에 잘 자란 초목에서는 젖소떼가 또는 한우떼가 무리를 지어 풀을 뜯고 있다. 이것이 그 유명한 김종필의 삼화목장이다. 지금은 한서장학재단 소유로 되어 있는 이 삼화목장은 총 638만평이다. 1969년, 그러니까 삼선개헌이 있던 해부터 서산군 운산면, 해미면 일대의 산과 마을을 사들여 애리조나 목장 만들듯이 했다. 할 수 없이 삼화목장에 땅과 집과 산을 판 서산사람들은 어디로 갔을까? 일부는 인천으로 몸 팔러 갔고 일부는 삼화목장의 직원이 되고 인부가 되었다. 삼화목장은 자연의 생태계만 바꾼 것이 아니라 인간의 생태계도 이렇게 바꾸어놓았다.

삼화목장을 거치지 않고는 개심사로 갈 수 없다. 오히려 삼화목장의 깊숙한 곳을 거쳐야 거기에 다다른다. 개심사로 꺾어드는 길은 표지판을 잘 봐야 한다. 나도 몇번인가 지나쳐온 길을 되돌아가곤 했다. 그 비포장 흙길은 차바퀴가 잘 빠져서 운전자마다 질색을 하는 곳이었는데 금년 봄에 가보니 시멘트로 좋게 포장되어 있었다.

개심사의 사계절

개심사 입구에는 조그만 점포조차 없다. 여관 같은 것은 말할 것도 없고. 그렇다고 개심사가 작은 절이냐 하면 그렇지 않다. 주차장에서 내리면 울창한 솔밭이 앞을 막는다. 그것도 줄기가 붉은 빛을 발하는 아름다운 조선 소나무이다. 솔바람소리에 송진 내음이 우리 같은 도시인에게 절로 탄성을 지르게 한다. 봄이면 새소리가 정말로 청량하다.

주차장 왼쪽으로는 소나무 사이로 곧장 난 흙길 비탈이 가파르게 올라 있고, 마주보는 곳으로는 돌계단길이 잘 깔려 있다. 나는 항시 돌계단으로 올라가서 흙비탈길로 내려온다.

돌계단을 만들어도 개심사 입구처럼 온 정성을 다해서, 그러나 자연스런 맛을 살리며 태(態)를 부리지 않은 곳은 없을 성싶다. 군데군데 시멘트로 보수하긴 했어도 기본은 돌과 흙으로만 되어 있다. 자그마치 800미터의 길을.

숨가쁠 것 없이 머리를 식히고 천천히 오르면 열지 말라고 해도 마음이 열린다. 그래서 열 개(開)자, 마음 심(心)자 개심사라고 했나?

경내로 들어서려면 길게 뻗어 있는 연못이 앞을 막는다. 그 한가운데 걸쳐져 있는 나무다리를 건너서 대웅보전으로 오르게 된다. 만약 한여름에 여기를 찾는다면 희고 붉은 수련이 한창일 것이다. 또 무궁화를 배게

| 개심사 대웅보전 | 개심사 절마당은 아주 단아하다. 대웅보전은 단정한 품위가 돋보이는 조선 맞배지붕집이다.

심고 잘 다듬어놓은 해우소로 가는 길은 무궁화꽃도 가꾸면 이렇게 아름답다는 모범을 보여준다. 이 개심사의 뒷간은 비록 승주 선암사의 그것만은 못하다 할지라도 뒷간으로서 높은 격조와 단아함을 보여준다.

봄철이라면 벚꽃이 대단하다. 그것도 겹벚꽃이다. 그러나 벚꽃이 제아무리 맵시를 자랑해도 개심사 종루(鐘樓) 한쪽에 서 있는 늠름한 늙은 매화의 기품을 벚꽃은 감히 넘보지 못한다. 가을날의 단풍, 눈 내린 겨울날은 굳이 말하지 않겠다.

개심사는 가야산의 한 줄기가 내려온 상왕산(象王山) 중턱 가파른 비탈을 깎아 터를 잡았기 때문에 수덕사나 가야사(남연군 묘) 같은 호방함은 없다. 그러나 저 멀리 내다보는 시야는 서해바다로 뻗어가는 시원스러움이 있고 양쪽 산자락이 꼭 껴안아주는 포근함이 있다.

극락보전(보물 제143호)은 수덕사 대웅전을 축소해 길게 뽑은 모양으로 이른바 '주심포계 다포집'의 맞배지붕이다. 주심포에서 다포집으로 넘어가는 과정의 집인 것이다. 1484년에 중건되었다는 기록이 있으니 이것이 우리 건축양식 변화의 한 기준이 된다.

그러나 아무런 예비지식이 없어도 보는 사람을 놀라게 하는 집은 심검당(尋劍堂)이다. 대웅보전과 같은 시기에 지었고 다만 부엌채만 증축한 것으로 생각되는 이 집은 그 기둥이 얼마나 크고 힘차게 휘었는지 모른다. 이 절집 종루의 기둥 또한 기상천외의 모습이다. 그 모두가 자연스러움을 거역하지 않고 오히려 즐기고 순종한 마음의 소산이다.

개심사에 간 사람들은 흔히 경내의 고요와 자연의 아름다움에 취해 산신각에까지 오르지 않는다. 바로 눈앞에 있는데도. 거기서 경내를 굽어보는 맛이 개심사 답사의 절정이다.

산신각으로 가는 길목에는 허름한 스님방이 한 채 있다. 얼마나 깔끔한지 간혹 넋을 잃고 그 앞에 서 있게 되고 간혹은 슬쩍 가까이 가서 분위기를 몸에 대어보게도 된다. 댓돌엔 가지런히 고무신 한 켤레가 놓여 있는데 문 앞에는 얌전한 글씨로 이렇게 씌어 있다. "이제 그만. →" 화살표 방향은 저쪽으로 멀리 가라는 뜻이다. 이 집이 그 유명한 경허스님이 거처하던 곳이란다.

전에는 여승들의 선방이 있었다지만 지금은 스님 대여섯분만이 기거하고 있다. 금년 봄, 한 노승이 지팡이를 짚고 돌길 위에 난 잡초를 뜯고 있는 모습이 하도 성스럽고 인간미가 넘쳐 법명을 여쭈었더니 빙그레 웃고는 답을 안한다. 작년 여름에는 여기에서 우연히 주지스님을 만났다. 어떻게 알고 왔냐고 먼저 묻기에 그저 좋아서 자주 다녀간다고 답했다. 그러자 주지스님이 조용히 부탁하는 말이 있었다.

| **개심사 심검당의 부엌문** | 맘껏 휘어뻗은 나무로 기둥, 창방, 문지방을 만들어 천연스러움을 그대로 살린 멋이 눈
길을 사로잡는다.

"어디 가서 좋다고 소문내지 말아요. 사람들 몰려들면 개심사도 끝
이에요. 사람떼가 얼마나 무서운지 알죠?"

"예."

문화유산답사기를 쓰다보니 나는 그 약속을 못 지키게 됐다.

삽교천의 낙조

우리의 일정은 서산마애불, 보원사터로 이어져 있다. 그러나 언제나
그렇듯 머무는 시간을 잘못 배정하면 한둘이 빠진다. 이 글을 쓰면서도
그 모양이 됐다. 이제 나는 내포땅을 떠나야 한다.

운산을 거쳐 당진·삽교로 올라가려니 서산땅 서산사람의 아픔이 눈물겹게 다가온다. 삼화목장이 생태계를 바꾼 것은 농업에서 목축업으로였다. 그러나 안면도·황도의 천수만 매립공사는 지금도 수많은 어부를 울리고 있다.

현대그룹은 여러분이 이 글을 읽을 무렵 준공식을 올린다고 한창 분주하단다. 안면도의 핵폐기물 처리장 공사는 정말 그만둔 것일까. 태안반도 끝에 있는 안흥읍성에 설치된 미사일 발사기지는 지금도 그대로 있을 테지. 대산면 북쪽 대호방조제가 끝나는 곳에 대단위 석유공단이 들어서고 벌써부터 극동정유는 가동되고 있는데 평당 500원 하던 땅값을 5,000원씩 주고 사서는 지금은 50만원까지 올려놓은 그들은 지금도 잘 있는가. 해마다 대보름이면 황도 어촌계에서는 풍어제를 올리는데, 밤새 배치기노래를 하며 한 해를 기약했던 그 어부들은 이제 어디로 갔을까?

서산군 대산면 오지리에서 태어난 화가 이종구는 줄곧 오지리사람들의 초상을 그려왔다. 양곡부대를 펴서 캔버스로 삼고 거기에 그분들이 일하는 모습, 쉬는 모습, 나들이 가는 모습을 그리면서 이 시대를 증언하곤 했다.

1990년 9월 18일, 오지초등학교 운동회날 이종구의 작품전이 2학년 1반 교실에서 열렸다. 지난 10년간 그가 그린 오지리사람의 초상을 오지리사람들에게 내보이면서 하루의 축제로 마쳤다. 그때 이종구는 작은 팸플릿을 만들고는 이런 글을 썼다.

비산비야의 골짜기에 앉은 천수답과 서해의 갯벌 그리고 염전이 적당한 비율로 나앉은 알뜰한 삶의 터를 이루는 오지리는 오늘의 내 삶의 정서와 의식의 뿌리를 틀고 있는 나의 고향이다.

결코 풍요롭지 못하지만 성실하게 살아가는 내 이웃 오지리사람들

| **이종구의 「할목할머니」** | 양곡부대에 유채. 이종구가 그린 오지리사람
들의 초상은 죽어가는 농촌의 살아있는 농민에 대한 증언적 기록이라는
의미, 즉 이런 할머니를 우리 주위에서 볼 수 없게 된다는 사회사적 의미
가 들어 있다. 오지초등학교 운동회날 전시회를 열 때 그의 작품 「할목할
머니」 앞에서 모델이 됐던 할목할머니가 포즈를 취해주었다.

은 그래도 제일 큰일이 농사여서 비좁은 땅이나마 소중하게 생산의
가치로 일구며 살아왔다. 그러나 그것의 희망이 사라진 지 오래된 우
리 농촌의 모든 경우처럼 오지리에서도 사람들을 새 일터로 이동시
키는 변화가 계속되고 있다. 이미 많은 젊은이들이 오지리를 떠났고
그래도 고향에서 일하던 이웃들조차 점차 농사에 대한 애정을 뒷전

으로 하고 있다. 인근에 대산공단이 생기면서 대부분 땅은 일찌감치 오지리 사람의 손을 떠났고 공단에 흡수된 인력은 염전을 묵혀버리고 논밭을 예전처럼 돌보지 않게 됐다. 조개종자를 잡아 수매하거나 갯지렁이를 잡는 것이 농사보다 수입이 월등 나으니 이제 농촌으로서 오지리는 농사가 오히려 부차적 일이 되었다.

서산·당진을 지나 서울로 오는 길에 답사객은 삽교천 방조제를 넘을 때면 으레 서해바다의 일몰을 보게 된다. 그때 사람들은 너나없이 불법인 줄 알지만 방조제 한쪽에 차를 세우고 붉은 태양이 서해바다 깊은 곳으로 내려앉을 때까지 저 장중한 자연의 침묵하는 교향악을 숙연히 바라본다. 그것을 보면서 느끼는 감정은 저마다 다르리라. 모르긴 해도 저마다 비장한 무엇을 생각하거나, 다짐하는 것이리라.

삽교천 방조제의 완공과정과 관련해 전설적인 얘기가 전한다. 20세기 후반 한국사의 엄청난 사건인 박정희 대통령 시해 사건인데, 그는 바로 1979년 10월 26일, 삽교천 완공식에 참여하고 서울로 돌아가 안가에서 저녁을 하던 중 변을 당한 것이었다. 그런데 박정희 대통령의 삽교천 방조제 완공식 참가는 원래는 예정에 없던 일정으로, 당일 아침에 급작스럽게 결정하여 헬기를 타고 참석한 것이라고 한다. 그 일정이 왜 갑자기 변한 것인지에 대해서는 무수한 유언비어만 남아 있다. 이 또한 운명의 길이었나보다.

1991. 7.

---

* 본문에서 내가 자세히 알 수 없다고 한 견성암과 환희대의 개명에 대하여는 일엽스님의 손주스님 되는 자경(慈景)스님으로부터 가르침을 받게 되었다. 자경스님의 말씀으로는 본래 견성암 자리는 견성암 위쪽의 작은 토굴로 지금은 밭만 남아 있다고 한다. 그러나 한편으로는 덕숭총림의 대선방이 견성암 자리였다고 되어 있으니 견성암의 위치와 현판의 이동상찰을 나는 아직도 확실하게 말할 수 없다. 독자의 착오가 없기 바란다.

* 오페르트 사건에서 남연군 묘를 파헤치라는 아이디어를 제공한 사람은 프랑스인 페롱 신부
였음을 서강대 정양모 신부님의 가르침으로 알게 되었다. 참고로 이 사건을 우리는 보통 오
페르트 사건이라고 부르는데, 북한에서는 미국인 자본가의 이름을 내세워 젠킨스 사건이라
고 부른다.

선덕여왕과 삼화령 애기부처

첨성대 / 황룡사 구층탑 / 삼화령 미륵삼존 / 감실부처님 / 여근곡

고속버스 33번 자리

지금은 사정이 달라졌지만, 답사를 홀로 다닐 때 나는 기차보다 고속버스를 좋아했다. 편하기로 따진다면 기차가 월등 낫지만, 우선 시간 맞추는 구속이 번거롭고 값도 비싸며 무엇보다도 주위가 산만해서 싫다. 모처럼 갖는 나만의 시간을 즐기는 데는 고속버스가 훨씬 좋다. 기차를 탔다가 만약 앞이나 뒷자리에 수다스런 여자 둘이 앉거나 유별나게 옴지락거리고 칭얼대는 어린애가 곁에 있는 날에는 망해도 보통 망하는 것이 아니다. 그런 위험부담은 고속버스도 마찬가지이지만 달리는 버스 속에서 사람들은 곧잘 잠들기 때문에 수다도 소란도 오래가지 않는다.

표를 살 때면 으레 25번이나 33번을 달라고 한다. 이 두 자리는 운전석 쪽 중간 뒷부분 창측 좌석인데 유리창이 넓게 트여 시야를 가로막는 것

이 없다. 같은 창측이라도 다른 자리는 창틀이 가운데 붙어 있어서 아주 갑갑하다. 20번을 넘어섰으니 금연석도 아니고 비디오를 틀어도 소음이 거기까지는 안 미친다. 햇볕을 피하기 위해 버스 문쪽에 있는 28번과 36번을 택하는 경우도 더러 있었지만 나는 줄곧 33번 자리에 앉아 다녔다.

그 고속버스 33번 자리에 앉아 가장 많이 간 곳은 경주였다.

경주에 대한 실망의 상징, 첨성대

경주를 제대로 보려면 최소한 한달은 잡아야 할 것이다. 그 많은 유물을 두고 1박2일, 2박3일 다녀오고서 경주를 봤다고 말하는 것은 만용이다. 하물며 경주를 안다고 할 것인가?

경주는 교과서에 씌어 있는 대로 '찬란한' 문화유산의 보고(寶庫)다. 국사책·국어책·미술책에서 우리는 경주와 신라문화에 대한 현란한 예찬들을 접해왔다. 또 그것을 달달 외워서 시험도 보았다. 수학여행이라면 으레 경주부터 생각하는 것이 하나의 관행으로 되어 있다.

그러나 바로 이 사실 때문에 경주는 뭇사람들에게 실망을 안겨주는 허망의 도시이기도 하다. 우리는 그것이 '찬란하다'는 찬사만 들어왔을 뿐, 왜 그것이 그토록 칭송되는가에 대한 근거는 좀처럼 들어볼 기회가 없다.

기대를 안고 처음 경주에 가보는 사람들에게 감동은 고사하고 실망만을 안겨주는 대표적인 유물은 첨성대이다. 교과서에서 동양 최고(最古)의 천문대라고 배운 첨성대가 겨우 10미터도 안되는 초라한 규모라는 사실에 망연자실해질 따름이다. 저것도 천문대라고 해서 기어올라갔단 말인가? 거기에 올라가면 하늘이 가깝게 보이더란 말인가? 그럴 바에야 산위에 올라가서 보거나 옆동네 언덕에라도 세울 일이지. 신라사람들의 생각이 너무도 가난하고 용렬스럽게만 생각된다.

그러나 가난하고 용렬스러운 것은 첨성대가 아니라 그것을 동양 최고의 천문대라고만 가르치고 배운 이 시대의 문화행태다. 우리가 언제 첨성대의 구조와 상징성에 대해 단 한번이라도 제대로 들어볼 기회가 있었던가?

첨성대 구조의 상징성

경주시내 인왕동에 있는 첨성대는 신라시대로 말하자면 궁성이 있던 반월성과 계림의 바로 위쪽에 있으며, 대릉원의 고분군·석빙고·안압지와 이웃하고 있다. 즉 그 주변은 서라벌 '다운타운'의 주택가가 아니라 관공건물이 모여 있던 곳이다. 거기에 있던 신라 국립관상대 내지 천문대의 한 건물이 첨성대이다.

국립관상대에는 별도의 건물이 있었겠지만 신라시대 모든 목조건축들이 그렇듯이 폐허가 되어 사라졌고 지금은 그 상징물이던 첨성대만이 남아 있는 것이다. 마치도 폐사지에는 덩그러니 석탑만 남아 있듯이. 한국과학사의 연구자들은 첨성대의 기능에 대하여 첨예한 의견대립만 계속할 뿐 아직껏 합의에 도달한 결론이 없지만, 그런 중에 내가 설득력있게 받아들이고 있는 사항은 다음과 같다.

만약 지금 서울 서대문에 있는 국립기상대 건물 앞마당에 천문기상관측의 상징물을 하나 세운다고 하면 어떤 형태의 조형물이 될까? 설계자들은 이 시대의 천문지식을 최대한 상징해보려고 고심할 것이다. 신라사람들이 다다른 결론은 곧 첨성대의 구조였다.

전체 모양은 대(臺)였다. 과학사 연구자들은 이것이 병모양이라고 설명하는데, 그런 것이 아니고 제기(祭器)를 받치는 기대(器臺)에서 따온 것이리라. 신라도기 중에는 이 첨성대와 비슷한 형상의 기대가 여러개

| **첨성대** | 한국과학사에서 끊임없는 논쟁거리가 되고 있는 첨성대의 기본형태는 신라 도기 중 기대(器臺)를 닮은 단정한 모습이다.

있다. 그러니까 첨성탑(塔), 첨성옥(屋)이 아니라 첨성대가 된 것이다. 거기에 올라가 밟고 섰다 해서 대가 아니라 하늘을 떠받치고 있는 받침이라는 뜻이리라.

옛날 사람들은 천원지방(天圓地方), 즉 하늘은 둥글고 땅은 네모라는 생각을 갖고 있었다. 그래서 첨성대의 기단은 정사각형이고 몸체는 원으로 되었다. 몸체는 모두 27단으로 되었는데, 맨 위에 마감한 정자석(井字石)과 합치면 28. 기본 별자리 28수(宿)를 상징한다. 여기에 기단석을 합치면 29. 한달의 길이를 상징한다. 몸체 남쪽 중앙에는 네모난 창이 있는데, 그 위로 12단, 아래로 12단이니 이는 1년 12달과 24절기를 상징하며 여기에 사용된 돌의 숫자는 어디까지 세느냐에 따라 다소 차이가 있지만 362개 즉 1년의 날수가 된다.(박성래, 한국사특강편찬위 『한국사특강』, 서울대출판부 1990, 433면)

뿐만 아니라 첨성대는 태양의 움직임을 관측하는 기준이 되는 일정한 기능도 했다.

기단석은 동서남북 4방위에 맞추고 맨 위 정자석은 그 중앙을 갈라 8방위에 맞추었으며 창문은 정남이다. 정남으로 향한 창은 춘분과 추분, 태양이 남중(南中)할 때 광선이 첨성대 밑바닥까지 완전히 비치게 되어 있고, 하지와 동지에는 아랫부분에서 완전히 광선이 사라지므로 춘하추동의 분점(分点)과 지점(至点) 측정의 역할을 한다.(전상운 『한국과학기술사』, 정음사 1975, 54면)

얼마나 절묘한 구조이고 기막힌 상징성인가? 또 모든 것을 떠나 첨성대의 생김새를 보라. 얼마나 안정감 있고 아담하며 조순한 인상을 풍기고 있는가. 맨 위 정자석의 길이가 기단부 길이의 꼭 절반으로 된 것은 안정감을 위한 비례였을 것이며, 유연하게 뻗어올라간 형태미와 곡선은 친숙하고 아담한 것을 좋아했던 그 시대 미적 정서의 표출일 것이다.

첨성대가 세워진 것은 선덕여왕(재위 632~46) 때라고 전해진다. 첨성대 몸체가 27단으로 된 것도 선덕여왕이 27대 왕이라는 상징성으로 해석하는 학자도 있는데 그것은 아마도 우연한 수치의 일치일 것이다. 중요한 것은 선덕여왕 시절의 문화는 천년 신라역사 속에서 아주 독특하고 뚜렷한 자취를 남기고 있는데 첨성대도 그중 하나였다는 사실이다.

경주를 말해주는 세가지 유물

문화유산을 보는 안목을 높일 수 있는 가장 빠르고 좋은 방법은, 좋은 유물을 좋은 선생님과 함께 보면서 배우는 것이다. 내게 경주를 가르쳐준 분은 정양모 선생이었다. 선생의 아호는 소불(笑佛). 소불 선생은 두차례에 걸쳐 경주박물관장을 역임하셨다. 소불 선생이 경주에 계실 때 나는 여러번 찾아뵈었다. 답삿길에 들르기도 했고, 여쭙고 도움받은 일도 있었고, 때론 선생의 일을 도와드리러 가기도 했는데 1985년 어느 여름날, 나는 소불 선생이 그저 뵙고 싶어 관사에 찾아가 하룻밤 묵고 돌아온 일이 있다.

저녁을 마치고 관사로 돌아온 소불 선생은 이런저런 얘기를 하던 중에 나에게 이렇게 물었다.

"자네, 경주에서 좋아하는 유물을 차례로 대보게."
"석굴암, 석가탑, 고선사탑, 감은사탑, 삼화령 애기부처, 태종무열왕

| **진평왕릉** | 조용한 가운데 왕릉의 기품이 돋보인다. 신라가 삼국의 다툼에서 승리할 수 있었던 저력을 여기에서도 살필 수 있다.

릉 거북이, 에밀레종 비천상, 남산 용장사터 마애불, 불곡 감실부처님, 삼릉계 마애불, 보리사 약사여래상…… 그 정도이겠네요."

아마도 나의 '문화유산답사기' 경주편은 이곳들의 이야기로 엮어질 것이 틀림없다. 그때나 지금이나 마찬가지이니까. 또 누가 꼽아도 비슷할 것이다. 그런데 소불 선생은 한참 생각하시더니 이렇게 묻는 것이었다.

"자네, 진평왕릉 가보았나?"
"아니요."
"자네, 장항리 절터 가보았나?"
"아니요."
"자네, 에밀레종 치는 거 직접 들어보았나?"

| 장항리 폐사지 | 토함산 깊숙한 곳에 있던 이 절터엔 잘생긴 오층석탑과 무너진 석탑부재가 남아 있어 통일신라 때 절이 있었음을 말해준다.

"아니요."

"자네, 경주를 말하려면 꼭 이 세가지를 잘 음미해야 할 걸세. 신라 문화의 품격을 알려주는 것은 바로 이 세가지일세."

그 이상의 말씀은 없었다. 조금은 풀이 죽어 더 묻지도 못했고, 일단 답사해보면 알 수 있을 것이라 믿고 꼭 다녀오겠다는 말씀만 드렸다.

과연 에밀레종 소리는 위대한 것이었다. 과연 장항리 절터는 감동적인 것이었다. 그러나 진평왕릉은 위대하거나 멋있는 곳이라는 생각이 전혀 들지 않았다. 그날 이후 나는 진평왕릉을 열번은 다녀왔을 것이다. 경주에 갈 때마다 맨 먼저 들르는 곳은 언제나 진평왕릉이었다. 그러나 소불 선생이 내려준 명제, "경주를 알려면 이 세 곳을 보라"는 말씀은 나에게 마치 화두(話頭)를 풀지 못해 괴로워하는 수행승의 안타까움 같은 것이었다. 나는 그 답을 얻기 위해 한밤중에도 가보았다. 들꽃이 흐드러지게 핀 봄날에도 가보았고 눈 내린 겨울날에도 가보았다. 그래선 안되는 줄 알면서 봉분 꼭대기에도 올라가보았다. 감동을 할 만반의 마음준비를 이렇게 다했건만 내겐 별다른 감흥이 찾아오지 않았다. 답사회원을 인솔해서 그동안 경주에 간 것이 대여섯번은 되겠지만 나는 그것을 설명할 자신이 없어서 코스에 넣지도 못했다.

이 풀지 못한 숙제는 나의 경주행을 언제나 괴롭혔다. 나는 소불 선생의 안목을 의심해본 적이 없기 때문에 '진평왕릉이 별것 아니군' 하는 생각을 가져볼 수도 없었다. 혹시 귀띔이라도 해주시지 않을까 하는 기대를 걸고 소불 선생을 모시고 함께 가본 것도 세번이었다. 그러나 선생은 "이 분위기를 좀 봐, 좀 좋아" 하시는 정도였고 그 이상의 말씀은 없었다. 그러면 나는 풀죽은 목소리로 "예" 하곤 했다.

그리고 7년이 지난 금년 봄, 경주답사를 마치고 돌아오는 길, 창밖의 보름달이 줄기차게 나를 따라오는 것처럼 느껴지던 날 고속버스 33번 자리에서 나는 문득 깨달을 수 있었다. "이 분위기 좀 봐, 좀 좋아", 바로 그것이었다. 소불 선생이 제시한 세가지 유물들은 사실상 가시적인 형태의 미술사적 유물들은 아니었다. 그 대신 찬란한 신라문화를 창조해낼 수 있었던 분위기를 느끼게 해주는 것이었다. 그것도 세가지 유형, 즉 진평왕릉은 7세기 전반, 장항리 절터는 7세기 후반, 에밀레종은 8세기 중반 신라문화의 특질을 반영하는 것이었다.

온화하며 굳센 진평왕릉

진평왕릉은 경주 낭산(狼山) 동쪽 산자락이 시작되는 구황동 낮은 산비탈 논밭 한켠에 자리잡고 있다. 시내에서 가자면 분황사를 거쳐 보문관광단지 쪽으로 가다가 로터리 지나 첫번째 오른쪽 길로 접어들면 외길 농로가 나오는데 논밭 저편 고목나무 가로수가 일렬로 늘어선 그 끝에 진평왕릉이 있다. 소불 선생 말씀이 본래 진평왕릉으로 가는 길은 저 고 목나무길을 따라가야 제맛인데 수로를 내면서 허리부분 나무들이 베어 지고 쓰러져 이제는 왕릉 초입의 운치는 사라졌다고 아쉬워하셨다.

고목나무 가로수가 끝나는 바로 그 지점에 있는 높은 봉분이 진평왕릉 이다. 무덤 주위에는 키 큰 소나무들이 어엿한 자태를 뽐내고 있는데 그 줄기의 뒤틀림은 마치 명나라 문인화가 문징명의 그림에 나오는 수지법 (樹枝法)을 연상케 한다. 사계절 중에서 오뉴월 들꽃이 흐드러지게 필 때 가 가장 아름다워 보였다.

봉분에는 아무런 치장이 없다. 김유신 묘처럼 12지상이 조각되거나, 괘릉처럼 석인·석수가 늘어선 것이 아니었다. 그것은 통일신라 이후의 장식취미다. 그렇다고 황남대총처럼 우람한 봉분으로 사람을 기죽이는 웅장한 맛이 느껴지는 것도 아니다. 그러나 경주 시내에 있는 155개 고분 중에서 왕릉으로서의 위용을 잃지 않으면서도 소담하고 온화한 느낌을 주는 고분은 진평왕릉뿐이다. 그밖에 또 있다면 낭산 꼭대기에 있는 그 의 딸 선덕여왕릉이 비슷한 인상이다. 화려해야 눈에 들어오고 장식이 많아야 눈이 휘둥그레지는 안목으로는 진평왕릉의 격조가 잡히지 않는 다. 그런 요사스런 문화적·사회적 분위기에서는 절대로 진평왕릉 같은 유물이 탄생하지 않는다.

선덕여왕을 아시나요

진평왕릉은 누가 만들었는가? 그의 따님, 선덕여왕 때 만든 것이다. 역 사책에서 신라의 문화가 발전하고 강성해지는 것은 법흥왕(재위 514~39)

이 불교를 주도적인 이데올로기로 끌어들여 이 발달된 종교의 힘으로 사상체계를 정비하고, 진흥왕(재위 540~75)이 영토를 확장해서, 그것이 기초가 되어 이후 벌어지는 삼국간의 통일전쟁에서 신라가 승리하는 대목, 즉 김유신과 태종무열왕 김춘추(재위 654~60)의 이야기로 이어진다. 그러니까 신라시대 역사를 서술하면 진평왕(재위 579~631), 선덕여왕 시대는 삼국간의 전쟁이 한창인 시절로만 묘사되어 이 시기에 무슨 문화창조가 있었을까 싶게 느끼게 된다.

그러나 정작 우리가 지금 경주에 가서 볼 수 있는, 통일신라가 아닌 고신라의 대표적인 문화유물들은 거의 다 진평왕과 선덕여왕 때 만들어진 것이다. 국보 제83호 금동반가사유상과 남산 선방곡(禪房谷) 삼릉불은 진평왕 때 유물로 추정되며 황룡사 구층탑, 분황사, 첨성대, 삼화령 애기부처, 남산 불곡의 감실부처님 등은 모두가 진평왕과 선덕여왕 시절 유물들이다. 경주에 있는 왕릉을 제외하고는 모두 이 시기 소산인 셈이다.

어디 그뿐인가. 원광법사는 진평왕 때, 자장율사는 선덕여왕 때 고승이다. 원효와 의상 같은 사람들도 선덕여왕 때 젊은 날을 보냈다. 그런데 왜 역사책에서 진평왕의 이름은 언급조차 없고 선덕여왕은 야사에서 통큰 여자 정도로만 묘사되고 있을까. 『삼국사기』를 쓴 김부식(金富軾, 1075~1151)은 지독히도 '비진보적인 여성관'을 갖고 있었는데, 그가 선덕여왕조 끝머리에 "중국에서도 황후는 있어도 여자 황제를 세운 일이 없는데 음양의 원리를 거역하고 여자를 왕으로 세운 것은 참말로 난세의 처사였으며, 나라가 망하지 않은 것이 다행이다"라고 논하면서도 "약한 돼지가 껑충거리고 뛰논다"고 빈정댄 것은 여왕 시절 문화가 별 볼일 없어야 하는데 오히려 찬란하게 피어났음을 역설로 말해준 구절이다.

이미 널리 알려진 선덕여왕의 '지기삼사(知幾三事, 즉 미리 알아낸 세가지일)'에서 우리는 여왕의 재기와 배짱 그리고 뛰어난 감각을 충분히 엿볼 수

| 황룡사터 발굴현장 | 항공촬영한 이 사진만으로도 황룡사의 규모가 파악된다. 사찰 경내만 약 2만 5천평. 위쪽의 나무숲이 분황사다.

있다. 이 여왕의 배포가 큰 것은 황룡사 구층탑만 보아도 알 수 있다.

황룡사 구층탑의 위용

분황사 남쪽, 지금 한창 발굴작업이 진행되고 있는 대지 면적 2만 5천 평의 황룡사터는 남문, 중문, 탑, 금당, 강당, 승방, 회랑, 종루, 경루의 건물 자리가 반듯하게 정비되어 그 스케일을 느낄 수 있다. 각 건물 자리에는 주춧돌만을 복원하여 비록 입면은 아니어도 평면만은 명확히 재구성해볼 수 있다. 그중 초석과 심초석(心礎石)을 드러낸 구층목탑의 자리는 한 변의 길이가 사방 22.2미터다. 바닥 면적만 해도 150평이 된다. 여기에 올라간 9층 목조건물의 높이는 『삼국유사』에서 말하기를 상륜부가 42척, 본탑 높이가 183척, 총 225척으로 약 80미터가 되는 것이다. 요즘 건물로

| **황룡사 복원 모형** | 황룡사를 복원하는 데는 150년 이상 된 소나무가 4톤 트럭으로 2,400대 분이 필요한 엄청난 규모다.

환산하면 20층 건물 위에 송신탑 하나 붙어 있는 셈이니 서울의 조흥은 행 본점건물이나 삼성 본관건물보다 더 높다. 한국미술사 강의시간에 이런 말을 하면 학생들은 믿으려 하지 않는 눈치인데 현장을 답사하면 모두가 놀란다. 우리에게 그런 놀라움까지 주는 것이 선덕여왕 때 문화다.

황룡사를 생각할 때 나를 놀라게 하는 사실은 두가지가 더 있다. 황룡사를 처음 짓기 시작한 것은 진흥왕 14년(553)으로 17년 만에 담장을 쌓아 완성했는데, 장륙존상을 만든 것은 22년 후인 574년, 금당은 32년 후인 584년, 구층목탑을 준공한 것은 92년 후인 645년이다. 그러니까 완공까지 걸린 기간이 장장 1세기에 육박하는 것이었다. 698년에 벼락을 맞아 720년에 수리를 하고 754년에 에밀레종보다 세배나 더 큰 종을 만들었을 때가 가람배치의 마지막 완공이라고 본다면 그것은 200년이 걸린 셈이다.

기술이 부족해 그랬다면 할 말이 없다. 그러나 공기(工期)가 얼마 걸리든지 90년 후까지 대를 이어가며 절집을 지은 정성은 무어라 설명할 것인가? 자기가 계획한 것은 자기 시대에 결실로 꼭 거두어들인다는 전제 아래 계획되는 이 시대 국가와 개인의 일들을 한번 반성해볼 일이다. 우리시대 어느 누가 100년 후에야 열매 맺을 일을 구상하고 시작한 것이 있는가?

또 하나 놀라운 것은 황룡사 구층탑을 설계한 것은 신라 조정의 초청으로 백제 정부에서 파견되어온 아비지(阿非知)였다는 사실인데, 더욱 놀라운 것은 역사학자들은 이를 거의 무감각하게 받아들인다는 점이다. 이때가 역사가들이 한결같이 말하고 있듯이 한창 통일전쟁을 하고 있던 시절이라면 어떻게 상대국에게 이런 청을 하고 또 응했겠는가. 또 구층탑을 지으면 아홉 오랑캐의 침략을 막을 수 있다 해서 층마다 나라를 말하면서 일본, 중국, 탐라, 말갈, 예맥을 다 적었는데 왜 고구려와 백제가 없는가? 삼국은 남남이었나, 민족적 동질성을 갖고 있었나?

선덕여왕 때 벌어진 여러 전쟁들이 꼭 상대방을 정복해버리겠다는 통일의지의 싸움이었나 아니면 늘상 있어왔고 있을 수 있던 분쟁이었나? 티격태격하던 다툼 정도의 싸움이 어느 시점에서 통일전쟁으로 바뀌었는가? 이런 문제는 문화사적 사실로도 증명해야 설득력이 있을 것이다. 문화사적으로 말한다면 진평왕과 선덕여왕 때 문화는 백제의 영향을 말할 수 없이 강하게 받았다. 그 영향과 자극을 계기로 신라는 스스로의 고대문화를 체계적으로 갖추어가게 된다. 백제 입장에서 말한다면 백제 무왕시대의 발달한 문화가 신라에 깊숙이 파급되었다고 말할 수 있을 것이다.

첨성대의 우아하면서 온순한 느낌의 형태미는 신라적이라기보다 백제풍이다. 신라사람들은 그런 식으로 백제의 감화를 많이 받았고, 그것을 소화하면서 자기 문화능력을 키웠으며 또 자기화(自己化)하였다. 그래서 선덕여왕 시절의 유물들에는 그 앞시대나 뒷시대의 유물과는 판연히 다른, 따뜻하고 유순하며 인간적 체취를 느끼게 하는 정서가 배어 있다. 소불 선생이 진평왕릉에서 느끼라는 분위기는 바로 그것이었던 것이다.

삼화령 애기부처

선덕여왕 시절 문화유산 중에서 가장 사랑스러운 유물은 삼화령 애기부처다. 정식 명칭은 생의사(生義寺) 미륵삼존상이다. 이 세개의 석불은 본래 남산 삼화령 고개에 있던 것인데 1925년 원위치에 있던 본존불을 박물관으로 옮겨오고 또 민가에서 훔쳐간 협시보살 두개를 압수해서 지금은 국립경주박물관에 진열되어 있다. 이 삼존불이『삼국유사』에 나오는 '생의사 석미륵'인 것을 밝혀낸 것은 황수영 박사였다. 기록에는 선덕여왕 13년(644)에 제작한 것이라고 한다. 이 삼존불은 참으로 귀엽게 생겼다. 모두 4등신의 어린아이 신체비례를 하고 있어서 그 앳된 얼굴의 해맑은 웃음이 보는 이의 마음을 송두리째 사로잡는다. 특히 왼쪽의 협시보살입상은 비록 코가 깨졌지만 불심(佛心)과 동심(童心)의 절묘한 만남을 느끼게 해준다. 언제부터였을까? 삼화령 고개에 오른 사람들은 이 애기 모습의 보살상을 보면 얼굴을 쓰다듬고 손을 매만져보았다. 그 이름도 '삼화령 애기부처'라고 바뀌었다.

유신말기인 1979년 미국 7대 도시를 순회하며 3년간 열리는 대규모 해외전 '한국미술 5천년전'이 기획되었다. 이 해외전은 한국문화를 해외에 적극 홍보한다는 차원에서 출발한 것이 아니라 한국의 인권상황이 극악하다는 빗발치는 세계 여론의 화살을 문화라는 방패로 막아보기 위하

| 생의사 미륵삼존상 | 경주 남산 삼화령 고개에 있던 석불로 지금은 국립경주박물관에 진열되어 있다.

여 기획된 것이었다. 때문에 유신정권의 강력한 지원으로 이 전시회는 다시는 유례를 찾아보기 힘든 국보·보물의 대향연이 되었고 한국문화를 해외에 알리는 데 결정적인 공헌을 하였다.

아무튼 '한국미술 5천년전'에는 삼화령 애기부처가 차출되었는데 이 애기부처는 해외나들이를 위하여 비로소 세수를 하게 됐다. 그때 박물관 학예관들은 이 천고의 땟물을 빼기 위하여, 3일 동안 세제로 닦아내야 했다. 이 애기부처가 도록마다 다른 사진으로 나오는 것은 이 때문이다.

애기부처의 까만 발가락

3년간의 해외여행을 마치고 돌아온 애기부처는 다시 국립경주박물관으로 내려가 가족들과 함께 박물관 불상실에 진열되었다. 그런데 이 애기부처가 그때부터 발가락이 새까맣게 되었다. 나는 이상하다 싶어 소불 선생님께 여쭈어보았다. 선생님 대답이 "자네가 몇시간만 그 앞에 서 있으면 저절로 알게 될 걸세"라는 것이었다. 소불 선생의 답은 언제나 이런 식이었다. 나는 말씀대로 무작정 그 앞에 서보았다. 그러고는 한시간도 못되어 알 수 있었다. 진평왕릉에 비하면 너무도 쉬운 문제였다.

국립경주박물관의 하루 평균 관람인원은 당시에도 2만명이 넘었다. 초등학생부터 중·고등학생의 수학여행·신혼여행·효도관광, 일본인들 기생관광의 보너스코스 등으로 항시 만원이다. 심한 경우에는 진열장마다 일렬로 늘어선다. 고등학생들은 '재미없는' 박물관 견학을 진작 제껴버리고 밖에서 맴돌지만 초등학생, 중학생들은 선생님의 눈이 무서워 마지못해 구경하게 된다. 아무리 보아도 감동이 없다. 돌멩이를 주워놓은 것이 선사시대 돌도끼이고, 꺼먼 그릇은 토기이고, 금관·금귀고리는 그래도 뭔가 있는 것 같은데, 저 깨진 기와쪽은 왜 그리 많이 진열했는지. 인솔 선생은 그저 염소 몰듯 "빨리 가자" 소리만 하고 모자 쓴 수위 아저씨는 연신 "손대지 말라"고만 한다.

드디어 마지막 방, 불상실이다. 불상실에 들어서면 이제까지와 달리 한쪽 벽에 불상 세 분이 널찍이 자리잡고 있다. 다른 전시실처럼 답답한 공간이 아니다. 본래 박물관 진열은 이래야 한다. 그래서 관람객들은 좀 차근히 보게 되는데 한쪽에 귀여운 애기부처가 서서 웃고 있다. 아이들이 수군거린다. "쟤 좀 봐, 쟤 좀 봐." 이내 방안에는 "우와! 귀엽다. 우리 애기 같다"는 소리도 나온다. "조용히 해!" 선생님의 타이름이 있어도 막무가내다.

감성적 공감은 어떤 식으로든 나타나기 마련이다. 연주가 끝나면 박수치는 것이 그렇다. 귀엽다는 탄성을 억누를 이유가 없는 것이다. 선생의

| **애기부처의 귀여운 얼굴** | 앳된 얼굴에 편안한 미소가 동심과 불심의 만남이라고 할 만하며, 인간미가 넘쳐흐른다. 개구쟁이 아이들의 손때가 묻어 애기부처의 발가락은 이렇게 까맣게 되었다.

재촉에도 이 애기부처가 귀여워 그 자리를 좀처럼 못 떠나는 아이들이 있다. 우리가 길을 가다가 귀여운 애기를 보면 머리를 쓰다듬어보고 싶듯이 어떤 아이들은 한번 애기부처 손이라도 만져보고 싶으나 들어가지 못하는 금줄이 있고, 저쪽엔 모자 쓴 아저씨가 있다. 그래도 뱃심 좋은 아이는 수위 아저씨가 잠시 돌아서면 몰래 뛰어들어가 슬쩍 만져보고 얼른 튀어나온다. 그러나 순식간에 해야 하기 때문에 얼굴이나 손까지는 만져보지 못하고 고작해서 발가락만 손대보고 만다. 그 개구쟁이 아이들의 손때가 쌓이고 쌓여 애기부처의 발가락은 이렇게 까맣게 됐다.

감실부처님의 친숙한 이미지

우리는 역사를 배우면서 '찬란한 문화'라는 말을 무수히 강요받아왔다. 외세의 침략을 받아 국토가 만신창이가 되고 말았다는 역사적 사실을 장황하게 설명하고도 문화를 설명할 때는 '찬란하였다'이며, 지배층의 향락과 소비의 도덕적 타락을 말하고서도 문화는 '찬란'이었다. 논리적으로 가당치도 않은 이런 미사여구는 맹목적 애국주의의 소산이거나 찬란하지 못했던 문화에 대한 열등의식이 낳은 표현일 뿐이다.

세계 어느 나라 역사를 보아도 문화에는 기복이 있어서 찬란했던 시절이 있는가 하면, 별 볼일 없었던 시절도 있다. 침체, 새로운 준비, 새로운 일깨움, 찬란한 창조, 매너리즘과 과소비현상, 문화적 가치의 대혼란, 그리하여 다시 침체, 새로운 준비로 흘러가는 문화의 생장소멸이라는 도도한 흐름이 있는 것이다.

7세기 전반기, 진평왕과 선덕여왕 시절의 신라문화상은 한마디로 모든 것을 남이 아니라 자신의 입장에서 창조하고 소비할 수 있는 자신감에 충만한 것이었다. 백제·고구려·중국의 문화를 적극 받아들이면서 그것을 주체적으로 소화해낼 수 있는 능력이 있었던 것이다. 익히 아는 바와 같이 원효대사는 당나라 유학을 중도에 포기하고 스스로 일종(一宗)을 이루어냈다. 그것은 다시 말해서 이제는 굳이 유학하지 않아도 알 것은 다 알 수 있다는 문화적 자신감이 그 시대에 형성되었다는 것을 말해주는 것이다.

비유해 말하자면 1950,60년대 지식인으로 인문사회과학 연구자는 해외를 경험하지 못했을 때 열등감이 아니라면 최소한 불안감을 지녔었다. 그러나 1980,90년대에 오면 외국 유학을 결코 필수나 만능으로 생각하지 않게 된다. 오히려 자국의 현실 속에서 부딪치며 현실을 영원한 스승으로 삼아 자신의 삶과 학문을 실천적으로 구현하는 것이 올바른 길이라고 말할 수 있게 된다. 원효가 젊은 시절을 보냈던 선덕여왕 시대의 문화적 기류는 그런 것이었다.

선덕여왕 시절에 제작된 것으로 추정되는 불상들 또한 이 시대의 문화적 성격을 아주 잘 말해주고 있다. 그중 한 예로, 경주 남산의 북쪽 기슭에 있는 감실부처님을 보면 저 조순하고 인자한 기품은 부처님상이니까 그렇다고 치더라도 마치도 신라시대 어느 여인을 모델로 했음직한 그 친숙한 이미지는 원효가 불교를 주체적으로 소화하여 대중화작업을 펼쳤던 그 위대한 족적에 비견되는 고신라 불상의 한 백미라 할 것이다.

경주에 있는 수백, 수천가지 신라 유물 중에서 나의 마음을 언제나 평온의 감정으로 인도하는 유물은 이 감실부처님이다. 내가 이 넉넉한 인상의 현세적 자비심이 생동감있게 다가오는 감실부처님 앞에 선 것은 몇번인지 나도 알 수 없다.

그런 감실부처님이건만 나는 나의 독자에게 거기를 어떻게 찾아갈 수 있는지를 친절하게 가르쳐줄 방도가 없는 것이 기막힌 우리의 문화 실정이다. 위치로 말하자면 경주박물관 뒤쪽의 산기슭으로, 걸어서 30분이면

| **남산 불곡의 감실부처님** | 자연석 바위를 파서 감식 속의 부처상을 모셔 일종의 석굴사원의 형식을 취하고 있다.

갈 수 있는 가까운 거리다. 그러나 경주에 가서 특별한 전문인 아니고는 감실부처님을 아는 사람이 없고 안내지도만으로는 결코 찾을 수도 없다.

택시기사에게 옥룡암 입구에 데려가달라고 해서 거기서 찾아가야 한다. 옥룡암은 속칭 탑곡(塔谷)으로 거기에는 고신라 불적(佛跡) 중 하나인 탑곡마애불상군이 있는데 이 마애불은 저 고졸한 솜씨의 다양한 도상으로 미술사에서 큰 관심을 끄는 유물이다. 그것은 경주 남산 답사의 필수 코스 중 하나인 것이다. 그 탑곡 바로 옆이 불곡(佛谷)이고 불곡 계곡 중턱에 감실부처님이 있다.

내가 처음 감실부처님을 찾아갔을 때 옥룡암 탑곡으로 들어가는 삼거리에서 사람들에게 길을 물으니 아무도 내 말을 알아듣는 사람조차 없었다. 어떤 아주머니 왈, 들어본 것도 같은데 그건 유명하지 않으니 탑곡이

나 보고 가라는 것이었다. 그러던 중 한 촌로가 서쪽을 가리키면서 새마을 포장 농로를 따라 조금 가면 "개 치는 집"이 있는데 거기서 꺾어 산으로 올라가라는 것이었다. 촌로의 길잡이대로 가보니 과연 축사 몇 채를 경영하는 외딴 농가가 있었다. 그리고 이 외딴집 저편 개울 너머로 박물관이 보였다. 길을 잃을세라 조심스레 걷다보니 길가 까만 대리석에 '감실불상 입구→500m'라는 표지가 하나 서 있었다. 화살표를 따라 500미터쯤 갔건만 어떤 이정표도 없다. 뭔가 잘못된 것 같아서 위로도 올라가보고, 아래로 내려오고, 옆길로 들어가보고, 개울 건너 저쪽으로도 가보았지만 찾을 길이 없었다. 가을비가 처량히 내리던 날 그렇게 헤매길 여러 시간. 나는 다시 "개 치는 집"으로 내려가서 주인 아주머니에게 감실부처님을 물었다. 아주머님은 거기에 산 지 20년이 되었다는데 내게 하는 말이 "있긴 있답디다"라며 자신은 한번도 가본 일이 없다는 것이었다. 결국 그날 나는 도판으로만 보아온 감실부처님을 친견하지 못하였다. 이튿날 박물관 학예관에게 전화로 물었더니, 그 위치는 500미터쯤 가다가 오른쪽 샛길로 바짝 꺾어들어서야 되는데 그걸 쉽게 찾지 못할 것이라는 답이었다. 그리하여 나는 감실 입구부터 오른쪽으로 꺾어들 만한 길이면 모조리 꺾어들어가보다가 서너시간 만에 감실부처님 앞에 설 수 있게 되었다.

나는 그래도 이 부처님을 원망하거나, 미술사에서, 문화사에서 푸대접받고 있는 이 부처님을 가엾게 생각지 않았다. 오히려 당신의 그 넉넉한 모습이 1,350여년 동안 변함 없이 여기 이 자리에 건재함을 축하드렸다.

땅속에 깊이 뿌리를 내린 자연 암석을 깎았기에 어떤 도굴꾼도 당신을 겁탈하지 못하였고, 바위를 깎아 감실을 만들었기에 풍화의 시달림에서

| 감실부처상 | 이 감실부처님은 마치 인자한 하숙집 아주머니를 연상케 하는 따뜻한 인간미가 살아있다.

벗어날 수 있었고, 관광의 대상에서 제외되어 사람의 손때를 입지 않았으니 어느 불상이 당신처럼 본모습 그대로를 유지하는, 상처받지 않은 행복이 있었겠느냐는 축복이었다. 감실부처님에게 매료된 사람은 나뿐만이 아니었다. 어느 일본인 학생은 이 감실부처님을 달밤에 찾아갔다가 너무도 감복하여 그 앞에 텐트를 치고 하룻밤을 자고 갔단다. 사실 나도 꼭 한번 보름달이 밝은 날 이 마음씨 좋은 하숙집 아주머니 같은 부처님과 하룻밤 보내기를 원해왔는데, 그 날 받기가 쉽지 않아 아직껏 동침은 못해보았다.

여근곡을 지나면서

경주를 슬기롭게 답사하는 방법은 코스를 몇개로 나누되 그것을 문화사적 단계로 더듬어보는 것이다. 제1코스는 서라벌의 향기라 할 고분시대의 유적으로 반월성과 왕릉을 순차적으로 답사하는 것이고, 제2코스는 이번에 우리가 더듬어본 고신라문화의 전성기인 황룡사터·분황사·첨성대·삼화령 애기부처·감실부처·진평왕릉 등 선덕여왕 시절 유물들을 답사하는 것이다.

제3코스는 신라가 통일국가의 건설에 국가적 국민적 총력을 기울이던 때의 힘찬 기세의 유물을 보아야 한다. 그것은 감은사탑·고선사탑·황복사탑·불국사 석가탑에서 영지(影池)에 이르는 삼층석탑 순례가 될 것이고, 제4코스는 8세기 중엽 전성기 통일신라 문화의 조화적 이상미를 살펴보는 불국사·석굴암·안압지·에밀레종 등으로 이어진다. 그 다음 불국토를 구현하려 했던 신라인의 의지와 이상을 경주 남산의 핵심적 유물로 더듬어보아야 한다. 그렇게 하고 난 다음 그밖의 유물들은 하나씩 각개격파하듯 답사하는 것이 경주를 답파하는 길이다.

| **여근곡** | 건천읍 부산(富山) 아래 산줄기로 지형이 영락없이 여자의 국부처럼 생겨 이런 이름을 얻었다. 선덕여왕 '지기삼사' 전설의 고향이며, 조선시대 과거시험 보러 가는 선비가 이 길로 지나가면 꼭 떨어졌다고 한다. 경부고속도로 하행선, 경주터널을 지나 산자락 한굽이를 돌아서면 바로 나타난다.

경주에서 서울로 올라오는 길, 나는 다시 고속버스 33번에 앉는다. 선덕여왕 시대의 유물을 답사한 나에게 서울로 올라가는 길은 더욱 뜻깊다. 경주 톨게이트를 떠나 고속도로로 들어서면 이내 건천(乾川)역이 오른쪽에 보이는데, 그 건천역 지나 조금 가면 왼쪽으로 산줄기가 한눈에 들어온다. 그 산이 바로 선덕여왕의 '지기삼사'에 나오는 여근곡(女根谷)이다. 마치 여자의 국부와 허벅지의 디테일을 클로즈업한 것 같은 형상인데, 나는 아직 안 가보았지만 실제로 그 중앙에는 옥문지(玉門池)라는 샘이 있어 더욱 신비롭다고들 한다. 여근곡은 특히 겨울철에 볼 때 실감

난다. 마른 나뭇가지에 막 물이 오르는 산의 마띠에르 효과가 에로틱한 감정을 더욱 촉발시킨다. "성난 남근은 여근 속에 들어가면 반드시 죽는 법"이라고 큰소리친 선덕여왕의 배짱이 이 대목에서 절정에 달하며 그 배짱 덕에 우리는 경주답사 제2코스를 환상의 여행길로 맞이할 수 있었던 것이다. 나의 얘기가 더이상 빗나가기 전에 여기에서 멎는 것이 좋을 성싶다. 이 여왕에 대해 더 알고 싶으신 분은 『삼국유사』 제1권 「기이(紀異)」 제1편의 뒷부분을 보면 된다.

1991. 8.

* 첨성대의 구조와 기능에 관하여 독자들의 상당한 관심과 함께 많은 문의 편지가 있었다. 첨성대에 대하여는 적지 않은 논쟁이 있었다. 그중에서 나는 박성래, 전상운 선생의 설 중에서 일부만 따랐던 것이다. '첨성대의 수수께끼'에 대해서는 한림대 송상용 교수가 간명하게 정리한 글(『이야기 한국과학사』, 서울신문사 1993)이 있어 이를 바탕으로 소개하면 다음과 같다.

  첨성대는 기네스북에도 '세계 최초의 천문대 건물'로 기록될 정도로 최고(最古)의 천문대로 나라 안팎에 알려져 있다. 1973년 한국과학사학회에서 첨성대에 관한 연구를 총점검하는 토론회가 열렸는데 여기서 만주·몽골 사학자인 이용범 교수가 첨성대는 천문대가 아니라 불교의 수미산을 연상케 하는 종교적 상징물이라고 이의를 제기했으나, 그해 역사학대회에서는 수학자 김용운 교수가 첨성대는 신라의 과학수준을 과시하는 상징물로 중국의 수학책인 『주비산경(周髀算經)』에서 얻은 천문지식을 나타낸 것이라고 주장했다. 이처럼 첨성대가 천문대가 아니라는 주장이 나오자 물리학자인 남천우 교수는 두 가설을 단호히 거부하며 매우 훌륭한 관측작업장임을 강조하며 나섰다(『유물의 재발견』, 정음사 1987).

* 한바탕 논쟁을 치른 뒤인 1979년 해발 1,500미터에 있는 소백산 천체관측소에서 첨성대를 다시 논하는 모임이 있었고, 1981년에는 경주 현지에서 30명의 과학자와 역사학자들이 모여 천문대파와 비천문대파 그리고 강경파와 온건파 등이 순열조합으로 4파로 나뉘어 난상토론이 벌어졌다.

* 첨성대 연구에는 외국인도 가담했는데 미국인 천문학자 루퍼스, 영국인 과학사학자 니덤, 일본인 학자 와라 등은 모두 천문대로 보고 있다. 천문대가 아니라는 주장은 실제 관측활동하기에 매우 부적당한 구조라는 점, 선덕여왕 시절에 천문 관측한 기록이 없다는 점, 동시대의 고구려·백제·중국·일본 등에 같은 모양의 첨성대가 없다는 점 등을 지적하고 있다. 이런 논쟁이 끝날 기미는 보이지 않지만 그 구조가 지닌 상징성만은 변함이 없는 것이기에 나는 그 설을 소개한 것이며, 돌의 숫자가 366개라는 사실은 1962년 당시 경주박물관 홍사준 관장의 실측보고로 밝혀진 것이다.

* 진평왕릉은 요즈음 심심치 않게 답사객이 찾는 곳이 되었는데 여기에 가려면 보문관광단지 가는 길에 붙은 샛길보다도 황복사터 삼층석탑에서 가는 길이 훨씬 더 좋다. 논둑을 따라 사 뭇 진평왕릉을 보면서 걷노라면 서라벌의 스산한 정취를 맛볼 수 있다. 가다 보면 보문사터 의 석조와 부러진 당간지주 그리고 탑자리 주춧돌이 처처에 널려 있다. 특히 농사가 끝난 겨 울철에 이 논길을 다녀온 답사객들은 경주의 강한 인상을 여기서 찾는다.

* 감실부처 보러 가는 길은 이제 반듯하게 잘 다져져 있고, 주차장도 넓고 이정표도 확실하여 찾기 쉽다. 잡목도 많이 걷어내어 혼자 가도 무섭지 않은데, 기왕 이 길로 들어섰으면 탑곡 의 마애불, 보리사의 석조여래좌상을 보는 기쁨까지 맛보시기 바란다.

아! 감은사, 감은사탑이여!

감포가도 / 대왕암 / 감은사탑 / 고선사탑 / 석가탑

돌덩이가 내게 말하네요

내가 대학에서 가르치는 한국미술사는 미술사학과의 전공과목뿐만 아니라 미술대학의 이론과목으로, 국사학과와 한국철학과 등 인접 학문의 전공 선택과목으로, 그리고 일반 교양과목으로 강의되고 있다. 그리고 나의 강의는 그 수강 대상에 따라 내용과 강의방식이 조금씩 달라진다. 그럴 수밖에 없는 이유는 무엇보다도 슬라이드에 대한 반응이 수강자에 따라 다르게 나타나기 때문이다.

인문대학 학생들은 뭐든지 한참 생각해보고 나서야, 또는 내가 이런 것이라고 설명한 다음에야 감탄도 하고 웃기도 한다. 그러나 미술대학 학생들은 슬라이드가 넘어가는 순간 즉각적으로 반응하여 탄성도 나오고 웃음도 쏟아진다. 대체로 여학생이 남학생보다 감성적 반응이 빠른

편이다. 그래서 미술·인문대학이 함께 듣는 교양과목으로서 한국미술사 시간에는 웃음과 탄성이 2,3초 간격을 두고 터져나오게 된다. 미술대학 여학생과 인문대학 남학생 간의 감각반응 시차인 것이다. 그러나 한 학기 강의가 끝날 무렵이 되면 그 간격은 거의 없어지게 되는데 그래도 못 따라오는 둔한 사람이 몇몇은 남게 된다.

그처럼 감각이 둔하고, 감성적 반응이 느리고, 자신의 감각에 자신감이 없었던 인문대학 국사학과 학생 중에 인호라는 남학생이 있었다. 그는 내 강의를 듣고 경주답사에 따라온 적이 있었는데, 과에서 답사왔을 때 다 보았다는 식으로 시큰둥해하더니 감은사탑 앞에 이르러서는 "선생님, 정말로 장대하네요"라며 나보다 먼저 그 감흥을 흘리는 것이었다. 그러고는 내게 좀 쑥스러웠던지 "제 생전에 돌덩이가 내게 뭐라고 말하는 것 같은 경험은 처음입니다"라며 탑쪽으로 뛰어가서는 이 각도에서도 보고 저 각도에서도 보고 올라가 매만지며 즐거워하였다.

그런 감은사탑이다. 본래 명작에는 해설이 따로 필요없는 법이다. 그저 거기서 받은 감동을 되새기면서 즐거워하는 것으로 그만이다. 마치 월드컵축구에서 우리나라가 아르헨티나와 싸운 날, 멋진 골인 장면을 되새기고 또 되새기며 즐거워하는 축구팬의 모습 같은 것이라고나 할까. 만약에 감은사 답사기를 내 맘대로 쓰는 것을 편집자가 조건 없이 허락해준다면 나는 원고지 처음부터 끝까지 이렇게 쓰고 싶다.

아! 감은사, 감은사탑이여. 아! 감은사, 감은사탑이여. 아! 감은사……

인호를 비롯하여 감은사에 한번이라도 다녀온 분은 나의 이런 심정을 충분히 이해해줄 것이고, 또 거기에 다녀온 다음에는 모두 내게 공감할 것이 분명한데, 나는 지금 어젯밤 그 멋진 축구경기를 못 보고 잠만 실컷

| 감은사터 전경 | 쌍탑일금당(雙塔一金堂)의 정연한 가람배치로 이후 통일신라 절집의 한 모범이 되었다.

잔 사람들을 상대로 그 상황을 복원하여 해설해야 하는 어려움을 안고
있는 셈이다.

감포로 가는 길

우리나라에서 가장 아름다운 길은 어디일까? 남원에서 섬진강을 따라
곡성·구례로 빠지는 길, 양수리에서 남한강 줄기를 타고 양평으로 뻗은
길, 풍기에서 죽령 너머 구단양을 거쳐 충주댐을 끼고 도는 길. 어느 것이
첫째고 어느 것이 둘째인지 가늠하기 힘들 것이다. 그런 중에서 내 잊을
수 없는 아름다운 길은 경주에서 감은사로 가는 길, 흔히 말하는 감포가
도다.

| **감은사터 쌍탑** | 쌍탑이 연출하는 공간감은 단탑과 달리 장중하고 드라마틱한 분위기가 있다.

경주에서 토함산 북동쪽 산자락을 타고 황룡계곡을 굽이굽이 돌아 추령고개를 넘어서면 대종천(大鐘川)과 수평으로 뻗은 넓은 들판길이 나오고 길은 곧장 동해바다 용당포 대왕암에 이른다. 불과 30킬로미터의 짧은 거리이지만 이 길은 산과 호수, 고갯마루와 계곡, 넓은 들판과 강, 그리고 무엇보다도 바다가 함께 어우러진 조국강산의 모든 아름다움의 전형을 축소하여 보여준다. 어느 계절인들 마다하리요마는 늦게야 가을이 찾아오는 이곳 11월 중순의 감포가도는 우리나라에서 첫째, 둘째는 아닐지 몰라도 최소한 빼놓을 수 없는 아름다운 길이다.

더욱이 나에게 있어서 감포가도는 나의 미술사적 상상력을 가장 인상 깊게 심어주는 길이기도 하다. 경주를 떠나 대왕암에 이르기까지 차창 밖으로 스쳐가는 천년 넘은 나이의 유물과 아마도 그보다 더 오랜 나이를 지녔을 오솔길을 보면서 나는 능히 한 권 분량의 미술사적 사실과 그의의를 떠올리곤 한다.

경주시내를 벗어나 분황사와 황룡사터를 가로지르면서 거기가 그 옛날 서라벌의 다운타운임을 생각한다. 진평왕릉과 황복사탑을 아스라이 바라보면 차는 어느새 명활산성을 끼고 오르는데 여기서는 반드시 오른쪽 창으로 고개를 돌려야 한다. 만약 왼쪽으로 돌리면 반드시 사탄의 소굴로 빠져들 것이다. 거기는 이른바 보문관광단지 도투락랜드가 있는 곳. 번뜩번뜩한 호텔들이 허황된 인품을 잡고 있고 별의별 요사스러운 장치가 눈을 어지럽힌다. 제법 큰 보문호수엔 가짜 플라스틱 백조가 신파조로 떠 있다. 내가 보문단지를 미워하는 것은 인위적인 관광단지로 만들어 경주의 체취는 하나도 없고 또 거기엔 값싼 여관이 없다는 사실 때문이다. 모처럼 관광단지를 개발한다면서 고급 호텔로만 들어차 있으니 있는 분들이 모이는 곳에 돈 없는 아랫것들은 얼씬도 말라는 식의 계층적 분리, 계급적 차별을 이처럼 명백히 실현하고 있는 곳이 없다. 그러니까 보문단지는 마치 20세기 자본의 성골, 진골들의 휴양지처럼 꾸며진 셈이다.

그러나 고개를 오른쪽 창으로 고정한 사람은 들판에 의연히 서 있는 다부진 인상의 쌍탑을 보게 된다. 그것이 천군동(千軍洞) 절터이고, 그 옆쪽 건물은 서라벌초등학교다. 천군동 쌍탑은 이제 우리가 찾아가는 감은사탑이 불국사 석가탑으로 변천해가는 과정의 길목에 있으니 그 미술사적 가치와 의의는 알 만한 일 아닌가. 보문단지에 묵어가는 분들이라면 아침 나절 '해장 답사'처로는 그만인 곳인데 몇분이나 여길 알고 다녀갔을까 싶다.

그러는 사이 차는 산자락에 바짝 붙어 비탈을 타고 오른다. 알맞게 가파른 고갯길. 조선땅이 아니고서는 맛볼 수 없는 그런 고갯길이다. 여기서는 다시 고개를 왼쪽으로 돌려야 한다. 오른쪽은 벼랑뿐이지만 왼쪽으로는 넓은 저수지 덕동호(德洞湖)가 펼쳐진다. 70년대 경주개발사업의 일환으로 만들어져 경주 일원의 상수원과 농업용수로 기능하며 보문호의 수위를 조절하는 이 덕동호는 높은 산골짜기를 막아 만들었기 때문에 여느 호숫가의 풍경과는 다르다. 호수의 가장자리는 모두 산굽이로 이어져 어디까지 물줄기가 뻗어갔는지 가늠하지 못한다. 그래서 호수는 무한대로 크기를 확대한 듯하고 평온한 느낌보다는 진중한 무게를 지닌다. 고갯길을 오를수록 덕동호는 점점 더 넓게 퍼져가면서 마침내는 저쪽 멀리 보이는 산자락 그늘이 짙게 비치는 곳이 이미 수몰된 암곡동(暗谷洞) 그윽한 골짜기였다는 사실이 떠오르면 나는 마이크를 잡고 그 옛날을 얘기해주곤 한다.

무장사 깨진 비석 이야기

암곡동 아래쪽 제법 넓은 논 한가운데는 고선사(高仙寺)의 삼층석탑이 결코 외롭지 않은 모습으로 그 옛날 원효대사가 주지스님으로 있었던 절터임을 증언하고 있었다. 이 고선사탑은 감은사탑과 거의 비슷한 시기에 세워진 우리나라 삼층석탑의 원조 중 하나로 그 선후를 가려보는 것이 미술사의 한 과제로 남아 있다. 이 고선사 삼층석탑은 덕동호로 수몰되기 전에 국립경주박물관 뒤뜰로 옮겨져 있어 나의 경주답사에서는 대개는 박물관 순례의 마지막 코스로 되곤 한다.

암곡동 산속 깊은 곳에는 지금도 무장사(鍪藏寺) 절터가 남아 있어, 깨진 비석받침과 삼층석탑 하나가 외롭게 거기를 지키고 있다. 여기에 세워졌던 비석은 조선 정조 때 대학자인 이계(耳溪) 홍양호(洪良浩, 1724~1802)가 경주시장(부윤)을 지낼 때 마을사람이 콩 가는 맷돌로 쓰고 있는 비석 파편을 발견하여 세상에 다시 알려지게 된 '무장사 단비(斷碑)', 정식 명칭으

| **무장사터** | 삼층석탑이 있는 곳이 무장사터다. 암곡동 깊은 산중에 있는 무장사터는 웬만해서는 찾아가기도 힘든 곳이다.

로 '무장사 아미타불 조성기(造成記)' 비석의 고향이다.

801년에 세워진 것으로 추정되는 이 비는 전설로만 김생 글씨라고 전해져왔으나 홍양호는 비편을 보고는 김육진(金陸珍)이 왕희지 글씨체로 쓴 것이라고 감정하였다. 그리고 몇십년이 지나 금석학의 대가인 추사 김정희가 나이 32세 때 이 암곡동 산골짜기를 직접 답사하여 또다른 비편 한 조각을 발견하고 너무 기뻐 소리지르고 말았다고 한다. 추사는 이 비석의 글씨는 김육진이 왕희지의 글씨를 집자하여 세운 것이라고 고증하고는 비편에 자신이 발견하게 된 과정을 새겨넣었다. 이 두개의 비편은 지금 국립중앙박물관에 소장되어 있다.

무장사는 지금 우리가 찾아가는 문무대왕의 또다른 전설이 서려 있는 곳이다. 아버지 김춘추의 뒤를 이어 당나라 군사를 몰아내고 명실공히 통일전쟁을 마무리했을 때, 문무왕은 전시비상체제를 해제하는 뜻으로

| **무장사 삼층석탑과 아미타불 사적비 탁본** | 무장사터에는 한국 금석학에서 손꼽히는 비석이 있었다. 절터엔 깨진 돌거북이 남아 있고 비편은 국립중앙박물관에 진열되어 있다.

투구[鍪]를 여기다 묻고 절을 세웠다고 『삼국유사』에 전하고 있다. 나는 이것이 곧 '군사문화의 폐기처분'이라고 생각하고 싶다.

호수는 멀어져가고 나의 상상력도 끝을 달리는데 차는 추령고개 마루턱을 오르느라 숨이 차다(지금은 추령터널이 뚫려 이 옛 고갯길을 넘어가는 일은 거의 없게 되었다).

대종천의 영광과 상처

추령고개는 제법 높다. 언제 우리가 이렇게 높이 올라왔더냐 싶게 저 멀리 동해바다가 희뿌연 안개 속에 가물거리고 내리막 고갯길은 구절양 장으로 가파르기 짝이 없다. 굽이굽이 돌고 돌아 고갯길을 내려오면 갑자기 깊은 계곡 속에 파묻히는 스산한 냉기가 젖어온다. 육중한 산세를 비껴도는 이 길은 노루목까지 이어진다. 언제부터인가 이 계곡도 여름날 에는 초만원이다. 그래서 11월 중순에 이 길을 넘으라고 권하는 것이다. 황룡계곡의 골짜기를 빠져나오면 이내 넓은 들판이 나오는데 거기가 장 항리. 양쪽에서 흘러내린 두 줄기 계류가 만나 제법 큰 내를 이룬다. 그것 이 대종천이다. 한 갈래는 함월산에서 흘러온 것이고, 또 한 갈래는 토함 산 동쪽을 맴돌아 내리뻗어 있다.

함월산 쪽 계곡을 따라 올라가면 선덕여왕 때 창건된 기림사(祇林寺) 가 있고 계곡 입구에서 1킬로미터쯤 오르면 골굴암(骨窟庵)이 있다. 골굴 암에는, 몇해 전에 대대적인 성형수술을 했지만 통일신라 부처님 중에서 가장 원만한 인상을 풍기는 거대한 마애불이 있고, 기림사에는 조선 연 산군 7년(1501)에 만든 건칠보살상, 조선시대에 지은 잘생긴 절집, 요즘 낙성한 박물관이 있어 그것이 한나절 답사코스가 된다.

반대편 토함산 쪽 계곡을 따라 십리길을 올라가면 장항리 폐사지가 나 온다. 맑고 넓은 냇물을 징검다리로 예닐곱번은 건너야 한다. 여기가 소 불 선생이 "경주를 말해주는 세가지 유물"중 하나로 꼽았던 그 절터다. 폐사지에는 준수한 오층탑 하나, 일제 때 도굴꾼이 다이너마이트로 탑을 허물고 사리장치를 훔쳐간 무너진 석탑이 하나, 주인 잃은 거대한 불상 좌대만 남아 있다. 돌보는 이 없어 해묵은 마른 갈댓잎만 스산하게 스치 는 황량감이 감돌지만, 통일신라 초기—아마도 문무대왕 시절—새로운 문화를 창조하려는 기백과 의지만은 역력히 서려 있는 곳이다. 신라 고 찰의 품격이 살아있는 곳이다(지금은 석굴암 가는 길에서 토함산을 반 바퀴 돌아 장항리로 나오는 환상의 드라이브 코스가 열렸고 개울 건너

장항리 폐사지가 바라보이는 곳에는 전망대도 설치되어 있다).

어느새 차는 들판길을 달린다. 대종천과 나란히 달리는 찻길은 거의 수평으로 나 있다. 대종천은 그 옛날에는 큰 강이었다고 한다. 바닷물이 깊숙이 들어왔던 모양이다. 그러나 지금은 한갓 시냇물, 장항리의 옛 절터, 골굴암, 기림사의 영광이 빛바랜 세월 속에 시들어가듯 대종천은 말랐나보다. 상처는 영광보다 골이 깊다던가. 뼈아픈 상처를 지우지 못한 채 저기 그렇게 흘러가고 있다.

1235년 몽골군의 제3차 침입은 4년간에 걸쳐 국토를 유린했다. 경주를 불바다로 만들어 황룡사 구층탑을 태워버린 몽골군은 황룡사의 대종이 하도 탐이 나 이것을 원나라로 가져갈 계획을 세웠다. 대종은 에밀레종의 네배나 되는 무게(약 100톤)였다. 이 거대한 약탈작전은 바닷길이 아니고서는 운반이 불가능하다고 판단되어 지금 우리가 넘어온 길로 끌고 와서는 강에 뗏목을 매어 바닷가로 운반하는 방법을 취하게 되었다. 그러나 봉길리 바닷가에 거의 다 왔을 때 그만 종을 물속에 빠뜨렸다. 대종은 물살에 실려 동해바다 어디엔가 가라앉고 이후 이 내를 대종천이라 부르게 됐다. 지금도 이곳 사람들은 파도가 거센 날이면 바닷속에서 종소리가 울리는 것을 들을 수 있다고 한다. 그래서 일제 때부터 요즘까지 대종을 찾겠다는 사람들이 심심치않게 나오고 있다.

대종천 어귀, 벌써 바닷바람이 느껴지는가 싶으면 양북면 면사무소가 있는 어일(漁日)에 다다르게 되는데 여기서는 해안변 대부분 마을들이 그러하듯 검문소가 우리의 길을 막는다. 얼마 전까지만 해도 군인이 차를 세우고 어디 가냐고 묻곤 했다. 천하의 문화유산 명소로 찾아가는 길에 마중나온 것이 검문이었으니 그때 답사의 기분이 어떠했겠는가. 요즘 독자들이 과연 이런 상황을 상상이나 할 수 있을까.

어일 삼거리 검문소에서 우리는 감포로 가는 왼쪽 길을 버리고 오른쪽

| 이견대에서 바라본 대왕암 | 조선시대 정조 때 경주부윤을 지낸 홍양호는 여기서 문무대왕의 뜻에 감사하는 제사를 올렸다.

으로 곧장 뻗은 봉길리·용당리 길을 택하게 된다. 반듯한 찻길은 봉길리 대왕암을 마주하고 있고, 차창 왼쪽의 낮은 산자락 끝 용당리 마을 한쪽에는 석탑 한쌍이 유유히 이쪽을 바라보고 있다. 절터엔 늙은 느티나무만 한 그루 있을 뿐 아무것도 보이지 않는다. 지금 우리가 차를 타고 지나는 이 길에 그 옛날에는 바닷물이 들어왔다고 하니 감은사는 곧 바다와 접한 절이었다. 감은사를 옆에 두고 곧장 동해바다로 달리면 왼쪽으로는 이견대(利見臺), 오른쪽으로는 대왕암으로 갈라진다. 어느 쪽이고 걸어서 5분도 안 걸리는 거리이며, 바다는 멀리 뻗어 수평선이 아득히 보인다.

대왕암 주차장에 차를 대고 내리면 처음 온 사람들은 그렇게 불쾌해할 수가 없었다. 눈앞엔 봉길리 해변가의 검은 자갈돌들이 조수에 밀리면서 맑은 해조음을 연주하며 구르고 있고, 불과 200미터 거리엔 대왕암에 파도가 넘나드는 것이 보이는데 잔인한 철조망이 앞을 막아놓았다. 남한땅 전체를 철조망으로 봉쇄하는 이 군사적 방어물은 공비 침투 방어용인지 대국민 공포조작물인지 분간이 안 갔다. 그래도 대왕암인지라 개구멍만한 문짝을 내주고 멀리는 못 가도 드나들 수는 있어 그 아량에 차라리 감사해하며 해마다 여기를 찾아왔다. 그러나 여기가 내 잊을 수 없는 아름다운 길의 종점이라는 것이 싫다. 그래서 답사를 인솔할 경우 나는 대왕암보다 이견대에 들러 정자 난간에 기대 동해바다와 대왕암을 바라보는 것으로 종점을 삼아왔다. 거기서 상상의 날개로 천년을 오가던 나의 행복한 감포가도 여정을 아름답게 갈무리했다(지금은 검문소도 철조망도 모두 철수되어 무시로 드나들 수 있게 되었지만 무당들의 내림굿판이 처처에서 벌어져 그것이 또다른 문제로 되곤 한다).

과대포장된 대왕암의 진실

대왕암은 문무대왕의 시신을 화장한 납골을 뿌린 산골처(散骨處)로 이미 오래전부터 알려져왔고, 이곳 해녀들은 절대로 이 근처에 가지 않았다는 성역이었다. 그런데 어느날 갑자기 문무대왕 해중릉(海中陵)을 발견했다고 신문마다 대서특필하여 세기의 대발견으로 인식하게 되었다. 그래서 사람들은 마치 아무도 모르던 것을 그때 발견한 것인 양 알게 되었고, 학교에서도 그렇게 가르치고, 책에도 그렇게 씌어진 것이 많다. 대표적인 예로 신구문화사 편 『인명대사전』 문무왕 항목의 끝부분이다.

(…) 죽은 뒤 화장, 오랫동안 장지가 의문시되었으나 1967년 5월 신라오악(五嶽)조사단에 의해 경북 월성군 양북면 봉길리 앞바다의 대왕암에 특이한 수중경영 방식으로 그 유해가 안장되어 있음이 발견

되었다.

이것은 과대포장이다. 알고 있는 사람은 다 알고 있던 사실이다. 대왕암을 누구보다 잘 알고 있고, 누구보다 사랑했던 분은 조사단원들의 스승인 우현(又玄) 고유섭(高裕燮, 1905~44) 선생이었다. 우현 선생은 1940년에 「나의 잊히지 못하는 바다」 「경주기행의 일절」이라는 수필을 썼다. 수많은 아름다운 바다보다도 당신은 대왕암이 있는 용당포 바다를 잊지 못한다는 것이었고 "경주에 가거든 문무왕의 위업을 찾아 (…) 동해의 대왕암을 보러 가라"고 했다. "바다를 마스터한 이순신보다도, 바다를 엔조이한 장보고보다도" 내 죽어 왜적을 막는 동해 용이 되겠다던 문무왕의 구국정신―한편으로는 반일독립정신― 을 그의 수필에서 말하고 있다. 그렇다고 대왕암을 고유섭이 발견한 것은 아니었다.

『삼국사기』 「신라본기」 문무왕 21년(681)조에는 이렇게 기록되어 있다.

7월 1일 왕이 돌아가시므로 (…) 그 유언에 따라 동해 어귀의 큰 바위에 장사지냈다. 세상에 전하기를 용으로 화(化)하여 나라를 지킨다고 하여 그 바위를 가리켜 대왕암이라고 하였다. 왕이 유조(遺詔)에 말하기를 (…) (화려한 능묘란) 한갓 재정만 낭비하고 거짓만을 책에 남기며 공연히 사람들의 힘만 수고롭게 하는 것이니 (…) 내가 죽은 뒤 열흘이 되면 곧 궁문 밖 뜰에서 인도식(불교식)으로 화장하여라.

그리고 『삼국유사』 제2권 「기이」 제2편 만파식적(萬波息笛)조에는 문무왕이 아들 신문왕에게 만파식적을 내려주어 이 피리를 불면 '왜적이 물러가고, 가뭄에 비가 오고, 질병이 퇴치되는 (…) 신라의 국보가 되었다'는 기사 앞에 이렇게 씌어 있다.

| '나의 잊히지 못하는 바다' | 우현 고유섭 선생의 수필 제목을
커다란 자연석에 새겨 미술사에 대한 선생의 열정을 기리고 있다.

신문왕은 (…) 681년 7월 7일에 즉위하였다. 아버지 문무대왕을 위
하여 동해변에 감은사를 세웠다. 사중기(寺中記)에 문무왕이 왜병을
진압하고자 이 절을 짓다가 마치지 못하고 돌아가 바다의 용이 되었
는데, 그 아들 신문왕이 즉위하여 682년에 마쳤다. 금당 계단 아래를
파헤쳐 동쪽에 한 구멍을 내었으니 그것은 용이 들어와 서리게 하기
위한 것이다. 생각건대 유조로 장골(葬骨)케 한 곳을 대왕암이라 하고
절은 감은사라 하였으며, 그후 용이 나타난 것을 본 곳을 이견대라 하
였다.

또 『세종실록』 지리지(地理志) 경주부 이견대조에 보면 이렇게 실려 있다.

이견대 아래쪽 70보가량 되는 바닷속에 돌이 있어 사각이 높이 솟아 네 문(門) 같은데 여기가 문무대왕의 장처(葬處)이다.

그리고 지금부터 200년 전, 1796년 무렵, 경주부윤을 지내고 있던 홍양호는 대왕암과 이견대를 방문하여 대왕암의 전설을 듣고는 그것을 『삼국사기』와 대조해보고 왕의 큰 뜻을 기려 제물을 갖추고 제사를 지냈다고 그의 문집인 『이계집(耳溪集)』 중 '제(題)신라문무왕릉비'에 기록해두었다. 무엇이 새로운 발견이었다는 것인가?

신라오악조사단이 새로운 발견이라고 주장한 근거는 대왕암이 산골처가 아니라 사리장치하듯 납골을 모셔놓았다는 주장이었다. 대왕암이 네개의 바위로 된 것은 물이 넘나들게 인공으로 만든 것이고, 가운데 못에 깔려 있는 거북이 등 모양의 길이 3.7미터, 폭 2.6미터, 두께 1.45미터의 돌은 납골장치를 눌러놓은 돌이고, 그 밑에는 납골을 모신 합 같은 것이 있었을 것이라는 추정이었다. 그것은 증명되지 않은 하나의 가설이고 추측일 따름이다.

거북이 등 밑에서는 아무것도 발견되지 않았다. 그렇다고 그 돌을 들어내어 납골을 모신 장치가 있는가를 조사하는 성실한 발굴도 하지 않았다. 바윗돌을 쪼갠 것은 인공인지 자연인지 증명될 수가 없는 일이었다. 인공이었다 하더라도 그것이 1,300년간의 파도에 부딪혀 다시 자연스런 모습이 되었을 것이니까.

더욱이 홍양호가 발견한 문무대왕비문 파편에는 "나무를 쌓아 장사지내다(葬以積薪)" "뼈를 부숴 바다에 뿌리다(粉骨鯨津)" 등이 『삼국사기』

의 내용과 똑같이 적혀 있다.

이견대에서 내려와 감은사와 대왕암이 갈라지는 길목에는 1985년에 우현 선생의 제자들이 세운 '나의 잊히지 못하는 바다'라는 돌비가 서 있다. 감은사를 답사할 때마다 나는 반드시 여기에 들른다. 그리고 속으로 이렇게 말한다. '존경하는 우현 선생님, 당신이 찾으라는 문무대왕의 위업이 가는 세월 속에 이렇게 바뀌었답니다. 앞으로는 문무대왕을 찾으라하지 마시고 무장사로 가라고 말해주십시오.'

석탑의 아이디어

문무대왕은 생전에 이곳 경주로 통하는 동해 어귀에 절을 짓고 싶어했으나 680년 세상을 떠나게 되므로 그 뜻을 이루지 못하였다. 그리하여 그의 아들 신문왕은 부왕의 뜻을 이어받아 즉위 이듬해(682)에 완공하고는 부왕의 큰 은혜에 감사한다는 뜻으로 감은사라 하였다. 신문왕은 문무대왕이 죽어 용이 되어 여기를 지키겠다는 유언에 따라 감은사 금당 구들장 초석 한쪽에 용이 드나들 수 있는 구멍을 만들어놓았는데, 그것을 지금 감은사터 초석에서도 볼 수 있다.

감은사의 가람배치는 정연한 쌍탑일금당(雙塔一金堂)으로 모든 군더더기 장식은 배제하였다. 이것은 이후 불국사에서도 볼 수 있는 가람배치의 모범을 보인 것이다. 또 여기에 세워진 한쌍의 삼층석탑, 이 감은사 탑은 이후 통일신라에 유행하는 삼층석탑의 시원(始原)을 보여주는 것으로 그것의 조형적 발전은 불국사 석가탑에서 절정에 달하게 된다.

우리는 역사를 되새길 때 흔히 완성된 결실에서 그 가치를 논하는 경

| 미륵사탑 | 근래까지 남아 있던 미륵사 서탑의 모습이다. 지금은 해체수리중이어서 볼 수 없다.

| **정림사터 오층석탑** | 백제사람들이 만든 석탑의 이상은 여기에 있었다. 우아하면서 부드러운 인상. 그러나 여기엔 힘과 안정감이 약하다.

우가 많다. 특히 미술문화를 얘기할 때면 그 문화의 전성기 유물을 중심으로 논하게 된다. 그러나 나는 전성기 양식 못지않게 시원 양식을 중요하게 생각하고 있다. 그리고 세월이 흐르면 전성기의 전형을 파괴하는 양식적 도전을 보여주는데 이 또한 간과해서는 안된다는 생각도 갖고 있다. 전성기 양식은 정제된 아름다움을 보여주지만 시원 양식의 웅장한 힘은 갖추지 못하며, 말기의 도전적 양식이 갖고 있는 파격과 변형의 맛

을 지닐 수 없다. 그 모든 과정은 오직 그 시대 문화적 기류와 취미의 변화를 의미할 따름인 것이다. 그렇게 인식할 때 우리는 문화와 역사의 역동성을 놓치지 않을 수 있다.

그리스 고전미술에서 전기 고전주의의 정중한 피디아스 조각과 후기(전성기) 고전주의의 매끄럽게 빛나는 프락시텔레스의 조각, 헬레니즘 시대의 다양성을 상호비교해도 그렇고, 세종 때 만든 훈민정음의 글씨체가 정조 때 만든 『오륜행실도』의 글씨보다 엄정한 기품을 보이는 것도 마찬가지다.

우리나라는 석탑의 나라다. 중국의 전탑(벽돌탑)과 일본의 목탑(목조건축)과 비교해서 생긴 말이다. 중국에서 처음 불교가 들어올 때는 목조건축 형식의 목탑이 유행하여 황룡사 구층탑 같은 거대한 건물을 세우게도 되었다. 이것을 석탑으로 전향시킨 작업을 해낸 것은 역시 백제사람들이었다.

익산 미륵사터에 남아 있는 한쌍의 구층석탑은 우리나라 최초의 석탑인데, 이것은 돌로 지었을 뿐 거의 목조건축을 모방한 것이었다. 이것을 발전시켜 건축부재의 표현을 간소화시키면서 석탑이라는 양식, 기단부와 각층의 몸돌과 지붕 그리고 상륜부라는 구조의 틀을 보여준 것은 부여 정림사터 오층석탑이었다. 정림사 오층석탑은 그것 자체로 하나의 완결미를 갖고 있는 또다른 명작이다. 나의 답사기가 부여로 향할 때 나는 이 탑 앞에 아주 오래 머물게 될 것이다. 그것은 우아하다는 감정을 조형적으로 표현해낸 모범답안이었다.

고유섭 선생은 대표적인 저작인 『조선탑파의 연구』에서 이 석탑을 만들게 된 원인으로 불교사상에서 금당과 탑의 가치가 탑에서 금당으로 옮아가는 당탑가치의 변화, 완공까지 걸리는 시간의 문제, 보존의 영속화 문제, 건축재료의 생산성 문제 등을 미세하게 따지고 있다. 그러나 내가

궁금하게 생각하고 있는 또다른 문제는 그것이 왜 신라, 고구려가 아닌 백제에서 시작됐느냐는 점이다. 나는 이렇게 생각한다. 미륵사탑·정림 사탑이 세워진 것은 600년 무렵, 즉 백제 무왕 때다. 이때가 백제문화의 전성기였다. 유명한 금동반가사유상·서산마애불이 제작된 것도 이 시기 다. 발달된 중국의 불교문화를 체화·육화하여 자체 생산력을 갖춘 시기 였다.

한국은 화강암의 나라다. 그 자연풍토와 재질을 살려 독창적 문화를 창조하게 되니 태안·서산의 화강암바위 마애불과 예산·정읍의 석불을 제작하였고 그것이 탑에서도 적용된 것이 석탑이었다. 그러나 백제는 여 기에서 문화적 하강곡선을 그리게 되니 정림사탑의 맥은 통일신라의 과 제로 넘겨지고 말았다.

위대한 탄생, 삼층석탑

정림사의 오층석탑은 곧 신라에서도 모방하는 바가 되었다. 의성 탑리 의 오층석탑, 월성 나원리의 오층석탑, 장항리의 오층석탑 등이 바로 그 맥인 것이다. 그러던 오층석탑이 감은사에 이르러 삼층석탑으로 변신하 게 되었다. 그 형태와 층수를 변형시켜야만 했던 이유는 무엇이었을까? 그것은 양식적 분석에 입각한 조형의지의 파악으로 설명해야 한다.

정림사탑은 대단히 우아하고 세련된 멋을 갖추고 있다. 고상하다는 말 은 이럴 때 쓰는 단어일 것이다. 그러나 정림사탑에는 힘이 없다. 일층의 몸체가 훤출하여 상승감이 돋보이지만 이를 받쳐주는 안정감이 약하다.

| **감은사터 삼층석탑** | 튼실한 이중 기단에 삼층탑신이 알맞게 체감하는 구조다. 안정감과 상승감을 동시에 충족시 킨 통일신라 삼층석탑의 기본형이 여기서 만들어졌다.

감은사를 조영하던 정신은 통일된 새 국가의 건설이라는 힘찬 의지의 반영이었으니 그런 식의 오층석탑은 그들에게 어울릴 수가 없었다. 장중하고, 엄숙하고 안정되며, 굳센 의지의 탑을 원했던 것이다.

그 조건을 충족시키려면 상승감과 안정감이 동시에 살아나야 한다. 그러나 상승감과 안정감은 서로 배치되는 미감이다. 상승감이 살아나면 안정감이 약해지고, 안정감이 강조되면 상승감이 죽는다. 그것을 결합할 수 있는 방법, 그것은 기단과 몸체의 확연한 분리, 그리고 기단부의 강조에서 안정감을 취하고, 몸체의 경쾌한 체감률에서 상승감을 획득하는 이른바 이성기단(二成基壇)의 삼층석탑으로 결론을 얻게 된 것이다.

기단을 상하 두 단으로 튼실하게 쌓고, 몸체는 일층을 시원스럽게 올려놓고는 이층, 삼층을 점점 좁혀서 상륜부 끝으로 이르는 상승의 시각을 유도하는 것이었다. 상륜부 끝에서 삼층, 이층, 일층의 몸체 지붕돌과 기단부의 끝모서리를 그으면 80°의 경사를 이루는 일직선이 되었으니 여기서는 기단부가 튼실함에도 상승감이 조금도 약화되지 않았다. 이것이 삼층석탑 형식의 기본 골격이 된 것이었다. 삼층석탑, 그것은 진짜로 위대한 탄생이었던 것이다.

감은사탑을 세울 때 이들은 웅장하고 장중한 것을 희망하였다. 세련되고 단아한 기품을 원한 것은 그로부터 1세기 지난 뒤의 일이다. 그래서 감은사탑은 우리나라 삼층석탑 중 가장 큰 규모로 총높이 13미터, 몸체 위에 꽂혀 있는 상륜부 고리인 쇠꼬챙이(擦柱)의 높이 3.9미터를 제외해도 9.1미터가 되는 장중한 스케일이다. 그리고 그 기세는 결코 허세를 부리는 과장된 상승이 아니다. 대지에 굳건히 뿌리내린 팽창된 힘에 유지되어 있어 조금도 흔들림이 없는 엄정한 기품이 서려 있다.

감은사 삼층석탑 앞에 서면 나는 저 장중한 위세 앞에 주눅이 들어 오금에 힘을 쓸 수가 없다. 저 위대한 힘, 그것이 곧 인호라는 학생의 "돌덩이가 내게 말하네요"의 내용이었던 것이다.

사리장엄구

감은사 쌍탑 중 서탑은 1959년 해체·복원하는 과정에서 삼층몸돌 위쪽에 설치된 사리공에서 대단히 아름다운 사리장엄구가 발견되었다. 하지만 유감스럽게도 부식 상태가 심하여 그 화려했던 원 모습을 그리기엔 부족했다. 그러나 1996년 동탑을 해체·복원하는 과정에서 역시 삼층몸돌 위쪽의 사리공에서 똑같은 쎄트의 사리장엄구가 발견되었다. 이는 보존상태가 양호하여 완벽하게 원형을 갖추고 있었고 우리나라 사리장엄구의 최고 가는 명작으로 손꼽히고 있다.

사리장엄구란 단순히 불교공예품의 하나가 아니다. 고분미술시대의 꽃이 금관이라면 불교미술의 꽃은 사리장엄구다. 불교가 받아들여져 더 이상 거대한 고분을 만들지 않게 되었을 때 고대인들은 금관을 만들던 정성과 기술을 이 사리장엄구에 쏟았다. 지하의 왕을 위한 금관에서 지상의 탑 속에 절대자의 분신인 사리를 모시는 장엄구로 옮긴 것이다.

사리함의 전통은 역시 백제에서 시작되었다. 왕흥사 사리함, 미륵사 서탑 사리함, 왕궁리 오층석탑 사리함 등은 백제 금속공예의 하이라이트들이다. 통일신라는 이 사리함의 전통을 이어받아 통일신라식으로 발전시킨 아름답고 화려한 사리장엄구를 석탑에 봉안하였다. 그 첫번째가 감은사 삼층석탑의 사리장엄구이며 이는 나원리 오층석탑, 황복사 삼층석탑, 불국사 석가탑, 칠곡 송림사 오층전탑 사리함으로 이어진다.

감은사탑 사리장엄구는 네 면에 사천왕을 조각으로 붙인 사각형 외함(높이 27센티미터) 안에 가마 모양의 화려한 보장형(寶帳形) 사리기가 따로 모셔지고 그 가운데에 수정사리병을 봉안하였다.

| 감은사 **동탑 출토 사리장엄구** | 감은사탑에는 통일신라 금속공예의 꽃이라 불리는 환상적인 사리장치가 봉안되어 있었다.

　외함은 이국적인 얼굴로 삼굴(三屈)의 자세를 취한 사천왕의 몸동작이 생동감 있게 표현되었고 문고리 장식, 구름무늬도 곁들여 아주 장엄하고 높은 품격을 보여준다. 작은 수정사리병은 앙증맞을 정도로 귀엽고 뚜껑도 깜찍스럽다.

　상하 이단으로 구성된 이 보장형 사리전의 구조를 보면, 하단은 석탑의 기단부가 연상되는 튼실한 구조에 주악천녀로 장식하였다. 피리를 불고 춤을 추는 천녀의 조각은 아주 섬세하고 품위있고 고귀한 자태를 보인다. 상단은 대나무 모양의 네 기둥이 더없이 화려한 이중 보개(寶蓋)를 떠받치고 빈 공간 가운데에는 수정사리병을 모시는 아름답고 장엄한 장치를 하고 사방팔방에 작은 조각으로 스님상과 사천왕을 배치하였다. 낱낱의 조각들은 몸동작과 표정이 명확하여 그 자체로서 독립된 조각작품이라고 할 만하다.

　다양한 미니어처 조각들로 구성된 보장형 사리전(舍利殿)은 통일신라

사람들이 창안한 공예의장으로 우리나라뿐만 아니라 동아시아 사리장
엄구 중 최고의 명작이라 할 불교공예품이다. 이 사리함의 발견으로 감
은사탑은 건축적으로나 공예적으로나 나아가서는 정신적으로나 통일신
라 문화의 장려함을 한몸에 지닌 유물로 칭송됨에 한치의 부족함이 없게
되었다.

고선사탑과 석가탑

감은사탑 이후 모든 통일신라의 석탑은 그 기본을 여기에 두었다. 거
의 비슷한 시기에 제작된 고선사탑의 경우는 감은사탑과 가히 쌍벽을 이
룰 통일신라 초기의 명작이다. 원효대사가 주지스님으로 계시던 암곡동
고선사터가 덕동호에 수몰되는 바람에 지금은 국립경주박물관 뒤뜰 한
쪽 모퉁이에 처박히듯 세워져 있는 저 시대의 명작을 사람들은 별로 눈
여겨보지 않는다. 박물관 뒤뜰에 있는 가짜 다보탑·석가탑 앞에서는 연
신 사진을 찍으면서도 이 고선사탑 앞에는 머무를 줄 모르는 것은 관객
의 무지 탓이라기보다는 우리 문화 전반의 허상과 실상이며, 박물관의
비계몽적·비대중적 태도에도 기인하는 것이다.

고선사탑은 그 스케일과 형태에서 감은사탑과 거의 비슷한데, 다만 하
늘을 찌를 듯한 찰주가 없고 선마무리가 약간 부드럽다는 차이가 있을
뿐으로, 장중함에서는 감은사탑 못지않다.

언젠가 답사회원들과 경주의 삼층석탑을 순례하고 돌아오는 길에 지
루한 버스 속에서 우리는 서로의 감상을 얘기하는 시간을 가졌는데 그때
노처녀가 아니라 독신녀로 당당하게 살아가기를 희망한다는 분은 이렇
게 말했다.

| **고선사터 삼층석탑** | 원효대사가 주지스님으로 주석하던 고선사의 삼층석탑에
는 초기양식이 지니는 장중함이 서려 있어 보는 이를 압도하는 힘의 미학이 있다.

"완벽하고 존경스러운 감정을 일으키는 것은 감은사탑이지만, 내
게 배우자로 선택하라면 고선사탑 같은 남자를 택할 것입니다. 왜냐
하면 고선사탑은 완벽성 대신 포용성과 인자함이 살아있거든요."

형식사로서 또는 편년사로서 연구에 몰두하는 미술사가들은 모름지
기 이 독신녀의 고백 속에서 미적 세계의 오묘한 변화를 배워야 할 것이
다. 그녀는 이미 감성학으로서 미술사라는 그 나름의 방법론을 체득하였

| **불국사 석가탑** | 더할 것도 덜할 것도 없는 완벽한 아름다움의 모범답안이라고 할까. 통일신라의 삼층석탑은 여기에서 형식의 완성을 이룩하게 되었다.

다고 나는 지금도 생각하고 있다. 감은사탑과 고선사탑이 세워진 지 80년이 지나면 석가탑이 등장하여 삼층석탑의 형식은 거기에서 최고의 완성을 보게 된다. 더할 것도 덜할 것도 없는 정제된 아름다움, 단아한 기품과 고귀한 덕성, 빼어난 미모를 모두 갖춘 조화적 이상미의 전형이 거기에 있다.

감은사탑에 비할 때 석가탑은 그 스케일이 3분의 2로 줄어들었다. 그러나 그것은 왜소함이 아니라 알맞은 크기로의 축소였다. 감은사탑은 누가 보든 생각보다 크다고 말한다. 그 크기 때문에 일층몸돌은 한 장의 돌로 만들지 못하고 네개의 기둥돌을 세운 다음 네장의 돌판을 붙여놓고 그 속을 자갈로 채웠던 것이다. 그래서 감은사탑은 오늘날 뱀의 소굴이 되었다. 내가 학생들에게 "감은사탑에 올라가서 사진 찍다가는 뱀에게 물려 클레오파트라 뒤따르게 된다"고 말하면, 학생들은 내가 탑에 오르지 못하게 하는 수단으로 만든 말인 줄로만 안다. 그러나 내 말을 무시하고 기단부 갑석에 쭉 늘어앉아 사진 찍다가 일층몸돌 기둥과 돌판 사이로 뱀이 고개를 내미는 바람에 자지러진 학생이 있었다. 이것은 고선사탑도 마찬가지다.

더욱이 지붕돌도 네장의 돌을 짜맞추었으니 그 선의 마무리는 거칠 수밖에 없다. 그러나 석가탑은 일층몸돌, 일층지붕돌, 이층몸돌, 이층지붕돌, 삼층몸돌, 삼층지붕돌 등이 각각 한 장의 돌로 되어 있는 것이다. 그래서 세련과 완결미는 여기서 빛나게 마무리된 것이다.

소불 선생과 함께

1985년 어느 보름날, 나는 밤늦게 소불 선생과 불국사에 갔었다. 저 달빛 아래 석가탑을 보고 싶다는 나의 청을 들어주셨던 것이다. 나는 불국사를 생각할 때면 언제나 그때 본 석가탑을 그려낸다.

돌아오는 길에 박물관에 들러 뒤뜰에 모셔져 있는 고선사터 삼층석탑도 보았다. 길이 멀어 감은사까지는 가지 못했지만 고선사탑은 감은사탑과는 또다른 웅혼한 멋이 있기에 이날 한밤중의 답사는 참으로 황홀한 것이었다. 그때 소불 선생과 나는 이런 말을 주고받았다.

"저 고선사탑은 살아있는 돌 같아서 멀리서 보면 별것 아닌데 가까

이 갈수록 점점 커져서 그 앞에 서면 마치 엄습하는 것 같아요. 잘 보
슈!"

"선생님, 저는 저 고선사탑을 보면 글래머 스타같이 느껴져요. 쏘피
아 로렌 같죠."

"그렇군. 잘 봤네. 그러면 석가탑은?"

"그야 그레이스 켈리죠. 저 귀족적 기품이나 고고한 멋이 그렇잖아
요?"

"이 사람아, 틀렸네. 그레이스 켈리는 그렇게 단아하지 못해요. 잉
그릿드 버그만, 「누구를 위하여 좋은 울리나」에 나오는 버그만쯤은
돼야 석가탑답다고 할 수 있지."

서양의 여배우를 빌려 아름다움의 형태를 논할 정도로 나는 문화적 제
국주의의 영향을 강하게 입은 세대다. 그러나 한편 감수성 예민하던 젊
은날에 미적 우상을 그런 식으로 만들어갈 수밖에 없었던 피해자이기도
하다.

그러나저러나 나는 아직 감은사탑 같은 미인을 본 적이 없는 것 같다.
감히 근접하기 힘든 기품을 갖춘 그런 미인은 없을 것 같다. 어쩌다 종묘
제례악 수제천을 듣거나, 「그레고리언 찬트」를 들었을 때, 그리고 청도
운문사에서 비구니 승가학교 학생들의 아침예불 합창을 들었을 때 그것
이 감은사탑 같은 감동이었으니 아마도 이승에서는 찾지 못할 것 같다.

아! 감은사, 감은사탑이여!

1991. 9.

---

* 초판이 나온 뒤 경주의 애독차들로부터 많은 격려와 질정을 받았다. 특히 신라문화동인회
  회원들은 나의 글을 윤독하면서 유물의 위치, 방향, 연도 등과 인용문까지 미세하게 검토하
  여 교정본을 보내주는 과분한 후의까지 베풀어주었다. 나는 이 지적사항을 이근직님과 검

토한 다음 대폭 수정하였고 황오동 권태은님, 대구의 이원연님의 지적사항도 모두 받아들여 정정하였다. 가르침을 주신 모든 분들께 감사드린다.

* 대왕암이 수중릉이 아니라 산골처라는 주장은 내가 책에 쓴 내용 그대로이다. 이것을 독재자와 언론과 문화재를 연결시켜 말한 것은 나의 주관적 심회를 토로한 것이지만 증명되지 않은 가설은 아무리 훌륭한 것이라도 가설이지 사실은 아니라는 나의 입장엔 변함이 없다.

* 감은사에 가면 석탑과 금당터를 두루 살피고 나서 그 뒤쪽 강당터에 바짝 붙어 있는 산자락에 올라 193면에 나오는 사진을 찍을 수 있는 자리에 올라야 감은사의 당당함을 더욱 가슴깊이 새길 수 있다. 여기를 감은사터 조망대로 삼을 만하다. 올라가는 길은 원래는 없었는데 지금은 하도 사람이 많이 다녀 느티나무 옆으로 잘 닦여 있다.

* 첫번째 책이 나오고 거의 1년이 됐을 때 칠순이 넘으신 나의 어머님께서 어느날 "애야, 에미도 네 책 표지에 나오는 감은사탑 좀 보여주렴" 하고 어렵게 부탁하셨다. 나는 순간 낯모르는 사람은 누구든 답사를 안내하면서 정작 부모님은 한번 모시고 간 일이 없는 불효가 부끄러웠다. 그래서 그 주말에 부모님을 모시고 감은사에 갔다.

　감은사터 조망대에 올라가서 오래도록 둘러보시고 나서 어머니가 내게 하신 말씀이 있었다.

　"애야, 이런 게 네가 책에서 폐사지라고 한 거니?"

　"예, 어머니도 많이 기억하시네요."

　"아니다. 그 말이 하도 신기해서다."

　"그러면 뭐라고 해요?"

　"우린 이런 걸 보면 그냥 망한 절이라고만 그랬지. 망한 절을 망했다고 하지 않고 거기서 좋은 걸 찾아 말했으니 네가 복받은 거다. 아무쪼록 그렇게 살아라."

　감은사탑은 석양의 씰루엣이 정말 아름답다. 토함산으로 넘어간 태양이 홍채를 뿌려 배경을 은은하게 물들일 때 감은사탑은 장엄의 극치를 보여준다.

에밀레종의 신화(神話)와 신화(新話)
성덕대왕신종 / 봉덕사종 이동기 / 후천개벽춤 / 불국사 박정희종

장중하면서도 맑은 종소리

지금은 중단되었지만 얼마 전까지만 해도 에밀레종은 새벽을 알리는 종소리로 매일 아침 여섯시에 세번 타종되었다. 이 종이 만들어진 771년 12월 14일 이후 그것이 종각에 걸려 있는 한 변함없이 서라벌에 울려온 종소리였다.

소불 선생이 나에게 "경주를 알려면 에밀레종소리를 들어보아야 한다"는 가르침을 준 그 이튿날 새벽 여섯시, 냉기가 온몸에 스미는 늦가을 나는 처음으로 그 소리를 들어보았다. 신새벽 고요를 가르며 울리는 에밀레종소리는 장중하기 그지없었다. 낮게 내려앉은 저음이지만 그 맑은 여운은 긴 파장을 이루며 한없이 퍼져나간다. 세상에 이런 악기가 다시 있을 것 같지 않았다.

장중하면 맑기 어렵고, 맑으면 장중하기 힘든 법이건만 그 모두를 갖추었다. 소불 선생은 이 소리를 "엄청나게 큰 소리이면서 이슬처럼 영롱하고 맑다"고 표현하였다.

본래 조화란 서로 상반된 것이 어우러질 때 생기는 것이다. 비슷한 것끼리는 조화가 성립되지 않는다. 이 상반된 미감을 어울려 이루어낸 복합미는 어쩌면 통일신라 문화의 전성기가 보여준 고대국가 이상미의 구체적 내용인지도 모른다. 감은사탑·석가탑 등 삼층석탑이 상승감과 안정감이라는 두개의 미감을 충족시켜준 것이고, 안압지의 조경이 직선과 곡선, 인공적인 것과 자연적인 것의 절묘한 조화인 것도 그렇듯이, 에밀레종은 소리에서 장중함과 맑음이, 그리고 그 모양에서는 정중하면서도 유려한 형태미를 동시에 보여준다.

에밀레종은 여느 범종과 마찬가지로 항아리를 뒤집어놓은 달걀 모양, 또는 대포알을 머리와 허리춤에서 자른 모습이지만 가운데 아래쪽이 불룩하게 부풀어 있으면서 끝마무리는 슬쩍 오므려 풍만한 포만감을 주는 긴장미를 유지하면서, 동시에 종 어깨에서 몸체를 지나 허리에서 마감하는 유려한 곡선미를 드러낸다. 풍만하면 유려하기 힘들고, 유려하면 풍만하기 힘든 법이지만 에밀레종은 그 모두를 충족시켜준다. 그래서 나는 에밀레종을 보면서 감히 아름답다는 형용사를 쓰지 못한다. 그것은 거룩한 것이고, 인간이 만들어낼 수 있는 가장 위대한 형태와 소리를 지닌 신종(神鐘)이라고 생각하면서 내가 보낼 수 있는 최대의 찬사와 경의를 여기에 바칠 뿐이다.

| 에밀레종 | 소리는 장중하면서 맑고, 형태는 유려하면서 긴장감 있는 곡선미를 보여준다.

20세기 복제품의 실패

미술사를 공부하면서 나는 에밀레종의 형태미에 대해서는 익히 배운
바 있어 우리나라 금속공예의 상징적 유물임을 자랑껏 말해왔고 학생들
에게 그렇게 가르쳐왔다. 그러나 종은 종소리가 생명이라는 사실은 내
미술사적 관념 속에서 빠져 있었다. 이것은 문화유산에 대한 나의 인식
이 총체적이지 못했다는 단적인 증거였다. 모든 공예는 용(用)과 미(美)
로 이루어진다. 그중에서도 쓰임새가 먼저다.

에밀레종소리를 듣고 난 엄청난 감동과 그간 미처 깨닫지 못했던 문화
유산의 단편적 인식태도에 대한 나의 아둔함을 주체할 수 없어 박물관
건너편에 있는 반월성에 올라 키 큰 갈댓잎을 헤치며 무작정 거닐었다.
감사하는 마음과 속살을 후벼내는 참회의 아픔이었다. 에밀레종을 만든
조상님께 감사하고 이것을 이제 와서야 알게 된 나 자신과, 이 시대의 아
둔한 문화행태를 미워하였다.

경주에 오는 사람은 거의 모두 국립경주박물관에 들른다. 박물관에 들
어온 사람은 또한 거의 모두 정문과 마주하고 있는 에밀레종을 둘러보고
간다. 그들이 저 종을 보면서 무슨 생각을 하고 어떤 감동을 갖고 돌아갈
것인가. 어린애를 희생해서 만들었다는 잔인한 전설을 기억했을 것이고,
비천상의 아름다운 돋을새김, 화려하기 그지없는 보상당초무늬에 눈길
이 닿았다면 그래도 안정된 정서를 가진 관객이었을 것이다. 그러나 과
연 위대하다는 존대의 감정을 갖고 갔을 것인가?

아닐 것이다. 과학문명, 온갖 기술이 발달된 이 시대에 살고 있는 사
람들은 에밀레종을 만드는 정도의 기술에 놀랄 리 만무하다. 1,200년 전
에 제법 큰 종을 만든 것이 대견하다는 정도의 가벼운 칭찬을 보냈을 것
이다.

그러나 내 단연코 말하건대 에밀레종은 인간이 다시 만들어낼 수 있는

유물이 아니다. 에밀레종 이전에도 없었고 에밀레종 이후에도 없이, 오직 에밀레종 하나가 있을 따름이다.

1986년에 우리는 두 차례에 걸쳐 에밀레종 복제품을 만들었다. 하나는 아메리카 건국 200주년을 기념하는 선물로 제작되어 '우정의 종'이라는 이름이 붙은 종으로 지금 로스앤젤레스, 태평양이 바라보이는 어느 공원 언덕에 설치되어 있다. 1987년 미국에 10개월간 있을 때 나는 이 공원에 올라가 에밀레종 복제품을 몰래 쳐보았다. 그것은 종소리가 아니라 깡통 두드리는 소리였다. 형태도 흉내만 냈지 장중하고 유려한 기품을 갖춘 것이 아니었다.

또 하나는 서울 보신각종이 수명을 다하여 더이상 타종할 수 없게 됨에 따라 이것을 국립중앙박물관으로 옮길 때로 그 자리에 새 종을 만들면서 에밀레종을 복제하였다. 그러나 문양구성을 현대에 맞춘다고 바꾼 것이 촌스러운 것은 그렇다 치고 우선 종소리가 '전혀 아니올시다'이다.

해마다 12월 31일 자정이 되면 제야의 종이 울렸다. 한동안 보신각종과 에밀레종 타종을 텔레비전으로 생중계했는데 항시 보신각종—정확히는 에밀레종 복제품—을 먼저 보여주고 뒤이어 에밀레종의 타종을 중계했다. 아무리 음치이고 아무리 소리에 둔한 사람이라도 진짜와 가짜의 차이가 무엇인가를 단박 알아차릴 수 있었다. 가짜는 재겨운 쇳소리를 내면서 터지는 소리가 나오고, 진짜는 명문(銘文)에 씌어 있는 대로 '장중한 원음(圓音)'을 냈다.

왜 이렇게 되었을까? 과학기술로 따진다면 몇천만곱 발달한 우리시대에 왜 1,200년 전 종소리를 따라잡지 못했을까? 그것은 단 한가지 이유, 즉 제작하는 자세 내지 정신이 이 시대에는 에밀레종소리를 도저히 흉내도 낼 수 없게 된 점에 있는 것이다.

시대정신이 퇴락하면 다시는 그 정신이 되돌아오지 못한다. 이것은 인간사의 법칙 같은 것이다. 우리시대는 자동차나 컴퓨터는 만들어도 에밀레종을 복제해낼 능력은 완전히 상실했을 뿐만 아니라 그것을 온전히 보존할 수 있는 능력조차 없게 되었다.

왜 1,200년을 두고 변함없이 울려왔던 에밀레종소리가 그치게 되었는가? 에밀레종에는 지금도 아무 이상이 없다. 금이 가거나 깨질 기미가 전혀 보이지 않는다. 영원히 보존하기 위한 조치였다는 것이 문화재 관계자들의 생각이겠지만, 불국사에 계신 월산스님의 말을 빌리면 "종은 쳐야 녹슬지 않는 법"이다. 만물이 자기 기능을 잃으면 생명이 끊어지듯이. 게다가 지금은 종 앞에 달려 있는 나무봉마저 거두어버렸으니 에밀레종은 종으로서 생명을 잃고 "명작들의 공동묘지"에 안치된 것이다.

한·중·일 삼국의 범종

범종은 사찰에서 시각을 알릴 때, 의식을 행할 때, 또는 사람을 불러모을 때 사용하는 것으로, 그 기원에 대해서는 여러 설이 있지만 성덕대왕신종의 명문에서는 "범종의 기원을 살펴보니 인도에서는 카니슈카(Kanishka)왕 때부터이고 중국에서는 고연(鼓延)이 시초였다"라고 하였다. 범종은 기본적으로 몸체인 종신(鐘身)과 종고리인 종뉴(鐘紐)로 구성되며 종신에는 여러가지 장식이 가해지고 몸체를 나무봉으로 때려 울린다. 이는 몸체 속의 방울로 울리는 서양종과 다른 동양의 독특한 형식이다. 그런데 한·중·일 삼국의 범종은 비슷하면서도 또 각기 형태와 특징이 달라 한·중·일 삼국 문화의 정서적 특질을 잘 보여준다.

중국 종은 형태가 대단히 화려하고 장중한 멋이 있다. 종의 몸체가 여덟 팔(八)자 모양으로 넓게 퍼지면서 맨 아랫부분인 종구(鐘口)가 나팔꽃 모양으로 각이 지게 돌려졌다. 일본 종은 엄숙함을 느끼게 하는 단순

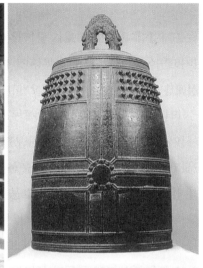

| 중국 종 | 종 입술이 곡선이고 몸체에 종유가 없다.　| 일본 종 | 띠를 두른 듯한 기하학적 구성이 특징이다.

미가 있다. 형체가 거의 수직으로 내려오고 몸체에는 열 십(十)자를 반복적으로 그린 기하학적 구성이 있다.

한국 종은 형태에 유연한 곡선미가 있다. 몸체에는 아름다운 비천상이 조각되었고 종봉(鐘棒)과 마주치는 자리에 당좌(撞座)가 연꽃무늬로 새겨졌다. 그리고 종 윗부분에는 종유라는 돌기 모양의 꽃봉오리가 달려 있는데 4곳의 유곽(乳廓) 속에 9개씩 모두 36개가 달려 있다. 종고리는 한 마리 용으로 만들어지고 음통(音筒)이 피리처럼 솟아 있다.

그런 중 통일신라부터 시작된 우리나라 범종은 그 소리와 울림이 아름다워 음향학에서는 한국 종(Korean bell)이라는 별도의 학명으로 불린다.

한국 종의 명성

한국 종의 유래에 대해서는 아직 명확히 알려진 바가 없다. 기록상으로 보면 삼국시대부터 만들어진 것 같은데 현존하는 가장 오래된 범종은 성덕왕 24년(725)에 만들어진 상원사 동종이다.

『삼국유사』에 의하면 상원사 동종에 이어 경덕왕 13년(754)에 주조된 황룡사 동종은 종의 길이가 1장 3촌(약 4미터), 두께는 9치, 무게는 49만 7,581근(약 100톤)이었다고 하나 이는 몽골난 때 원나라 군대가 가져가려다 감은사 앞 대종천에 빠트렸다는 전설만 남고 지금은 전해지지 않는다. 황룡사 동종은 그 무게가 성덕대왕신종의 네배나 되는 대종이었다.

그리고 경덕왕이 황동 12만근(약 24톤)을 희사하여 선왕인 성덕대왕을 위해 종을 만들려다 이루지 못하고 돌아가자 771년에 혜공왕이 마침내 만든 것이 성덕대왕신종, 일명 에밀레종이다.

이밖에 통일신라 범종으로는 국립청주박물관에 9세기 동종이 완형이 전해지는 것이 하나 있고, 6·25동란 때 화재를 입은 선림원터 동종(804)과 실상사 동종, 원주 출토 동종 등 파손된 것이 3개 있다. 그리고 이와 별도로 일본에는 통일신라 범종의 완형이 4점, 파손품이 2점 전해진다. 통일신라 범종이 일본에 이렇게 많이 남아 있는 것은 일찍부터 일본 사찰들이 소리가 좋은 한국 종을 갖고 싶어하여 왜구의 약탈 대상이 되었기 때문이다.

그중 에밀레종은 통일신라 과학기술과 예술이 낳은 한국 종의 압권으로 이후의 어느 범종도 이를 따라오지 못하고 있다. 종의 형체는 더없이 장중하면서 고고한 품위를 보여준다. 돋을새김의 조각들은 청동조각인 만큼 석굴암의 그것보다도 더 정교하다. 향로를 받들고 공양하는 비천상의 자태와 꽃구름과 함께 휘날리는 천의 자락은 감은사탑 사리장엄구의 조각보다 더 부드럽고 우아하게 피어오른다. 상원사 동종이 강한 동세를 자랑한다면 여기서는 원숙한 아름다움이 있다.

종유는 돌출된 돌기가 아니라 돋을새김으로 정교하게 새겼다. 상대·하대·연화당좌·유곽·종유의 연꽃과 넝쿨무늬의 새김도 우아하다. 그리고 종 맨 아랫부분인 종 입술(鐘口)이 여덟 모로 엷게 각이 지면서 맵시 있게 마무리되었다.

종소리는 부처님 목소리

에밀레종에는 총 1,037자의 명문이 새겨져 있어 이 종의 제작시기, 제작하게 된 동기, 범종이 갖는 의미 등을 소상히 밝히고 종을 만드는 데 참여한 사람 8명의 이름과 관직, 주종 기술자 4명의 직책과 이름을 모두 기록해놓았다. "한림랑(翰林郞) 김필중(金弼重)이 왕명을 받들어 짓다"로 시작하는 이 명문은 앞머리에서 범종의 의미를 이렇게 말하였다.

무릇 심오한 진리는 가시적인 형상 이외의 것도 포함하나니 (…) (부처님께서는) 때와 사람에 따라 적절히 비유하여 진리를 알게 하듯이 신종(神鐘)을 달아 진리의 원음(圓音)을 듣게 하셨다.

즉, 종소리는 진리의 원음으로, 부처님의 말씀을 글로 옮기면 불경이 되고, 부처님의 모습을 형상으로 옮기면 불상이 되듯이 부처님의 목소리를 옮겨놓은 것이 종소리라는 것이다. 그런 마음, 그런 정성으로 이 종을 만들었다는 것이다. 그리고 명문은 이어 성덕대왕의 치적을 칭송하였다.

성덕대왕의 덕은 산처럼 높고 바다처럼 깊었으며 (…) 항상 충직하고 어진 사람을 발탁하여 백성들을 편안히 살 수 있게 하였고, 예(禮)

| 에밀레종 **구연부의 보상당초무늬** | 에밀레종의 입술 부분에는 8개의 동그란 연판 사이마다 아름다운 보상당초
무늬가 새겨 있다.

와 악(樂)을 숭상하여 미풍양속을 권장하였다. 들에서는 농부들이 천
하의 대본인 농사에 힘쓰고 시장에서 사고파는 물건에는 사치한 것
이 전혀 없었다. 풍속과 민심은 금과 옥을 중시하지 아니하고 문학과
재주를 숭상하였다.

그리하여 치세기간 동안 한번도 전란으로 백성을 놀라게 하거나 시끄
럽게 한 적이 없는 태평성대였다는 것이다. 효자인 경덕왕이 어머니와
부왕을 여의고서 추모의 정이 더하여 구리 12만근을 희사하여 대종 하나
를 주조코자 했으나 뜻을 이루지 못하고 세상을 떠나자 아들 혜공왕이
부왕의 유언에 따라 종 기술자에게 설계하여 본을 만들게 했다는 것이
다. 이리하여 마침내 신종이 완성되니,

그 모양은 산처럼 우뚝하고 소리는 용이 읊조리는 것과 같아 위로
는 하늘에 이르고 아래로는 지옥에까지 통하여 보는 사람은 신기(神
奇)를 칭송하고 종소리를 듣는 사람은 복을 받으리라고 했다.

종이 완성된 날짜는 771년 12월 14일이라고 했다. 그리고 종을 찬미하
는 장문의 시명(詩銘)을 쓰고 이 일에 참여한 사람들의 직함과 이름을 모
두 기록하였는데, 시명은 김백완이 짓고 글씨는 대나마 한단이 썼으며,
감독관은 대각간 김옹과 각간 김양상이었다. 요즘으로 치면 국무총리가
책임자였다는 것인데 각간 김양상은 훗날 혜공왕을 죽이고 왕위에 오른
선덕왕이다. 이밖에 판관(判官)과 녹사(錄事) 7명이 기록되었는데 모두
김씨였다. 주종 기술자 5명은 모두 박씨로 그중 책임자는 주종대박사(鑄
鐘大博士) 박종일과 차박사(次博士) 박빈나였다.

봉덕사에서 박물관 정원으로

높이 3.7미터, 둘레 7미터, 입지름 2.27미터, 종 두께는 아래쪽이 22센
티미터, 위쪽이 10센티미터, 전체 부피는 약 3세제곱미터, 무게는 20~22
톤. 이 거대한 종이 완성된 것은 771년 12월 14일이었다.

에밀레종은 봉덕사(奉德寺)에 봉안되었다. 봉덕사는 성덕대왕의 명복
을 빌기 위하여 세운 절이니 이 종이 거기에 봉안된 것은 당연한 일이었
다. 지금 우리는 봉덕사가 어디였는지 정확히 알지 못한다. 다만 어느 때
인가 경주 북천(北川)이 홍수로 넘쳐 봉덕사는 매몰되고 오직 에밀레종
만이 폐사지에서 뒹굴고 있었다고 한다.

생육신의 한 분인 매월당(梅月堂) 김시습(金時習, 1435~93)이 경주 금오
산(남산) 용장사에 칩거하여 『금오신화』를 저술할 때 봉덕사의 황량한 모

1915년 봉황대에서 구(舊) 경주박물관으로 에밀레종을 옮길 때 사진.

습을 이렇게 읊었다.

　봉덕사는 자갈밭에 매몰되고
　종은 풀 속에 버려졌으니
　아이들이 돌로 차고
　소는 뿔을 가는구나
　주나라 돌북[石鼓]이 그랬다던가

『신증동국여지승람』에 의하면 세조 6년(1460), 당시 경주부윤을 지낸 김담(金淡)이 이것을 영묘사(靈妙寺) 옆에 달아놓았다고 한다. 그런데 『신증동국여지승람』에는 또 중종 원년(1506)에 당시 부윤 예춘년(芮椿年) 은 경주 남문 밖 봉황대(鳳凰臺) 밑에 종각을 짓고 종을 옮겨와 성문을 열고 닫을 때, 그리고 군사의 징집을 알릴 때 이 종을 쳤다고도 한다. 봉황대는 신라고분 중 가장 큰 무덤으로 높이 22미터 지름 82미터나 되니 훗날에는 무덤이 아니라 언덕으로 생각되어 대(臺)라는 이름까지 얻은 곳이다. 영묘사는 '선덕여왕을 짝사랑한 사나이'의 유명한 전설이 전해져오는 내력 있는 큰 사찰이었지만 그곳이 어디였으며 왜 에밀레종을 옮겨오게 되었는지는 지금 알 수 없다. 기록에 보면 영묘사는 유난히 불이 잘 난 절이었다고 하니 혹시 그때 화재로 인해 폐사가 된 것인지도 모른다.

봉황대 밑에서 성문종(城門鐘)으로 480년간 복무(?)한 에밀레종은 1915년 8월, 경주 법원 뒤쪽에 있는 구(舊)경주박물관 자리로 옮겨지게 되었다. 이곳은 본래 경주부 관아가 있던 곳이다. 그때 운반하던 장면이 낡은 사진으로 하나 전해지고 있다.

광목 열 필을 사오시오

그리고 1975년 이른봄부터 6월까지 에밀레종을 새로 지은 현재의 박물관으로 옮기는 작업을 진행하게 되었다. 그때의 숨은 얘기는 소불 선생이 「이제야 털어놓는 에밀레종 옮길 때의 이야기」(『한국인』 1985년 11월호)에 그 일부를 써놓은 바 있다. 그것은 아름다운 이야기가 아니라 부끄럽고 가슴아픈 이야기였다.

당시 경주박물관장을 지내고 있던 소불 선생은 이 위대한 종을 무사히 옮겨 거는 일, 거기에 걸맞은 예우를 하는 일로 무척 고심했다고 한다. 다시는 인간이 만들 수 없는 이 신종에 어떤 손상이 간다는 것은 영원한 죄일 수밖에 없다고 생각하고 있었다고 했다.

에밀레종을 새 박물관으로 옮기는 일은 대한통운이 맡았다. 에밀레종

| **성덕대왕신종 이전 광경** | 동부동 옛박물관에서 현재의 박물관으로 옮길 때의 장관. 대한통운의 트레일러에 실린 신종은 연꽃으로 장식되었고 그 앞에는 여학생들이 부채춤을 추고 있으며 뒤에는 많은 시민들이 줄을 지어 따라오고 있다. 지금의 화랑로. (1975년 5월 27일)

은 높이가 3.7미터, 무게가 22톤으로 생각되었다(훗날 포항제철에서 정확히 재어보니 19.2톤이었다). 이것을 운반하기 위해 포장을 하니 높이가 5미터, 무게가 30톤이 되었다. 이것을 또 트레일러에 올려놓으니 6미터가 넘게 되고 트레일러 무게와 합치면 50톤이 넘게 되었다.

박물관 구관에서 신관까지는 월성로를 따라가면 불과 2킬로미터의 거리이다. 그런데 그 중간에 다리가 하나 있는데 이 다리로는 결코 50톤의 하중을 견디지 못한다는 결론이 나왔다. 결국 돌아서 5킬로미터를 가야 하는데 이번에는 경주시내 전깃줄이 모두 걸리는 것이었다. 그래도 이 길을 택했다. 한국전력공사에서는 전공들이 여럿 동원되어 에밀레종을 실은 트레일러가 지나갈 때마다 전깃줄을 끊어주고 지나간 다음에는 곧 이어주고 하면서 시내를 관통하기로 한 것이다.

종을 달고 옮기는 의식은 월성군 두대리 절집에 계신 스님이 잘 알고 있어 정통 불교의식으로 하였다. 매일 아침 새벽을 알려주던 에밀레종을 옮긴다고 경주시민들이 모두 역 앞 광장으로 모여들었다. 수만명이었다. 경주시 인구는 지금 13만, 그때 10만명이었으니 경주사람은 모두 모인 셈이었다.

에밀레종을 실은 트레일러가 지나가자 경주사람들은 약속이나 한 듯이 남녀노소가 그 뒤를 따랐다. 끝까지 따라올 기세였다. 이 예기치 않은 경주시민들의 축제 같은 행사에 소불 선생은 문득 생각나는 것이 있어 시장에 가서 광목 열 필을 사오라고 했다. 이것을 에밀레종에 세 가닥으로 매어 늘어뜨리고 시민들은 그것을 잡고 따라오면서 장대한 행렬을 벌이게 됐다. 소불 선생은 선도차에서 늙은이의 걸음에 맞게 천천히 인도했고, 한국전력 전공들은 전신주에 올라가 에밀레종을 실은 트레일러가 지나갈 때마다 전선을 끊어주었다. 이렇게 해서 5킬로미터 거리를 두시간 만에 오게 되었다.

그러나 이 희대의 장관은 어디에도 사진 몇장만 남아 있을 뿐 동영상으로 촬영된 것이 없다. 이때 한 텔레비전 기자가 취재를 왔었다고 한다. 그러나 이 기자는 촌지를 주지 않는다고 그냥 돌아가버렸다는 것이다 (1993년 경주박물관에서 열린 '다시 보는 경주와 박물관' 사진자료전에서 이때 찍은 사진이 여러 장 공개되었다).

28톤 강괴를 빌려주시오

소불 선생은 이렇게 에밀레종을 신관 새 종각 자리까지 옮겨다놓았지만 이제는 이것을 안전하게 거는 일이 태산 같은 걱정이었다. 종각이 부실공사가 아닐까 걱정도 되고 공사자들이 신식기술을 과신하거나 옛 유물을 과소평가하지나 않을까 걱정이었다. 무엇보다도 종고리가 휘어 부

| **종각과 종고리 상태 시험장면** | 성덕대왕신종을 지금의 종각에 달기 전, 포항제철에서 특별히 빌려온 28톤 무게의 강괴를 매달아 종각과 종고리의 안전 여부를 시험하는 모습. 이 결과 새로 만든 종고리는 견디지 못하고 휘어버려 다시 만들어야 했고 철봉도 옛것을 그대로 써서 걸었다. (1975년 4월 10일)

러질 것 같은 생각이 들었다고 한다.

소불 선생은 고심 끝에 포항제철에 강괴 28톤을 빌려 시험적으로 달아보고자 공문으로 요청했다. 그것은 만용에 가까운 것이었다. 포철은 강괴를 외부로 내준 일도 없고, 강괴를 운반하는 비용만도 상당한 액수였다. 그러나 소불 선생은 그저 에밀레종, 성덕대왕신종, 다시는 못 만드는 문화유산이라는 말로만 몇날 며칠을 설득하였다. 한국사회에서 안될 일도 되게 하는 길은 실무자를 잘 알면 되는 것인데, 일이 되려고 했는지 포철의 한 실무 간부가 소불 선생의 경복고등학교 동창이었다. 그리하여 천신만고 끝에 포철은 강괴 28톤을 빌려주고 대한통운에서는 자원봉사

1975년, 경주박물관장이던 소불 선생이 포항제철에서 빌려온 강괴 28톤으로 종각의 쇠고리 힘을 측정해본 다음 내리고 있는 장면.

로 참여하여 중기계장 이용일씨, 작업반장 김창배씨 등 여러 분이 작업비도 받지 않고 거기에 옮겨 걸어주었다.

소불 선생은 에밀레종 무게보다 6톤의 여분으로 28톤을 빌려와 시험적으로 걸어보는 데 성공했다. 그러나 그것은 큰 실수였다. 22톤의 하중을 견디는지 시험하려면 44톤이 필요하다. 바람에 움직이는 물체는 정지된 물체보다 두배의 힘이 필요한 것이다. 뒤늦게 이 사실을 안 소불 선생은 아침 저녁으로 강괴를 흔들어보았다. 시공자 공영토건 공사장은 6톤을 더 얹었다고 불평하면서 이 시험 자체를 불쾌해했지만 대수롭지 않게 생각했고, 소불 선생은 아랑곳없이 틈만 나면 종을 치듯 흔들어보았다.

이레째 되던 날 아침, 경비원이 소불 선생을 찾아 뛰어왔다. 종고리가 휘어 벌어진다는 것이었다. 열흘이 되니 곧 떨어질 것 같아 강괴를 내려놓았다. 소불 선생은 휘어지고 벌어져 추한 모습이 된 종고리를 떼어들고는 부르르 떨었다고 한다. 소불 선생은 그것을 상자에 담아 고속버스에 싣고 서울로 올라와 국립중앙박물관장실에 풀어놓고는 자세히 보고 하였다. 이 어이없는 일로 지체높은 분들이 모였다. 문화재관리국장, 공영토건 사장, 원자력연구소장, 국립중앙박물관장 등이 '에밀레종 종고리 제작위원회'를 조직하여 실수 없이 하기로 했다.

에밀레종 종고리 제작위원회

에밀레종 종고리 제작위원회는 원자력연구소의 김유선 박사, 금속실장 황창규 선생 등 과학자와 소불 선생 등 박물관 관계자로 구성되었다. 종고리위원회는 먼저 일그러진 고리를 인천에 있는 한국기계공업회사에 가서 시험해보니 연구원 하는 말이 "이 쇠는 똥쇠(똥철)입니다"라는 것이었다.

문제는 종고리만이 아니었다. 종을 걸 쇠막대기도 22톤 하중을 잘 지탱해야 한다. 황실장은 이 쇠막대기는 특수한 강철을 사용하여, 황실장이 지정하는 실력있는 공장에서, 황실장의 지시에 따라 최소한 직경 15센티미터가 되는 철봉을 만들면 된다고 하였다. 그렇게 하면 휘지도 구부러지지도 않는 것을 만들 자신이 있다는 것이었다.

그러나 큰 문제가 생겼다. 에밀레종 머리의 쇠막대기를 끼우는 부분은 용이 용틀임하는 형상으로 그 허리에 가로지르게 되어 있는데 이 구멍이 9센티미터도 안되는 것이었다. 최상의 질로 15센티미터를 해야 기계역학에 맞는데 구멍은 9센티미터밖에 안된다니 낭패가 아닐 수 없었다.

황실장은 고민 끝에 지금의 과학기술로는 오직 한 방법, 와이어(철사)로 계속 말면 걸 수 있다는 것이었다. 허나 그래서야 종을 달았다고 할 수 있겠는가. 그러던 어느날 황실장은 "관장님, 그 전에 매단 쇠막대기 있습니까?" 하고 물어왔다. 소불 선생이 창고에서 그것을 꺼내 보여주었더니

| 에밀레종의 종고리 | 용의 허리춤으로 끼여 있는 쇠막대는 지름 8.5cm로 이 시대의 기술로는 만들지 못하여 그 옛날부터 사용해온 쇠봉을 그대로 끼웠다.

황실장은 득의만면하여 "이것이라면 안전합니다"라는 것이었다. 현대공학의 기술로는 15센티미터 쇠막대기 이하로는 안되지만 이것은 된다는 것이었다. 왜냐하면 이 옛날 쇠막대기는—그것을 신라시대에 만들었는지 조선시대에 만들었는지 알 수 없지만—여러 금속을 합금해서 넓고 기다란 판을 만들어 단조(鍛造)기법으로 두드리면서 말아서 만들었으니 와이어가 분산된 힘을 결합하듯 만든 형태라는 것이다. 강하면 부러지기 쉽고 연하면 휘기 쉬운데 이렇게 만들면 강하면서 부드러워 휘지도 부러지지도 않는다는 것이다.

결국 종고리위원회는 에밀레종 종고리에 끼울 쇠막대기를 만들지 못하고 이 옛날 쇠봉을 사용하기로 결정하였다.

과학기술로 본 성덕대왕신종

그러고 보면 20세기에 에밀레종 복제가 불가능한 것은 정성의 부족뿐만 아니라 기술 부족이라는 측면도 있는 것이다. 컴퓨터를 만들고 자동차를 만드는 기술은 발달했지만 청동주물 솜씨는 그 옛날을 따라가지 못한다. 어쩌면 경험과 필요에 의한 기술의 축적과 과학적 사고란 발전이 아니라 변화일 따름인지도 모른다.

에밀레종 몸체에는 종고리인 용머리의 방향과 같은 축으로 둥그런 연꽃무늬 당좌가 양쪽에 새겨져 있다. 종을 칠 때는 반드시 여기를 쳐야 제소리가 난다. 조금만 어그러지거나 비껴가도 안된다. 종 몸체에 새겨져 있는 모든 문양, 비천상, 명문의 서(序)와 사(詞), 어깨에 새긴 종젖꼭지(鐘乳), 입술 부분의 보상당초문(寶相唐草文) 등이 이 두 당좌를 축으로 하여 완벽하게 좌우대칭을 취하고 있는 것도 그 이유다.

서울공대 이장무 박사의 말을 빌리면, 종의 키와 폭, 즉 천판까지의 높이 3.030미터와 맨 아랫부분 바깥쪽 입지름 2.227미터의 비율을 보면 √2(≒1.414)의 값에 가깝고, 당좌의 위치를 보면 종 높이와 천판에서 당좌까지의 길이의 비 역시 √2로 이 지점은 스위트스폿(야구에서 홈런 칠 때 공이 배트에 맞는 지점)에 해당한다고 하였다.

1963년 2월 원자력연구소 고종건, 함인영 두 박사 팀이 삼국시대 불상과 범종을 특수촬영(감마선 투과촬영)하여 과학적으로 규명한 것이 『미술자료』 제8, 9호에 실려 있는데 이 두 박사는 당시 어떻게 그렇게 얇은 주물이 가능했고, 깨끗한 용접이 가능했고, 주물에 기포(氣泡)가 없었는지 불가사의하다는 것이었다. 에밀레종에도 물론 기포가 없다.

| **에밀레종 비천상** | 천의 자락을 날리며 내려앉아 공양하는 비천상과 이를 감싸안은 넝쿨꽃의 묘사에는 천상의 축복 같은 것을 느끼게 한다.

남천우 박사의 『유물의 재발견』이라는 명저에는 우리나라 범종을 과학적으로 규명한 장문의 논문이 실려 있고, 염영하 박사의 『한국종 연구』(고려원 1988)에는 그 제원과 기법이 자세히 논구되어 있는데, 비과학도인 나로서는 그저 신비할 따름이며 두 이학박사의 논지도 그렇다.

남천우 박사의 견해에 의하면 에밀레종은 납형법(蠟型法)으로 제작되었다. 중국 종·일본 종이 만형법(挽型法) 또는 회전형법(廻轉型法)으로 제작된 것과는 큰 차이다. 중국과 일본의 학자들이 '조선 종'이라고 부르는 것은 이런 기법의 차이에서부터 유래한다. 이 기법의 차이는 곧 형태와 소리 모두에서 큰 차이를 보여준다. 납형법이 아니고서는 종 몸체에 그와 같이 아름다운 문양을 새기는 것이 불가능하고, 납형법이 아니고서는 긴 여운을 내지 못한다. 우리가 듣는 종소리, 그것은 세상사람들이 모두 듣는 소리가 아니라 '한국 종'을 만들어낸 우리들만 듣는 소리인 것이다.

일본의 범종학자인 쯔보이 료오헤이(坪井良平)에 의하면 몇해 전 일본 NHK에서 세계의 종소리를 특집으로 꾸민 적이 있는데 에밀레종이 단연 으뜸이었다는 것이다. 장중하고 맑은 소리뿐만 아니라 긴 여운을 갖는 것은 에밀레종뿐이라고 한다.

성덕대왕신종에 대해서는 기계공학과 음향학에서도 이처럼 많은 연구가 있어왔다. 많은 공학박사들이 이 종을 측량하고 종소리를 녹음하여 연구한 뒤 발표했다. 그 논문들의 결론은 한결같이 이 범종의 구조와 소리에 대한 경의로 가득하며 그것을 수치로도 제시하고 있다.

카이스트의 이병호 박사는 「성덕대왕신종의 음향학적 연구」에서 종소리의 음색과 음질, 종소리의 톤 스펙트럼을 분석하면서 다음과 같이 대단히 어렵고 복잡한 종성평가식을 제시하고 그 채점 결과를 발표했다.

참고로 그가 제시한 종소리 평가방식은 ①종성의 tonal spectrum 분석을 한 다음, ②fundamental tone의 frequency에 대한 각 tone의

frequency ration을 구하고, ③그 값에 따라 Malmberg에 의한 각 tone 의 화음도평점(m_i)을 하고, ④각 tone의 intensity에서 결정되는 sound pressure(p_i)로 무게를 붙여서 ⑤화음도평점을 평균한 값으로 종성평가점수 m으로 한즉, m=$\frac{\sum m_i p_i}{\sum p_i}$ 로 된다는 것이다.

이렇게 해서 채점한 결과, 100점 만점에

성덕대왕신종 86.6점,
상원사종 55.7점,
보신각종 58.2점.

여타의 종은 50점 이하였다. 이병호 박사는 여기서 제시한 종성평가 기준은 종소리에 국한되는 것이 아니라 일반음악의 화성학에서 소리의 맑고 우수함을 따지는 판정 척도로서도 훌륭한 것이라고 믿는다고 했다.

음통과 울림통의 문제

에밀레종을 비롯한 한국 종에서의 이 울림, 물리학에서 말하는 '맥놀이'현상은 진동수가 거의 동일한 두개의 음파가 동시에 발생될 때 생기는 일종의 공명현상이라고 한다. 그러나 에밀레종에서 이 진동원(振動源)이 어디인지는 아직 찾아내지 못했다. 사람들은 아마도 음통(音筒)에 그 비결이 있지 않을까 생각하고 있다. 에밀레종 용머리 뒤쪽에는 대통 모양의 관이 솟아 있는데 이 관은 높이 96센티미터, 안쪽이 14.8센티미터, 위쪽이 8.2센티미터로 속이 비어 있다. 이 음관은 조선 종에만 있고 중국 종·일본 종에는 없기 때문에 더욱 그렇게 생각되는 것이다. 또 종각에 종을 걸고 난 뒤 종 바닥 아래쪽에 움푹 파놓은 울림통(洞空)이 어떤 식으로든 기능하지 않았을까 추정하고 있다.

음통은 한국 종만의 특징으로 중국 종이나 일본 종에는 없다. 천판 위에 솟아 있는 음통은 내부와 뚫려 있고 아래쪽은 지름 8.2센티미터, 위쪽 지름 14.8센티미터이며, 밖으로 노출된 길이는 63.3센티미터로 나팔 모양이다.

형태로 보면 분명 종소리와 어떤 식으로든 연관이 있을 것 같은데 그동안 대부분의 공학박사들은 그 영향이 보이지 않는다며, 있다 하여도 미미할 것으로 잠정 결론을 내리곤 하였다. 그리하여 황수영 박사는 음통이 문무대왕의 만파식적을 상징화한 것이라는 학설을 내놓기도 하였다. 그러나 음통은 성덕대왕신종에만 있는 것이 아니라 모든 한국 종에 있고 이미 상원사동종에도 나타나기 때문에 학계의 동의를 얻지는 못하였다.

울림통은 현재 옛 모습 그대로를 전하는 예가 없어 확실한 형태를 모른 채 국립경주박물관 구관에 걸려 있을 때의 형태에 따라 종구 아래에 웅덩이 모양으로 파놓았는데 이것이 종소리에 어떤 기능을 하는가에 대해서도 이론이 분분했다.

그러나 1996년 국립경주박물관 주관으로 이루어진 성덕대왕신종에 대한 종합학술조사에서 네시간에 걸쳐 타종하며 이를 분석한 결과 김양한 박사는 다음과 같은 결론을 내렸다.

성덕대왕신종의 진동, 음향, 특성을 요약해본다면 일반적으로 들을 수 있는 동서양의 다른 종들과 달리 모든 공진 주파수를 '쌍'을 이루게 하여 맥놀이 현상이 일어나게 하고 있다는 사실이다. (…) 그동안 관심의 대상이 되어왔던 음통은 1차, 2차 맥놀이현상을 일으키는 주파수에 대하여는 막힌 관과 같은 역할을 하고 (반사계수가 1에 가까운) 그 이상의 고주파 음은 효과적으로 외부에 반사시켜주는 일종의 감쇠기 역할을 하고 있다고 볼 수 있다.

에밀레종의 풀리지 않는 비밀

나는 에밀레종 여운의 신비를 찾기 위하여, 한번은 새벽에 에밀레종을 칠 때 얼른 종 밑바닥 홈으로 굴러들어갔다. 신기하게도 종 안쪽에는 소리의 여운이 없다. 마음 같아선 종 속에 들어앉아서 종 치는 소리를 들어보고 싶은데 고막이 터질까 겁도 나고, 또 소불 선생께 거기까지는 허락받지 못했다. 지금도 나는 기회가 있다면 종칠 때 그 속에 들어가 앉아볼 생각이다.

남천우 박사가 주장한바, 에밀레종이 납형법으로 제작되려면 22톤의 쇳물, 감량 20~30퍼센트를 계산하면 약 25~30톤의 쇳물을 끓여 동시에 부어야 한다. 명문에 12만근으로 만들었다는 기록은 당시 225그램을 한 근으로 계산해보면 약 27톤이 되니 맞는 얘기가 된다.

27톤의 끓는 쇳물을 거푸집〔鑄型〕에 일시에 붓는데—염영하 박사의 조사에 의하면 10곳에 주입구가 있었던 흔적이 있다고 한다—그 압력이 대단하여 거푸집이 웬만큼 튼튼하지 않고는 못 견딘다고 한다. 또 쇳물이 쏟아질 때는 거품이 일어나 버글거리는데 이때 공기가 미처 빠져나오지 못하면 공기를 품은 채 굳어버려 기포가 생기게 된다는 것이다. 이 공기를 어떻게 빼내었을까? 요즘 만든 주물에는 기포가 많은데 그때는 없었다니 신비하기 그지없다. 그 모든 것이 불가사의한 일일 따름이다.

에밀레종의 전설

성덕대왕신종이 에밀레종이라는 별칭을 얻게 된 것은 그 여운의 소리가 "에밀레" 같고, 그 뜻은 "에밀레라" 즉 "에미 탓으로"와 같기 때문이다.

내용인즉 경덕왕이 대종의 주조를 위한 성금을 모으기 위하여 전국에 시주승을 내보냈을 때 어느 민가의 아낙네가 어린애를 안고 희롱조로 "우리집엔 시주할 것이라고는 이 애밖에 없는데요"라며 스님을 놀렸다는 것이다.

대종이 연신 실패를 거듭하자 일관(日官)이 점을 쳐서 이것은 부정(不淨)을 탄 것이니 부정을 씻는 희생이 있어야 한다고 했다. 여러 갈래로 그 부정을 추정한 결과 그 아낙네 탓으로 단정되었다. 그리하여 그 애는 "에밀레"로 되었다는 얘기다.

이 전설은 반강제 성금을 내야만 했던 민중의 고통으로 해석되기도 하고, 온국민의 국가적 총력으로 설명되기도 하는데, 아기가 진짜로 희생됐다, 아니다에는 엇갈린 견해가 여지껏 팽배하다.

희생됐다는 주장은 사람의 뼛속에 있는 인(P)의 성분이 신묘하게 작용했다는 주장이다. 사람의 뼈, 동물의 뼛속에 있는 인의 성분은 물질의 합성, 합금에서 신기한 작용을 하는 것으로 예부터 알려져왔다. 진시황이 만리장성을 쌓을 때 그 땅다지기를 하면서 사람의 시신을 썼다는 얘기도 그중 하나다. 또 이 점에서는 삼한시대의 저수지 중 김제의 벽골제(碧骨堤)가 '푸른뼈'의 제방이라는 이름을 얻은 유래를 상기할 필요가 있다. 벽골제에 제방을 쌓을 때만 해도 조수가 여기까지 미쳤다고 한다. 물밑에 제방 기초를 해놓으면 조수가 밀려와 쓸어버리는 바람에 공사는 매번 원위치로 돌아갔단다. 이럴 때면 으레 공사감독이 꿈에 신령님의 계시를 받는 것이 우리나라 전설의 상투적 얘기다. 신령님은 공사감독에게 '벽골' 즉 '푸른뼈'를 흙과 함께 반죽해서 쌓으라고 했다. 짐승의 뼈는 대개 푸른 기를 조금씩 띠고 있는데 특히 말뼈가 푸르다고 한다. 공사는 말뼈를 갈아 섞음으로써 이루어질 수 있었다고 하였다.

아니라는 주장은 전설 자체가 만들어낸 얘기일 뿐이며 아무리 사람의 인이 신묘하다 할지라도 27톤의 쇳물 속에서 그 양은 거의 없는 것과 마찬가지이고 그 쇳물은 한 가마에서 끓인 것이 아니라 도가니 100개 이상을 동시에 사용한 것이니 말도 되지 않는다는 것이다.

벌통 2천개가 필요하다

나는 이 전설 속에서 종소리에 맥놀이현상의 긴 여운이 있어서 그것을 신비롭게 생각했고 그 여운의 생김을 소릿말로 옮겨보려 했던 사실 자체를 중요하게 생각하고 있다. 어느 종에나 그처럼 아름다운 여운이 있었다면 이런 전설이 생기지 않았을 것이다. 그러니까 성덕대왕신종은 숱한 시행착오 속에 완성된 밀랍형 주조의 첫 작품이고, 신비로운 여운이 있는 종의 첫 탄생이었다.

성덕대왕신종의 제작경위는 무엇보다도 종 몸체에 새겨져 있는 명문에 명확히 드러나 있다. 경덕왕(재위 742~64)이 아버지 성덕왕에 대한 추모의 정이 깊어 그분의 덕을 기리기 위하여 동 12만 근을 내어 대종(大鐘)을 주조하려고 했으나 그 뜻을 이루지 못하고 아들 혜공왕 7년(771)에 비로소 완성하여 봉덕사에 안치했던 것이다. 여기서 참으로 이상스러운 것은 무엇 때문에 그토록 오랜 세월이 걸렸는가라는 의문이다. 에밀레종 만들기 17년 전(754)에는 황룡사에 그 네배(50만근)가 되는 황룡사종도 만들었고, 세배가 넘는 분황사 약사여래상도 주조했던 실력인데 어찌해서 이렇게 됐는가.

남천우 박사는 그 이유를 회전형 주조법에서 밀랍형 주조로 옮아가는 과정에서 일어난 시행착오 때문이었다고 해석하고 있다. 이 종의 제작 날짜가 음력으로 12월 14일로 되었다는 것도 그 증거로 제시했다. 밀랍 형으로 제조하려면 우선 밀랍이 있어야 하는데, 에밀레종의 부피가 3세 제곱미터이고, 벌통 하나에서 채취되는 밀랍은 고작해야 1~2리터이고 보면 최소한 토종벌통 1,500 내지 2,000개가 있어야 한다는 계산이 나온 다. 이것은 보통 숫자가 아닌 것이다. 지금 최대의 토종벌 재배장인 설악 산 미천골 황이리 토종꿀단지에서 기르고 있는 벌통은 겨우 279개다. 그 래서 밀랍을 채취할 수 있는 음력 9월에 만들기 시작해서 10월에는 밀초 로 모형을 만들고 약 2개월에 걸쳐 주조했다는 계산이 나온다.

에밀레종은 단 한번의 주조로 완성되지는 않았다. 에밀레종 속으로 들 어가보면, 안쪽에는 쇳물을 덧붙이고 덧붙인 자국들이 생생하게 보이는 데 이 보완작업은 그 울림을 밝게 이끌어내기 위한 조치였을 것이다. 그 리하여 771년 12월 14일에 종을 걸고 치니, 종래의 종은 회전형인지라 여 운이 없었는데 에밀레종은 밀랍법으로 되어 긴 여운을 띠게 되었다. 그 것은 대단히 신기한 일이었을 것이며, 좋은 종을 만든 큰 기쁨이었을 것 이다. 거기에서 그 여운이 신기하여 무슨 소리 같다는 등 하던 사람들의 얘기가 "에밀레"로 결론을 내게 되었고, 나라에서는 신종(神鐘)이라는 이름을 붙이게 되었던 것이다.

불국사의 박정희 대통령 신종

사람들은 잘 기억하지 못하지만 우리시대에도 성덕대왕신종 같은 것 을 제작한 적이 있다. 언제인지 정확히는 알 수 없으나 1970년대 유신시 절, 불국사에는 커다란 종이 하나 걸리게 되었다. 커봤자 에밀레종의 반 의반만 한 것이었다. 이 종에는 "박정희 대통령의 만수무강을 빕니다. 한

진그룹 조중훈 올림"이라는 명문이 새겨져 있었다. 말하자면 20세기에 만든 박정희신종이었던 것이다.

그런데 이 종은 항시 삐딱하게 걸려 있어서 마치 6시 5분을 가리키는 시계방향과 같았다. 아침 저녁 예불을 알리는 종으로 계속 사용하고 있는데 그 종소리는 고르게 퍼져나가지 못하고 항시 웅웅거린다.

불국사 월산스님은 이것이 맘에 걸려 경주박물관에 한번 조사해줄 것을 부탁하였다. 박물관팀이 먼저 실측해보니 두께가 엉망이었다. 에밀레종은 어디를 재도 위쪽은 10센티미터, 아래쪽은 22센티미터이다. 그런데 박정희신종은 같은 면이라도 어디는 10센티미터인데 어디는 5센티미터이고 기포는 말할 것도 없고 한쪽 구석은 다 해져서 하늘이 보일 것만 같았다. 그러니 그 소리는 웅웅거리고, 세워진 모습은 6시 5분일 수밖에 없다.

10·26사태로 그분이 돌아가시고 2년이 지난 1982년 가을, 불국사에 갔더니 그 명문이 깎이어 없어져버렸다. 그리고 이제는 종 몸체가 6시 정각으로 똑바로 섰다.

에밀레종 반주의 후천개벽춤

에밀레종소리를 세상에 다시 없는 음악으로 생각하게 된 나는 이 음악에 맞추어 추는 춤도 생각해보았고, 그것을 곧 실현시켜보게도 되었다.

1986년 5월, 오윤 판화전이 그림마당 '민'에서 열릴 때 열림굿은 이애주 교수가 추고, 그의 예술에서 '민족적 형식의 문제'라는 강연은 내가 했다. 이애주 교수는 내 강의를 듣고는 우리 미술의 특징을 슬라이드로 보여주면 거기에 맞는 춤을 자신이 추어보고 싶다고 했다. 그래서 우리는 '춤과 미술의 만남'이라는 제목 아래 서울대 개교 40주년 기념행사로 공연을 갖게 되었다.

　그때 서울대 측은 예산을 동결시켜 이 공연을 중지시키려 하였다. 민중적 색채가 조금이라도 보이면 탄압하고 금지시키던 5공 말기의 상황이었다. 그러나 우리는 굴복하지 않고 자비와 민미협(민족미술인협회)의 김용태형과 성완경형이 보내준 보조금으로 공연을 치르게 되었다. 경비의 대부분은 악사의 거마비였다. 그래서 나는 이애주 교수에게 사물만 부르고 나머지는 카세트로 출 것을 부탁했더니 이애주 교수는 정색을 하며 나를 나무랐다. 요지인즉, 춤꾼은 춤판이 벌어질 때 멋지게 춤추어보는 것이 인생인데, 흥도 신명도 없이 어떻게 카세트에 맞춰 추느냐는 것이었다. 좋은 음악이 있으면 춤도 좋은 춤이 나오는 법이라며 예술을 안다는 사람이 그렇게 서운한 소리를 할 수 있느냐는 것이었다. 나는 그때 정말로 미안하고 부끄러운 마음이 일어났으며 그것은 큰 마음빚이 되었다. 우리의 공연이 끝나고 뒤풀이 자리가 벌어졌을 때 나는 그 마음빚을 갚을 요량으로 이애주 교수에게 넌지시 제안했다. 세상에서 가장 위대한 음악에 맞추어 춤 한번 추어보겠냐고. 그게 뭐냐는 물음에 나는 곧 에밀레종이라고 했다.

　이애주 교수는 내 설명을 듣고는 경주에 가서 에밀레종소리를 들어보고 나서 결정하겠다고 했다. 그러고는 며칠이 지났는데, 이애주 교수는 내게 와서 경주에 가서 새벽종 치는 것을 듣고 왔는데 정말로 굉장하다면서 내게 혹시 녹음한 것 있냐고 물었다.

　물론 내게는 좋은 녹음 테이프가 있었다. 소불 선생은 근 10년간 에밀레종소리를 듣고 사는 동안 그 소리가 계절마다 여운이 다른 것을 알게 되었고, 가장 맑고 긴 여운은 여름밤의 종소리라고 했다. 한여름 저녁 대기의 공기가 완전히 녹아 있을 때라 더 좋은 것이었을까? 그래서 어느 한여름 밤에 녹음해둔 에밀레종소리 테이프의 복사품이었다. 그런데 이 녹음과정에서 예상치 않은 일이 일어났다고 한다. 그것은 침묵의 밤하늘에 에밀레종의 첫 방이 울리자 박물관 뒤편의 논에서 모든 개구리, 맹꽁이가 일제히 울어대는 바람에 낭패를 보았던 것이다. 그래도 작정한 일인지라 주변의 사람들이 모두 논두렁에 가서 에밀레종을 치면 일제히 장돌을 논에 던져서 개구리, 맹꽁이들이 울지 못하게 하고서 간신히 녹음해둔 것이니 그 이상의 것은 없으리라.

이애주 교수는 연속적으로 타종된 에밀레종소리를 듣고는 한번 춰보겠다고 했다. 나는 속으로 큰일이 생겼다고 생각했다. 반은 혼자 생각으로 그저 해본 소리였는데 진짜 춤을 추겠다니 소불 선생이 과연 허락해줄까 걱정이 태산 같았다. 그래도 한번 뱉은 말이고, 또 해볼 만한 일이기에 경주로 내려가 소불 선생을 만나 자초지종을 말씀드렸다. 그때는 이애주 교수가 바람맞이춤으로 유명해지기 전이어서 소불 선생은 그저 서울대 교수 이애주로만 알고 있었다. 소불 선생의 대답은 말 같지도 않은 소리 말라는 것이었다. 내 목이 몇개여도 못한다는 말씀이었다. 국보로 지정된 것은 사진을 찍을 때도 허가를 얻어야 되는데 하물며 종을 아무 때나 치겠냐면서, 말이 잘못 나가면 종을 쳤다고 하지 않고 종을 때렸다고 해서 문화재 파괴범이 된다는 것이었다.

나도 사실은 어지간히 끈질긴 사람이었다. 내가 살아가면서 남에게 많이 들은 소리가 쇠귀신과 질경이다. 나는 쇠귀신처럼 들러붙어 소불 선생을 설득하는 데 결국 성공했다. 그때 나는 소불 선생과 다음과 같은 신사협정을 맺었다.

10월 3일 개천절을 맞아 신라문화동인회원들과 공식적으로 33천 하늘이 열림을 경축하는 33번의 종을 칠 테니 그때 와서 비공식적으로 춤을 추어도 나는 모른 척해주겠네. 그러나 첫째 언론이 눈치채지 못하게 하고, 향후 3년간은 비밀이며, 서울에서는 꼭 봐둘 필요가 있는 사람 10명만 초대할 것.

이리하여 나는 서울로 올라와 이애주 교수에게 성공했다고 자랑하며 좋아했더니 이애주 교수는 정색을 하면서 제야의 종 때면 몰라도 개천절까지는 보름밖에 남지 않아서 춤을 구상할 시간도 안된다는 것이었다. 나는 소불 선생께 춤꾼의 이런 사정을 말씀드렸으나 소불 선생은 기껏 명분으로 잡은 날이 개천절이니 더이상의 변경은 불가라는 답이었다. 할 수 없이 이번에는 이애주 교수를 쇠귀신처럼 물고늘어져 10월 3일 개천절에 후천개벽무를 추기로 약속을 받아냈다.

이애주 교수는 춤을 준비했고, 소불 선생은 윤경렬 선생 등에게 연락했고, 나는 국악계에서 최종민·권오성, 미술사학계에서 이태호·강경숙, 국사학계에서 안병욱·유승원, 미술계에서 성완경, 소불 선생과 가까운 서씨집 다섯째 언니, 그리고 영상기록을 위하여 영화감독 장선우를 초대하였다.

그런데 공연 이틀 전, 이애주 교수는 춤이 준비 안되었다고 취소해버렸다. 무반주에 가까워 못 추겠다는 것이다. 내년에 하자는 것이었다. 세상에 이런 낭패가 없었다.

나는 소불 선생께 백배 사죄하러 경주에 갔더니, 이번에는 소불 선생이 더 서운해하시면서 이번이 마지막 기회였는데라며 아쉬워하셨다. 나중에야 알았지만 10월말에 소불 선생은 경주박물관장을 그만두고 서울로 자리를 옮기시게 되었던 것이다.

이번이 마지막이라는 여운에 나는 그 낌새를 느끼고 이애주 교수와 소불 선생 양쪽을 중재하여 10월 9일에 추자고 제안했다. 이애주 교수는 동의했으나 소불 선생은 종을 칠 명분이 없다며 난처해하셨다.

1986년 10월 9일 새벽 6시. 이애주 교수는 에밀레종소리에 맞추어 후천개벽무를 추었다.

나는 억지를 부리며 명분을 만들었다. 종소리는 깨우침이니 세종대왕이 한글자모 28개를 만들어 어린 백성을 깨우침을 경축하는 것으로 명분을 세우고, 기왕에 매일 아침 3번 친 것에다 개평으로 두 방만 더 치면 33방이 되니 그렇게 해달라고 밀어붙였다.

그리하여 1986년 10월 9일 한글날 새벽 6시, 서울에서 온 10명의 관객, 경주의 신라문화동인회원 20여명 앞에서 이애주 교수의 후천개벽무는 공연되었다.

에밀레종은 관객 30명이 4인씩 조를 짜서 1분 간격으로 치다가 나중에는 30초 간격으로 점점 빠르게 쳤다. 세번째 종이 울리자 저 멀리서 소복을 한 춤꾼이 종소리의 여운을 밟으며 서서히 다가왔다. 가슴에는 차곡차곡 갠 광목을 품고 있었고 탑돌이를 하듯 종을 한바퀴 돈 다음 그것을 종 밑 우묵히 파인 울림통에 공양하듯 바쳤다. 종소리가 울릴 때마다 춤꾼은 율동과 정지를 반복하면서 비장감 감도는 춤사위로 흐느끼듯 기도하듯 저항하듯 공경하듯 환희에 날뛰듯 춤추었다. 종소리 간격이 조금씩 빠르게 되자 춤꾼은 에밀레종 밑으로 들어가 광목자락 끝을 잡고 어디로 가는지 마냥 걸어갔다. 그 길이는 광목 두 필이었다. 마지막 종소리의 여운이 끝났을 때 춤꾼은 보이지 않았다.

30명의 관객들은 숨을 죽이고 이 천고의 음악과 시대의 춤꾼 이애주의 춤을 20여분간 감상하였다.

박수소리와 함께 이애주 교수가 나타나자 윤경렬 선생은 어떤 춤꾼이 있길래 감히 에밀레종 앞에서 춤을 추나 싶었다며, 당신도 춤을 좀 알지만 이처럼 성덕대왕신종에 걸맞은 춤이 있을 줄은 상상도 못했다고 했다.

그러나 이 순간, 가장 중요했을 비디오촬영은 없었다. 애당초 촬영은 장선우 감독이 책임지기로 했는데 그가 오지 못한 것이었다. 본래 장감

독은 10월 3일에 있던 촬영 스케줄을 후천개벽춤 찍는다고 10월 9일로 옮겨놓았던 것이다. 에밀레종 옮길 때도 카메라와 인연이 닿지 않더니 이번에도 마찬가지였다. 그렇다면 에밀레종이 계속 카메라를 피하고 있는 것인지도 모를 일이다.

춤판이 끝나고 팔우정로터리로 해장국을 먹으러 가는 길에 소불 선생과 나는 이런 얘기를 나누게 되었다.

"에밀레종은 광목하고 인연이 있구먼. 옮길 때는 열 필이었는데 이번에는 두 필이지."

"그건 종하고의 인연이 아니라 죽은 애기하고의 인연 같네요."

"어떻게?"

"에미가 어린애 기저귀, 포대기 하려고 끊어놓았던 광목이 사용되지 못한 원한 같은 거요."

"그럼 자네는 애기 희생설을 믿는 쪽이군."

"그렇죠."

1991. 10. / 2011. 2.

하늘 아래 끝동네

설악산 진전사터 / 도의선사 사리탑 / 미천골 계곡 / 선림원터 /
홍각국사 사리탑비

답사의 급수

그 나름의 훈련과 연륜을 필요로 하는 일이라면 거기에는 당연히 급수
가 매겨질 수 있다. 문화유산답사도 마찬가지여서 오래 다녀본 사람과
이제 막 이 방면에 눈뜬 사람이 같을 수 없다.

답사의 초급자는 어디에 가든 무엇 하나 놓치지 않을 성심으로 발걸음
을 바삐 움직이며 골똘히 살피고 알아먹기 힘든 안내문도 참을성을 갖고
꼼꼼히 읽어간다. 그러나 중급의 답사객은 걸음걸이부터 다르다. 문화재
뿐만 아니라 주변의 풍경을 둘러보는 여유를 갖는다. 그러면서 그는 다
른 곳에서 보았던 비슷한 유물을 연상해내어 상호간의 공통점과 차이점
을 곧잘 비교해보곤 한다. 말하자면 초급자가 낱낱 유물의 개별적·절대
적 가치를 익히는 과정이라면 중급자는 그것의 상대적 가치를 확인해가

는 수준인 것이다.

그러나 고급의 경지에 다다른 답사객은 언뜻 보기에 답사에의 열정과 성심이 식은 듯 돌아다니기보다는 눌러앉기를 좋아하고 많이 보기보다는 오래 보기를 원한다. 지나가는 동네분과 시답지 않은 객담을 늘어놓고 가겟방을 기웃거리다가 대열에서 곧잘 이탈하곤 한다. 허나 그것은 불성실이나 나태함의 작태가 아니라 그 고장 사람들의 살내음을 맛보기 위한 고급자의 상용수단인 것을 초급자들은 잘 모른다. 고급자는 문화유산의 개별적·상대적 가치에 대한 이해를 넘어서 그것을 총체적으로 인식하고 싶어하는 단계인 것이다. 하기야 사물에 대한 인간 인식의 수준이 개별적·상대적·총체적 차원으로 발전해가는 것이 어디 답사뿐이겠는가.

답사 코스를 보면 그것 자체에도 급수가 있다. 같은 절집이라도 경주 불국사, 합천 해인사, 순천 송광사 정도라면 당연히 초급반 과정이 될 것이고 남원 실상사, 안동 봉정사, 강진 무위사 등이라면 중급과정이라 할 만하다.

초급과 중급의 차이는 대중적 지명도와 인기도, 사찰의 규모, 문화재 보유현황, 교통과 숙박시설의 편의 등을 고려하여 분류될 수 있겠는데, 결과론적으로 말해서 입장료를 내야 들어갈 수 있는 절은 초급, 입장료 없이 들어가는 절은 중급이다. 돈을 내도 많이 내야 하는 불국사, 화엄사 등은 생초보 코스이고, 적게 내고 들어갈 수 있는 부안 내소사, 영천 은해사 같은 절은 비교적 중급에 가깝다. 그러면 고급과정은 어떤 곳일까? 그 것은 절도 중도 없는 폐사지다. 심심산골에 파묻혀 비포장도로로 흙먼지를 뒤집어쓰고 달리다가 차에서 내려 다시 십리길, 오리길을 걸어서야 당도 하는 폐사지. 황량한 절터에는 집채란 오간 데 없고 절집 마당에 비스듬히 박힌 주춧돌들이 쑥대 속에 곤히 잠들어 있고, 덩그러니 석탑 하나가

서 있어 그 옛날의 연륜을 말해주는 폐사지의 고즈넉한 정취는 답사객이
느낄 수 있는 최고의 행복감을 전해준다.

지리산 피아골의 연곡사터, 산청의 단속사터, 여주 혜목산의 고달사
터, 경주 암곡의 무장사터, 보령 성주산의 성주사터, 강릉 사굴산의 굴산
사터…… 어느 폐사지인들 답사객이 마다하리요마는 그중에서도 나에
게 답사가 왜 중요한가를 가르쳐준, 꿈에도 못 잊을 폐사지는 설악산 동
해와 마주한 산비탈에 자리잡은 진전사터와 하늘 아래 끝동네에 있는 선
림원터다. 지금 우리는 거기를 찾아가고 있는 것이다.

동해를 비껴보고 있는 까만 석탑

양양군 강현면 둔전리의 속칭 탑골. 양양 낙산사에서 북쪽으로 8킬로
미터쯤 올라가다가 속초비행장으로 꺾어들어가는 강현면사무소 소재지
에서 설악산을 바라보고 계곡을 따라, 계곡을 건너 20리길을 오르면 둔
전리 마을이 나온다. 진전사(陳田寺)가 있었다고 해서 진전리였던 것이
음이 변해 둔전리(屯田里)가 된 것이다.

마을에서 10분쯤 더 산길을 오르면 산등성을 널찍하게 깎아 만든 제법
평평한 밭이 보이는데, 그 밭 한가운데 까무잡잡하고 아담하게 생긴 삼
층석탑이 결코 외롭지 않게 오뚝하니 솟아 있다. 산길은 설악산 어드메
로 길길이 뻗어올라 석탑이 기대고 있는 등의 두께는 헤아릴 길 없이 두
껍고 든든하다. 석탑 앞에 서서 올라온 길을 내려다보면 계곡은 가파르
게 흘러내리고 산자락 아랫도리가 끝나는 자리에서는 맑고 맑은 동해바
다가 위로 치솟아 저 높은 곳에서 수평선을 그으며 밝은 빛을 반사하고
있다. 모든 수평선은 보는 사람보다 위쪽에 위치하고, 모든 수평선은 빛
을 반사한다는 원칙이 여기서도 적용된다. 까만 석탑은 거기에 세워진

지 천년이 넘도록 그 동해바다를 비껴보고 있는 것이다.

진전사가 정확하게 언제 세워졌는지 현재로서는 확인할 자료가 없다. 그러나 도의(道義)선사가 서라벌을 떠나 진전사의 장로가 되었던 때를 그 시점으로 잡는다면 821년에서 멀지 않은 어느 때가 된다. 진전사의 삼층석탑은 양식상으로 보더라도 9세기 초 하대신라의 전형을 보여주고 있으니 이 점을 의심하는 미술사가는 아무도 없다. 진전사의 삼층석탑(국보 제122호)은 아주 아담하게 잘생겼다. 귀엽다, 예쁘다고 표현하기에는 단정한 맛이 강하고, 야무지다고 표현하면 부드러운 인상을 담아내지 못한다.

진전사의 삼층석탑에는 앞 시대에 볼 수 없던 돋을새김 장식이 들어 있다. 기단 아래쪽 천의(天衣)자락을 흩날리는 화불(化佛)이 사방으로 각각 두 분씩 모두 여덟 분, 기단 위쪽에는 팔부중상 여덟 분이 사방으로 각각 두 분씩, 그리고 일층탑신(塔身)에 사방불(四方佛) 네 분이 각 면마다 한 분씩 돋을새김되어 있다. 조각솜씨는 통일신라시대의 문화역량을 조금도 의심치 못하게 하는 정교성과 기품을 유지하고 있다. 그렇다고 그 조각이 화려한 느낌을 주거나 로꼬꼬적인 장식취미로 빠진 것도 아니다. 오히려 그 아담한 분위기에 친근감과 친절성을 더해주는 조형효과를 낳고 있다.

기왕 따져본 김에 진전사 석탑을 불국사의 석가탑과 비교해보면 8세기 중엽 중대신라의 문화와 9세기 하대신라의 문화가 어떻게 다르고, 어떤 공통점이 있는가를 밝히는 단서도 찾을 수 있게 된다.

진전사탑은 석가탑의 전통을 기초로 하여 세워진 것이다. 기단이 상하

| **진전사터 삼층석탑** | 하대신라 지방에 세워진 선종사찰에 공통적으로 보이는 전형적인 9세기 석탑으로, 특히 기단의 팔부중상과 일층몸돌의 사면석불을 돋을새김하여 아담한 가운데 장식성이 돋보인다.

2단으로 되어 튼튼한 안정감을 주는 것, 삼층의 몸체가 상큼한 상승감을 자아내는데 그 체감률을 보면 높이는 일층이 훤칠하게 높고 이층과 삼층은 같은 크기로 낮게 설정했지만 폭은 4:3:2의 비율로 좁아지고 있는 점, 지붕돌(屋蓋石)의 서까래가 5단의 계단으로 되어 있는 점, 몸돌과 지붕돌을 각각 한 장의 돌로 만들어 이었는데 몸돌 네 귀퉁이에 기둥이 새겨져 있는 점 모두가 석가탑의 전통을 그대로 이어받은 것이다.

그러나 석가탑은 높이가 8.2미터인데 진전사탑은 5미터로 현격히 축소되어 있다. 바로 이 점 때문에 석가탑의 장중한 맛이 진전사탑에서는 아담한 맛으로 전환되었다. 지붕돌의 기왓골이 석가탑은 거의 직선인데 진전사탑은 슬쩍 반전하는 맵시를 보이고 있는 것도 이런 미감의 차이를 낳았다. 석가탑에는 일체의 장식무늬가 없으므로 엄정성이 강한데 진전사탑에는 아름다운 돋을새김이 친근감을 더해준다. 이것이 두 탑의 차이다.

그리고 그보다 더 중요한 차이는 불국사는 통일신라의 수도인 서라벌에 있고, 진전사는 변방의 오지에 있다는 사실이다. 불국사의 가람배치는 다보탑과 함께 쌍탑인데 진전사는 단탑가람이다. 결론적으로 말해서 불국사가 중대신라 중앙귀족의 권위를 상징한다면, 진전사는 지방호족의 새로운 문화능력을 과시한 것이다. 중앙귀족이 권위를 필요로 했다면 지방호족은 능력과 친절성을 앞세울 필요가 있었던 것이다. 이 점은 보통 차이가 아닌 것이다.

도의선사가 북쪽으로 간 이유

교과서적 역사지식만 갖고 있는 분이라면 도의선사가 누구인지 제대로 알 리가 만무하다. 도의선사가 우리나라 역사 속에서 사상적 일대 전

환을 일으킨 장본인이었음에도 불구하고 지금 국정교과서에는 도의선
사의 진전사에 대해 일언반구의 언급이 없다.

1988년도 '역사교육을 위한 교사모임'의 자체 연수 때 나는 이 점을 강
조한 적이 있었다. 이후 많은 역사교사들이 문화사 수업을 어떻게 해야
하는지 비결을 알았다고 내게 실토하며 기뻐했다. 기쁜 것은 오히려 나
였으며, 기실 나 자신도 진전사에 가보고서야 미술사를 어떻게 공부해야
할지를 가늠해볼 수 있었던 것이다.

도의선사의 일대기가 별도로 전해지고 있는 것은 없다. 그러나 『조당
집(祖堂集)』과 문경 봉암사에 있는 지증대사비문, 장흥 보림사에 있는 보
조선사비문을 종합해보면 어느정도 그의 삶과 사상이 복원된다.

도의의 성은 왕(王)씨이고 호는 원적(元寂)이며 북한군(北漢郡) 출신
이다. 선덕왕 5년(784)에 당나라에 건너가 강서(江西) 홍주(洪州)의 개원
사(開元寺)에서 서당지장(西堂智藏, 739~814)에게 불법을 이어받고 도의
라고 개명하여 헌덕왕 13년(821)에 귀국하였다. 무려 37년간의 유학이
었다.

도의가 당나라에서 익힌 불법은 선종(禪宗) 중에서도 남종(南宗)선의
골수였다. 달마대사에서 시작된 선종이 6조에 와서 남북종으로 나누어
져 남종선은 조계혜능(曹溪慧能, 638~713)부터 다시 시작됨은 내남이 모
두 알고 있는 바 그대로다. 달마대사가 "편안한 마음으로 벽을 바라보면
서(安心觀壁)" 깨달음을 구했던 것이 혜능에 와서는 "문자에 입각하지
않으며, 경전의 가르침 외에 따로 전하는 것이 있으니, 사람의 마음을 직
접 가리켜, 본연의 품성을 보고, 부처가 된다(不立文字 敎外別傳 直指人心
見性成佛)"고 호언장담을 하기에 이르렀던 것이다.

6대조 혜능의 뒤를 이어 8대조인 마조도일(馬祖道一, 709~88)에 이르면
여기서 더 나아가 "타고난 마음이 곧 부처(自心卽佛)"임을 외치게 되는

데, 이 외침은 곧 마조선사가 있던 지명을 딴 홍주종(洪州宗)의 진면목이라 할 만한 것이었다. 마조의 뒤를 이은 9대조가 서당지장인바, 도의선사는 바로 그 서당의 홍주종을 익히고 고국으로 돌아온 것이었다.

서라벌에 돌아온 도의선사는 스스로 익힌 홍주종의 외침을 부르짖고 돌아다녔다. 경전 해석이나 일삼고 염불을 외우는 일보다 본연의 마음을 아는 것이 중요하다고 강조한 것이다. 이것은 당시로서는 엄청난 변혁사상이며, 인간의 평등과 인간성의 고양을 부르짖는 진보적 세계관의 표현이었다. 당시 통일신라의 왕권불교는 왕즉불(王卽佛)의 엄격한 체계로 이루어져 있었다. 왕은 곧 부처요, 귀족은 보살이고, 대중은 중생이니 부처님 세계의 논리와 위계질서는 곧 사회구성체의 지배와 피지배 논리와 절묘하게 일치하는 것이었다.

그런 판에 도의가 서라벌에 와서 그 논리와 질서를 송두리째 흔들어놓은 것이다. 서라벌의 승려와 귀족 들은 도의선사의 외침을 '마귀의 소리'라고 배격했다. 따지고 보면 도의선사의 주장은 해괴한 마귀의 소리라기보다는 위험한 사상, 불온한 사상이었다. 만약 통일신라에 국가보안법이나 불교보안법이 있었다면 도의는 영락없이 구속·처형감이었다. 그런 위험이 도의에게 닥쳤는지도 모른다. 그래서 도의는 서라벌을 떠나 멀고 먼 곳으로 가서 은신할 뜻을 세웠으며, 그가 당도한 곳이 설악산의 진전사였다. 보림사의 보조선사비문에 의하면 "아직 때가 이르지 못함을 알고 산림에 은둔"한 것이라고 한다.

'동해의 동쪽'에서 '북산의 북쪽'으로

도의선사가 북쪽으로 간 이유는 달마대사가 양나라 무제의 군대를 피해 갈댓잎을 꺾어 타고 양쯔강 건너 소림사로 간 이유와 같다는 비유도 있다. 그 사정을 최치원은 지증대사비문을 쓰면서 다음과 같은 현란한 비유법으로 설명하고 있다.

　도의스님이 서방(중국)으로 건너가 서당지장으로부터 '심인(心印, 즉 自心即佛)'을 익혀 처음으로 선법(禪法)을 말하면서 원숭이처럼 조급한 마음에 사로잡혀 북쪽으로 치닫는 (교종의) 단점을 감싸주었지만, 메추라기가 제 날개를 자랑하며 붕(鵬)새가 남쪽바다로 떠나는 높은 뜻을 비난하듯 하였다. 그들은 인습적인 염불에 흠뻑 젖어 있어서 도의스님의 말을 마귀의 말(魔語)이라고 비웃었다.

　이에 스님은 진리의 빛을 행랑채 아래에 거두고 자취를 항아리 속에 감추며, 동해의 동쪽(중국에서 본 동해의 동쪽, 즉 서라벌)에 대한 미련을 버리고 북산(설악산)의 북쪽에 은둔하였다. (…) 그러나 겨울 산봉우리에 빼어나고 정림(定林)에서도 꽃다우매 그 덕을 사모하여 모여드는 사람이 산에 가득하고, 매로 변화하듯 뛰어난 인물이 되어 깊은 골짜기로부터 나오게 되었다.

　이리하여 도의선사의 사상은 그의 제자 염거화상(廉居和尙, ?~844)에 전해지고 설악산 억성사(億聖寺)에 계시던 염거화상의 가르침은 보조체징(普照體澄, 804~80)에게 전해졌다. 그리고 보조선사는 장흥 가지산(迦智山)에 보림사(寶林寺)를 세우고 여기에서 그 법을 전하니 이것이 곧 하대신라 구산선문(九山禪門) 중 가장 앞에 나오는 가지산파의 개창 내력이 된다. 그래서 보조선사비문에는 다음과 같은 구절이 있다.

　이 때문에 달마가 중국의 1조가 되고 우리나라에서는 도의선사가 1조, 염거화상이 2조, 우리 스님(보조선사)이 3조다.

도의가 '아직 때가 되지 못해 감추었다는 빛'은 그의 손자제자 되는 시기에 와서 비로소 빛을 발하기 시작했던 것이다.

이와 같이 도의의 가르침을 받아들인 것은 서라벌의 귀족이 아니었다. 그것은 지방에서 나름대로 경제적·군사적 부를 키워온 호족들이었다. 호족의 입장에서 보면 도의가 주장한 '자심즉불(自心卽佛)'과 '일문일가(一門一家)'는 하나의 구원의 사상인 셈이었다. 왕즉불의 논리가 지배하는 한 호족들의 위치는 지배층으로 비집고 들어갈 틈이 없었다. 그러나 체제와 질서가 중요한 것이 아니라 깨침의 능력이 중요하고 스스로 일가를 이룰 수 있다는 사상은 곧 호족도 왕이 될 수 있다는 생각으로 비약하게 된다. 이에 호족들은 다투어 지방에 선종사찰을 세우게 된다. 선종의 구산선문은 한결같이 오지 중의 오지로 들어가 보령의 성주사, 강릉의 굴산사 등은 오늘날에도 폐사지로 남고 영월 법흥사·남원 실상사·곡성 태안사·문경 봉암사·장흥 보림사처럼 답사객을 열광케 하는 심산의 명찰로 남아 있게 되었다.

그리고 역사의 진행은 이내 호족 중 한 사람인 왕건의 승리, 불교의 이데올로기는 선종의 우위라는 확고한 전통을 세우게 되었던 것이다. 그 모든 진행의 출발이 곧 여기 진전사에서 비롯되었으니 어찌 우리가 도의와 진전사를 모르고 역사를 말할 수 있겠는가. 진전사 폐사지에 서면 나는 항시 변혁의 계절을 살던 한 선각자의 외로움과 의로움을 함께 새겨보게 된다(현재 조계종 종헌에서는 도의선사를 종조로 모시고 있다).

부도, 사리탑, 승탑의 용어 혼란

진전사터에서 산등성을 조금 더 올라가면 보물 제439호로 지정된 '진전사터 부도'라고 불리는 승탑(僧塔)이 있다. 진전사를 발굴한 정영호 교수는 이 승탑은 곧 도의선사의 사리탑이라고 단정적으로 말하고 있으며 그것은 미술사학계에서도 공인된 학설이다.

그런데 교과서적 역사지식을 갖고 있는 사람들은 승탑의 정확한 역사적 의미를 모르고 있다. 승탑은 고승의 시신을 화장한 사리를 모신 건조물로 한동안 '부도(浮屠)'라고 불러 많은 문화재명칭에 부도이라는 이름이 붙어 있다. 이는 명확히 말해서 고승의 사리탑(舍利塔), 또는 승탑이라고 해야 맞고, 요즘은 문화재청에서도 박물관에서도 역사교과서에서도 승탑이라고 표기하고 있다.

승탑을 부도라고 불러온 것은 일제강점기에 문화재를 지정·조사하면서 일본 학자와 관리들이 고승들의 사리탑이라는 이 낯선 승탑을 그냥 부도라고 표기한 것을 마치 불교미술의 특수한 용어처럼 사용해온 바람에 용어상의 혼란이 일어난 것이다. 부도란 부처(Buddha)를 한자로 표기한 보통명사이다.

탑의 본질은 사리탑이다. 부처의 사리를 모신 것은 불탑, 줄여서 탑이라 하고, 스님의 사리를 모신 것은 승탑이다. 승탑은 스님의 이름 뒤에 탑을 붙여 부르는 것이 보통이며 별도로 승탑 자체에 이름을 부여한 경우도 많다. 보통명사로 쓰일 때는 승탑이라 하고, 스님의 이름을 알 경우에는 아무개 스님의 사리탑이라고 하며, '보조국사 창성탑' '지광국사 현묘탑'처럼 고유한 이름을 갖고 있는 승탑도 있다.

위대한 조형물 승탑의 탄생

승탑의 탄생, 그것 또한 위대한 탄생이었다. 도의선사 이전에도 승탑이 있었다는 주장이 있으나 확실한 것도 아니고 설령 있었다 하더라도

| **진전사터 승탑** | 하대신라 선종의 시대, 승탑의 시대를 말해주는 팔각당 형식
승탑의 시원양식으로 도의선사 사리탑으로 추정된다.

그것의 문화사적 내지 사상사적 의미는 다른 것이다.

신라시대의 저 유명한 고승들, 원효·의상·진표·자장 등 어느 스님도
사리탑이 남아 있지 않다. 화엄세계의 거대한 논리와 질서 속에서 고승
의 죽음이란 그저 죽음일 따름이었다. 그러나 도의선사에 이르면 대선사
(大禪師)의 죽음은 이제 다르게 생각되었다. "본연의 마음이 곧 부처"이
고 그것을 깨달은 사람은 곧 부처와 동격이 된다. 일문일가라고 했으니
그 독립성의 의미는 더욱 강조된다. 일문(一門)을 이끌어온 대선사의 죽

음은 석가모니의 죽음 못지않은 것이다. 석가모니의 시신을 다비한 사리를 모시는 것이 곧 탑인바, 이제 성불(成佛)했다고 믿어지는 대선사의 사리도 그만한 예우로 봉안해야만 한다. 또 그렇게 하는 것이 그 절의 권위와 전통을 위해서도 필요한 것이었으리라. 불탑에 이어 승탑이 등장한 것이다.

그리하여 우리나라 구산선문의 제일문인 가지산파의 제1조 도의선사의 사리탑이 진전사 뒤쪽 산등성에 모셔진 것이었다. 이제 전에 없던 새로운 창조물을 진전사에서 처음 시도하게 되었던 것이다. 새로운 창조물의 형태는 다른 나라에서 빌려오든지 아니면 그 논리에 따라 창출하든지, 둘 중 하나이거나 두 방법을 다 동원하지 않으면 안된다. 이 모방과 창조 두 가지가 도의선사 사리탑에 나타나고 있다.

당나라 초당사(草堂寺)에는 유명한 불경 번역승인 구마라습(鳩摩羅什)의 사리탑이 존재한다. 이 사리탑의 구조는 팔각당을 기본으로 한 것이다. 도의선사의 사리탑은 바로 이와 비슷한 팔각당을 기본으로 하고 그 받침대는 석탑의 기단부를 그대로 원용하였다. 그리하여 이성기단(二成基壇)에 팔각당이라는 형태를 취하게 된 것이다. 불탑이나 승탑이나 모두 사리를 장치한 것이니 그 논리가 맞는다.

도의선사 사리탑 이후, 가지산문의 2조인 염거화상의 사리탑에서는 상하로 구성된 연꽃받침대에 팔각당을 얹은 모습으로 바뀌게 되며 이 염거화상 사리탑은 이후 하대신라에서 고려초에 이르는 모든 승탑의 범본이 된다. 연꽃받침대의 구조가 마치 장고의 몸체를 연상케 한다고 해서 이를 고복형(鼓腹形) 대좌라고 부르기도 한다.

그러면 왜 이성기단에서 고복형의 연꽃좌대로 바뀌었을까? 이는 중국과 일본에서는 보이지 않는 형식임을 생각하면 하대신라인들의 창안인 것이다. 그들에겐 이런 독창적인 문화능력이 있었다. 논리적으로 따진다

| 염거화상 사리탑 | 도의스님의 제자인 염거화상의 사리탑으로 여기에서 9세기 승탑은 연화받
침대 위의 팔각당이라는 전형이 창조되었다. 일제 때 도굴꾼이 훔쳐간 것을 압수하여 한동안 경
복궁 뜰에 놓았다가 지금은 국립중앙박물관에 보존되어 있다.

면 성불한 자의 대좌는 연꽃이고, 축소해 말해도 극락환생은 연꽃으로
다시 피어나는 모습이니 적절하다. 조형의 원리로 말한다면 도의선사 사
리탑처럼 이성기단에 팔각당을 얹는 것은 아래쪽이 너무 넓어서 비례가
맞지 않는다. 그 어떤 이유였든 결론은 염거화상 사리탑 형식으로 되었
다. 염거화상이 입적한 것이 844년이니 이때에 하대신라 승탑 형식이 완
성된 것이다.

염거화상의 사리탑은 지금 국립중앙박물관 뜰에 모셔져 있다. 일제강점기에 일본인들이 이것을 반출하려다 실패하여 1914년 무렵 탑골공원에 설치했다가 해방 후 경복궁으로 옮겨놓았고 지금은 국립중앙박물관 옥외 전시장에 있는 것이다. 전하기로는 원주 흥법사터에서 훔쳐온 것이라고 하여 미술사가들은 염거화상 사리탑의 원위치를 찾으려고 이 일대를 샅샅이 조사했으나 아무런 근거를 찾지 못하여 아직도 미궁 속에 빠져 있다.

염거화상의 제자인 보조선사의 사리탑에 이르면 우리는 9세기 하대신라의 불교미술에서 승탑이 지닌 위치를 확연히 확인하게 된다. 각 지방에 세워지기 시작한 선종 사찰에서 절 마당의 석탑은 경주의 삼층석탑을 축소하여 세우는 일종의 매너리즘에 빠졌지만 새로운 양식인 개산조(開山祖)의 사리탑에서는 온갖 정성을 다하였다.

남원 실상사의 증각국사와 수철화상, 곡성 태안사의 적인선사, 문경 봉암사의 지증대사, 화순 쌍봉사의 철감국사, 그리고 누구의 사리탑인지 알 수 없는 연곡사의 승탑들…… 9세기는 승탑의 세기였으며, 호족의 세기였고, 선종의 세기였다. 진전사의 삼층석탑과 도의선사 사리탑은 이처럼 변혁기의 한 상징적 유물로 지금도 그렇게 남아 있는 것이다.

진전사에서 내려가는 길

진전사에 왔으면 진전사의 역사를 훑어보는 것도 답사의 한 과정이겠지만 우리에겐 그런 자료도, 시간도 없다. 그러나 반드시, 꼭 반드시 기억하고 넘어가야 할 한가지 사항이 있다. 그것은 『삼국유사』의 저자 일연(一然)스님이 바로 이곳 진전사에서 14세 때 머리를 깎고 수도했다는 사실이다.

이후 진전사에 어떤 스님이 계셨으며, 언제 폐사가 됐는지는 알 수 없다. 1530년에 간행된 『신증동국여지승람』에도 절이 있다는 언급이 없으니 조선왕조 폐불정책 속에 쓰러진 모양이다. 이 동네에 구전하는 바로는 진전사터 위쪽에 있는 큰 연못의 가장 깊은 곳을 여귀소(女鬼沼)라고 하는데, 절이 폐사될 때 스님들은 이 못에 범종과 불상을 던져 수장하고는 떠나버렸다는 슬픈 전설이 남아 있을 뿐이다.

이제 우리는 진전사에서 내려가야 할 시간이 되었다. 진전사에서 양양으로 내려가는 길은 올라올 때보다 아름답다. 멀리 동해바다의 반사하는 수평선이 아른거리고 길 아래쪽 깊은 곳으로 흘러내리는 계곡의 물소리가 청량하다. 아직도 농사짓는 것을 천직으로 알고 여기 머물러 살고 있는 사람들의 살내음은 차라리 신선하다. 석교마을 입구까지 버스가 들어오는데, 공용버스 정류장에는 늠름하면서도 그렇게 멋있을 수 없는 노송이 있고 그 그늘바위에는 장기판이 새겨져 있어 항시 촌로들의 휴식처가 되고 있다. 그것은 진전사의 내력 못지않은 우리네 삶의 옛 형식인 것이다.

선림원터로 가는 길

진전사터를 떠난 우리의 일정은 또다른 선종사찰 폐사지 선림원터로 향한다. 선림원터는 행정구역상 양양군 서면 황이리에 있지만 실제는 양양군·인제군·홍천군·강릉시와 경계선을 맞대고 있는 곳으로 설악산과 오대산 사이의 움푹 꺼진 곳인데, 이 동네 사람들은 스스로 '하늘 아래 끝동네'라고 말하고 있다. 지금은 새 길이 뚫려 더이상 하늘 아래 끝동네가 아니지만 얼마 전까지만 해도 그 처연한 이름에 걸맞은 캄캄한 골짜기였다.

| **선림원터 가는 길** | 56번 국도를 따라 미천계곡 선림원터로 가는 길은 하늘 아래 끝동네로 가는 길고 긴 여정이다.

　중앙지도사에서 발행한 『한국도로지도』를 펴놓고 설명하자면 태백산
맥 등줄기를 타고 높은 등고선만으로 가득 메워져 있는 지도상의 빈터가
나온다. 그 한가운데 계곡을 따라 구절양장으로 뻗은 56번 국도가 보인
다. 이 길 남쪽은 영동고속도로에서 대관령 못미쳐 속사리재에서 꺾어들
어 이승복반공기념관 쪽으로 가는 길과 연결되고, 북쪽은 설악산 한계령
너머 오색약수 지나서 양양 가까이 있는 논화라는 마을에서 만난다. 어
느 쪽을 택하든 산은 험하고 계곡은 맑아 수려한데, 인적 드문 산촌마을
엔 스산한 정적이 감돈다. 비포장도로 흙먼지 날리는 길은 멀고 멀기만
하며, 가파른 비탈을 넘어가는 버스는 엔진소리마저 가쁜 숨을 몰아치는
데 거기엔 묵어갈 여관도 없다.

　56번 국도상의 마을들은 육중한 산세에 뒤덮여 있어 해는 늦게 떠서

| **선림원터** | 설악산과 오대산 사이 미천계곡 깊숙한 곳에 삼층석탑 하나가 그 옛날을 증언하듯 오롯이 서 있다.

일찍 져버리고 낮이라 해야 몇시간 되지도 않는다. 화전밭에 갈아먹을
것이라고는 감자와 옥수수뿐이다. 문명의 혜택이 가장 적게, 그리고 가
장 늦게 미치는 곳이다. 마을 이름도 아랫황이리·연내골·빈지골·왕승
골·명개리…… 짙은 향토적 서정이 배어 있다. 이 고장 사람들은 서로가
하늘 아래 끝동네에 산다고 말한다.

'하늘 아래 끝동네', 그것은 반역의 자랑이다. 지리산 뱀사골 달궁마을
너머 해발 900미터 되는 곳에 있는 심원마을 사람들이 '하늘 아래 첫동
네'라며 역설의 자랑을 펴는 것보다 훨씬 정직하고 숙명적이며 비장감과
허망이 감돈다.

그 하늘 아래 끝동네에서 끝번지 되는 곳에 선림원터가 있는 것이다.
56번 국도상의 황이리에서 하차하여 동쪽을 바라보고 응복산(1,360미터)
만월봉(1,281미터)에서 내려오는 미천(米川)계곡을 따라 40여분 걸어가면

| **선림원터 석등** | 폐사지 위쪽, 아마도 조사당 건물 앞마당에 세워진 듯한 이 석등은 비록 지붕돌 귀꽃이 깨졌지만 고풍스러운 멋은 잃지 않았다.

선림원터가 나온다. 군사도로로 잘 다듬어진 길인지라 하늘 아래 끝동네에 온 기분이 덜하지만, 길가엔 향신제로 이름난 산초나무가 유난히 많고 산비탈 외딴집에는 토종꿀 재배통이 늘어서 있어 오염되지 않은 자연의 비경(秘境)에 취해 결코 가깝지 않은 이 길을 피곤한 줄 모르고 행복하게 걷게 한다. 미천계곡은 맑다 못해 투명하며 늦가을 단풍이 계곡 아래까지 절정을 이룰 때면 그 환상의 빛깔을 남김없이 받아내곤 한다.

선림원터는 미천계곡이 맴돌아가는 한쪽편에 산비탈을 바짝 등에 지고 자리잡고 있다. 그 터가 절집이 들어서기엔 너무 좁다는 생각이 드는데 이곳 하늘 아래 끝동네에는 그보다 넓은 평지를 찾아볼 길도 없다. 그렇다면 선림원은 그 이름이 풍기듯 중생들의 기도처가 아니라 스님들의 수도처였던 모양이며, 바로 그 지리적 조건 때문에 어느날 산사태로 통째로 흙에 묻혀버린 슬픈 역사를 간직하게 된 것이다.

지금 남아 있는 자료를 종합해보면 선림원은 애장왕 5년(804) 순응(順應)법사가 창건한 절이다. 순응은 당나라 유학승 출신으로 가야산에서 초당을 짓고 수도하던 중 애장왕 왕비의 등창을 고쳐주어 왕의 하사금으로 해인사를 세운 스님이다. 해인사를 802년에 세운 순응이 2년 후에 선림원을 세우고 다시 수도처로 삼은 것이다.

불에 탄 선림원터 범종

그때 세운 삼층석탑(보물 제444호)이 최근에 동국대 발굴팀에 의해 복원되었는데, 그 구조와 생김새는 진전사탑과 거의 비슷하다. 다만 선림원탑이 훨씬 힘찬 기상을 보여준다. 순응은 선림원을 세울 때 범종 하나를 주조하였다. 그 종은 선림원이 무너질 때 땅에 묻혀버렸는데 1948년 10월, 해방공간의 어수선한 정국에 발굴되었다. 정원(貞元) 20년(804) 순응법사가 절을 지으면서 만들었다는 조성내력과 절대연대가 새겨져 있는 이 종은 상원사 범종·에밀레종과 함께 통일신라 범종을 대표하는 기념비적 유물이었다.

발굴된 선림원의 범종은 돌볼 이 없는 이곳에 방치할 수 없어 오대산 월정사로 옮겨놓았다. 그리고 2년이 채 못되어 6·25동란이 터졌다. 오대산은 치열한 전투지로 변하였고 인민군에 밀리던 국군이 월정사에 주둔하게 되었다. 그러나 동부전선이 불리하여 낙동강까지 후퇴하기에 이르자 국군은 퇴각하면서 인민군이 주둔할 가능성이 있는 양양 낙산사와 이곳 월정사에 불을 질렀다. 그때 낙산사와 월정사는 석탑들만 남긴 채 폐허가 되었고 선림원의 범종은 불에 타 녹아버린 것이다.

| **선림원터 삼층석탑** | 구조와 크기는 진전사터 삼층석탑과 비슷하지만 그보다 어딘지 중후한 멋을 풍긴다.

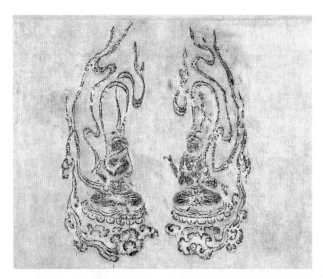

| **선림원터 범종 비천상 탁본** | 통일신라 범종의 중요한 특징 중 하나가 비천상이 새겨 있다는 점인데, 불에 탄 선림원터 동종의 비천상은 아주 조순한 모습이었다.

  나는 이것이 적군도 아닌 아군의 손에 불탔다는 사실에 놀라움과 배신 감 같은 것이 일어났다. 국군이 월정사 위쪽 상원사까지 불을 지르러 올라갔을 때 방한암 스님은 법당 안에 들어앉아 불을 지르려면 나까지 태우라 호령했고 이 호령에 눌려 군인들은 형식적으로 문짝만 뜯어 절마당에서 불태우고 내려가게 되어 상원사 범종(국보 제36호)과 세조가 발원한 목조문수동자상(국보 제221호)은 구사일생으로 살아났다. 리영희 선생은 자서전인 『역정』(창비 1988)에서 국군이 설악산 신흥사 경판을 소각한 것을 말하면서 군인들은 전쟁의 목적이 무엇인지에 대해서는 아무런 의식이 없었다고 한탄했다. 이것도 운명이라고 해야 할 것인가. 차라리 발견되지 않고 땅속에 묻혀 있었더라면 이 시대에 얼마나 큰 대접을 받았을까.

  순응법사 이후 선림원에 주석한 스님은 홍각(弘覺)선사였다. 홍각선

| **홍각선사 사리탑비** | 비석은 산산조각이 나고 돌거북이와 용머리만 남아 있는데, 거북이의 힘찬 기상과 정성을 다한 조각솜씨에서 9세기 지방문화의 활기를 느낄 수 있다.

사는 구산선문 중 봉림사문(鳳林寺門)으로 말년에 선림원에 머물다 886년에 입적한 스님이었다. 홍각선사의 사리탑과 탑비는 당대의 명작이었다. 특히 탑비는 왕희지 글씨를 집자해 만들어 금석학의 귀중한 유물로 되었고 돌거북받침과 용머리지붕돌은 하대신라의 문화능력을 유감없이 보여주는 것이었다. 또 잘생긴 석등과 조사당을 지어 그 공덕을 기리어 왔는데, 그 모든 것이 어느날 산사태로 무너져버리고 말았다.

이렇게 무너져버린 것만도 안타까운데 그 폐허의 잔편들마저 또 상처를 받았다. 홍각선사의 사리탑은 어이된 일인지 기단만 남고 팔각당은 오간 데 없으며, 탑비의 돌거북받침대와 용머리지붕돌은 완연하건만 비는 박살이 나서 150여자 잔편만 수습되었다. 석등은 지붕돌 귀꽃이 반은 깨져버린 상처를 입었고 조사당터엔 주춧돌만이 그 옛날을 말해주고 있다.

하늘 아래 끝동네 선림원터의 상처와 망실은 그 뒤에도 일어났다. 1965년 3월, 양양교육청에서 당시 문화재관리국이 소속되어 있던 문교부에 급한 전갈을 보냈다. 지금 설악산 신흥사에 있다는 스님 두명이 인부를 데리고 와서 선림원터 유물들을 모두 옮기고 있고, 진전사탑도 반출작업중이라는 것이었다. 문교부는 정영호 교수를 급파하였다. 정교수가 실상을 낱낱이 보고하자 문교부는 모든 유물을 원위치에 복귀시키고 이 유물들을 일괄하여 급히 보물로 지정, 보존하는 조치를 취하게 되었다. 하필이면 이것을 반출하려던 무리가 스님이었단 말인가?

하늘 아래 끝동네 폐허엔 절도 스님도 상처받은 유물을 지키는 이도 없다. 선림원터 빈터 곁에는 오직 낡은 너와집에서 토종벌을 키우고 약초를 캐며 살아가는 늙은 부부가 오늘도 그렇게 생을 살아가고 있을 뿐이다.

최재현 교수에 대한 추억

나는 문화유산답사를 인솔할 때면 으레 주위의 친구 중 한두명을 초대하곤 했다. 1989년 여름, 내가 세번째로 이 하늘 아래 끝동네 선림원터를 답사할 때는 얼마 전에 타계한 내 친구 최재현(崔載賢) 교수(서강대 사회학)가 동참했다. 그는 정말로 어린애처럼 미천계곡을 넘나들며 좋아했다. 당시로는 아직 우리사회가 크게 인식하지 못하던 환경문제를 심각한 사회적 이슈로 여기며 환경재단의 최열과 함께 공해 추방을 위해 애쓰던 그가 공해 없는 세계의 이상향을 바로 여기 하늘 아래 끝동네에 와서 느끼고 있었던 것이다. 최열이는 항시 최재현이 같은 이론가가 있어 나 같은 사람의 실천이 가능하다고 말해왔다.

안식년을 맞아 독일에서 연구하고 있던 최재현 교수는 뜻밖에도 간암에 폐암이 겹치는 불치의 상태로 돌아와 서울 백병원에 몸져누웠다.

1991년 10월, 얼마 후 세상을 떠날 자신의 운명을 알고 있던 최교수는 남은 시간 동안 그곳 하늘 아래 끝동네에나 가서 살고 싶다고 부인에게 하소연했다. 그러나 그는 내가 이곳에 안내할 시간도 주지 않고 세상을 떠났다.

최재현 교수가 선림원터를 나와 함께 거닐면서 나처럼 문화재에 안목을 갖고 싶다며 그 비결이 있느냐고 묻던 말이 생각난다. 나는 언제나 그랬듯이 오직 유물에 대한 관심과 사랑뿐이라고 답했다. 그리고 조선 정조시대에 유한준(兪漢雋, 1732~1811)이라는 문인이 당대의 최고 가는 수장가였던 석농(石農) 김광국(金光國)의 수장품에 붙인 글을 내 나름으로 각색하여 만든 문장도 얘기해주었다.

사랑하면 알게 되고 알면 보이나니, 그때에 보이는 것은 전과 같지 않으리라.

도자기를 전공하는 윤용이 교수는 이렇게 말한 적이 있다. 박물관 진열실에 있는 도자기들을 보고 있으면 어떤 때는 도자기가 자신에게 무슨 말을 걸어오는 것처럼 느껴진다는 것이다. "나도 당신처럼 한때는 세상을 살았던 시절이 있소." 어린아이의 웅얼거리는 소리를 남들은 몰라도 그 에미만은 다 알아듣고 젖도 주고 기저귀도 갈아준다.

세상을 떠나기 며칠 전 최재현 교수가 사경을 헤매어 말소리도 제대로 내지 못할 때, 그가 하고자 하는 말을 입모양만 보고도 빠짐없이 들을 수 있었던 분은 부인 한분뿐이었다. 오직 사랑만이 그것을 읽어낼 수 있었던 것이다.

1992. 2.

* 진전사터에는 놀랍게도 고압선 송신탑이 어마어마한 위세로 세워져 있다. 진전사탑보다 10배도 더 큰 철탑이 계곡과 산자락을 건너뛰고 있으니 진전사터는 더이상 진전사터가 아니었다.

* 이 글을 쓸 당시 선림원터 가는 길은 비포장도로였으나 지금은 국도가 포장되어 오대산으로 바로 갈 수 있는 길이 되었고 더이상 오지가 아니다.

* 유한준의 원문은 "知則爲眞愛 愛則爲眞看 看則畜之而非徒畜也"이며, 이는 "알면 곧 참으로 사랑하게 되고, 사랑하면 참되게 보게 되고, 볼 줄 알게 되면 모으게 되니, 그것은 한갓 모으는 것은 아니다"라는 뜻이다.

별들은 하늘나라로 되돌아가고
희양산 / 봉암사 / 지증대사 사리탑과 비

촬영금지와 출입금지

답사를 다니면서 나는 어디를 가든 특별한 연줄이나 알음알이 없이 여느 여행자와 마찬가지로 입장료를 열심히 내면서 다닌다. 특출나게 전문가라고 내세울 형편도 아니었지만 유별난 혜택을 받는다는 것이 겸연쩍기도 했고 그렇게 한들 내 마음이 편한 것도 아니기 때문이다. 내가 대접받아서 될 일이라면 만인이 똑같이 누릴 수 있는 대접이어야 한다는 생각을 나는 지금도 버리지 않고 있다. 이런 식의 오기 아닌 오기 때문에 나는 그동안 무수한 불편과 수모와 억울함을 당해야만 했다. 답사처 어디를 가든 따라붙는 저 일방적인 통보의 붉은색 표지판, 촬영금지와 출입금지 때문이었다. 관계자를 찾아가 양해를 구하면 뜻밖의 호의를 받는 경우가 없는 것은 아니었지만 대개는 싸늘한 문전박대가 일쑤였다. 동사

무소나 경찰서에 가서도 느끼는 일이지만 대개 장사꾼 아닌 다음에는 사람을 많이 대하는 사람일수록 사람을 인격으로 대하지 않고 건수로 처리하는 습성이 있다.

4년 전엔가 경주 안강의 옥산서원에 있는 회재(晦齋) 이언적(李彦迪)의 서재였던 독락당에 들렀는데 그 후손이라는 분이 자물쇠로 잠가놓고는 출입을 금지하는 것이었다. 군청 문화재과나 유림의 허락을 받아오라는 것이었다. 내가 여기에 온 것이 예닐곱번 되지만 이런 일이 없었고 오늘은 일요일이며 지금 같이 온 답사객이 역사교사모임이라고 사정했지만 그는 끝내 문을 열어주지 않았다. 나는 그때 땅속의 회재 선생이 불쌍하게 느껴졌다.

한동안 국립중앙박물관을 비롯한 대부분의 미술관들이 전시장에서 촬영을 금지하였고, 우리는 그것을 당연한 것으로 받아들였다. 그러나 세계의 모든 유수한 미술관들은 일찍부터 플래시를 사용하지 않는 한 얼마든지 촬영하는 것을 허락해왔다. 나는 외국에 나갔을 때 이 점이 퍽 신기하게 생각됐다. 하도 많은 금지를 당하고 살아온지라 개방되었다는 것이 차라리 이상스러웠던 것이다. 마치 요즘 서울에서 차가 안 막히고 잘 빠지면 이상스러운 것처럼. 뉴욕 메트로폴리탄 뮤지엄 관계자를 만났을 때 촬영허가에 대한 그들의 아이디어를 물었더니, 플래시를 사용하면 자외선이 유물 보존에 나쁘고 또다른 관객을 방해하므로 금지하는 것이며, 상업적으로 이용할 사진은 어차피 특수조명을 해야 하니까 일반 관객이 찍어가는 사진은 박물관 홍보에도 좋다는 것이었다.

모든 문화재의 소유자는 그것의 재산권과 관리 의무가 있을 뿐이며, 그것의 인문적 가치를 공유할 권한은 만인에게 있다는 생각이 보편화될 때 우리는 문화적으로 민주화의 길에 다가설 수 있을 것이다.

1983년 가을 어느날, 나는 저 유명한 지증(智證)대사의 비와 사리탑을 보기 위하여 문경 봉암사(鳳巖寺)를 찾아갔다. 문경에서 가은을 거쳐 봉암사까지 가는 저 엄청난 비포장길은 시외버스도 두시간 남짓 걸리는 캄캄한 산골이었다. 아침에 서울을 떠나 저녁 나절에 당도해보니, 아뿔싸! 봉암사는 1982년부터 80여명의 납자가 결제와 산철 없이 정진하는 청정도량으로 되었기 때문에 일반인 출입이 군대보다 더 엄하게 통제되고 있다는 것이었다. 비록 불자는 아니지만 나는 이 숭고한 뜻을 모르는 바 아니었다.

그래도 뜻이 있으면 길이 있으리라 믿고 경비 아저씨에게 갖은 엄살과 애교와 궁상을 번갈아 떨며 애원하며 달라붙었더니 자신은 권한이 없고 저기 오는 스님에게 말해보라는 것이었다. 나는 지옥에 가서 부처님이라도 만난 듯한 기쁨과 희망으로 사정을 말했다. 그러나 그 스님은 내 말을 대충 듣고는 절집은 부처님 모신 곳이지 미술사의 대상이 아니라고 자기식의 논리로 훈계만 하고는 나를 떠밀듯 내몰았다. 최소한 안됐다는 표정이라도 지어줄 줄로 알았던 내가 잘못이었을까.

답사를 다니면서 내가 크게 배운 것은 참는 것이다. 이럴 때는 싸우는 것보다 참는 것이 낫다는 것을 경험으로 체득했던 것이다. 그러나 겉으로는 참지만 속으로 치미는 울화까지 참을 정도로 인격이 수양되지 못하여 여관 한 채 없는 원북마을에서 막차를 타고 나오면서 나는 그 중이 가엾다고 생각하면서 나의 허망을 달랬다. 사실 내가 좀더 인품을 갖추려면 "인연이 닿지 않아서"라고 생각하며 마음을 풀었어야 했을 것이다.

무너진 환상의 절집 봉암사

그리하여 봉암사는 나에게 꿈속의 절집으로 언제나 남아 있었다. 천하의 대문장가 최치원이 지증대사의 비를 쓰면서 묘사한 봉암사의 모습은

| **봉암사 전경** | 봉암사는 열두판 꽃송이의 화심에 앉은 모습으로 지증대사는 절이 서지 않으면 도적의 소굴이 될
것이라며 이 절을 세웠다.

나의 상상 속 환상의 절집이 되었고 그래서 나는 그 인연을 찾으려고 기
회 있을 때면 봉암사 타령을 노래하듯 했다. 극작가 안종관형이 명진스
님이 거기 있어서 몇번 가보았는데 정말 좋다고 하였으나 명진스님은 이
미 서울로 올라가 개운사에서 대승불교승가회를 맡고 있었고, 신륵사 원
경스님께 사정을 말했더니 음력 칠월 하순에 보름간 해제기간이 있으니
그때 같이 가자고 했으나 양력으로 살다보니 그 날짜를 맞추지 못하고
또 몇년이 흘렀다.

1990년 늦겨울 어느날, 정말로 인연이 닿으려고 해서인지 문화유산답
사회의 한 열성회원이 봉암사에서 큰 선방을 짓는데 상량식이 있어 초대
받았으니 같이 가자는 것이었다. 그리하여 열 일을 제쳐두고 따라가서
십년의 한을 풀 수 있게 되었다. 환상 속의 절집 봉암사! 그러나 내가 정
말로 행복할 요량이었다면 그때 봉암사에 가지 말았어야 했다. 프랑크푸

| **봉암사 선방 상량식** | 나는 봉암사 선방 상량식에 참석함으로써 이 금지된 성역에 처음 발을 디뎌보고 그 탁월한 자리 앉음새에 놀라움을 금치 못했다.

르트학파의 사회학자 아도르노(T. Adorno, 1903~69)는 음악에 대단한 소양이 있어서 『음악사회학』이라는 저서를 남긴 일도 있는데 그가 평소에 말하기를 "베토벤의 교향곡은 어느 심포니가 연주하는 것보다도 악보를 읽으면서 내가 머릿속에서 그려내는 것이 더욱 아름답다"고 했다니, 나에게 있어서 봉암사야말로 글 속의 봉암사라야 아름답다.

봉암사에 다녀온 후 나는 국립중앙박물관 미술부장 강우방 선생을 만날 일이 있어서 얘기 끝에 봉암사에 다녀왔다고 했더니, 강선생님 하시는 말씀이 "그게 절이야? 다 망가졌어. 나는 다시는 안 갈 거야"라고 한 탄어린 푸념을 계속하셨다. 이것은 보통 문제가 아니다. 우리나라의 모든 절집들이 최근 10년 사이에 모두 이렇게 망가졌고, 망가져가는 중이다. 그 원인은 돈 때문이다. 불경기에도 현찰장사 되는 곳은 교회와 절밖에 없다더니 요즘 절집으로 쏟아져들어오는 돈과 엄청난 중창불사(重創

佛事)는 한적한 산사에 으리으리한 법당을 짓는 일이 예사로 벌어지게 하고 있다. 지역적 특성은 고려하지 않고 크고 화려해야 발전된 것이라는 생각, 세속에서 전라북도 진안 마이산 산골동네에도 고층아파트가 생기는 일, 이런 것이 모든 절집을 파괴하고 봉암사를 오늘의 저 모양 저 꼴로 만들고 만 것이다.

그러나 답사객들이여, 그렇게 실망하지 않아도 된다. 어차피 나나 당신들은 그 옛날의 봉암사를 보지 못했으니까. 나는 봉암사가 일년에 한번, 사월 초파일 부처님 오신 날만은 축제의 현장으로 일반인들의 출입을 허용한다는 사실을 그때 처음 알고는 바로 그해(1991) 한국문화유산답사회 제7차 답사로 다시 다녀왔는데, 한 답사회원의 표현을 빌리건대경관이 맑고 빼어나면서도 마음의 평온을 안겨다주는 가장 넉넉한 기품의 절집이다. 그리고 올봄 부처님 오신 날 나는 또다시 봉암사에 갈 거다.

최치원이 쓴 지증대사비문

봉암사를 창건한 분은 신라 말기의 큰스님 지증대사였다. 지증대사의 일대기와 봉암사의 유래는 최치원이 지은 지증대사비문에 소상하게 실려 있고 그 비석은 천년이 지난 오늘날에도 거의 모든 글자를 다 읽어볼수 있을 정도로 온전하게 남아 있는데, 서예가 여초 김응현 선생의 표현을 빌리면 "남한에 남아 있는 금석문 중에서 최고봉"이다. 이 비문의 맨끝에는 "분황사 스님 혜강이 83세에 쓰고 새겼다(芬皇寺 釋慧江 書幷刻字 歲八十三)"고 했으니 글씨에 대하여 문외한인 사람이라도 그 노스님의 공력을 상상해보는 것만으로도 뭉클한 감동을 받게 된다. 비문의 정식명칭은 '유당 신라국 고봉암사 교시 지증대사 적조지탑비명(有唐 新羅國 故 鳳巖寺 敎諡 智證大師 寂照之塔碑銘)'이다.

최치원의 지증대사비문으로 말할 것 같으면 성주사 낭혜화상비, 쌍계사 진감국사비, 경주 숭복사비 등과 함께 이른바 최치원의 사산비명(四山碑銘) 중 하나로서 특히 이 지증대사비에는 신라시대 선종이 유래하는 과정을 말하면서 지증대사의 위치를 가늠하고 있기 때문에, 하대신라의 선종을 연구하고 설명하는 논문에 이 글이 빠져 있다면 그 글은 보나마나 엉터리일 것이다. 이우성 선생의 「신라시대의 왕토(王土)사상과 공전(公田)」이라는 논문은 곧 이 지증대사비문의 고찰이었으니 이 글의 역사적 가치는 알고도 남음이 있다.

그런 중에 나는 비록 번역본이 옆에 있어야 원문을 이해하는 턱없는 한문 실력이지만, 천하의 대문장가 최치원의 글맛이 이 비문보다 더 잘 나타난 것이 없다고 생각하고 있다. 글의 구성은 도도한 강물의 흐름처럼 막힘이 없고 이미지의 구사는 그 스케일이 클 뿐 아니라 비유와 비약이 능란하여 낭만적 과장을 엿보게도 하지만 그것이 감상에 근거한 것이 아니라 진중한 사물의 성찰과 세계에 대한 인식에 기초한 것인지라 그 흐름, 그 무게, 그 감성의 번뜩임이 나로 하여금 몇번이고 무릎을 치게 하고, 잠시 넋놓고 허공을 바라보며 음미하게 한다. 그래서 내 상상의 봉암사는 최치원의 문장력 때문에 더욱더 꿈속의 절집처럼 각인되었는지도 모른다.

지증대사비의 시대적 배경

최치원이 쓴 지증대사 적조탑비의 글머리는 우리나라에 불교가 전파되는 과정을 유장하게 풀어가는 것으로 서서히 시작한다. 그리고 이야기가 9세기에 들어서면 도의선사가 당나라에 유학하여 선종을 배워 전파하는 대목부터 목청이 높아진다. 도의의 설법을 경주의 귀족들이 마귀의

| 지증대사 적조탑비 | 최치원이 지은 글을 83세의 분황사 스님 혜강이 쓰고 새긴 것으로 남한에 있는 금석문 중 최고봉으로 손꼽힌다. 지금은 보호각 안에 갇혀 있다.

소리라고 비웃게 되자 그는 "동해의 동쪽을 버리고 북산의 북쪽"(설악산 진전사)에 은둔하였다며 이후 선종의 전파과정을 설명하는데 그 내용은 바로 훗날 구산선문(九山禪門)이라고 지목되는바, 남원 지리산의 홍척, 곡성 동리산 태안사의 혜철, 강릉 굴산사의 범일, 보령 성주사의 무염 등을 일일이 열거해간다. 이런 선종사상의 정치사회적 의미는 앞 장 「하늘 아래 끝동네」에서 이미 말한 바와 같이 진보성을 띠는 것이었다.

그런데 구산선문의 개창조들은 거의 다 당나라에서 유학한 귀환승들

| **지증대사 적조탑 탁본(부분)** | 지증대사 비문은 최치원의 문장도 명문이지만 분황사 혜강스님이 쓰고 새겼는데 이때 나이 83세라고 적혀 있어 그 공력을 다시 한번 새기게 한다.

이었다. 이 새롭고 진보적이고 혁명적이기까지 한 신사상을 배우고 익히는 데는 그 원산지인 당나라 유학이 필수적이었는지도 모른다. 마치 1950, 60년대의 인문사회과학자로서 해외를 경험하지 않고 서구의 모더니즘을 받아들인다는 것은 왠지 지적 불안을 가져올 수도 있었던 형상 같은 것이다. 새로운 서구의 사조가 우리 현대사를 휩쓸고 가듯이 하대 신라의 도당(渡唐) 유학 귀환승의 사상은 9세기 사회의 청신제 역할을 했던 모양이다. 그것을 최치원은 다음과 같이 묘사했다.

(이들 도당 귀환승은) 진리의 샘이 되어 저 넉넉한 덕은 중생에게 아버지가 되고, 높은 깨침은 임금의 스승 된 사람들이었으니 옛말에 이른바 이름을 피해 달아나도 이름이 나를 따른 분들이었다. 그리하여 그 가르침은 중생 세계에 덮였고 자취는 승탑과 비석에 전해졌다.

이리하여 점점 "좋은 형제가 생기고 자손이 풍성하게 되어" 온 나라에서 이 신사상을 접할 수 있게 되었으니 이제는 굳이 당나라에 유학하지 않아도 당당한 선사가 배출될 수 있는 기틀이 생겼다는 것이다. 마치 1980년대 이후에는 지식인들이 굳이 외국유학을 할 필요가 없다는 각성이 일어난 것과 같은 분위기의 성숙이다. 그것은 외래문화를 배척하는 것이 아니라 주체적으로 수용할 만한 문화능력이 배양되었음을 말해주는 문화적 성숙을 의미하는 것이다. 이를 최치원은 다음과 같은 비유로 설명하였다.

별도로 지게문을 나가지 않고 들창을 내다보지 않고도 대도(大道)를 보았으며, 산에 오르지 않고 바다에 들어가지 않고도 최상의 보배로움을 얻음이 있었으며, 저 언덕에 가지 않아도 이르렀고 이 나라를 엄하게 하지 않았어도 다스려졌으니 그 누구와도 비정하기 어려운 그분이 지증대사다.

이어 최치원은 지증의 법맥을 얘기하는데, 선종이 처음으로 신라에 소개된 것은 도의선사보다도 150년 전인 7세기 중엽에 법랑(法郎)스님이 중국 선종의 제4대조인 도신(道信)에게 전수받았으나, 당시로서는 크게 선풍을 일으킬 문화적 성숙이 없어서 지리산 단속사의 신행(神行)에서

준범, 혜은스님으로 명맥만을 유지해오다가 드디어는 고손제자 되는 지중대사에 와서 큰 빛을 발하게 된 것이었다. 그래서 봉암사의 선풍(禪風)은 구산선문 중 해외파의 남종선이 아닌 국내파의 북종선 전통을 지닌 것이었다. 이게 어디 보통 중요한 일일까보냐.

지증대사의 일대기

지증대사(824~82)의 이름은 도헌(道憲)이고 자는 지선(智詵)이며, 지증은 그가 세상을 떠나자 임금이 존경과 애도의 뜻으로 내린 시호다. 속성은 김씨로 경주사람이었는데 키가 8척에 기골이 장대하고 말소리가 크고 맑아 "참으로 위엄있으면서 사납지 않은 분"이었다고 한다.

최치원은 스님의 일대기를 쓰면서 그분의 일생에 있던 기이한 자취와 신비한 얘기는 이루 다 붓으로 기록할 수 없다며 여섯가지 기이한 일과 여섯 가지 올바른 일(六異六是)로 추려서 적어나갔다. 나는 이것을 독자를 위하여 다시 일대기로 정리하여 엮어가고자 한다.

어머니가 잉태할 때 큰스님을 낳을 태몽이 있었는데 400일이 지나도 출산하지 못하더니 사월 초파일에 비로소 태어났다. 아기는 태어난 지 며칠이 지나도록 젖을 먹지 않고 목이 쉬도록 울기만 했는데, 어느 도인이 "어미가 매운 것과 비린 것을 먹지 말아야 한다"고 일러주어 탈 없이 기를 수 있었다.

9세 때 아버지를 여의고 중이 되겠다고 했으나 어머니가 어리다고 허락하지 않았다. 그러자 지증은 석가모니도 부모 말을 듣지 않고 성벽을 넘어갔다며 영주 부석사에 가서 중이 되었다. 그후 몇년이 지났을 때 집 나간 아들을 그리워하다가 어머니가 큰 병을 얻게 되었다는 소식을 듣고는 집으로 돌아와 간병을 열심히 하니 어머니는 부처님께 내 병을 고쳐

| **지증대사 사리탑** | 비록 지붕돌 한쪽이 깨졌지만 장중한 형태와 섬세한 조각으로 9세기 석조예술의 난숙성을 보여준다.

| **지증대사 사리탑 기단부 공양상** | 깊게 새긴 돋을새김의 정교한 조각솜씨는 가벼운 장식성이 아니라 치밀한 성실성을 느끼게 해준다.

주면 아들을 당신께 보내겠다는 치유서원을 내어 어미는 병이 낫고 자식은 다시 중이 됐다. 그 모든 설화가 지증이 예사로운 인물이 아님을 말해주는 것이었다.

17세(840)에 부석사 경의율사에게서 구족계를 받고 나중에는 혜은스님에게서 선종의 교리를 배우니 이는 법랑의 5대제자 되는 셈이었다. 이후 운수행각으로 명성을 쌓아가는데 지증은 고행(苦行)을 몸으로 실천하여 비단옷과 솜옷을 입지 않고 가죽신을 신지 않으며, 노끈과 가는 실도 반드시 삼과 닥나무실을 사용했다고 한다. 남을 가르치기보다도 스스로 깨치기를 더 좋아하였으나 어느날 산길에서 돌연히 나무꾼이 나타나 "먼저 깨친 사람이 나중 사람에게 배운 것을 나누어주는 데 인색해서는 안된다"고 꾸지람하고 사라진 뒤부터 계람산 수석사(水石寺)에서 법회를 여니 찾아오는 대중이 갈대밭, 대밭처럼 빽빽하였다.

지증의 명성이 이처럼 높아지자 경문왕은 정중한 편지를 내어 서라벌 근처 아름다운 곳에 절집을 지어 모시고 싶다면서 "새가 자유로이 나무를 고르듯 훌륭한 거동을 아끼지 말아주십시오"라며 간청하였다. 그러나 지증은 이 영광된 부름을 거부하면서 "진흙 속에 편히 있게 하여 나를 예쁜 강물에 들뜨게 하지 마십시오"라는 답을 보냈다. 이후 지증의 명성은 더욱 온 나라에 가득하게 되었다.

41세(864) 때는 과부가 된 단의장 옹주가 자신의 봉읍〔邑司〕에 있는 현계산(賢溪山) 안락사(安樂寺)에 주석을 부탁하자 이를 받아들이고, 44세(867) 때는 단월옹주가 농장과 노비문서를 절을 위해 바치자 이를 받아들였으며 훗날 헌강왕은 이 재산증여를 공식으로 인정하였다.

봉암사의 창건과정

이처럼 덕망높은 스님으로 세상의 존경을 한몸에 받고 있는 지증에게 하루는 문경에 사는 심충(沈忠)이라는 사람이 찾아와서 "제가 농사짓고 남은 땅이 희양산(曦陽山) 한복판 봉암용곡(鳳巖龍谷)에 있는데 주위 경관이 기이하여 사람의 눈을 끄니 선찰(禪刹)을 세우기 바랍니다"라고 하였다. 지증은 심충의 부탁이 하도 간곡하고 또 완강한지라 그를 따라 희양산으로 향했다.

희양산(998미터)은 문경새재에서 속리산 쪽으로 흐르는 소백산맥의 줄기에 우뚝 솟은 기이하고 신령스러운 암봉이다. 오늘날에도 일 없인 발길이 닿지 않는 오지 중의 오지로 희양산 북쪽은 충북 괴산군 연풍이 되고, 남쪽은 문경군 가은읍이 된다. 가은읍에서 봉암사 쪽으로 꺾어들어서면 제법 시원스런 들판 저 멀리로 희양산 연봉이 신령스럽게 비친다. 북한산 백운대 인수봉과 진안 마이산을 합쳐놓은 것처럼 불쑥 솟은 봉우리가 기이하기 짝이 없다. 최치원의 표현으로는 "갑옷을 입은 무사가 말을 타고 앞으로 나오는 형상"이라고 했다.

지증이 나무꾼이 다니는 길을 따라 지팡이를 짚고 희양산 한복판 계곡으로 들어가 지세를 살피니 "산은 사방에 병풍처럼 둘러쳐져 있으니 마치 봉황의 날개가 구름을 치며 올라가는 듯하고, 계곡물은 백 겹으로 띠처럼 되었으니 용의 허리가 돌에 엎드려 있는 듯하였다." 이에 지증은 탄식하여 말하기를 "여기는 스님의 거처가 되지 않으면 도적의 소굴이 될 것이다"라고 했다.

이리하여 881년, 대사는 불사를 일으켜 봉암사를 건립하였다. 이 때 지증은 법당 건물의 처마를 날카롭게 치켜올려 거친 지세를 누르고, 철불상 두 구를 주조하여 봉안했다. 절이 완성되자 헌강왕은 관리를 내려보내 절의 강역을 구획하여 장승(長栍)을 표시케 하고 절 이름을 봉암사라고 지어 내렸다.

지증이 봉암사에서 포교를 시작하자 산(山) 백성으로 도적떼(野寇)가 된 자들의 항거가 심했으나 수년 만에 감화시켰으니 이것은 마산(魔山)의 기세를 누른 지증의 공력 덕이라고 최치원은 말했다.

이것이 이것이니 그 나머지는……

지증이 다시 현계산 안락사로 돌아왔을 때 나라에서는 왕이 바뀌어 헌강왕이 등극하면서 "나쁜 풍속을 일소하고 진리로써 마른 땅이 적셔지기를 희망한다"며 지증대사에게 정중한 초대의 편지를 보냈다. 지증대사는 처음엔 별로 응할 뜻이 없었으나 "좋은 인연은 온 세상이 같이 기뻐하고, 먼지구덩이는 온 나라가 같이 걱정해야 한다"는 구절에 감동되어 서라벌 월지궁(月池宮, 안압지)으로 향하여 산에서 내려오니 '거마(車馬)

가 베 날듯이' 길에서 맞이했다. 대사가 궁궐에 도착했을 때 월지궁의 정경은 아주 평온하였다. 최치원의 표현을 빌리면,

때는 담쟁이덩굴에 바람이 불지 않고, 빈청(賓廳) 뜰에는 바야흐로 밤이 다가오는데, 때마침 달그림자(金波)가 연못 복판에 단정히 임하였다.

대사는 고개 숙여 조용히 이 정경을 바라보더니 왕에게 하는 말이 "이것이 이것이니 그 나머지는 할 말이 없습니다"라고 했다. 즉 저 평온한 정경, 그런 마음, 그런 자세, 그런 세상살이면 된다는 뜻이었다. 임금은 염화시중의 미소 같은 이심전심으로 이 말을 알아듣고 크게 기뻐하며 마침내 스님께 절을 올리고 망언사(忘言師)로 삼았다.

얼핏 듣기에 정신나간 사람들의 행실 같아 보인다. 큰스님이라고 모셨는데 고작 한다는 말이 "이것이 이것이니 그 나머지는 할 말이 없다"고 하고, 왕이란 자는 그걸 듣고 크게 기뻐했다고 하니 우리로서는 납득하기 어려운 부분이 많다. 그러나 옛사람들은 우리시대와는 달라서 이런 계시적 접촉반응을 통해 열권 책의 분량보다도 더 큰 마음의 양식을 찾았으니, 이를 함부로 비과학적이라고 가벼이 볼 일이 아닌 것이다. 망언사, 즉 '말하지 않는 선생님'으로 모셨다고 한 것은 아무 말씀을 하지 않으셔도 곁에 있는 것만으로도 든든한 가르침을 얻을 수 있는 선생님으로 모셨다는 뜻이 아닌가.

헌강왕은 계속 스님을 곁에 모시고 싶었으나 "토끼를 기다리는 사람에게는 나무줄기를 떠나게 하고, 물고기를 탐내는 사람에게는 그물 만드는 법을 배우게 하였으니" 스님은 이제 또 도를 닦기 위해 산으로 돌아가야 한다는 것이었다. 아쉬움을 금치 못한 헌강왕은 여러 신하에게 전송

을 명하고 눈얼음이 길을 막으므로 병려나무로 만든 가마를 하사하였다.

그러나 스님은 평소 멀고 가까움, 험하고 평탄함을 가린 일 없고, 사람의 일을 말이나 소로써 그 노고를 대신한 일이 없었으니 그것을 타고 갈 리가 없었다. 스님은 심부름 온 신하에게 말하기를 "세속의 똑똑한 사람도 가마를 사용 않는 일이거늘 하물며 삭발한 스님으로서 타겠는가. 그러나 왕의 명령이 여기에 이르렀으니 빈 가마로 가다가 병자가 생기면 도와주는 도구로 삼자"고 했다.

그리하여 빈 가마를 앞세우고 가는데 얼마 가지 못하여 다른 사람 아닌 지증이 발병이 나서 지팡이를 짚고도 일어설 수 없게 되었다. 그리하여 지증은 할 수 없이 병자로서 그 가마를 타고 현계산 안락사로 되돌아올 수 있었다. 안락사로 돌아온 지증대사는 이듬해인 882년(헌강왕 8) 12월 18일 드디어 세상을 떠나게 되었으니 세수 59세, 법랍 43년이었다.

별들은 하늘나라로 되돌아가고

이 고매한 스님 지증대사의 입적 모습은 어떤 것이었을까? 큰스님의 최후는 언제나 큰스님다웠다.

해인사 조실 자운스님은 열반에 드는 날 저녁에 4행시를 지었는데 맨 끝 구절은 "서쪽에서 해가 뜬다(西方日出)"였다. 서산대사는 운명 직전에 당신의 초상화를 가져와서는 "80년 전에는 네가 나이더니, 80년 후에는 내가 너로구나"라고 적고는 입적하셨다. 또 수덕사 만공스님은 저녁공양 후 거울을 보면서 "만공, 자네는 나와 함께 70여 년 동고동락했지. 그동안 수고했네"라고 말하고 떠났고, 인조 때 걸출한 스님 진묵대사는 제자들을 불러놓고 "얘들아, 내 곧 떠날 것이니 물을 것 있으면 빨리 다 물어나보아라" 하고는 한두마디 대답하더니 앉은 채로 열반했다고 한다.

단재 신채호의 수필 중 비뚤어진 험악한 세상에서는 차라리 이단을 택하리라는 내용의 글이 있는데, 청주의 어느 스님이 제자들을 보고 "얘들아, 앉아서 죽었다는 사람 보았느냐?"고 물으니 "예, 있습니다"고 답하자 "그러면 서서 죽은 사람도 있느냐?"고 묻고 "들어보진 못했으나 있을 법은 합니다"고 대답했다고 한다. 그러자 스님은 "거꾸로 서서 죽을 수도 있겠구나?" 하였더니 제자들은 "그건 불가능할 것입니다"라고 답하자 그 스님은 그 자리에서 물구나무서기를 하고는 죽어버렸다고 한다. 모두가 죽음을 알아차린 분들의 이야기들이다.

세속에도 그런 분들이 적지 않다. 나의 학부 때 은사 학보(學步) 김정록(金正祿) 선생은 당신 운명 일주일 전에 파주 광탄에 가서 묏자리를 준비해놓고, 운명 이틀 전에는 생전의 강의록을 모두 불태우면서 "내 연구를 후세에 남기기 부끄럽다"고 했다고 한다.

그러나 지증대사의 죽음은 이런 예감도 기발함도 아니다. 평온과 안락 그 자체였다. 세속에서 편안한 죽음은 고통 없이 잠자다 떠나는 것이라고 한다. 내 친구 어머니는 노인학교에 가서 재미있게 강의 듣다가 눈을 감았으니 주위에서 모두 복받은 운명이라고 했는데, 내 친구 아버지는 친구들을 불러 고스톱 치다가 광 팔아 선불 받고 잠시 쉬는 사이에 운명했으니 세상엔 함부로 최고라는 말을 쓸 게 못된다.

지증대사는 저녁공양을 마치고 제자들과 앉아서 도란도란 얘기하던 중 가부좌를 튼 채로 돌아가셨다. 그런 분이 바로 지증이었다. 최치원은 지증대사 적조비를 쓰면서 이 대목에 이르러 마땅히 감탄사를 붙이는 탄식의 애가를 불렀다. 무어라고 했을까? 인도의 네루가 죽었을 때 사람들은 "아시아의 큰 별이 떨어졌다"는 표현을 명언이라고들 했는데 천하의 대문장가 최치원은 그 정도로 만족하지 못했다.

오호라!
별들은 하늘나라로 되돌아가고 달은 큰 바다로 빠졌다.
嗚呼 星廻上天 月落大海

그 높은 덕으로 온 세상을 밝게 비춰주던 스님이 세상을 떠나니 하늘에는 아무것도 보이지 않는 캄캄한 암흑 같았다는 뜻이리라. 이런 장대한 이미지 구사가 나올 때 최치원의 글은 제격이다.

스님이 돌아가신 이틀 후 현계산에 임시 빈소를 차리고, 1주년이 되었을 때 드디어 희양산 봉암사로 모시어 장사지냈다. 헌강왕은 사람과 제물을 보내 스님의 입적을 애도하였고, 시호를 지증, 사리탑 이름을 적조(寂照)라 내렸다.

옛 비문 형식에는 명(銘)이란 것이 있다. 비문 끝에 부기하여 그분의 삶을 기리는 시구로 씌어지는 것이다. 글쓴이가 명을 썼으면 존경의 뜻이 있는 것이고 없으면 그저 부탁에 응한 것이었다. 그러니 최치원이 지증대사에게 바치는 명문이 없을 수 없는데 그 또한 장문인지라 나는 그중 지증대사가 해외유학파가 아니고 국내파라는 부분을 강조한 뜻깊은 구절만을 인용하면서 지증대사 일대기를 여기서 마무리하고자 한다.

다북쑥은 삼대에 의지하매
능히 스스로 곧았으며
구슬을 옷 안에서 찾았으니
옆으로 구함이 없었다.

1993. 2.

술이 익어갈 때는

정진대사 사리탑과 비 / 마애보살상 / 야유암

절이란 마음을 내리는 것

꿈에도 그리던 봉암사 절집에 들어갈 수 있다는 소식에 서둘러 답사채
비를 하는데 집사람이 넌지시 물어왔다.

"이번에는 어디를 가슈?"

" 10년 전에 갔다가 낭패 본 봉암사에 내일 선방 상량식이 있대."

"성심이 있어 인연이 닿았나보구려."

나의 집사람은 독실한 불자(佛子)이다. 남편인 나도 잘은 모르지만 한
때는 금강경 윤독회에도 열심히 나갔고, 봉은사 구역법회의 법륜보살을
맡아 일한 적도 있다. 부부 사이지만 우리는 인생의 공유(公有)와 분유

(分有)를 명백히 한다는 묵시적 원칙이 있어서 서로의 신앙을 간섭하지 않는다. 그녀의 신앙은 불교이고, 나의 믿음은 한국미술사이기 때문에 나는 그녀의 회사(廻寺)를 막지 않으며 그녀는 나의 답삿길을 막지 않는다. 일년이면 두세달을 나가 자도 끄떡없던 데에는 이런 비결이 있었던 것이다. 그리고 우리는 서로의 신앙과 믿음을 강요하지 않았는데 집사람이 반칙을 하고 나왔다.

"당신, 절에 가면 부처님께 절이라도 한번 해보구려."
"내가 미치기 전에야 돌덩이, 쇳덩이 앞에 엎디어 빌겠어. 그런다고 소원성취 되는 것도 아닌데."
"절이라는 것이 소원성취 해달라고 비는 것인 줄 아세요?"
"그러면, 망하게 해달라고 빈담?"
"그런 게 아녜요."
"그러면 뭐야."
"절이란 돌덩이, 쇳덩이 앞에서도 무릎을 꿇을 수 있다는 자기의 겸손을 보여주는 것이에요."

함께 살아가면서 대개는 내 주장이 이기는데 가끔은 이렇게 결정타를 맞는 것이 나의 가정생활이다.

하심(下心)! 마음을 내린다는 것! 그것은 불자들이 말하고 행동하는 아름다운 모습이며, 가히 본받을 만한 것이었다.

그런 건 책에 다 나와요

상량식에 참가한 뒤 나를 안내한 분이 기왕이면 주지스님을 만나뵙고 다음 답사 때 편의를 부탁하는 것이 어떻겠냐고 하여 나는 내 생전 처음으로 주지스님 방에 들어가게 되었다. 안내자의 얘기가 스님 뵈면 절을 해야 되는데 할 수 있겠냐고 묻는 것이었다. 나는 선선히 그러마고 답했고 주지스님에게 차마 삼배는 할 수 없고 일배에 반배만 올리고 방석에 앉았다.

주지스님은 내가 봉암사에 오게 된 내력을 듣더니 요다음에는 사월 초파일에 회원들과 함께 오면 연락 없어도 되고 절밥도 먹을 수 있다면서 『봉암사 안내기』라는 작은 책자 하나를 선물로 주었다.

받은 자리에서 대충 훑어보는데 부실하기 짝이 없는 안내서였다. "도량 안에서는 정숙해야 합니다"라는 글로 시작되는 초등학생 취급하는 듯한 경고는 그렇다치고 지증대사의 일대기나 유물의 해설은 고작해서 한두마디로 그만이다.

지증대사비를 모신 비각 앞에는 문화재관리국에서 비문을 한글로 축역해 동판에 새겨놓은 간결한 일대기가 세워져 있다. 그 글은 금석학의 태두인 청명(靑溟) 임창순(任昌淳) 선생이 번역한 것으로 문장도 유려하다. 그것만이라도 이 봉암사 안내기에 전재해놓았으면 오죽이나 좋았으랴마는 그런 성심이 없었던 모양이다.

나는 봉암사의 이런 아둔함이 하도 측은하게 생각되어 주지스님에게 다음번에 안내책 만들면 그 글을 꼭 실으라고 충고 아닌 부탁의 말씀을 드렸다. 그랬더니 주지스님 대답이 걸작이었다.

　"그런 건 중요한 게 아녜요. 여긴 참선도량이기 때문에 스님들이도 닦는 것이 중요해요. 그런 글 읽고 싶은 사람은 다른 책을 보면 다나와요."

이런 대답에 내가 더이상 할 말이 없었다. 서둘러 주지실을 나와 댓돌 위의 신을 질질 끌고 뜰로 내려와 신발끈을 묶다보니 억울한 마음이 일어났다. 여편네 꼬임에 넘어가 부처 아닌 중한테까지 절을 했는데 절값으로 받은 말이 고작해서 자기 조상에 대한 철저한 무관심이었다.

한국불교에서 최고 가는 청정도량이라는 봉암사가 이럴진대 한국불교의 현황이 어떤 것인지 미루어 짐작할 만한 일이 아닌가. 스님들이여! 당신들이 어떻게 해서 이땅의 절집에서 살 수 있게 되었는가를 한번만 생각해보라. 자아를 발견하고, 자기를 확립하지 못한 상태에서 해낼 수 있는 일은 아무것도 없는 법이다.

봉암사 경내를 둘러보고 절집을 떠날 때 나는 천년을 두고 우뚝한 지증대사비와 열두판 꽃잎처럼 감싸안은 희양산 연봉이 파란 하늘을 향해 손짓하는 아름다운 모습을 보면서 언젠가 기회가 오면 당신들을 대신해서 내가 저 비문과 산세를 말하면서 봉암사의 안내기를 써주리라 마음먹었다. 결국 이 글은 그때 나 스스로와의 약속을 지킨 것이다.

경륜의 지식인에게 보내는 경의

지증대사는 그 일대기에서 엿보이듯 원효나 의상 또는 훗날의 지눌 같은 위대한 불교사상가는 아니었다. 그저 스님으로서 한세상을 성실하게 살아갔던 분이니 그분의 사상이라고 별도로 내세울 것은 없는 분이다.

그러나 자신의 의지로 결정한 출가, 나무꾼의 꾸짖음에서 깨달은 바가 있어 자신의 지식을 대중과 나누어 쓰는 자세, 왕의 부름에 쉽게 응하지 않는 고고한 기품, 봉암사를 창건하는 과정, 가마를 타고 가지 않는 어짐. 그리고 평온한 죽음에 이르기까지 한 스님으로서, 또는 한 지식인으로서 지증의 삶에서 우리가 느끼고 배울 바가 얼마나 많던가.

인간의 영원한 스승은 위대한 사상에 있는 것이 아니라 인간 그 자체에 있다. 뛰어난 사상체계 속에서 얻는 것보다도 주어진 현실 속에서 부단히 자기를 실현하는 인간적 노력 속에서 우리는 더 많은, 더욱 생생한 인생의 철리와 인간적 가치를 배우게 된다. 그것은 스님의 세계나 속세나 마찬가지인 것이다.

언제부터인지 우리시대의 지적 풍토에서 역사 속의 인물에 대한 관심은 대개 한 시대의 사상가, 그것도 그 인물이 아니라 사상 자체에 초점이 맞추어지는 경향이 있다. 그리하여 우리는 한 시대를 성실하게 살아갔던 인간에 대하여는 야박할 정도로 관심을 보이지 않고 있다.

그리고 실천적 지식인상을 찾을 때면 으레 변혁의 계절에 굳센 의지로 살아갔던 인물에 국한될 뿐 세상을 풍요롭게 가꾸어간 경륜의 지식인에게는 관심이 없었다. 지난 30여년 군사독재의 '개발독재' 상황에서 우리는 그 억압을 뚫고 나아가야 하는 세월의 간고함 때문에 경륜의 지식인에게 함부로 경의를 보내지 못했다. 제도권 속에서 경륜을 편 지식인상을 부각시킨다는 것은 곧 어용적 행태로 오해받거나 이용당할 소지가 많았던 것이다.

이로 인하여 우리는 커다란 인간적 덕성을 바탕으로 하여 대범하고 슬기로운 인생을 살았던 황희, 이원익, 유척기, 채제공 같은 명정승의 삶 속에 배어 있는 훈훈하고 윤기있는 삶의 정서를 배울 기회를 갖지 못했다. 나는 지증대사를 그런 경륜의 지식인상으로서 이해하며 존경을 보내고 있는 것이다.

불타는 봉암사

지증대사가 세상을 떠난 것은 882년, 헌강왕 8년 12월이었고, 이듬해 봉암사에서 다비하여 사리탑을 세웠다. 지증의 법통은 제자인 양부(楊孚, ?~917)에게 전해졌다. 그리고 3년 뒤 헌강왕은 최치원에게 대사의 비문을 지으라고 명하였는데, 원고 청탁을 받은 최치원은 그 자료를 찾는 어려움과 방대한 자료를 소화하기 힘든 '무능과 게으름'으로 무려 8년이 지나서 탈고했는데, 그때는 헌강왕은 이미 죽고 진성여왕 6년인 892년이었다. 그리고 이 비가 세워진 것은 다시 33년이 지난 924년이었다.

무엇 때문에 이렇게 늦어졌을까. 이 비석의 돌이 저 멀리 남해바다에서 캐온 대리석이었다고 하니 요즘처럼 일 떨어진다고 후딱 해치우는 것이 아니었다고 해도 너무 긴 세월이었다. 그것은, 지증대사 임종 후 신라 사회는 이내 후삼국시대라는 일대 혼란기로 들어갔기 때문이었다. 견훤이 전라도 광주에서 반기를 든 것은 바로 최치원이 비문을 완성한 892년이었던 것이다. 그러니 비문이 늦게 세워진 것보다도 그런 시국의 혼란 속에서도 이런 대역사(大役事)가 이루어졌다는 사실에서 당시 봉암사의 위세를 엿볼 수도 있다.

그러나 지증대사의 비가 세워진 지 5년도 못되어 봉암사는 불바다가 되고 일찍이 지증대사가 절이 아니면 도적의 소굴이 될 거라 한 예언대로 도적의 소굴이 되고 만다.

세상의 질서가 무너져 나라에 싸움판이 벌어질 때면 문경새재는 언제나 전략의 요충지였고 치열한 전장이 되었으니 새재의 우익에 위치하여 병사의 주둔지, 군량미의 비축장으로 안성맞춤인 봉암사가 몸 성할 리 없었던 것이다. 임진왜란 때도 그랬고 6·25동란 때도 그랬듯이 후삼국시대에도 마찬가지였던 것이다.

『삼국사기』에 견훤이 가은땅을 공격했다가 실패하고 돌아간 것은 929년 10월이라고 기록되어 있다. 그러나 이때 전투상황이 어떠했는지에 대하여 더이상의 기록은 없다. 다만 문경 가은땅의 전설에 의하면 그때 경순왕이 봉암사로 피난왔었다는 것이다. 희양산 중턱의 성골(城谷)이라는 성터가 바로 경순왕의 피난처로 지금도 그 성터에는 수백명이 들어가는 굴이 있다고 한다. 또 봉암사 원북마을의 동네 이름에는 경순왕이 견훤의 난을 피해 왔을 때 아침을 먹은 곳을 아침배미(朝夜味), 저녁을 먹은 곳을 한배미(一夜味)라고 하며, 난을 피하여 돌아갈 때 백성과 원님이 환송하던 곳을 배행정(拜行亭)이라고 하는데 여기는 바로 봉암사 초입이다.

이 와중에서 언제 봉암사가 누구의 손에 의해 불타게 됐는지는 확실치 않다. 다만 그로부터 6년 뒤인 935년, 봉암사를 다시 크게 일으키는 정진(靜眞)대사 긍양(兢讓, 878~956)이 봉암사에 당도했을 때 모습이 그의 비석인 '정진대사 원오(圓悟)탑비'에 이렇게 씌어 있다.

대사가 봉암사에 이르러 희양산 산세를 둘러보니 천층만첩의 깎아지른 벼랑들이 보였다. 때는 도적들이 불지르며 다니던 시절인지라 계곡의 모습은 의구해도 절집의 틀과 스님의 거처는 태반이 무너져 내리고 가시덤불 쑥대만 무성하였다. 오로지 우뚝 솟아 보이는 것은 비석을 지고 있는 돌거북이와 그 비석에 새겨져 있는 지증대사의 덕이며, 도금한 불상이 신령스런 빛을 비추고 있는 것이었다.

견훤의 고향땅 가은

여러 정황을 볼 때 봉암사를 황폐화시킨 장본인은 견훤이었던 것 같다. 그러나 아이러니컬하게도 견훤의 고향은 바로 이곳 가은땅이다. 가은읍 갈동의 아차마을이 그가 태어난 곳이며 농암면 궁기(宮基)마을은 그가 후백제의 왕이 되기 전에 살던 곳으로, 이곳 사람들은 견훤궁지라고 부른다.

우리가 알고 있는 견훤이라는 인간상은 대개 김부식의 『삼국사기』에 나오는 열전에 근거를 둔 것으로 그는 횡포한 인간으로 묘사되면서 왕건의 자비스러움에 대비되어 있다. 그러나 김부식의 견훤상에는 자못 악의적인 구석이 많다. 칼을 쥔 자, 붓을 쥔 자의 일방적 폭력은 그렇게 나타나곤 하는 것이다.

어쩌면 견훤은 난세에 태어난 걸출한 인물이었는지도 모른다. 그러기에 이 첩첩산골 출신으로 이미 민심을 잃어버린 나라에 대항하여 반기를 들고 한때 그 힘은 어느 호족보다 강성하여 경애왕을 죽이고 경순왕을 세울 정도였다. 덕이 모자란 것이었는지, 시운이 맞지 않았던 것인지 끝내는 자식에게 유폐되는 비극적 최후를 맞았지만 그가 역사 속에서 무슨 큰 잘못을 저질렀는지 별로 잡히는 것이 없다. 그저 패자였을 뿐이다.

가은땅에는 견훤에 관한 전설이 많이 전해지고 있다. 탄생설화에서 용맹에 이르는 이 전설들은 처음에는 난세의 영웅을 기리는 얘기들이었던 것 같다. 그러나 그 전설들도 견훤을 비하하기 위하여 어떤 식으로든 왜곡되어 있다.

아차동의 한 부유한 가정에 규중처녀가 있었는데 밤이면 가만히 처녀방에 이목이 수려한 초립동이 나타나서 처녀와 같이 정담을 나누고 동침하다가 새벽이 되면 흔적이 없이 사라졌다. 밤마다 이렇게 나타나기를 무릇 수개월간 그치지 않더니 마침내 처녀는 잉태하여 배가 부르게 되자 부모에게 실토하였다. 그 말을 듣고 부모는 깜짝 놀라서 딸에게 말하기를, 그 사나이가 오거든 평상시와 같이 잠을 자다가 그 사나이 모르게 옷소매에 바늘로 실을 꿰어매라고 하고 밤에 가만히 엿보니, 과연 이목이 수려한 초립동이었다. 새벽에 초립동이 사

| 견훤산성 | 상주 견훤산성은 속리산 동쪽에 위치한 것으로 보은의 삼년산성, 단양의 온달산성과 함께 우리나라 3대산성으로 꼽히고 있다.

라진 후 실을 따라서 찾아가보니 금하굴로 들어가는 것이었다. 굴속에 들어가보니 커다란 지렁이(大蚯蚓)의 몸에 실이 감기어 있었다. 그후로는 초립동이 나타나지 않고 십개월이 지난 후에 처녀는 옥동자를 순산하였으니 그가 견훤이라고 한다.(『문경군지』에서)

그게 왜 큰 지렁이였겠는가. 전설이 되려면 그것은 용이거나 최소한 큰 뱀이어야 한다.

또 궁기마을 입구의 층암절벽에는 마암(馬岩)이라는 곳이 있는데 그전설은 이렇게 꾸며져 있다.

견훤이 후백제왕이 되기 전 궁기에서 살고 있었다. 하루는 용추변

마암을 소요하고 있는데 갑자기 오색안개가 자욱하면서 마암 쪽에서 말 우는 소리가 들린다. 견훤은 이상히 여기고 마암 위로 올라가니 표활하게 생긴 용마가 주인을 맞이하는 듯 반가워하므로 한손으로 말머리를 쓰다듬으면서 나는 장차 후백제왕국을 세울 몸인데 하늘이 왕업을 돕기 위해 용마를 보내셨구나 하면서 말에게 말하듯 훈계하니 용마는 힝힝거리며 좋아하는 기색이다. 견훤은 표연히 말등에 올라 채찍을 가하니 말은 주홍 같은 입을 벌리면서 질주한다. 견훤은 회심의 미소를 지으며 용마의 걸음이 빠른가 화살이 빠른가 시험해보자 하면서 적지산으로 화살을 쏘고 말을 몰아 적지산에 이르니 화살은 어디에 떨어졌는지 알 수 없다. 견훤은 대노하여 이것이 무슨 용마냐고 하면서 칼로 용마의 목을 베어버리자 삐웅 하는 소리가 나며 화살이 땅에 떨어진다. 이에 견훤은 자신의 경솔함을 후회하면서 "세월의 불리함이여, 장차 어찌할거나(時不利兮 將次奈何)"라고 하여 탄식했다고 한다.(같은 책에서)

나는 지금 견훤의 인간상을 올바로 복원해보고자 이런 얘기를 하고 있는 것이 아니다. 나는 그럴 능력도 그럴 성심도 없다. 다만 역사 속에선 승자의 일방적인 왜곡에 패자는 속절없이 당하고 어린 백성들은 승자의 일방적 선전에 속아넘어가 패자의 입장은 전혀 전달되지 않는다는 점을 말하고 있을 뿐이다. 간혹 승자가 역사 속에서 정사(正史)라는 이름 아래 허구를 치장할 때 패자는 야사(野史) 속에서 위대한 전설을 남기는 일도 있지만 견훤은 불행히도 그런 인물이 아니었고 최소한의 인간적 동정은 고사하고 기왕의 전설적 영웅담조차 패자의 필연적 운명처럼 말해지고 있음이 어찌 생각하면 무섭고, 어찌 생각하면 가혹하다는 생각이 드는 것이다.

봉암사의 흥망성쇠와 승탑들

935년, 폐허가 된 봉암사를 다시 일으켜 세운 정진대사 긍양은 정치적 수완이 대단한 스님이었다. 고려초의 문장가였던 이몽유(李夢遊)가 찬한 그의 비문에는 대사의 행장이 아주 상세하다.

충청도 공주에서 태어나 처음에는 유학(儒學)을 공부하다가 한계를 느껴 20세에는 계룡산 보원정사에서 중이 되고, 이듬해에는 서혈원(西穴院) 양부선사의 제자가 되니, 양부는 지증대사의 제자였으므로 훗날 그가 봉암사로 오게 되는 계기를 여기서 맺었던 것이다.

23세 되는 900년 중국에 유학하여 24년 후인 924년에 귀국하여 스승 양부선사가 주석하던 강주(康州, 오늘날 진주晉州) 백엄사(伯嚴寺)에 있다가 935년 봉암사로 오게 되었다.

그의 명성이 어떻게 퍼지게 되었는지는 자세히 알 수 없으나 경애왕은 그에게 봉종(奉宗)대사라는 별호를 올리며 초빙하였다. 왕건이 후삼국을 통일하자 부르지 않았는데도 스스로 찾아가 불교정책을 자문하고(936), 혜종이 즉위하자 경하의 편지를 보내고(943), 정종이 즉위하자 초대를 받으며(945), 광종이 즉위하자 왕사(王師)가 되어 사라선원(舍那禪院)에 머물게 되었으며, 956년 79세의 천수를 다하고 세상을 떠나니 그는 후삼국 혼란기에 다섯 임금의 귀의를 받은 영광의 스님이었다.

스님의 죽음에 광종은 시호를 정진, 사리탑 이름을 원오라 내리면서 그 비문은 이몽유가 짓고 글씨는 한림원 박사를 지낸 당대의 명필 장단열(張端說)이 쓰게 했다. 그 정진대사 원오탑과 탑비는 지금도 봉암사 동쪽 언덕 비선골에 남아 있다.

이런 능력있는 정진대사였기에 봉암사의 중창은 거대한 것이어서 「봉암사지」에 의하면 법당이 10채, 승당이 16채, 행랑·누각이 14채, 부속건

| 정진대사 원오탑 | 지증대사 적조탑을 흉내낸 것이어서 매너리즘에 빠져 장중함은 없지만 언덕 위 전망 좋은 곳에 자리잡고 있어서 답사객에게 시원한 눈맛을 제공한다.

물이 10여채, 산내 암자가 9채였다고 한다. 이때가 사실상 봉암사의 전성기였던 것이다. 뿐만 아니라 봉암사는 여주 고달원, 양주 도봉원과 함께 광종의 직지(直指)를 받은 고려 삼원(三院)의 하나가 되었던 것이다.

그러나 봉암사의 영광은 거기에서 끝나고 만다. 「봉암사지」에는 보조국사 지눌이 여기에서 도를 닦았다고 하지만 확인되는 것은 아니며, 확실한 것은 함허(涵虛, 1376~1433) 선사가 조선왕조 세종 13년(1431)에 중수하였다는 것이니 이 말을 역으로 해석하면 벌써 전, 어쩌면 몽골난 때 황폐화되어버린 것인지도 모른다. 봉암사 동쪽 기슭에는 '함허당 득통지탑(得通之塔)'이라는 탑명이 씌어 있는 아담한 팔각당 사리탑이 남아 있다. 득통은 그의 아호였다.

조선시대에 들어와 세상의 주도적 이데올로기가 성리학으로 대체되니 심심산골에 있는 구산선문 사찰들은 거의 폐사가 되기에 이르지만 봉암사는 지세의 힘이 있었는지 그 명맥만은 유지된다. 그러나 임진왜란 때 봉암사는 다시 전소되고 문경지방에서 일어난 의병들의 거처가 되었다고 한다.

임란 이후 조선불교가 새로운 중흥기를 맞게 되자 봉암사에는 다시 환적(幻寂, 1603~90)선사 같은 큰스님이 주석하게 된다. 함허당 득통지탑 곁에는 그와 비슷한 형식으로 환적당 지경지탑(智鏡之塔)이 남아 있다. 지경은 스님의 어릴 때 이름이었다.

이후 봉암사는 현종 15년(1674), 이른바 갑인년 화재로 거의 다 소실된 것을 신화(信和, 1665~1737)화상이 중건하였고, 상봉(霜峰, 1621~1707)선사가 이곳에 주석하여 경전에 주석을 달고 목판본을 찍어내기도 하였는데 계미년(1703) 화재로 모두 타버리고 만다. 봉암사 일주문 옆 계곡 위쪽에는 당대의 명필인 백하(白下) 윤순(尹淳)이 쓴 상봉스님의 비석이 절반으로 동강난 채 남아 있어 환적당 사리탑 곁에 있는 석종형(石鐘形) 승탑이 아마도 이분의 사리탑일 것이라고 생각되는데, 그 모습이 너무 초라하여 당시 봉암사의 어쩔 수 없었던 사세를 말해준다.

이후 봉암사의 내력은 알 길이 없다. 다만 구한말에 다시 의병의 본거지가 되어 전투 속에 일주문과 극락전만 남고 모두 불타버렸다고 한다. 일제시대를 지나 봉암사가 다시 한국불교사에 부상하게 되는 것은 8·15 해방 직후 만신창이가 된 한국불교의 자체정화를 위하여 뜻있는 중견 스님들이 일종의 참선결사를 단행하면서였다. 그때는 스님들이 참선으로 스스로의 마음을 닦는 일을 게을리하던 시절이었기에 이에 대한 자정운동을 벌였던 것이다. 그때의 스님이 봉암사 조실 서암(西庵), 불국사 조실 월산(月山), 해인사 조실 자운(慈雲), 조계종 종정 성철(性徹), 그리고 연장자로서 청담(靑潭) 등이었으니 이 참선결사가 현대불교사에 끼친 영향은 지대한 것이었다.

1955년 봉암사 대웅전이 다시 중건되고, 1982년부터는 서암스님의 주도 아래 옛 구산선문의 참선도량으로서 전통을 부활하여 일반인 출입을 통제하기에 이른 것이다.

봉암사의 보물 다섯 점

폐허와 중창을 이렇게 반복한 봉암사이기에 지금 남아 있는 유적이란 모두 석조물일 뿐이며, 목조건축은 18세기에 지은 극락전 한 채뿐이다. 지증대사가 창건 당시 주조했다는 철불 2구, 그것은 정진대사도 보았다는 것인데, 『봉암사 안내기』 끝에는 이렇게 적혀 있다.

1구는 땅속에 묻혀 있다는 전설이 전해져오고 있다. 근간에는 금색전에 있던 반파된 불상을 생각이 부족한 스님들에 의해 고물로 처리한 애석한 일이 있었다.

봉암사 석조유물 중 나라에서 보물로 지정한 것이 다섯개 있는데 그것은 삼층석탑(제169호), 지증대사 적조탑과 비(제137, 제138호), 정진대사 원

| **봉암사 삼층석탑** | 지증대사가 봉암사를 창건할 때 세운 것으로 전형적인 9세기 삼층석탑이다. 아담한 형태미와 날렵한 상륜부가 돋보인다.

오탑과 비(제171, 제172호)이다.

삼층석탑은 지증대사의 봉암사 창건 당시 유물로 추정되는데, 전체 높이 6.3미터의 아담한 명작이다. 9세기 지방사찰의 대부분의 경우와 마찬가지로 불국사 석가탑을 모본으로 하여 그것을 경쾌한 모습으로 다듬으면서 지붕돌의 곡선미를 살려낸 것이다. 특히 이 삼층석탑은 기단부가 훤칠하게 커서 늘씬한 미인을 연상케 하는데 그 난리통에도 상륜부가 온전하게 남아 있어서 유물로서 큰 가치를 지니고 있다.

지증대사 적조탑은 하대신라의 대표적인 승탑들과 마찬가지로 규모가 장중하고 돋을새김의 조각이 힘차고 아름답다. 특히 기단부의 공양상과 비파연주상은 그것 자체가 완숙한 평면 회화미를 보여주며, 팔각당의 자물쇠 새김은 단순하면서도 기품과 힘이 넘쳐흐른다. 그러나 지붕돌 반쪽이 파손되어 그 원형을 잃어버렸고 지금은 어두운 보호각 속에 갇혀 있어서 보는 이로 하여금 안타깝고 답답하게 한다.

이에 비하여 정진대사 원오탑은 절 바깥 언덕배기에 있고 상태도 온전하여 그 주변 경관과 함께 시원스런 유물과의 만남이 보장되어 있다. 승탑의 형태도 지증대사의 그것을 그대로 본받았으니 그 안정감과 기품은 나라의 보물에 값할 만한 것이다. 그래서 내가 답사를 인솔할 때면 여기에 많은 시간을 할애하곤 한다. 그러나 조형미를 따질 때 이것은 지증대사의 그것에 감히 견줄 상대가 못된다. 느낌을 근수로 잴 수 있다면 아마도 반도 안될 것이다. 만고불변의 진리인바, 창조적인 것과 모방한 것과는 그런 차이가 있는 것이다.

지증대사의 비문은 혜강스님이 쓰고, 정진대사의 비는 장단열이 썼음은 이미 말한 바와 같은데 그 글씨에 대한 후대의 평은 한번 들어볼 만하다.

오세창의 『근역서화징』을 보면, 글씨에 관해서 "서청(書鯖)"과 "동국

금석평(東國金石評)"이라는 인용문이 계속 나오는데, 이 두 글은 누가 쓴 것이며 원문이 어떻게 되어 있는지 아직껏 알 수 없지만 그 정곡을 찌르는 단 한마디씩의 평이 서예사 내지 서예비평의 귀감이 될 만한 것이다.

지증대사비의 혜강 글씨는 "서청"에서 "글자와 획이 단정하면서 굳세다(端健)"라고 하였고, 정진대사비의 장단열 글씨는 "동국금석평"에 "안진경체로 씌어졌는데 고졸하다"라고 하였다. 이런 식의 비평은 간단한 것이 아니라 차라리 고차원의 논평이다. 본래 최고의 평이란 쉽고, 짧고, 간단하게 정곡을 찌르는 것이다.

지증대사의 건축적 안목과 고뇌

사람들은 국보나 보물이라는 명칭 때문에 문화유산의 가치와 멋을 그런 데에서만 찾는 경향이 있다. 그러나 봉암사에서 진실로 우리에게 감동을 주는 것은 절집의 자리앉음새이다. 경내 어디에서 보아도 우뚝 솟은 희양산 준봉들이 봉암사를 호위하듯 감싸고 있다. 깊은 산속에 이처럼 넓은 분지가 있다는 것이 차라리 이상할 정도이다.

봉암사에 처음 당도하여 넋을 잃고 먼 데 산봉우리를 보고 또 보고 있자니 낙성식에 온 한 '아지매 보살'이 넋 빠진 나를 넋을 잃고 보다가 "좋체예, 우리 할배가 카던데예, 봉암사는 열두판 연꽃봉오리에 뺑하니 둘러 있다 캅디더. 그라고 절집은 꽃봉오리 화심이라 카던데예. 좋체예"라고 말하고는 잠시 아는 척한 것이 좀 쑥스럽게 생각됐던지 얼른 등을 돌리고는 종종걸음으로 돌계단을 내려갔다.

나는 속으로 그 집 할배 문자속이 최치원과는 다른 면이 있다고 생각했다. 사실 최치원 글에는 저처럼 사랑스럽게 안기는 맛이 없다. 그의 웅혼한 이미지 구사는 때로는 너무 현란하여 허공에 떠돌고 읽는 이의 가

| 봉암사 대웅전 앞마당의 노주석 | 앞마당 양쪽에 있는 돌받침은 한밤중 행사 때 관솔불을 피워 올려놓던 곳이다. 우리말로는 불우리라고 한다.

습속으로 파드는 감정이입이 이루어지지 않을 때가 많다.

나는 이 아름다운 자리를 택하여 절집을 앉힌 지증대사의 안목에 깊은 경의를 표한다. 사실 건축에서 가장 중요한 것은 위치 설정, 이른바 로케이션이다. 부석사 무량수전과 병산서원 만대루가 건축적 아름다움으로 칭송받고 있는 것의 반은 자리앉음새에 있다. 우리나라 산사들이 그 산에서 가장 좋은 자리에 위치하고 있음은 개창조들의 땅을 보는 건축적 안목이 얼마나 높았던가를 실물로 말해주는 것이다.

그러나 좋은 자리를 잡았다고 해서 그것이 건축적으로 성공한다는 보장은 없다. 여기에서 건축적으로 더욱 중요한 것은 자연과 인공의 행복한 조화이다. 조용한 산세에는 소박하게, 화려한 산세에는 다채롭게, 호방한 산세에는 기세좋게 건물을 세운 것이 우리 산사 건축의 미학이다.

320

| **대웅전 기단석의 낙숫물받이** | 추녀의 물에 땅이 패는 것을 방지하기 위해 별도로 설치한 고급스런 장치이다.

전국 각 산사의 건축이 비슷한 것 같지만 자연과의 어울림은 모두가 저마다의 여건에 따라 이런 원칙이 지켜졌다.

봉암사를 창건한 지증대사도 이 점에 대한 심각한 건축적 고민이 있었다. 최치원이 지증대사비에서 증언한 바에 의하면 대사가 봉암사를 짓고 보니 산세에 눌려 사찰의 위용이 보이지 않는 것이 고민이었다고 한다. 그리하여 대사께서는 다음과 같은 건축적 조치를 내렸으니 이는 지증대사가 생전에 행한 여섯가지 옳은 일 중 네번째 사항이라고 했다.

기와추녀를 사각추 모양으로 치켜올려 그 지세를 누르고, 철불 2구를 주조하여 이를 호위케 하였다.
起瓦簷四注以厭之, 鑄鐵像二軀以衛之

다시 말해서 날카롭고 공격적인 네모뿔[四注] 형식의 기와처마로 지세를 눌렀고 불상도 석불이나 목불이 아니라 철불로 주조하여 절집의 권위를 다졌다는 것이다. 우리나라 전통건축이 자연과의 적합성에서 이처럼 적극적이었다는 사실을 지증대사의 봉암사는 웅변해주었던 것이다.

지증대사 당시의 절집 모습을 우리는 알 수 없지만 다른 절집에서는 볼 수 없는 두개의 석조물이 이 절의 디테일이 얼마나 뛰어났던가를 증언해주고 있다. 하나는 대웅전 앞마당에 있는 한쌍의 노주석(爐柱石)이다. 정료석(庭燎石) 또는 순한글로 불우리라고 하는 이 돌받침은 야간에 행사가 있을 때 관솔불을 피워 그 위에 얹어 마당을 밝히던 곳이다. 이런 불우리를 봉암사처럼 옛 모습 그대로 지니고 있는 곳은 흔치 않다. 평범한 구성으로 그 형태도 단순하지만 둥근 받침돌이 위로 오므라드는 긴장된 맛과 그 위에 얹힌 판석의 듬직스러움이 한 시대의 멋스러움을 유감없이 보여준다.

그리고 법당의 돌축대 아래에 있는 긴 석조 물받이통이다. 지붕의 낙숫물이 마당을 파놓는 것을 방지하기 위해 이처럼 아름답고 기능적인 물받침 홈통을 설치했으니 그 건물은 또 얼마나 멋스러운 것이었겠는가. 생각하면 할수록 지증대사의 안목에 감탄하게 되고, 겉으로는 드러나지 않으나 실제로는 자연과 인공의 조화를 위한 깊은 성찰과 고뇌가 담긴 우리 전통건축의 미학에 높은 자부심을 갖게 된다.

봉암계곡의 불적(佛跡)들

봉암사 경내를 벗어나 계곡을 따라 희양산 산속으로 1킬로미터쯤 가

| 마애보살입상 | 귀엽고 친숙한 인상의 이 고려시대 마애불은 월악산 미륵리 석불과 비슷한 지방양식이 나타나 있다.

| 야유암 | 봉암사 입구 너럭바위 한쪽 면에 새겨져 있는 이 글씨는 '밤에 노는 바위'라는 뜻에 걸맞게 풍류가 넘쳐흐른다.

노라면 백운대(白雲臺)라고 불리는 널따란 암반이 나온다. 겨울이면 암반 위가 얼음으로 덮이고 해빙이 되면 항시 손발을 담그기에도 미안스러울 정도로 맑은 냇물이 넓은 바위를 넘고 넘으면서 장중한 계류의 교향악을 연주한다. 조금 가다보면 암반 위쪽으로 집채만한 바위에 귀엽게 생긴 보살상이 돋을새김으로 새겨져 있어서 이 백운계곡은 더욱 성스러워 보인다. 전하는 말로는 환적선사가 평소에 발원기도하던 원불(願佛)이라고 하는데 그 조각의 됨됨이를 보면 고려시대 말의 솜씨이며 문경새재 너머 월악산 미륵리에 있는 석불과 통하는 지역적 양식으로 친숙한 인상이 그 특징이다. 마애불 아래쪽 암반은 그 아래가 또 암반인지라 어느 곳은 자갈로 두드리면 통통 하고 목탁소리를 낸다. 이 자리는 이미 움푹하게 파여 있는데 그 모든 것이 자연과의 어울림이니 봉암사의 명소 중 명소가 될 만한 곳이다.

마애불 한쪽에는 호쾌한 필치로 '백운대(白雲臺)'라고 새겨놓은 것이 있다. 이것을 사람들은 최치원 글씨라고 한다. 그러나 그것은 근거없는 거짓말이고 글씨체로 보아 조선후기 어느 선비의 솜씨임이 틀림없다.

봉암사 입구 원북마을 버스종점이 있는 계곡에는 버스 대여섯대가 주차할 수 있는 너럭바위가 있어서 그 위에 평상을 놓고 촌로들이 쉬고 있는 모습을 볼 수 있다. 이 너럭바위 아래쪽 단면에는 문짝만한 글자로 '야유암(夜遊岩)'이라고 새겨놓은 굳센 필치의 각자가 있고, 그 위로는 다 뭉개졌지만 '취적대(取適臺)'라는 글자가 새겨져 있다. 또 개울 건너 마을 쪽으로 가면 '고산유수 명월청풍(高山流水 明月淸風)'이라는 단정한 해서체의 각자도 있다. 그리고 이것이 모두 최치원 글씨라고 전한다. 그러나 이 역시 지증대사비의 최치원이 와전 내지 과장되어 생긴 말이며 모두 조선후기 선비들의 글씨다. 이런 각자(刻字)들은 조선시대 봉암계곡의 주인공은 수도하는 스님이 아니라 풍류를 즐기던 문인 묵객들이었음을 말해주는 것이다.

그중에서 나는 야유암, '밤에 노는 바위'라는 그 말의 풍류와 호쾌한 글씨체가 맘에 들어 전지 두 장을 붙이고 탁본을 하는데 갑자기 영감님들이 몰려와 자신들은 경주 최씨로 최치원유적보호회 사람이라며 탁본을 못하게 하였다. 이 또한 싸워서 될 일이 아니라 그날은 포기하고 그 다음번에 가서 탁본을 하여 내 연구실에 한동안 걸어놓았는데, 농담 잘하는 친구가 와서 하는 말이 내 연구실 지하에 있는 룸살롱에 납품하면 좋겠다고 하면서 혼잣말로 "하기사 이런 풍류를 알면 20세기가 아니지"라고, 내가 항시 하는 말을 흉내내며 눈웃음을 보냈다.

술이 익어갈 때는

봉암사가 일반인 출입을 금지하고 참선의 도량으로 된 것을 나는 속으로 경하해 마지않는다. 한때 정부에서 속리산 국립공원을 확장하여 희양산 일대를 편입시키려고 했을 때 봉암사의 반발과 저항으로 그것을 저지한 것을 아름다운 일로 생각하고 있다.

잘은 모르지만 참선의 터전은 그런 청정도량이라야 제 몫을 다할 것이라고 믿는다. 참선에 대한 나의 생각은 『육조단경』이나 『마조어록』 같은 선종의 고전이나 성철스님의 『백일선문』 같은 지침서를 읽어 아는 것이 아니라 답사회원 중 술을 빚는 여인에게서 계시로 얻은 것이 있다.

'가양주 9단'이라고 할 이분이 한번은 매실주를 가져와 저녁 회식에 선사했는데 그 향기로움에 취한 회원들은 너도나도 비결을 배우고자 하였다. 이 과묵한 가양주 9단은 느린 어조로 이렇게 설명해갔다.

여름에 매실을 따서 채에 받쳐 물로 서너번 헹군다. 이때 손으로 비비면 매실의 본성이 다치므로 단지 물로 먼지나 농약을 씻어내야 한다. 그것을 술과 6:4의 비율로 하여 오지독에 넣고 잘 봉한 다음 땅속에 묻으면 제일 좋고, 그렇지 못하면 지하실 같은 어두운 곳에 놓는다. 3개월이 지나면 오지독에서 매실은 건져내고 다시 오지독을 어두운 곳에 두었다가 1년이고 3년이고 시간이 지난 다음 꺼내 마시면 되는데 그 기간은 오랠수록 좋다. 왜냐하면 술이 숙성하는 것은 매실을 건진 다음부터이기 때문이다. 그리고 우리가 지금 마신 것은 5년이 지난 것이었다고 했다.

가양주 9단은 다시 회원들에게 복분자술·사과술·마늘술 등을 차례로 설명한 다음 질문을 받게 되었다. 한 회원이 왜 술독을 두는 곳이 어두운 곳이어야 하냐고 물었다. 술 담그는 집에 가보면 유리병에 넣어서 장식장 위에 꼭 늘어놓곤 하는데 어떤 근거로 어두운 곳을 강조하느냐고 따진 것이다.

그러자 이 조용한 가양주 9단은 느린 어조로, 그러나 단호한 자세로 반드시 어두운 곳이어야 한다면서 그 이유를 이렇게 대답하였다.

"술은 자기가 변해가는 모습을 남에게 보여주고 싶어하지 않아요."

그것은 술의 숙성원리이자 학문의 숙성원리이기도 하며 참선의 원리로 삼을 만한 것이었다.

1993. 3.

자연과 인공의 행복한 조화

중부휴게소 / 누정의 미학 / 소쇄원

중부휴게소의 피곤과 불쾌감

나 홀로 답삿길에 오르는 것이 아니라 관광버스 한 대를 빌려 한국문화유산답사회 식구들을 인솔하여 남쪽지방으로 답사를 떠날 때면, 나는 떠나가는 자의 홀가분한 해방감보다도 인솔자로서의 중압감에 심하게 짓눌린다. 그런 긴장 중에서 나를 가장 고통스럽게 하는 것은 서울을 과연 몇시간 만에 빠져나갈 수 있을까 하는 불안이다.

그동안 다녀본 경험에 의하면 그래도 중부고속도로가 경부고속도로보다 소통이 원활한 편이어서 나의 남쪽땅 답삿길은 강남의 한 백화점주차장에서 출발하여 중부고속도로를 타고 떠난다(지금은 천안논산 고속도로를 이용한다). 그리고 천신만고 끝에 서울을 벗어나 중부휴게소(현 음성휴게소)에 내려 첫 휴식을 취하는 순간에야 비로소 답사객의 자유로움을 맞이하게 된다. 그러나 중부휴게소는 나에게 그런 홀가분한 해방감을 안겨주는 반가운 곳은 결코 아니다. 거기에는 또다른 피곤과 불쾌감이 기다리고 있다.

중부휴게소는 하일 기점으로부터 80킬로미터 떨어진 곳, 서울에서 광주·곤지암·이천·호법·일죽을 지나 충청북도 음성군 삼성면 덕정리에 위치하고 있다. 서울 강남의 출발지로부터 제아무리 빨라야 한시간 반, 보통은 두시간이 되어야 도착하는 거리다. 유언비어에 의하면 5공의 실력자 측근이 실력을 발휘하여 총 112.8킬로미터 되는 중부고속도로상에 두군데 만들 휴게소를 하나로 통폐합시켜 그 이권을 독차지했다는 곳이다(훗날 이천휴게소가 생겼다).

인간은 동물이기에 생체의 리듬이 있다. 일상적인 움직임에서 벗어나 버스 속 의자에 가만히 앉아 있어야 하는 상황으로 바뀌면 곧 생체의 리듬이 맞지 않아 불편하고 힘들게 느낀다. 이 경우 적당한 시점에서 그 피곤함을 풀어주면 생체리듬은 바로 새로운 환경에 익숙해지게끔 되어 있는데, 중부휴게소는 차를 탄 지루함을 한참 느낀 다음에야 나타나는 비인간적·비생물적 위치에 세워진 것이다. 5공이 무너지고 6공이 들어선 한참 후에야 만남의 광장과 이천휴게소가 생겼지만 한동안 중부휴게소까지 가는 길은 항시 멀게만 느끼며 답사를 다녔다.

상업주의 공간배치의 영악스러움

중부휴게소 건물은 겉으로 보기엔 현대적인 멋이 풍기는 근사한 집 같지만 사용자 입장에서는 불편하고, 불결하고, 불쾌하기 짝이 없는 해괴한 공간배치를 하고 있다. 휴게소 화장실을 건물 중앙홀 안쪽에 설치하여 모든 통행자들이 중앙홀을 통과하도록 그 동선(動線)을 유도해놓은 것이다. 그리고 중앙홀 양쪽에서는 커피·사탕·호도과자 등을 팔고 있으니 구매를 촉발하는 구조로 이보다 영악스러운 공간배치는 없을 성싶다.

중부휴게소에 처음 내린 사람이 변소에 갈 때는 습관적으로 건물 옆쪽으로 가곤 한다. 차마 저렇게 번듯하게 생긴 집 안방자리에 뒷간이 모셔져 있으리라는 생각이 들지 않기 때문이다. 그래서 중부휴게소 긴 건물 양쪽 끝에는 "화장실은 중앙홀 안쪽에 있음"이라는 안내문이 짜증스런 글씨체로 씌어 있다. 오는 사람마다 변소 어디 있느냐고 묻는 것에 대한 신경질적 반응이다.

하나 신경질 낼 사람은 오히려 우리 같은 사용자 측이다. 왜 상식에 벗어난 구조를 만들어 사람을 헛걸음질시키며, 화장실에 가는 사람이 무슨 대단한 벼슬문에라도 들어가듯 중앙홀에 모여 있는 사람들을 밀치면서 가게 하여 남부끄럽게 만들었는가. 그리고 그 넓은 공간을 다 버려두고 요 구석만 바글거리게 해놓았는가.

중부휴게소 건물은 이른바 포스트모더니즘 경향의 건축물이다. 다원적 요소를 공존시키고 일상적 공간습관을 해체·변형시키며, 공간분할에 오픈 스페이스 개념을 확대하였다. 내용과 형식 모든 면에서 현대인의 골 아프고 뒤숭숭한 정서를 즉자적으로 반영하고 있는 셈이다. 그래서 중앙홀의 천장은 철빔으로 떠받쳐 으레 막혔다고 생각하는 천장을 시각적으로 노출시키고, 식당이나 커피숍이 있을 만한 자리에 뒷간을 모셔놓고, 드나드는 자와 쉬는 자, 물건 사는 자의 동선을 뒤엉키게 하고, 변소 입구엔 문짝도 달지 않아 해방감을 확대시킨다. 하지만 그 결과란 바글대는 메인홀과 변소의 배설물 냄새가 커피 판매대에까지 진동하는 도떼기장바닥처럼 된 것일 뿐이다.

포스트모더니즘은 독점자본주의사회의 한 문화이념이라더니 소유자의 철저한 상업주의는 승리하고 이용자의 편리성은 철저히 배제된 비공

공성의 공공건물이 되고 말았다.

중부휴게소 건물이 상행선과 하행선 모두 똑같은 설계로 되어 있다는 사실 또한 영악스러운 상업주의적 발상으로, 이용자인 우리들은 혹심한 정서 해독을 받게 된다. 두 건물을 똑같은 형태로 지으면 우선 설계비와 시공비를 많이 절감할 수 있다는 이점이 있고, 이용자에게는 이 휴게소의 이미지를 반복적으로 심어주어 광고효과를 증대시킬 수 있다.

그러나 서울을 떠나 지방으로 가는 사람과 지방에서 서울로 올라오는 사람의 정서는 아주 다른 것이다. 지금 같은 건물은 상행선 휴게소로서는 걸맞은 것일 수 있다. 이제 서울이 가까워졌다는 인상을 풍겨주면서 서울로 들어가면 이런 모던한 분위기를 맛볼 수도 있고 또한 정신없고 어지러운 일이 많게 될 것이라는 예고편으로서.

하나 하행선은 다른 것이다. 하행선에서는 누구나 서울이라는 괴물스럽고 지겨운 도회공간을 떠나 모처럼 만에 전원의 목가적 서정과 도드람산의 아리따운 봉우리를 대하면서 저마다 그 옛날의 향수와 화려한 재회를 맛보게 된다. 그런 연후에 하차한 휴게소, 그것이 왜 또 지겨운 도회의 감정을 유발해놓는단 말인가. 만약에 중부휴게소가 충청도 음성땅의 향토적 서정에 걸맞은 소담스런 분위기로 되어 있을 경우, 그것이 우리의 정서에 공헌하는 바는 이루 형언키 어려울 것이다.

중부휴게소 설계에서 가장 바보스런 오류는 이 집 화장실이 상행선과 하행선에서 남녀 위치가 다르게 되어 있다는 사실에서 그 극치에 이른다. 상행선은 남자가 좌측인데, 하행선은 여자가 좌측이다. 일반적 관습에 따를진대 좌남우녀(左男右女)가 보통이니 하행선이 잘못된 것이다. 하행선에서 무심코 고개숙이고 화장실을 향하던 아주머니, 할머니들이 출입구 앞에서 깜짝 놀라 뒤돌아서는 모습이 곧잘 눈에 띄는 것은 이런 습관에 익어 있기 때문인 것이다. 아! 정말로 슬픈 일이다. 어쩌다 이 시대 문화능력은 변소 하나 제대로 짓지 못하는 실력이 되고 말았는가!

나는 중부휴게소의 이런 영악스러움과 용렬스러움이 단순히 건물주와 건축가의 생각이 모자라서 그렇게 되었다고만은 생각지 않는다. 이런 건물이 버젓이 세워져도 그 불편과 불쾌감을 느끼지 못하고 사는 우리들, 나아가서는 이런 식으로 유식한 척해야 잘 지은 집이라고 생각하는 모더니즘 증후군이 이런 위치에 이런 건물을 짓도록 시킨 것이라고 생각한다. 그 점에서 나를 포함한 20세기 우리시대 인간 모두가 이 허구성의 공범인 셈이다.

나는 지금 전라도 담양땅에 무리지어 있는 옛 정자와 원림을 찾아가고 있는 길이다. 가서 우리가 보고 느낄 것이 하나둘 아니겠지만, 무엇보다도 인간과 자연의 행복한 조화관계만은 틀림없이 배우게 될 것이다. 그러한즉 거기로 가는 길목에 들른 중부휴게소의 모습은 유식해 보이기는커녕 오히려 생각이 퍽이나 가난한 사람들의 건조물이라는 참괴감마저 슬프게 일어나는 것이다.

누정의 미학

광주직할시의 동북 방향, 무등산 북쪽 기슭과 맞대고 있는 담양군 고서면과 봉산면 일대에는 참으로 많은 누각과 정자 그리고 원림 들이 곳곳에 자리잡고 있다. 면앙정(俛仰亭), 송강정(松江亭), 명옥헌(鳴玉軒), 소쇄원(瀟灑園), 환벽당(環碧堂), 취가정(醉歌亭), 식영정(息影亭), 거기에 송강 정철의 별서(別墅)까지 들러보는 답사코스는 조선시대 조원(造園)의 아름다움을 맛볼 수 있는 황금코스이며, 이른바 조선시대 호남가단(歌壇)이라 불리는 가사(歌辭)문학의 본고장이니 국문학도들에게는 필수의 답사코스가 된다.

우리나라에는 일찍부터 정자문화가 발달해왔다. 16세기, 중종연간에 편찬된 『신증동국여지승람』에 기록된 이름난 누정(樓亭, 누각과 정자)의 수가 885개나 될 정도이다. 그리고 그 숫자의 반이 영남과 호남에 퍼져 있는 데서 드러나듯 따뜻한 남쪽에서 더욱 발달했다.

정자는 휴식처이자 사람이 모이는 공간이다. 한가할 때 홀로 거기에서 휴식을 취하거나 마음을 정리해보기도 하고, 때로는 여럿이 오붓하게 모여 정서를 교감하고 흥을 돋우었던 장소인 것이다. 재미나는 이야기로 길고 무더운 여름밤을 보내기도 했고, 정치적 문제를 놓고 열띤 토론을 벌이기도 했고, 기분이 나면 노래 한 곡 뽑기도 했다. 게다가 조선시대 지식인들은 흥이 나면 언제고 시 한 수쯤은 거뜬히 지어낼 수 있을 정도로 문학의 생활화가 이루어져 있었다. 마치 우리시대의 사람들이 유행가를 부르듯이 그들의 시작(詩作)은 일반화되어 있었던 것이다. 그러니 옛 정자는 문학의 산실이기도 했다. 이것이 곧 우리가 정자문화라고 부르는 내용이다.

이러한 정자를 세우는 데 가장 중요한 사항은 말할 것도 없이 위치 설정이었다. 마을 어귀 사람들이 편안히 모일 수 있는 한쪽켠, 전망이 좋은 언덕, 강변의 한쪽…… 우리가 지나가다 잠시 머물고 싶은 생각이 드는 곳에는 여지없이 정자가 세워져 있다.

답사의 초보자들은 이름난 정자에 다다르면 정자의 건물부터 유심히 살핀다. 그렇게 하는 것이 답사라고 생각하는 습성 때문이다. 그러나 중요한 것은 그 건물이 아니라 위치이니 정자의 누마루에 걸터앉아 주변을 조용히 둘러보는 맛, 그것이 본질인 것이다.

뿌리깊은 이 정자문화는 오늘날 동네마다 아파트마다 세워진 노인정으로 계승됐다면 계승됐다. 하지만 정자를 세우던 마음은 계승되지 않았다. 아파트 노인정이야 어쩔 수 없다 치더라도 팔팔고속도로에서 지리산휴게소가 답답한 산골에 자리잡은 꼴이나, 중부휴게소·망향휴게소에서 정자를 세워놓은 곳이 본건물 저 위쪽, 그러니까 휴게소에 내린 사람들이 일삼아 올라가기 전에는 발길이 닿지 않는 구경거리로서의 정자일 뿐이니 그것을 사용하면서 일구어내는 정자문화는 없는 셈이다. 전통의 겉껍질만 흉내내고 본질을 상실한 대표적인 사례가 바로 우리시대 정자문화인 것이다.

원림의 미학

원림(園林)으로 말할 것 같으면 그 의미와 미학이 더욱 깊어진다. 원림이란 일종의 정원이라고 해야겠는데 원림과 정원의 뜻은 사뭇 다르다. 정원(庭園)이라는 말은 일본인들이 메이지시대에 만들어낸 것으로 우리에게 식민지시대에 이식된 단어다. 그래서 1982년 '한국정원학회'가 창립되면서 공식적으로 채택한 표기는 정원(庭園)이 아니라 정원(庭苑)이다. 고려·조선시대에는 가원(家園), 임원(林園), 화원(花園), 임천(林泉), 원림(園林), 궁원(宮苑) 등이 두루 쓰였다. 그 표현이야 어찌됐든 정원이 일반적으로 도심 속의 주택에서 인위적인 조경작업을 통하여 동산(園)의 분위기를 연출한 것이라면, 원림은 교외—옛날에는 성밖(城外)—에서 동산(園)과 숲(林)의 자연상태를 그대로 조경으로 삼으면서 적절한 위치에 집칸과 정자를 배치한 것이다. 그러니까 정원과 원림에서 자연과 인공의 관계는 정반대로 된다. 우리가 찾아갈 소쇄원과 명옥헌은 정원이 아닌 원림인 것이다.

인간은 사물을 통하여 언어를 만들어낸다. 그리고 반대로 언어를 통하여 사물을 인식하게 된다. 그리하여 어휘력은 인간정신의 고양과 정서의 함양에 크게 기여한다. 뿐만 아니라 풍부한 어휘력은 사물에 대한 관찰

과 인식이 남다름을 의미하는 것이기도 하다. 예를 들어 에스키모인들은
눈(雪)의 종류를 70여가지로 분류한다고 하니 열대인이 알고 있는 눈과
는 너무도 큰 차이가 있는 것이다.

정원이라는 단어를 알고 있는 사람은 그 단어만 들어도 그것이 내포하
는 의미와 사례와 서정을 일으킬 수 있다. 마찬가지로 원림이라는 낱말
뜻을 알게 된 현명한 독자들은 그 정취가 얼마나 풍성할까를 능히 상상
해낼 수 있으리라 믿는다. 그런 의미에서 원림을 본 일이 없을지언정 원
림이라는 단어를 알고 있다는 사실 자체가 우리시대의 각박한 일상 속에
서 상큼한 청량제 역할을 할 수 있다. 그러나 원림이라는 단어는 이미 죽
어버린 지 오래된 낱말이며 어느 국어사전에도 이 낱말풀이를 제대로 해
낸 것이 없다. 이런 현상을 나는 항상 가슴 아프게 생각하고 있다.

전라남도 담양군 남면 지곡리, 광주직할시 무등산 북쪽 산자락과 마주
한 이 동네에는 증암천이라는 제법 큰 냇물이 저 아래쪽 광주댐의 너른
호수로 흘러들어간다. 이 지곡리 일대에는 소쇄원, 식영정, 환벽당, 취가
정이 냇물 좌우 언덕에 자리잡아 서로가 서로를 마주보고, 비껴보고 있
으니 이 유서깊은 동네의 풍광을 내가 자세히 묘사하지 않아도 단박에
느낄 수 있으리라 믿는다. 그중에서도 소쇄원은 현존하는 우리나라 원림
중에서 단연코 으뜸이라 할 것이니 이번 답사기의 하이라이트는 바로 여
기가 된다.

소쇄원의 조영 내력

소쇄원을 조영한 분은 양산보(梁山甫, 1503~57)였다. 양산보의 본관은
제주, 자는 언진(彦鎭)이라 했으며 연산군 9년에 이곳에서 양사원(梁泗
源)의 세 아들 중 장남으로 태어났다. 부친의 행적은 확실히 알려진 바 없

| 대봉대 | 입구가 항시 열려 있는 소쇄원으로 들어서면 제일 먼저 만나는 건물이 대봉대이다. 초가 정자로 방문객은 여기에 걸터앉아 소쇄원의 전경을 살필 수 있다. 대문이 따로 없는 열린 공간이다.

는데 그의 호가 창암(蒼巖)이라 하여 그 동네를 창암촌이라 부른다.

　양산보는 나이 15세 되던 1517년에 아버지를 따라 서울로 올라가 정암(靜庵) 조광조(趙光祖, 1482~1519)의 문하생이 되었다. 그 2년 뒤인 1519년 스승 조광조가 대사헌으로 있을 때, 현량과(賢良科)를 실시하여 자기 문하의 이른바 신진사류를 대거 등용시킨 일이 있었는데 양산보도 이때 급제하였다. 그러나 바로 이해에 조광조가 능주로 유배되는 기묘사화가 일어남으로써 양산보는 낙향하여 창암촌으로 되돌아왔다. 조광조의 제자인 학포 양팽손이 화순으로 낙향한 것도 스승의 유배처 가까이로 따라온 것이듯 양산보도 스승을 따라 내려온 것이었다. 그러나 조광조는 결국 그해 겨울에 사약을 받아 죽었으며 이후 양산보는 두문불출하고 55세로 일생을 마칠 때까지 고향에서 은일자적한 삶을 보내게 되었다. 그를 처사공(處士公)이라고 부르게 된 것도 이런 연유였다.

양산보가 낙향한 후 언제부터 이 소쇄원을 짓기 시작했는지는 확실치 않지만 정동오 교수는 『한국의 정원』(민음사 1986)에서 30대에 초가정자를 짓기 시작한 후 40세 때 면앙정의 송순(宋純)의 도움으로 소쇄원을 완성한 것으로 추정하고 있다. 조선건축사 내지 조선정원사 연구에서 소쇄원의 창건연대를 밝히는 것은 중요한 과제인데, 송강(松江) 정철(鄭澈, 1536~93)이 쓴 「소쇄원 초정(草亭)에 부치는 시」에 이렇게 언급되어 있다.

> 내가 태어나던 해에 이 정자를 세워
> 사람이 가고 오고 마흔 해로다.
> 시냇물 서늘히 벽오동 아래로 흐르니
> 손님이 와서 취하고는 깨지도 않네.

송강이 태어난 해가 1536년이니 양산보의 이때 나이는 34세, 지석촌으로 낙향한 지 17년 되던 해다. 송강이 이 시를 쓴 1575년은 그가 소쇄원 옆 지실마을로 잠시 낙향해 있을 때였다.

소쇄원에 관한 기록은 비교적 풍부한데 『소쇄원사실(事實)』에 실려 있는 「처사공실기(處士公實記)」를 보면 그의 은일자적 자세와 소쇄원 조성 배경을 엿볼 수 있다.

선생은 일찍이 도연명(陶淵明)과 주무숙(周茂叔)을 존경하여 도연명의 「귀거래사(歸去來辭)」와 주무숙의 「애련설(愛蓮說)」 같은 책을 항시 서재 좌우에 두고 있었다고 한다. 도연명을 좋아한 것은 그가 은일처사의 모범이었기 때문일 것이며 주무숙은 그의 은사 조광조가 흠모한 분이

| 광풍각 | 소쇄원의 중심이 되는 계곡의 한가운데에 단칸 정자를 짓고 광풍각이라고 했다. 두 사람이 겨우 누울 수 있는 작은 방은 겨울철 난방을 고려함이고, 사방으로 둘러져 있는 마루는 여름날을 위함이다.

라는 사실 때문이었다.

소쇄원의 뜻과 그 정신

양산보가 원림의 이름을 소쇄원이라 하고 사랑채와 서재가 붙은 집을 '제월당(霽月堂)', 계곡 가까이 세운 누정을 '광풍각(光風閣)'이라고 한 것은, 송나라 때 명필인 황정견이 주무숙의 인물됨을 "흉회쇄락 여광풍제월(胸懷灑落 如光風霽月)" 뜻을 새기자면, "가슴에 품은 뜻의 맑고 맑음이 마치 비 갠 뒤 해가 뜨며 부는 청량한 바람과도 같고 밝은 날의 달빛과도 같네"라고 한 데에서 따온 것이다.

그리고『처사공실기』에는, 양산보가 어렸을 때 이곳 계곡에서 놀다가 물오리가 헤엄치는 대로 따라올라가게 되었는데 지금 소쇄원 자리에 이르자 작은 폭포와 못을 이루며 계곡이 깊어지고 주위의 풍광이 너무도 수려하여 거기에서 미역도 감고 이리저리 뛰놀며 언젠가는 여기에 와서 살 뜻을 세웠다고 전한다. 그후 사화로 낙향하게 되자 이 소쇄원을 만들게 되었는데, 그는 자손들에게 "절대로 남에게 팔지 말 것"과 "돌 하나 계곡 한구석 내 손길, 내 발자국 닿지 않은 곳이 없으니 하나도 상함이 없게 할 것"을 당부하였다고 한다. 옛날 당나라 때 이덕유(李德裕)가 평천장(平泉莊)을 만들고 그랬다는 사실을 환기시키면서.

세월이 흘러 소쇄원의 집들은 낡고 헐어 무너지고 게다가 전란 속에 피해를 입어 옛 모습을 잃었지만, 1755년에 이 원림의 구조와 건물배치를 자세히 그린「소쇄원도」를 목판화로 남겨두어 우리는 그 원모습을 남김없이 복원해볼 수 있게 되었다. 더욱이 퇴락해버렸을지언정 그 분위기는 그대로 살아있어 조선시대 원림 중 가장 보존상태가 좋은 것으로 평가되며, 그 후손들은 15대째 내려오도록 처사공의 유언대로 남에게 팔지

| **제월당** | 양지바른 언덕에 사랑채와 서재를 겸한 제월당이 이 집의 주건물이다.

않았다.

　1975년 소쇄원은 전라남도 지정문화재가 되었고, 1983년에 사적 304
호로 지정되어 이제는 나라가 인정해준 유적으로 그 생명은 나라와 함께
하게 되었다. 그러나 걱정이 없는 것은 아니다. 몇해 전 문화재관리국에
서는 소쇄원을 손질하여 외나무다리도 보수하고 무너진 초가정자인 '대
봉대(待鳳臺)'도 복원하였는데, 제법한 솜씨로 다듬기는 했으나 5,6년 전
손대기 이전만 하려면 어림도 없다. 그래서 나는 항시 우리시대의 문화
능력으로는 옛 유적에 손대지 않는 것이 최상의 보존이라고 생각하고 있
는 것이다.

　이런 상황인데 어느날 「소쇄원도」에 입각한 복원계획이라도 세워지는
날이면 소쇄원도 끝장날 것이 분명하니 그것이 걱정스럽다. 게다가 몇
해 전에는 「소쇄원도」 목판본 원판을 도둑맞았다고 한다. 모든 게 유명해

| 화단을 2단으로 쌓은 매대 | 담벽에는 훗날 송시열이 '소쇄처사 양공지려'라는 일종의 문패를 써서 달게 했다.

져서 생긴 재앙이라고 해야 할 것인가.

소쇄원 원림은 현재 1,400평. 계곡을 낀 야산에 조성되었다. 이 원림의 마스터플랜은 양산보가 어린 시절에 미역 감으며 뛰놀았다는 너럭바위로 흐르는 계곡이 갑자기 골이 깊어지면서 작은 폭포와 못을 이루는 부분을 중심으로 삼았다. 그 옆에 '광풍각'이라는 정자를 짓고, 위쪽 양지바른 곳에는 사랑채와 서재를 겸한 '제월당'을 세웠다. 또한 지석촌 마을과는 기와를 얹은 흙돌담을 ㄱ자로 돌려 차단하고, 한쪽에는 화단을 2단으로 쌓아 매화와 꽃가지를 심은 '매대(梅臺)'를 설치하였다.

계곡의 자연스런 흐름에 인공을 가하여 못을 넓히고 물살의 방향을 나무홈통으로 바꾸어 수차(水車)를 돌리기도 하며 물확을 만들어 물고기들이 항시 거기에 모이게도 하였다.

여름날에 시원스런 벽오동과 목백일홍, 봄날에 아름다운 꽃이 피는 매

| 돌다리담장 | 흙돌담 밑으로 개울이 흘러갈 수 있도록 설계하여 자연을 거스르지 않는 인공미를 절묘하게 연출했다.

화와 복사나무, 가을날 단풍이 진하게 물드는 단풍나무가 적절히 배치되어 계절의 빛깔까지 맞추었으니 그 조원의 공교로움을 나는 이루 다 묘사할 수가 없다.

소쇄원의 아름다움을 글로써 형언키 어려운 것은 나뿐만이 아니었다. 기대승(奇大升), 송순, 정철, 백광훈(白光勳), 고경명(高敬命), 김인후(金麟厚)라면 당대의 명유(名儒), 명문(名文), 명류(名流)라 할 것인데 그들이 모두 소쇄원을 찬양한 시를 남긴 분들이니 이로써도 소쇄원의 성가가 얼마나 높았는가를 증명할 수 있다. 특히 양산보와 사돈간이었던 김인후는 소쇄원을 48가지로 노래하고도 모자라서 10편의 시를 또 지었으니 알 만한 일이 아닌가.

그중에서 「꿈에 소쇄원을 노닐다」라는 시를 지은 바 있던 고경명이 1573년에 쓴 『유서석록(遊瑞石錄)』은 내가 못다 표현한 소쇄원의 구조와 아름다움을 대신해줄 것으로 믿는다.

소쇄원은 양산인 모씨의 구업(舊業)이다. 계곡물이 집 동쪽으로부터 와서 문과 담을 통해 뜰 아래를 따라 흘러간다. 위에는 외나무다리가 있는데 외나무다리 아래의 돌 위에는 저절로 웅덩이가 이루어져 이름하여 조담(槽潭)이라 한다. 이것이 쏟아져서 작은 폭포가 되니 영롱함이 마치 가야금, 거문고 소리 같다. 조담 위에는 노송이 서려 있는데 마치 덮개가 기울어 못의 수면을 가로 지나가듯 한다. 조그만 폭포의 서쪽에는 작은 집이 있는데 완연히 그림으로 꾸민 배 모양이다. 그 남쪽에는 돌을 포개어 높여서 작은 정자를 지었으니 그 모습을 펼치면 우산과 같다. 처마 앞에는 벽오동이 있는데 해묵은 연륜에 가지가 반이 썩었다. 정자 아래에는 작은 못을 파서 쪼갠 나무로 계곡물을 끌어 여기에 대었다. 못 서쪽에는 연못이 있는데 돌로 벽돌을 깔아 작은 못의 물을 끌어 대나무 아래로 지나게 하였다. 연지의 북쪽에는 또 작은 방아가 있다. 어느 구석을 보아도 수려하지 않은 곳이 없으니 하서 김인후는 이를 48가지로 노래하였다.

자연과 인공의 행복한 조화

소쇄원 원림은 결국 자연의 풍치를 그대로 살리면서 곳곳에 인공을 가하여 자연과 인공의 행복한 조화공간을 창출한 점에 그 미덕이 있는 것이다.

| 소쇄원 계곡 | 소쇄원 원림은 계곡의 자연스런 흐름에 인공을 가해 못을 넓히고 물살의 방향을 나무홈통으로 바꾸어 수차를 돌리기도 했다.

소쇄원에 설치된 집과 담장 그리고 화단과 물살의 방향 바꿈 그 모두가 인공의 정성과 공교로움을 다하고 있지만 사람의 손길들은 자연을 정복하거나 자연을 경영한다는 느낌이 아니라 자연 속에 행복하게 파묻히고자 하는 온정을 심어놓은 모습이기에 우리는 조선시대 원림의 미학이라는 하나의 미적 규범을 거기서 배우고 감탄하게 되는 것이다.

소쇄원에 처음 가보는 사람들은 우선 길이가 50미터나 되는 기와지붕을 얹은 긴 흙돌담의 아이디어에 놀라게 된다. 가지런하게 잘 쌓은 이 흙돌담은 소쇄원과 지석마을을 갈라놓는 경계 구실을 하고 있지만, 안에서 바라볼 때는 소쇄원을 더없이 아늑한 공간으로 감싸주는 기능을 한다. 본래 자연 그대로의 상태라는 것은 두려움 내지 무서움을 유발한다. 그러나 인간의 손길이 적절히 닿아 있을 때 우리의 정서는 안정을 찾는다. 그러니까 담장은 외부공간과의 차단, 온화한 내부공간의 조성, 자연에 가한 인간의 손길이라는 3중효과를 갖고 있다.

그런데 담장에는 필연적으로 폐쇄감이 있기 마련이니 자연과 인공의 조화로움을 파괴할 소지가 거기에 도사리고 있는 것이다. 그 문제를 소쇄원은 두가지 방법으로 해결하였다. 하나는 대문이 없는 개방공간, 이른바 오픈 스페이스로 풀어버린 것이다. 또 하나는, ㄱ자로 둘러친 담장의 북쪽편은 계곡을 가로지르게 되어 있는데 마치 돌다리를 놓듯이 받침돌이 담장을 고이고 있어서 담장 밑으로 냇물이 자연 그대로 흐르게 해놓은 것이다. 절묘한 개방성이며, 자연을 거스르지 않겠다는 인공의 겸손이 바로 이런 곳에서도 드러나고 있는 것이다. 그래서 김인후는 「소쇄원 48영가(詠歌)」 중 「담장을 뚫고 흐르는 계곡물」에서 이렇게 노래하였다.

걸음 걸음 물결을 보며 걷자니
한 걸음에 시 한 수 생각은 깊어지는데

흐르는 물의 근원을 알 수 없으니
물끄러미 담장 밑 계류만 바라보네.

이 천연스러움의 발상이 어떻게 가능했을까를 생각해본다. 양산보는 건축가가 아니었다. 그럼에도 어느 조원설계가보다도 탁월한 구상과 섬세한 디자인을 보여준 슬기와 힘이 어디에서 나왔을까?

나는 이것을 조선시대 사대부문화의 위대한 강점이라고 생각하고 있다. 사대부는 군자로서 살아가는 길을 끊임없이 반성하면서 삶을 영위하는 확고한 도덕률을 갖추고 있었다. 그들이 지향한 바는 전문인·기능인이 아니라 총체적 지식인으로서 문사철(文史哲)을 겸비한 사람이었으며, 그리하여 그 지식으로 세상을 경륜하고, 그 안목으로 시를 짓고 거문고를 뜯고 글씨를 쓰고 집을 짓고 사랑방을 디자인하였던 것이다. 심지어는 전쟁조차도 전문성보다는 총체성에 입각하여 대처했던 것이다.

우리시대의 전문인들이 잃어버린 바로 그 총체성을 우리는 이곳 소쇄원에서 배워 마땅할 것이다.

소쇄원의 어느 겨울날

나는 이 글을 쓰면서 소쇄원의 구조를 낱낱이 설명하는 일을 애시당초 포기해버렸다. 그것은 내 능력 밖의 일이기도 하거니와 문자매체로는 불가능한 일이라고 생각했기 때문이다. 그렇다고 나는 독자의 상상력에 맡겨버릴 의사가 있는 것도 아니다.

인간의 상상력과 창의력은 꽤나 근수가 나갈 것 같지만 알고 보면 별것 아닌 것이 그것이다. 어떤 화가도 자연 속의 풍경 그 자체의 맛을 만분의 일도 못 잡아내며, 어떤 소설가의 상상력도 광주민중항쟁이나 6월혁

| **소쇄원 입구 대밭** | 소쇄원 입구는 이처럼 시원스런 대밭으로 이어져 답사객들은 초입부터 청신한 기분을 만끽하게 된다.

명의 파국과 대전환을 드라마로 꾸며내지 못한다.

그러나 모방과 경험에 기초한 상상력과 창의력은 거의 무한대에 가까운 것이니 겸재의 「박연폭포」 그림이나 벽초의 『임꺽정』, 나관중의 『삼국지』는 실경이나 사실보다도 엄청난 감동으로 우리 가슴속에 깊이 각인된다. 만약에 당신이 소쇄원이나 윤선도가 보길도에 지은 부용동 원림 같은 것을 본 다음에는 그보다 더 훌륭한 원림을 조영할 수도 있겠지만 한번도 본 일이 없는 상태에서 함부로 원림을 상상할 일이 아니다. 소쇄원 원림에 대한 당신의 상상은 아마도 입구부터 틀릴 것이다.

소쇄원의 입구는 울창한 대밭으로 시작된다. 여기는 담양땅, 우리나라 죽림의 종가터가 아니던가. 하늘을 찌를 듯이 뻗어오른 수죽(脩竹)의 안쪽은 언제나 어둠에 덮여 그 깊이를 좀처럼 알 수 없다. 한여름 아무리 무더운 남도의 땡볕이라도 소쇄원 들어가는 길의 대밭에서는 청신한 그늘

348

이 더위를 씻어준다. 어쩌다 소슬바람이 불어 댓잎끼리 스치는 소리라도 가볍게 들리면 그것은 영락없이 대청마루에 올라서는 여인의 치마 끄는 소리와 같다. 그러나 나는 소쇄원의 겨울을 더 좋아한다.

1985년 겨울, 유난히도 눈이 많이 내린 섣달 스무날, 나는 처음으로 문화유산답사의 인솔자가 되어 그림 그리는 친구와 후배 그리고 젊은 미술학도 45명을 이끌고 남도를 순례하는 첫 기착지로 소쇄원에 들렀다. 그때 나의 답사팀 모두는 소쇄원 입구 대밭으로 들어서는 순간 집단적으로 탄성을 질렀다. 천지가 하얗게 눈으로 덮인 세상에 대밭만이 의연히 청정한 푸른빛을 발하고 있음에 대한 감동이었을 것이다. 대나무가 겨울에도 푸르다는 것이야 모를 리 있었으리요마는 모두가 상상을 초월하는 이 황홀한 실경에 감복한 것이었다.

그런데 그때 답사객 중에는 연세대 한국어학당에 다니던 말레이시아 학생이 한명 있었다. 그는 소쇄원 대밭에 감탄하는 일행들을 이상하다는 듯이 쳐다보면서 하는 말이 "대나무가 이렇게 작은 것도 있네요. 말레이시아 대나무는 전신주보다 더 굵어요" 하며 두 손을 펴서 한아름 안아보이는 것이었다. 그 바람에 답사객들은 한바탕 웃으면서 모처럼의 흥취를 잃어버리고 "김샜다"를 연발하고 말았다. 그 대신 그 말레이시아 학생이 그때 큰 감동을 받은 것은 하얀 눈이었다고 했다. 그는 스노우(snow)라는 단어와 사진만 보았을 뿐 생전에 처음 보는 눈이 이렇게 아름다운 줄은 정말 몰랐다고 몇번이고 되뇌곤 했다. 인간이 자연환경의 차이에서 일으키는 문화적 반응의 상위점이 이토록 편차가 크다는 확인이기도 했으며, 경험에 기초하지 않은 상상력은 보잘것없다는 또다른 증거이기도 했다.

1992. 3.

* 초판이 나온 뒤 나는 소쇄원의 양재영님으로부터 긴 편지를 받았다. 소쇄공의 15대손으로 오직 사명감으로 관리해오고 있다는 양재영님은 나의 글로 인하여 관리의 한계를 느낄 정도로 관람인파가 몰려들어 관람객이 지켜야 할 질서와 공중도덕을 환기시켜달라는 부탁도 해왔다. 양재영님은 내 글의 몇가지 오류에 대하여 가르침을 주어 그것을 모두 정정하였는데, 그중의 두 항목은 고치지 않았다. 소쇄원의 면적이 『소쇄원사실』에는 3정보(약 1만평)로 기록되어 있지만 현재는 1,350평만 등록되어 있고 원림 자체의 면적도 그 정도인지라 나는 약 1,400평으로 적었던 것이다. 소쇄원의 건립연대 문제에서 『소쇄원사실』에는 김억령과 김인후가 1527년에 쓴 시와 기록이 있음을 내게 환기시켜주었으나, 나는 그때 과연 이 원림이 조영되었는가는 의문인지라 정철의 시로써 1536년으로 추정하는 주장을 그대로 남겨두고 독자에게도 이런 제설이 있음을 알려둔다. 아울러 양재영님께 감사와 사과의 말씀을 올린다.

자미탄의 옛 정자를 찾아서
식영정 / 서하당 / 환벽당 / 취가정 / 명옥헌

잃어버린 자미탄의 여름

소쇄원·식영정·취가정·환벽당을 양품에 안고 광주댐 너른 호수로 흘러 들어가는 증암천을 그 옛날에는 자미탄(紫薇灘)이라 불렀다. '자미'는 목백일홍나무의 별칭이고 '탄'은 여울이라는 뜻이니 개울 양옆으로 늘어선 목백일홍의 아름다움으로 얻은 이름일 것이다.

목백일홍은 순우리말로는 배롱나무라고 부르는데 따뜻한 남쪽이 원산지여서 차령산맥 북쪽에서는 정원수로 가꾸기 전에는 살 수 없다. 그래서 나 같은 서울사람은 배롱나무의 아름다움이 차라리 남녘에 대한 향수의 상징같이 각인되어 있다.

배롱나무는 낙엽교목 또는 관목으로 분류될 정도로 키가 크지 않은 나무이다. 하지만 해묵은 배롱나무에는 작은 기인과도 같은 늠름한 기품이

배어 있다. 줄기는 약간 경사지게 구부러지면서 자라고, 가지는 옆으로 넓게 퍼져서 불균형의 부정형을 이룬다. 그런데 그 줄기와 가지는 아주 단단하고 매끄럽고 윤기가 나면서 고귀한 멋이 가득하여 한 터럭의 속기 (俗氣)도 없고 한편으론 가벼운 색태(色態)를 드러내는 날렵한 멋으로 가득하다. 잎이 다 떨어진 겨울날의 배롱나무는 나신(裸身)과도 같아서 어찌 보면 뼈마디를 드러낸 무용수의 몸매 같기도 하고, 사람의 손이 닿으면 가지 끝을 파르르 떤다고 부끄럼나무라고도 하고 간지럼나무라고도 한다. 일본사람들은 이 배롱나무를 사루스베리(さるすべり), 원숭이도 미끄러지는 나무라고 부른다.

배롱나무의 진짜 아름다움은 한여름 꽃이 만개할 때이다. 배롱나무꽃은 작은 꽃송이가 한데 어울려 포도송이를 올려세운 모양으로 피어나는데 7월이 되면 나무 아래쪽부터 피어오르기 시작하여 9월까지 100일간 붉은 빛을 발한다. 그래서 백일홍이라는 이름이 붙었고, 저 꽃이 다 지면 벼가 익는다고 해서 쌀밥나무라는 별명도 얻었다. 탐스런 꽃송이가 윤기나는 가지 위로 무리지어 피어날 때면 그 화사함에 취하지 않을 인간이 없다.

본래 화려함에는 으레껏 번잡스러움이 뒤따르게 마련이지만 배롱나무의 청순한 맑은 빛에서는 오히려 정숙한 분위기마저 느끼게 되니 아무리 격조 높은 화가인들 이처럼 맑은 밝고 화사한 색감을 구사할 수 있을 것인가.

나는 배롱나무꽃이 한여름 땡볕에 피어난다는 사실에 더욱 큰 매력을 느낀다. 춘삼월이 되면 대부분의 나무는 잎이 채 나기도 전에 앞을 다투어 꽃부터 피우며 갖은 맵시를 자랑하다가 5월이면 벌써 연둣빛 신록에 묻혀버리고 마는데, 배롱나무는 그 빛깔 있는 계절에는 미동도 하지 않고 묵묵히 자신을 준비하고서는 세상이 꽃에 대한 감각을 잃어갈 즈음에 장장 석달하고도 열흘을 피어보이니 인간세상에서 대기만성하는 분들의 모습이 그런 것 아닌가 싶기도 하다. 그래서 나는 배롱나무를 볼 적이면 곱디곱게 늙은 비구니 스님의 잔잔한 미소 같은 청아(淸雅)한 기품을 느끼곤 한다.

그런 배롱나무가 지금 증암천변에서는 자취를 감추었다. 아마도 신작로를 낼 때 베어졌을 것이며, 천변에 시멘트 방죽을 쌓으면서 베어지기도 했을 것이다. 식영정의 옛 주인이던 석천(石川) 임억령(林億齡)이 쓴 시「배롱나무꽃 핀 여울」에서는 "누군가 가장 아끼던 것을 산 아래 시내에다 심어놓았구나"라고 하였으니, 옛사람은 없던 배롱나무도 새로 심어놓았건만 우리는 어찌하여 '잃어버린 자미탄의 여름날'을 안타까워하는 쓸쓸한 신세가 되었다. 정녕 우리시대의 정서가 이처럼 삭막한 것이란 말인가.

식영정, 그림자가 쉬고 있는 정자의 숨은 뜻

자미탄 여울가에 있는 정자 중 언덕배기 벼랑에 위치하여 가장 좋은 전망을 갖고 있는 것은 식영정(息影亭)이다. 별뫼라고도 부르는 성산(星山)을 마주 대한 탁 트인 자리에 정면 두 칸, 측면 두 칸의 골기와 팔각지붕에 한 칸짜리 서재와 넓은 툇마루로 구성된 정자이다.

주위에는 아름드리 노송이 에워싸고 있는데 훤칠하게 뻗어올라간 모습이 그렇게 시원스럽고 아름답게 보일 수가 없다. 낙락장송이라는 말에 어울리는 듬직한 소나무도 있고, 마치 이상좌(李上佐)의「송하보월도(松下步月圖)」에 나오는 멋쟁이 소나무, 곁가지가 현애(懸崖)를 치며 늘어지는 꺾임새를 자랑하는 소나무도 있다. 그리고 뒤뜰로 돌아서면 배롱나무 노목들이 몇 그루 심어져 있으니 자미탄의 옛 모습을 여기서 상상해볼 수도 있다.

| 식영정의 노송 | 식영정 주위에는 이처럼 멋진 노송이 몇 그루 둘러져 있다. 그러나 그 앞에 성산별곡 시비가 무지막지하게 설치되어 그 운치를 해치고 말았다.

식영정 툇마루에 앉아 절벽 아래쪽 자미탄 여울을 내려다보면, 아직도 그물을 갖고 물고기를 잡는 동네아이들을 볼 수도 있고, 천둥벌거숭이로 미역감는 모습이 펼쳐질 때도 있다. 시야를 멀리 여울 아래쪽으로 돌리면 광주호가 한눈에 들어온다. 인공호수로 근래에 만들어진 호수이니 그 옛날 식영정 주인은 보지 못했을 풍광이 우리의 눈맛을 시원스럽게 해준다. 언제 어느 때 보아도 잔잔한 호숫물은 햇빛에 반사하며 어른거린다. 그것은 엷은 시정(詩情)의 세계가 아니라 깊은 사색의 세계로 이끌어가

는 평온이다.

식영정, 이 정자의 이름을 나는 한동안 '그림자도 쉬어간다'는 뜻으로 새기고 이 정자의 이름이 서정적이라는 생각을 해왔다. 그러나 옛 식영정 주인이 쓴 기문(記文)을 읽어 보니 전혀 그런 것이 아니라 '그림자가 쉬고 있다'는 자못 심오한 뜻이 들어 있는 것이었다. 식영정은 서하당(棲霞堂) 김성원(金成遠)이 그의 장인어른인 석천 임억령에게 여기에 쉬도록 지어올린 집인데, 정자의 이름을 지으면서 장인 사위 사이에 그림자 이야기가 오갔던 모양이다. 그 내용이 『식영정기』에는 이렇게 실려 있다.

장자에서 말하기를 옛날에 자기 그림자를 두려워하는 사람이 있었는데 그 사람은 이 그림자에서 벗어나려고 죽을 힘을 다하여 달아났다. 그런데 그림자는 이 사람이 빨리 뛰면 빨리 쫓아오고 천천히 뛰면 천천히 쫓아오며 끝끝내 뒤에 붙어다녔다. 그러다 다급한 김에 나무 그늘 아래로 달아났더니 그림자가 문득 사라져 나타나지 않더라는 이야기가 있다.

(내 말을 듣고 나서) 김성원은 말하기를, 사람과 그림자의 관계는 그렇다고 칩시다. 그러나 선생(임억령)이 (…) 스스로 자기 빛을 숨기고 자취를 감추고 있는 것은 자연의 순리와 관계없는 일이 아니지 않느냐고 되물었다. 이에 나는 말하기를 (…) 내가 이 외진 두메로 들어온 것은 한갓 그림자를 없애려고만 한 것이 아니고 시원하게 바람 타고 자연조화와 함께 어울리며 끝없는 거친 들에서 노니는 것이니 (…) 그림자도 쉬고 있다는 뜻으로 식영이라 이름짓는 것이 어떠냐. 이에 김성원도 좋다고 응하였다.

때는 1560년, 명종 15년으로 임억령 나이 65세 때의 일이다.

식영정의 날벼락 두번

이 아름다운 정자 식영정, 고매한 인품을 지닌 식영정의 주인으로 인하여 호남 사림(士林)의 명현들이 여기를 찾았다. 송순, 김윤제, 김인후, 기대승, 양산보, 백광훈, 송익필, 김덕령, 정철…… 그들은 한결같이 명문 장가들이었기에 식영정에 부치는 시를 짓고, 그 시의 운을 따서 또 시를 지은 것이 오늘날에도 모두 전해지고 있다. 「난간에 서서 고기를 보다」 「양파에 오이 심어」 「벽오동에 비치는 서늘한 날」 「평교 목동의 피리소리」 「다리를 건너 돌아가는 스님」 「배롱나무꽃 핀 여울」 「연못에 꽃필 때」…… 그들이 읊은 시들은 모두 은일자의 맑은 뜻과 다짐이 서려 있고, 자연과 벗하는 즐거움에 애써 자위하는 내용들이다. 그중 한 수, 김성원이 지은 「양파에 오이 심어」를 옮겨본다.

　　남쪽 비탈에 오이를 심었지
　　이야말로 내 마음 진정시키는 약이라오.
　　아침나절 김매고 물 주고
　　도롱이 벗어놓고 단잠을 잔다.

　그런 중, 식영정의 이름이 세상에 널리 알려지게 한 글은 송강 정철이 지은 『성산별곡(星山別曲)』이었다. 식영정 앞산인 별뫼, 성산을 노래한 이 가사의 첫머리는 식영정 주인 김성원을 부르는 것으로 시작된다.

　　어떤 지날 손이 성산에 머물면서
　　서하당(棲霞堂) 식영정 주인아
　　내 말 듣소.

인간세상에 좋은 일 많건마는
어찌 한 강산을 그처럼 낫게 여겨
적막한 산중에 들고 아니 나시는고.
(…)

세월이 흘러 옛 식영정의 시인들은 세상을 떠나고, 호남의 시성이 그 옛날처럼 풍성하지 못하고 영락의 길로 떨어지면서 그런 풍류의 맥이 끊겼다. 어쩌다 지나가는 명사가 있어 옛 주인을 그리는 시를 짓기는 했으나 그것은 과객의 회포였지 자미탄 사람의 정서는 아니었다.

세월이 더 흘러, 드디어 처참한 20세기 문화에 이르면 모든 것이 다 옛날 얘기가 되고 만다. 애향심이 남다른 호남사람들, 자랑스런 조상을 모시고 있는 후손들이 그래도 그 옛날을 사모하는 정이 있어서, 또 남들에게 내보이고 싶어서 일을 꾸몄다. 으레 그렇듯 생각해낸 것이 비석 하나 세우는 일이었다. 그래서 정철의 『성산별곡』 중에서 "짝 맞은 솔〔松〕이란 조대(釣臺)에 세워두고, 그 아래 배를 띄워 가는 대로 버려두니……"라는 구절을 새겨놓은 것이었다.

여기까지는 잘못된 것이 아무것도 없다. 그러나 역시 20세기 인간들의 일인지라 정말로 20세기답게 비석을 세웠다. 엄청나게 큰 대리석에다 이 비석을 세운 내력을 앞에 적고, 뒤에는 『성산별곡』 한 구절을 새겨 식영정 낙락장송 바로 앞에 세워놓은 것이다. 그 바람에 식영정의 정원은 말이 아닌 추물(醜物)이 되고 말았다. 비석을 세울 요량이면 저 아래쪽 주차장 근처면 오죽이나 좋았으련만 하필이면 앞마당 소나무 앞이었단 말인가. 그것은 식영정에 떨어진 날벼락이었다. 식영정의 옛 정취는 멍들고 돈낸 사람들의 기분만 살아난 20세기 우리 문화능력의 표상이 되었다.

식영정에 떨어진 두번째 날벼락은 진짜 벼락이었다. 3년 전인가, 4년

전이던가 벼락이 내리쳐 저 아름다운 소나무, 내가 「송하보월도」 그림 속의 소나무 같다던 그 소나무의 윗동이 부러져나갔다.

나는 작년 여름 식영정에 가서 이 처참한 모습을 보고서 한없이 가슴으로 울었다. 식영정 툇마루에 앉아 차마 왼쪽을 볼 수가 없었다. 고사목이 된 소나무, 전라도 말로 육실하게 큰 비석덩어리, 그쪽으로 고개를 돌릴 자신이 없었다. 망연히 앞쪽 먼 곳을 바라보니 자미탄 여울에선 그날도 미역감는 소년이 있고, 광주호 잔잔한 물살에는 아련한 햇살이 어른거리고 있었다.

서하당, 환벽당, 취가정

식영정 돌계단을 내려오다보면 왼쪽 깊숙한 곳으로 연못에 바짝 붙여지은 부용당이 보인다. 이 정자는 1972년에 지은 것이고, 그 뒤편 주춧돌이 널려 있는 곳이 서하당 터였으니 곧 김성원의 거처가 있던 곳이다.

이야기가 식영정에서 시작되는 바람에 거꾸로 되었지만, 이를 체계적으로 바로잡자면, 김성원이 바로 이 자리에 서하당을 지은 것이 자미탄을 중심으로 한 호남가단(湖南歌壇)의 진원으로 된 것이었다.

김성원은 그의 스승이자 장인인 임억령을 위해 식영정을 지었고, 옆동네 지실마을에서 어린 시절을 보냈던 송강 정철은 서하당 김성원에게 글을 배웠다. 서하당은 송강 '처가의 외가의 재당숙'이니 요즘으로 치면 남이겠지만 그 시절에는 계촌(計寸)하는 인척이었던 것이다.

그리고 서하당에서 자미탄 건너 마주보이는 곳에는 그의 종숙(從叔)인 사촌(沙村) 김윤제(金允悌)가 을사사화가 일어나는 것을 보고는 벼슬을 버리고 여기로 와서 서재를 짓고 칩거하게 되는 환벽당(環碧堂)이 있다. 김성원과 김윤제는 퍽이나 친하게 지내어 개울 건너 마주보고 사는 것도 멀다고 느꼈던 모양인지 무지개다리를 가설하여 수시로 오갔다고 한다. 그러나 그 다리는 물론 지금은 없어졌다.

이렇게 문인들이 모여들었으니 풍성한 시회(詩會)가 어찌 없었겠는가? 카메라가 없던 시절이라 그 모습을 전하는 것은 없지만 그림이 카메라의 기능을 대신하여 「성산계류탁열도(星山溪柳濯熱圖)」로 그려진 것이 『송강집(松江集)』 부록에 실려 있다. 뜻을 새기자면 "별뫼 계곡 버드나무 아래서 더위를 씻는다"쯤 된다.

자미탄을 건너 환벽당 입구로 돌아서자면 낚시하기 꼭 알맞은 큰 바위가 하나 있는데 이것이 『성산별곡』에 나오는 조대(釣臺)이며, 그 맞은편에는 이에 걸맞게도 매운탕집이 널찍이 자리잡고 있다. 환벽당 뒤뜰에는 역시 배롱나무가 예쁘게 가꾸어져 있다. 그리고 환벽당 현판은 훗날 송시열이 이곳을 방문했을 때 쓴 것이니 그때 그들이 칩거한 뜻은 오래도록 기리는 바가 되었던 모양이다.

환벽당에서 이제 우리는 취가정(醉歌亭)으로 발길을 옮겨야 한다. 걸어서 불과 5분 거리다. 이때 사람들은 대개 자미탄 개울길을 따라가지만 나는 항시 뒤편으로 돌아서 탱자나무 울타리가 인상적인 묵은 동네 뒷길로 간다. 길가엔 무슨 연고인지 사금파리가 많이 깔려 있는데 17세기 도편(陶片)이 적지 않아 그것이 항시 나의 미술사적 의문이 되고 있다.

취가정은 임진왜란 때 의병장 김덕령(金德齡)의 후손인 김만식(金晩植)이 1890년에 장군의 덕을 기리며 지은 정자다. 그 정자 이름을 취가정이라 한 것은 송강의 제자였던 권석주(權石洲, 1569~1612)라는 분의 꿈에 김덕령 장군이 나타나서 취시가(醉時歌)를 불렀다는 얘기에서 따온 것이다. 임진왜란 때 의병장으로 맹활약을 했던 김덕령이 결국은 옥사를 하고 마는 원한의 노래였다.

취가정의 전망은 시원스레 펼쳐지는 옥답과 자미탄이니 크게 별스러

| **환벽당** | 환벽당의 툇마루에 앉으면 자미탄의 아기자기한 전경이 한눈에 들어온다.

운 것은 아니라고 말할 수도 있다. 그러나 취가정의 위치 설정에서 가장 중요한 것은 툇마루 바로 앞에 서 있는 소나무다. 두 팔을 벌리고 춤을 추는 것도 같고, 날렵한 여인네의 요염한 몸매무새 같기도 한 이 소나무가 취가정 자리매김의 기본 아이디어였던 것이다.

본래 우리나라의 전통 조원(造園)에서 조경설계자들이 가장 먼저 고려한 것은 나무, 그중에서도 소나무의 위치였다. 집은 자리를 이곳저곳에 잡을 수 있으나 나무 특히 소나무의 위치는 옮길 수 없는 것이기 때문이다. 식영정에서도 이 원칙은 마찬가지였던 것이다. 그러니 취가정은 저 흐드러지는 멋이 넘쳐흐르는 소나무를 위해 지은 정자라고도 할 만하다.

얼마 전까지만 해도 취가정은 나의 자미탄 답사의 종점이었다. 거기서 술 한잔에 취해 노래부르며, 의미 다른 취가를 즐길 수도 있었다. 또 저 색기 넘치는 소나무에 올라 개구쟁이 시절 내 모습을 보이기도 하였다.

| **취가정의 소나무** | 취가정 마루에 앉으면 이 아름다운 소나무가 앞을 가로막는다. 즉, 취가정은 이 소나무를 바라보는 자리에 지은 것이다. 지금은 소나무가 부러졌다.

그러나 지금의 취가정에서는 그러지 않는다. 재작년 여름에 갔더니 취가정 건물을 단장한답시고 붉은 페인트에 니스를 요란하게 처발라놓았다. 나는 불쾌하고 불쌍한 마음이 들어 취가정에 오래 머물지 않는다. 다만 그 소나무 허리춤을 한번 쓰다듬고 싶어 취가정에 갈 따름이다.

장진주사의 '원숭이 정서'

취가정에서 자미탄을 건너보면 성산, 장원봉, 효자봉, 열녀봉으로 이어지는 산줄기 한가운데에서 또 하나의 산줄기가 떨어지며 그 아래 옹기종기 붙어 있는 마을집들이 보인다. 거기가 담양군 남면 지촌리 지실마을이며, 송강 정철이 어린 시절을 보냈던 곳이다.

지실마을에 들어가본들 별 구경거리는 없다. 하지만 이 오랜 연륜의 동네에는 집집마다 돌담장이 정감어리고, 늦가을 감을 딸 때라면 아름다운 우리 농촌의 빛깔을 흠씬 느낄 수 있을 것이다.

동네 깊숙한 곳, 송강의 15대손 되는 정하용씨 댁에 들르면 영감님은 아마도 당신을 반갑게 맞으며 송강의 일대기를 장편 다큐멘터리 생방송으로 들려주실지 모른다. 그리고 행운을 얻어 영감님의 안내를 받을 수만 있다면 울창한 대밭 속을 흐르는 만수동(萬壽洞)계곡을 오르면서 송강이 바위마다 못마다 이름붙인 사연을 들을 수도 있을 것이다. 그리고 답사의 묘미는 이름있는 명승지가 아니라 이처럼 전설이 깃들인 평범한 곳에 있음도 확인할 수 있으리라.

나는 국문학도가 아니기에 송강 정철이나 풍성했다던 호남가단에 대하여 별로 아는 바도 나름의 소견도 없다. 그러나 담양땅의 옛 정자와 원림을 찾자면 다음 네 편의 글 중 최소한 하나는 읽어보고 떠나야 제맛이 난다.

임형택의 「16세기 광주·나주지역의 사림층과 송순의 시세계—계산(溪山)풍류의 발전」, 이강로·장덕순·이경선 공저 『문학의 산실, 누정을 찾아서』(시인사 1987), 정익섭의 「호남가단 연구」 그리고 조동일의 『한국문학통사』 제2권 중 이 시대 부분.

전공을 떠나 한 사람의 독자로서 송강을 생각할 때 그의 가사와 시조는 무엇보다도 한글로 씌어 있고, 자신의 심성을 자신의 흥과 목소리로 노래했다는 점에서 큰 매력을 느끼고 있다. 그의 시가 「사미인곡」처럼 봉건사회의 이데올로기에 얽매인 모습에서는 어쩔 수 없는 답답함을 느끼지만 「장진주사(將進酒辭)」에 이르러서는 저 호쾌한 낭만과 분출하는 정서의 발산으로 인하여 밉지 않은 허무적 도피라는 생각도 든다. 조동일의 표현을 빌리면 "자연의 움직임을 받아들이고 그 생동감에 동참하는 분방함이야말로 다른 무엇이 아닌 풍류이며, 풍류를 즐기노라니 괴로움도 쓸쓸함도 없는 세계"로 깊숙이 빠져들게 된다.

> 한잔 먹세그려, 또 한잔 먹세그려.
> 꽃 꺾어 셈하면서 무진무진 먹세그려.
> 이 몸 죽은 후에
> 지게 위에 거적 덮어 졸라매어 지고 가나.
> 화려한 꽃상여에 만인이 울며 가나.
> 억새, 속새, 떡갈나무, 백양 속에 가기만 하면 누른 해, 흰 달, 가는
> 비, 굵은 눈, 쌀쌀한 바람 불 때
> 누가 한잔 먹자 할꼬.
> 하물며 무덤 위에 원숭이 휘파람 불 때 뉘우친들 무엇하리.

이만한 낭만과 호기라면 한번쯤 가져볼 만하지 않겠는가. 그러나 내가 송강의「장진주사」를 무작정 좋아하는 것은 아니다. 내게는 그럴 만한 풍류도 허무도 없다. 더더욱 마지막 구절 "원숭이 휘파람"이라는 표현은 아주 못마땅하다. 송강은 원숭이를 본 일도 없었을뿐더러 동시대 독자인들 그런 이국의 짐승을 알 리 만무한데 왜, 그것도 마지막 구절에 집어넣었는가? 만약에 '송장메뚜기 뛰놀 때'라고 했으면 오히려 우리의 정서에도 맞고 그 의미가 살아나는 것이 아닐까.

나는 여기에서 송강과 송강시대 지식인의 한 단편을 본다. 모든 것을 자기 정서에 내맡기지 못하는 불안감, 고전에서 한 구절을 따와 공부가 많음을 은근히 드러내고, 뭔가 남 모를 유식한 끼가 있어야 차원이 높아 보이며, 이국적인 냄새도 약간 풍겨야 촌스러움을 벗어날 것 같은 착각이 일어나는 자신감의 상실증인 것이다.

나는 송강의 이 허구성을 우리시대의 민족문학, 민족예술에서도 수없

| **지실마을의 돌담길** | 송강 정철의 고향집이 있는 지실마을은 옛 마을의 정취를 간직하고 있다.

이 보아왔다. 평론·시·그림·음악·연극 모든 분야에서 부질없이 유식한 체하기도 하고 모더니즘 냄새를 풍기고 인용하지 않아도 좋을 명저의 구절을 인용하고……

송강이 성리학의 세계관에 입각해 사물을 인식한 것은 그가 넘기 어려운 성벽 안쪽 일이었음을 용인하지만 나는 이 '원숭이 정서'만은 받아들이지 못한다.

지실마을을 거닐면서 어렸을 때 송강, 이른바 성산삼귀(星山三歸)라 해서 정치적으로 불우할 때면 아늑한 고향에 돌아와 시대의 명작을 산출한 송강의 위업과 공을 기리면서도 그의 일부분은 나의 타산지석이 되어 행여 지금 내 처신과 글 속엔 그런 '원숭이 정서'는 없는가 스스로 되물으며 섬뜩해하곤 한다.

명옥헌의 배롱나무

이제 자미탄을 떠나야 할 시간이 되었다. 우리의 일정은 담양군 고서면 원강리에 있는 송강정, 봉산면 제월리 마항마을 뒷산에 있는 송순의 면앙정을 거쳐 다시 고서면 산덕리 후산마을의 명옥헌으로 이어져 있다. 그러나 우리의 일정이 너무 지체되었다. 정자마다 원림마다 옛 주인을 만나러 간 양으로 길게 쉬어가다보니 시간상으로 송강정, 면앙정, 명옥헌 중 한 곳을 들르기에도 빠듯하게 되었다. 나는 그중 명옥헌을 택했다.

한국문학사적 의의로 말하자면 면앙정과 송강정이 훨씬 위에 놓이겠지만 옛 원림을 보는 시각적 즐거움으로 셈하자면 명옥헌이 단연 앞선다. 또 명옥헌은 비록 지도상에 나와 있는 명소이기는 하지만 안내자 없이는 쉽게 찾아갈 수 없는 곳이고, 그래서 한가로이 답사하기엔 더없이 좋은 곳이기 때문이다.

명옥헌은 비록 원형이 부서져버리고 말았지만 소쇄원에 비길 만한 조선시대 원림터다. 소쇄원이 깊숙한 계곡의 한쪽을 차지했다면 명옥헌은 산언덕 너머 전망이 툭 터진 곳에 자리잡았다. 똑같은 원림인지라 자연을 그대로 받아들이며 인공을 가한 것이지만 소쇄원은 아늑함을 명옥헌은 활달함을 취했다. 그것이 이 두 원림의 설계자, 사용자의 기본 아이디어였을 것이니 우리는 이를 비교하기 위해서라도 송강정, 면앙정보다도 명옥헌을 택해야 한다.

명옥헌은 소쇄원에서 일곱 굽이인가 아홉 굽이인가를 산길로 넘어야 나온다. 그리하여 고서면 산덕리에 이르면 길 오른쪽에 '인조대왕 개마비'가 서 있는데 여기서 산허리를 지르는 길을 따라올라야 한다. 언덕배기 중턱에 이르면 마을이 나오는데 여기가 후산마을. 마을 입구에는 엄청나게 큰 은행나무가 한 그루 있어 동네의 연륜을 말해준다. 그리고 이 은

| **명옥헌의 호수와 배롱나무** | 고목이 된 배롱나무가 늘어선 명옥헌은 한여름 꽃이 필 때 그 아름다움이 절정에 달한다.

행나무가 바로 인조가 말고삐를 맨 곳이다. 내력인즉, 인조가 쿠데타를 일으키려고 사람을 모을 당시 임란 때 의병장인 고경명의 손자 월봉(月峯) 고부천(高傅川, 1578~1636)을 담양 창평으로 찾아왔더니, 고부천이 뜻은 같이하나 왕년에 광해군의 녹을 먹은 일이 있어 동참할 수 없고 다만 후서마을의 숨은 인재 오희도(吳希道)를 찾아가라고 천거했다는 것이다. 그리하여 인조는 이곳 후서마을에 와서 은행나무에 말고삐를 매놓고 오희도를 만났으며, 쿠데타는 성공하여 반역이 아니라 반정(反正)이 되고 오희도는 한림학사가 되었다. 이후 오희도는 높은 벼슬을 마다하고 다시 후서마을로 내려왔다. 그리고 그의 아들 오명중(吳明仲, 1619~55)이 아예 세상을 버리고 여기에 칩거할 뜻으로 조영한 원림이 이 명옥헌이다.

명옥헌은 가운데 섬이 있는 네모난 연못을 파고 그 위쪽에 정자와 서재를 겸한 건물을 지은 간단한 구성이지만 연못 주위에 소나무와 배롱나무를 장엄하게 포치하고 언덕 아래로 내려다보이는 시야를 끌어들임으로써 더없이 시원한 공간을 창출한 뛰어난 조경설계를 보여주는 원림이다.

명옥헌의 배롱나무숲은 거대한 고목으로 자라났다. 일조량이 많은 곳이라 남도의 여느 배롱나무와는 달리 키가 크고 가지도 무성하고 꽃송이가 많이 달린다. 한여름 배롱나무꽃이 만개할 때 여기에 들른 사람들은 좀처럼 발길을 떼지 못한다.

본래 배롱나무는 자미탄처럼 개울가에 자연스럽게 자란 모습으로 있을 때보다 정원수로 자랄 때가 멋있다. 남도의 고찰 해남 대흥사, 강진 무위사, 고창 선운사 경내의 배롱나무는 극락세계의 안내양처럼 해맑은 미소를 띠고 있다. 국립중앙박물관은 고 최순우 관장 이래로 배롱나무를 정원수로 채택하고 있다. 중국의 당나라 시절 3성 6부의 하나인 중서성(中書省)에는 배롱나무를 많이 심었다고 해서 양귀비 애인인 현종이 중서성을 자미성이라고 불렀다고도 한다. 그런 배롱나무를 350년 전에 원림의 나무로 키운 것이 명옥헌이다.

1989년 가을, 나는 명옥헌을 처음 찾아가보았다. 이렇게 훌륭한 원림인 줄은 꿈에도 모르고서. 그때 나는 내 친구, 낙향한 시인 황지우가 명옥헌 연못가에 붙어 있는 농가로 이사해서 헛간을 개조해 집필실로 삼고 있다기에 그를 만나러 간 것이었다. 그리고 이듬해 여름 배롱나무꽃이 만개했을 때 나는 황지우보다도 명옥헌을 보기 위해 여기를 다시 찾았다. 그리고 왜 이런 문화유산이 세상에 알려지지 않았는지 또다시 고개를 흔들어보게 되었다.

황지우, 그는 사물을 보는 안목이 아주 높고 남다르다. 그의 시에 회화성이 강한 것도 나는 그 안목 덕이라고 생각하고 있다. 또 보고 즐기는 데 대한 욕심도 많아 다른 복은 몰라도 안복(眼福)은 많은 시인이다. 그 덕에 그는 지금 사실상의 명옥헌 주인, 최소한 사용자가 된 것이다.

그러면 황지우는 이 낭만의 명소에서 과연 어떤 시를 쓸 것인가. 그것이 나는 자못 궁금했다. 선경(仙境) 같은 곳에 묻혀 시상에 변동이 일지 않을까 걱정도 해보았다. 그런데 놀랍게도 그는 여기에서 스스로도 명작이라 자부하고 나도 그렇게 생각하는 5·18 광주민주화운동을 읊은 「화엄광주」라는 비장한 장시를 썼다.

> 그때에 온 사찰과 교회와 성당과 무당에서
> 다 함께 종 울리고
> 집집마다 들고 나온 연등에서도 빛의
> 긴 범종소리 따라 울리리라.
> (…)
> 땅에서는 환호성, 하늘에서는
> 비밀한 불꽃 빛 천둥 음악
> 마침내 망월로 가는 길목 산수에는
> 기쁜 눈으로 세상 보는 보리수 꽃들
> 푸른 억만 송이, 작은 귓속말 속삭이고.

명옥헌 황지우의 집필실 남쪽 커다란 창 정면으로 보이는 산 그 너머가 망월동이다.

조요한 선생님의 '한국 정원미'

숭실대 총장을 지낸 예술철학자 고 조요한 선생은 서울대 미학과에 출

강하시면서 황지우를 무척 아끼셨다. 나도 선생의 제자이긴 마찬가지지만 곁에서 보기에도 부러울 정도로 두분은 사제지간의 정이 깊었다. 조요한 선생은 어쩌다 나를 만날 때면 나보다도 지우 안부를 먼저 물어볼 정도였으니까. 80년대 사회적으로 힘들고 개인적으로 어려운 삶을 살 수밖에 없던 황지우를 선생은 항시 마음 한쪽으로 안타까워하셨다. 그리고 마침내 조요한 선생은 낙향한 황지우를 한번 만나러 광주로 내려가셨다. 그때 지우는 명옥헌 자신의 작업실로 선생님을 모시고 가 이 아름다운 옛 원림을 보여드렸다. 조요한 선생은 서울로 돌아오신 뒤 나를 만나자마자 명옥헌의 아름다움을 입이 마르도록 감탄하고는 함경도 사투리로 이렇게 말씀하셨다(선생의 고향은 함북 경성이다).

"내레 지우가 그렇게 당당하고 멋있게 사는지 몰랐지비. 그런 줄도 모르고 괜히 마음만 썼구마. 역시 시인은 사는 게 우리완 달라. 내 마음이 확 풀리더구마. 그리구 명옥헌은 대단한 원림임둥."

본래 조요한 선생은 서양 철학과 미학을 전공했지만 특히 예술철학에 높은 식견을 갖고 계셨고 동서양 미학의 비교, 한국미학의 정립을 위한 한·중·일 예술의 비교에 많은 관심을 가지셨다. 선생은 생전에 평소의 생각을 정리하여 『한국미의 조명』(초판 열화당 1999)이라는 저서를 펴냈는데 여기서 한국의 정원미를 중국·일본과 비교하면서 다음과 같은 결론을 말씀하셨다.

한국의 정원미는 중국 정원처럼 인공에 의하여 창조하는 것도 아니고, 일본 정원처럼 자연을 주택의 마당에 끌어들여서 주인행세를 하는 것도 아니다. 한국 정원의 이상은 소박함으로 돌아가는 것이다.

나는 스승의 이 결론으로 담양땅의 원림과 정자를 찾아가는 이 글의
맺음말을 삼고 싶다.

모정을 지나면서

　　담양땅의 원림과 정자를 답사하면서 사실 나는 중대한 사실 하나를 말
하지 않고 지나갔다. 그것은 이 정자와 원림을 경영하던 사람들의 재산
문제이다. 최근에 김일근 교수가 발굴한 송순의 『분재기(分財記)』에 의
하면 이 자칭 죽림칠현이 얼마나 부자였던가를 알 수 있다. 그 점에서 나
의 이번 답사기는 호화판 인생의 풍류를 더듬는 반민중적 성격을 띤다.
그러나 내 글이 절대로 풍류객의 객담이라고는 생각지 않는다.

　　부자라고 모두 그런 정자와 원림을 경영한 것은 아니었다. 또 부자의
정서가 모두 반민중적인 것은 아니다. 지배층의 문화를 모두 반민중적인
것으로 치부해버린다면 우리가 민중이라는 이름으로 할 수 있는 일이란
모든 문화유산을 모조리 폐기처분하는 것밖에 없다. 인간이 자신의 정서
를 고양시키어, 자신의 삶을 풍요롭게 하는 데에는 여러 방식이 있을 수
있다. 옛날에는 사대부 지배층만이 독차지했던 정자와 원림의 미학을 보
다 넓은 계급적 지평에서 그것의 공공성으로 환원하는 일이 민중적 재창
조의 길이 될 것이다. 만약 민중적 삶 속에서 정자의 의미를 찾고 싶으면
다른 현장으로 가야 한다. 그것은 곧 모정(茅亭)이다.

　　담양의 원림과 정자를 답사하고 올라오는 길, 나는 차창 밖으로 넓은 들
판 한쪽에 외롭게 서 있는 모정을 보면서 또다른 명상에 잠시 잠겨본다.

　　모정은 농촌사회의 품앗이, 두레의 유물이다. 거기에 모여 김매기, 가
을걷이의 일정을 논의하기도 하고, 땡볕을 피해 새참을 들기도 한다. 마

| **들판에 세워진 모정** | 농촌사회 두레의 한 상징인 모정은 옛날에는 대개 초가지붕이었으나 최근에는 콘크리트 기둥에 팔각, 사각의 기와지붕이 얹혀 있다.

을 가까이 있는 모정은 향촌두레의 여름날 회의장도 된다. 그것이 대개는 초가로 올린 정자이기에 모정이라고 했고, 우리나라 옛 지명에 나오는 모정리는 죄다 모정이 있거나 있던 곳이다.

그 모정에서 이루어지는 문화는 소비·향락·여가·지적 문화가 아니라 생산·노동·육체의 문화이다. 지배층의 문화가 아니라 기층문화이다. 이 기층문화에 대한 답사는 유형의 문화재가 아니라 무형의 문화재와 함께 만날 때 실감하게 된다. 그것은 동제(洞祭) 복합문화로 생산과 축제와 휴식의 현장으로 만날 때 가치가 있다. 나의 문화유산답사기는 언젠가 저 모정의 현장으로 발을 딛게 될 것이고 그것은 솟대와 장승이 있는 옛 마을의 대보름답사 때가 될 것이다.

1992. 4.

동백꽃과 백파스님,
그리고 동학군의 비기(秘機)

동백숲 / 상갑리 고인돌 / 낙조대 / 칠송대 암각여래상 /
백파선사비 / 풍천장어와 복분자술

선운사 동백꽃

4월 말 5월 초에 누가 나에게 답사처를 상의해오면, 나는 서슴없이 고
창 선운사에 가보라고 권한다. 그때쯤 한창 만개해 있을 동백꽃의 아름
다움 때문이다.

나 같은 서울 토박이, 농촌에서 살아본 경험이 없고, 더욱이 따뜻한 남
쪽지방의 사계절에 익숙지 않은 사람들은 탱자나무 울타리, 동구 밖의
대밭, 초봄의 유채꽃, 여름날의 목백일홍 같은 꽃나무만 보아도 신선한
감동을 받게 된다. 그중에서도 동백꽃은 그 윤기나는 진초록 잎에 복스
럽기 그지없는 진홍빛 꽃송이로 우리를 충분히 매료시킨다. 거기에는 저
마다의 소망이 성취된 듯한 축제의 분위기가 있다.

동백꽃이 유명하기로는 제주도와 울릉도 그리고 여수 앞바다의 동백

섬으로 불리는 오동도가 이름 높다. 그러나 나는 이들보다도 보길도 부용동의 윤고산 별장, 강진 백련사 입구의 동백나무 가로수, 그리고 고창 선운사 뒷산의 동백나무숲을 더 높이 친다. 왜냐하면 거기에는 동백꽃의 아름다움뿐만 아니라 땅의 연륜과 인간의 체취가 함께하기 때문이다. 게다가 이 절집의 동백숲은 천연기념물 제184호로 지정되어 있을 정도로 노목의 기품을 자랑하고 있으며, 그 수령은 대략 500년으로 잡고 있다.

보길도와 강진의 동백꽃은 3월 말이면 다 질 정도로 일찍 피지만, 선운사 동백꽃은 동백나무 자생지의 북방한계선상 가까이에 있기 때문에 4월 말이 되어야 절정을 이루며 고창군에서 주관하는 선운사 동백연(冬柏燕)도 이무렵에 열린다. 동백꽃은 반쯤 져갈 때가 보기 좋다. 떨어진 동백꽃이 검붉게 빛바랜 채 깔려 있는데 밝은 햇살을 받아 반짝거리는 이파리 사이사이로 아직도 붉고 싱싱한 동백꽃송이들이 얼굴을 내밀고 있는 모습은 마치 그림 속에 점점이 붉은 악센트를 가한 한 폭의 명화를 연상케 한다. 그날따라 하늘이 유난히 맑다면 가히 환상적이다.

그러나 동백꽃이 지는 모습 자체는 차라리 잔인스럽다. 꽃잎이 흩날리며 시들어가는 것이 꽃들의 생리겠건만 동백꽃은 송이째 부러지며 쓰러진다. 마치 비정한 칼끝에 목이 베여나가는 것만 같다. 1978년 처음으로 동백꽃 지는 것을 보았을 때 나는 이 세상의 허망이 거기 있다고 생각하며 유신독재의 비호 속에 영화를 누리는 자들의 초상이 바로 저것이라고 생각했다. 그러나 1981년, 광주의 아픔을 어떻게 새겨야 할지 가늠하기 힘들던 시절, 선운사 뒷산에 버려진 듯 뒹구는 동백꽃송이들은 마치도 덧없이 쓰러져간 민중의 넋이 거기 누워 있다는 느낌을 주었다. 자연은 우리에게 이처럼 상황에 따라, 사람에 따라 다르게 다가온다는 것을 나는 그때 알았다.

이런 동백꽃의 아름다움을 때맞추어 본다는 것은 여간한 행운이 아니고는 힘들다. 그것도 평일이 아닌 휴일을 택하자면 일년에 꼭 한번밖에 없는 것이다. 그래서 이 고장 출신 시인 서정주가 말(末)당이 아니라 미당(未堂)이었던 시절에 쓴 「선운사 동구」라는 명시가 나왔다.

　선운사 골째기로 / 선운사 동백꽃을 / 보러 갔더니 / 동백꽃은 아직 일러 / 피지 안했고 / 막걸릿집 여자의 / 육자배기 가락에 / 작년 것만 상기도 남었읍니다. / 그것도 목이 쉬어 남었읍니다.

　선운사 동구 길가의 밭 한모퉁이에는 서정주가 쓴 이 시의 육필원고를 그대로 새긴 '미당시비'가 세워져 있다.

아산면 상갑리의 고인돌 떼무덤

　어느 쪽에서 오든 외지사람이 선운사로 들어가려면 정읍이나 부안에서 흥덕을 거쳐가거나, 고창에서 법성포로 질러가다가 아산에서 꺾어들어가야 한다. 어느 길이건 넓은 들판이 아득히 펼쳐지고 갈무리해놓은 황토는 시뻘건 빛을 토하면서 무엇이든 길러낼 수 있는 건강한 대지의 힘을 내보이고 있어 이 고장의 땅이 지닌 막강한 농업생산력을 알려준다.

　고창읍에서 아산을 거쳐 선운사로 가자면 상갑리(上甲里)를 지나게 되는데 이 일대 야산에는 800여개의 고인돌이 즐비하게 널려 있다. 나는 여기를 별명지어 '고인돌 떼무덤'이라 부르곤 한다. 지석묘군(支石墓群)을 한글로 풀자면 '고인돌 무덤떼'라고 해야 맞지만 왠지 어감에 힘이 없어 '떼강도 사건'에서 힌트를 얻어 고인돌 떼무덤이라고 불러본 것이 그렇게 입에 익어버렸다.

　특히 매산동 노인정 앞에서 산을 올려다보면 한눈에 100여개의 고인

| 상갑리 고인돌 떼무덤 | 500여개의 고인돌이 야산에 즐비하여 고인돌 동산으로 옛사람의 체취를 느끼는 공원이 되기에 안성맞춤이었다. 이곳은 2000년에 유네스코 세계문화유산으로 등재되면서 실제로 공원으로 조성되었다.

돌이 계단식 논 위에 늘어선 장관을 볼 수 있다. 아직 길가에 표지판 하나 세워지지 않았을 정도로 세상에 알려져 있지 않은 이 고인돌 떼무덤을 나라에서는 얼마 전부터 조사하기 시작했다. 1991년 대보름답사 때 여기에 들렀더니 '2354'식으로 고인돌마다 고유번호를 매겨가며 하얀 페인트로 써놓았다. 얼핏 보기에 그것이 꼭 죄수번호 같아서 혼자 웃고 말았다.

상갑리의 고인돌 떼무덤은 2,500년 전부터 약 500년간 이 지역을 지배했던 족장의 가족묘역이었을 것으로 해석되고 있다. 교과서에서 청동기 시대로 불리는 삼한(三韓)시대 이전의 진국(辰國) 유물인 것이다. 청동기 인들은 농사를 기본으로 한 족장 내지 부족체제의 사회를 구성하고 있었다. 이전에 살았던 신석기시대 빗살무늬토기인들이 해안변이나 강가에서 생활했던 것과는 달리 비옥한 터전을 찾아 야산과 들판에 자리잡고 살았던 것이다. 고창은 그들이 선택한 땅의 하나였다.

도솔산 낙조대

선운사로 들어가는 길로 꺾어들면 낮은 구릉을 달리던 찻길이 갑자기 우람한 산자락을 바짝 옆으로 끼고서 그 사이를 헤집고 돌아간다. 바다에 가까운 내륙의 풍경이 대부분 그렇듯 지맥이 바다로 빠지기 전에 마지막 용틀임을 하면서 생긴 형상 같다. 그래서 바다와 마주한 산은 때로는 절묘하고 때로는 괴이하다. 선운사의 뒷산 도솔산, 일명 선운산은 그렇게 절묘하고 괴이하다. 산의 높이는 해발 335미터밖에 안되지만 지표가 거의 해면과 같기 때문에 산정상까지 올라야 할 거리는 만만치 않다.

도솔산에 오르는 사람들은 대개 국사봉 정상보다도 낙조대를 택한다. 거대한 암반들이 이국적인 정취를 자아내기도 하는데 그 호방한 풍광이 가슴 벅차게 다가온다. 칠산 앞바다와 줄포만, 위도가 장관으로 펼쳐지는 낙조대에서의 석양과 노을은 우리나라에서 첫째는 아닐지 몰라도 둘째가라면 서러울 아름다운 일몰을 연출한다. 칠산바다에는 언제나 법성포와 위도의 조기잡이배가 떠 있다. 영광굴비로 알려진 조기는 모두 여기서 잡은 것이다.

목넹기 갈보야 뛰지 마라 우라시(조기잡이배) 떠나면 네나 나나 (…)

낙조대에서 고개를 돌려 북쪽을 바라보면 거기는 줄포만 곰소바다가 되는데 염전으로 유명하고 지금도 변함없이 소금을 쪄내고 있다. 선운사를 창건하고 유지해준 것은 이와 같은 고창의 농업, 칠산바다의 어업, 곰소의 소금이었다.

선운사 창건설화

선운사의 창건설화는 아주 독특하다. 지역적으로 보아서는 백제의 고 찰이라고 해야 할 것 같은데 『선운사 사적기』에 의하면 백제 27대 위덕왕 24년(577)에 검단(黔丹)선사가 자기와 친분이 두터웠던 신라의 의운(義 雲)조사와 합력하여 신라 진흥왕의 시주를 얻어 개창했다고 한다.

또 설화에 의하면 죽도포(竹島浦)에 돌배가 떠와서 사람들이 끌어오 려고 했으나 그때마다 배가 바다 쪽으로 떠내려가곤 했다 한다. 소문을 듣고 검단선사가 달려가보니 배가 저절로 다가와 올라가본즉, 배 안에는 삼존불상과 탱화, 나한, 옥돌부처, 금옷 입은 사람이 있더라는 것이다. 그 금옷 입은 사람의 품 안에서 "이 배는 인도에서 왔으며 배 안의 부처님을 인연있는 곳에 봉안하면 길이 중생을 제도 이익케 하리라"는 편지가 있 으므로 본래 연못이었던 지금의 절터를 메워서 절을 짓게 되었는데, 이 때 진흥왕이 재물을 내리고 장정 100명을 보내 뒷산의 무성한 소나무를 베어 숯을 구워 자금에 보태게 함으로써 역사(役事)를 도왔다는 것이다. 그리고 절집의 기둥들은 목재를 바닷물에 담갔다가 사용한 것이라 한다.

이 창건설화는 물론 후대에 만들어진 신비화된 내용이다. 검단을 선사 (禪師)라고 했는데 선종이 우리나라에 들어온 것은 통일신라 후기인 9세 기 이후의 일이고 보면 그것부터 말이 안된다. 또 인도에서 온 배 이야기 는 경주 황룡사의 창건설화를 흉내낸 것임이 분명하다.

그러나 무릇 설화 속에는 그 설화를 가능케 한 한 가닥의 근거는 있는 법이다. 본래 이 지방에는 도적이 많았으나 검단이 와서 해안에 사는 사 람들에게 소금 만드는 법을 가르쳐 생업을 삼게 했다는 얘기가 사적기에 나오는데 이것은 사실일 가능성이 크다. 불교를 포교하던 초기 스님들은 이처럼 구체적이고 현실적인 이익을 중생들에게 베풀면서 포교를 시작

| **선운사 경내** | 선운사는 화려하지도 작지도 않은 조용한 절집의 아늑한 정취가 살아있었다. 그러나 근래에 절마당을 무작정 넓혀놓아 그런 멋은 이제 찾아볼 수 없다.

했었다. 흔히는 병 고쳐주는 의술을 썼는데 검단의 경우 이 지역의 특수성상 염전법으로 된 것이다. 그것은 소금 만드는 이 고장을 검단리라고 하고, 또 8·15해방 때까지만 해도 이곳 염전마을 사람들이 보은염(報恩鹽)이라고 해서 선운사에 소금을 시납했다는 사실로도 뒷받침된다. 그런고로 선운사는 검단이 세운 백제의 고찰이다.

그런데 나는 지금 검단스님에 대한 기록은 어디에서도 찾아낼 수가 없다. 『동사열전(東師列傳)』의 저자인 각안(覺岸)스님이 이 책의 자서(自序)에서 "선운사 도솔암에서 검단선사의 비결을 봉독하였다"고 했으니 그가 큰스님이었던 것만은 확실히 알겠고, 아직도 우리나라 옛 동리 이름에 '검단리'가 적지 않고 울산 검단리, 김포 검단리, 그리고 팔당댐 뒷산 이름이 검단산인 것도 분명 이 스님과 관련된 어떤 내력을 지닌 것이겠건만 정작 그분이 어떤 분이었는지는 알려진 것이 없다.

　진흥왕의 설화는 선운사에서 도솔암으로 가는 길가에 있는 진흥굴과 연결된다. 진흥왕은 왕위를 버리고 왕비 도솔과 공주 중애(重愛)를 데리고 이 천연동굴에서 수도하였는데 어느날 그의 꿈에 미륵삼존이 바위를 가르고 나타났다고 해서 이 굴을 열석굴(裂石窟)이라 이름지었다는 것이다. 선운사 창건설화는 바로 이것을 검단스님 얘기와 연결시켜 만든 것이다. 경주나 개성이 아니라 지방에 세워진 절들은 그 창건설화의 주인공이 의상·원효·자장·진표 등 신라의 스님이며, 9세기 이후가 되면 흔히는 도선국사를 창건자로 삼는다. 그러나 백제의 스님을 내세운 예는 호남땅에서도 드물다. 그 이유는 통일신라시대는 말할 것도 없고 고려시대에조차 백제의 전통을 잇는다는 것 자체를 불가능하게 했던 시대적 분위기가 있었던 탓이다. 다시 말해서 백제의 고찰이고 검단선사가 창건했다고 해도 좋을 것을 굳이 진흥왕과 연결시켜야 권위를 세울 수 있고 보호를 받을 수 있었던 것이다. 호남사람들이 그때도 그렇게 당했던 상흔이 여기에 이렇게 남아 있는 것이다.

칠송대의 암각여래상

　선운산 중턱, 도솔암이 있는 칠송대라는 암봉의 남쪽 벼랑에는 거대한 여래상이 새겨져 있다. 40미터가 넘는 깎아지른 암벽에 새겨져 있는 이 암각여래상은 그 위용이 장대하기 그지없다. 양식으로 보아 고려시대 불상인 것이 틀림없다. 사적기에 의하면 고려 충숙왕 때 효정(孝正)선사에

| 도솔암 석각여래상 | 배꼽의 비결로 더 유명해진 고려시대 마애불이다. 칠송대 양옆에는 멋들어진 소나무 한쌍이 마치 협시보살처럼 자리하고 있어서 더욱 멋지다.

의해 선운사가 크게 중수됐다고 하는데 바로 그때 제작된 것이 아닌가 생각된다.

이 석각여래상은 결코 원만한 인상이거나 부드러운 미소를 띤 이상적인 인간상을 반영하고 있지 않다. 반대로 우람하고 도발적인 인상에다 젊고 능력있는 개성을 보여준다. 이 점은 하대신라 이래로 지방의 호족들이 발원한 부처님상에 공통적으로 나타나는 특징이다. 곧 호족들의 자화상적 이미지가 거기에 반영되어 있는 것이다.

이 불상을 새기는 작업은 아마도 대역사였을 것이다. 여기에 동원된 인원과 장비는 엄청난 것이었음에 틀림없고 제작기간도 상당히 길었을 것이다. 더욱이 여래상 머리 위에는 닫집(누각 모양의 보호각)까지 지었었다. 지금 여래상 위쪽에는 군데군데 구멍이 나 있고 두군데 바위구멍에는 부러진 나무가 박혀 있는 것을 볼 수 있는데 이것은 닫집이 무너진 흔적이다. 기록에는 인조 26년(1648)에 붕괴되었다고 한다.

복장 감실과 동학군의 비결

이 암각여래상의 배꼽(정확히는 명치) 부위에는 네모난 서랍이 파여 있다. 이것은 부처님을 봉안할 때 복장(腹藏)하는 감실(龕室)이다. 여기에는 불경이나 결명주사로 찍은 다라니, 사리대용구인 구슬 그리고 시주자의 이름 등 조성내력이 기록된 문서가 들어가는 것이 보통이다. 그러고는 세월이 많이 흘러갔다. 불교가 배척받는 긴 세월 동안 복장을 한 감실의 내력을 기억하는 사람이 없어지고 기괴한 전설이 하나 생겼다. 이 부처님의 배꼽 속에는 신기한 비결이 들어 있어서 그 비결이 나오는 날 한양이 망한다는 유언비어가 널리 퍼지게 된 것이다. 이른바 갑오농민전쟁의 '석불비결'로 알려진 이 이야기는 송기숙의 소설 『녹두장군』에도

나오는데, 그 원전은 이 사건 관련자의 한 사람인 오지영의『동학사』에
실려 있다.

1820년, 이서구(李書九)가 전라도 관찰사로 도임한 후 며칠 안되어
무슨 조짐(望氣)을 보고 남쪽으로 내려가 무장현(茂長縣) 선운사에 이
르러 도솔암에 있는 석불의 배꼽을 떼고 그 비결을 내어 보려는데, 그
때 마침 뇌성벽력이 일어나므로 그 비결책을 못다 보고 도로 봉해두
었다고 한다. 그 비결의 첫머리에 씌어 있으되 "전라감사 이서구가 열
어본다"라고 한 글자만 보고 말았다는 것이다. 그후에도 어느 사람이
열어보고자 하였으나 벼락이 무서워서 못했다는 것이다.

그런데 1892년 8월 어느날, 손화중(孫華仲) 접중(接中)에서는 석불
비결 이야기가 나왔다. 그 비결책을 내어 보았으면 좋기는 하겠으나
벼락이 또 일어날까 걱정이라고 하였다. 그 좌중에 오하영이라는 도
인이 말하되 그 비결을 꼭 보아야 할 것 같으면 벼락은 걱정할 것이
없다는 것이다. "나는 듣건대 그런 중대한 것을 봉할 때에는 벼락살
〔霹靂殺〕이라는 것을 넣어 택일하여 봉하면 훗날 사람들이 함부로 열
어보지 못하게 된다는 말을 들었다. (그러나) 내 생각엔 지금 열어보
아도 아무 일이 없으리라 본다. (왜냐하면) 이서구가 열어볼 때 이미
벼락이 일어나 벼락살이 없어졌는데 무슨 벼락이 또 있겠는가. 또 때
가 되면 열어보게 되는 법이니 여러분은 걱정 말고 그 책임은 내가 맡
아 하리라."

이리하여 청죽 수백개와 새끼줄 수천 다발을 구하여 부계(浮械)를
만들어 석불의 전면에 안치하고 석불 배꼽을 도끼로 부수고 그 속에
있는 것을 꺼내었다. 그것을 꺼내기 전에 절 중들의 방해를 막기 위해
미리 수십명의 중을 결박하여두었는데, 일이 끝나자 중들이 관청에

이 사실을 고발하였다. 그날로 무장현감은 각지의 동학군을 모조리 잡아들여 수백명이 잡히었다. 그 괴수로는 강경중, 오지영, 고영숙이 지목되었다. 무장원님은 여러 날을 두고 취조를 하는데 첫 문제가 비결책을 들이라는 것이고, 손화중과 기타 주모자 두령이 있는 곳을 대라는 것이었다. 갖은 악형을 다하면서 묻는다. 태장(笞杖)질이며, 곤장(棍杖)질이며, 형장(刑杖)질이며, 주뢰(周牢)질이며, 볼기가 다 해지고 앞 정강이가 다 부러졌다. 그러나 소위 비결이라고 하는 것은 손화중이 어디론가 가지고 가고 말았으며 여러 두령들도 다 어디로 도망 갔는지 알 수 없다 하여 10여일 동안 형벌을 받다가 전라감사에게 보고되어 주모자 3인은 모두 강도 및 역적죄로 사형에 처하고 남은 100여명은 엄장(嚴杖)을 때리어 방송하였다.

갑오농민전쟁이 일어나기 일년 반 전의 일이다. 망해가는 나라의 쇠운과 일어서는 민중의 힘과 의지가 서려 있는 얘기다. 그 비결책은 무엇이었을까? 있었다면 불경이 고작일 것인데 왜 이렇게 역적죄에까지 연루되는 사건으로 확대되었을까?

비결책은 분명 석불의 배꼽에서는 나오지 않았을 것이다. 그 배꼽을 연 것은 비결책보다도 그렇게 하면 한양이 망한다는 전설의 예언 때문이었을 것이다. 한양을 망하게 해야겠다는 동학군의 의지까지는 아니라 하더라도 바람이 있었던 것이 당시의 상황이었다는 증거가 여기 있다.

세월이 또다시 흘러 이 비결책에는 또다른 증명할 길 없는 전설이 붙었다. 그 비결책이란 다름 아닌 다산 정약용의 『목민심서』와 『경세유표』였다는 것이다. 그리하여 선운사 암각여래상의 배꼽은 1894년 갑오농민전쟁의 서막을 장식할 위대한 전설을 갖게 되었으니 우리는 헛된 수고로움으로 그것을 논증할 필요는 없을 것이다.

추사의 백파선사 비문

아무런 예비지식 없이 선운사를 찾는다면 그냥 지나쳐버리기 십상인 이 절집의 최대 명물, 그래서 나 같은 사람으로 하여금 몇번이고 여기를 찾게 하는 것은 추사 김정희가 쓴 백파선사의 비문이다. 매표소 오른쪽 전나무숲 안쪽의 승탑밭 한가운데 남포오석(藍浦烏石)으로 된 백파선사의 비가 서 있다.

하도 많은 사람들이 탁본을 하고 싶어하는 바람에 절에서 콩기름을 매끈매끈하게 발라놓아 멀리서 보아도 반짝이는 것이 조금은 눈에 거슬렸는데 올해 가보니 그 콩기름들이 다 떨어져나가 다시 제 모습을 찾았다.

비석의 앞면에는 엄격한 규율을 느끼게 하는 방정한 해서체의 힘찬 필치로 "화엄종주 백파대율사 대기대용지비(華嚴宗主 白坡大律師 大機大用之碑)"라 씌어 있는데, 나는 세상사람들이 추사체를 일러 '웅혼한 힘'을 보여준다고 표현한 것을 여기서 처음으로 실감하였다. 또 혹자가 말하기를 추사가 글씨를 쓸 때는 마치 "송곳으로 강판을 뚫는 힘"으로 붓끝을 강하게 내리꽂았다고 한 것도 거짓이 아님을 알 수 있었다.

뒷면에는 추사가 이 비문을 지으면서 왜 백파를 화엄종주라고 했고, 대율사라고 불렀으며 대기대용이라는 말을 꼭 써야 했는가를 풀이한 비문과 그분의 삶을 기리는 명(銘)이 잔글씨로 새겨져 있다. 울림이 강하고 변화가 많은 추사체의 전형을 보여주는 이 행서글씨는 추사 말년의 최고 명작으로 평가되는 금석문이다. 최완수씨는 추사가 타계하기 일년 전인 1855년에 쓴 것으로 고증하고 있는데, 이 비가 세워진 것은 추사가 세상을 떠난 2년 뒤인 1858년이었다. 따라서 비문의 글씨 중 "숭정기원후4무오 5월 일입(崇禎紀元後四戊午五月 日立)"이라는 글씨는 추사의 글씨가 아닌 것이 분명하고, 완당학사 김정희라는 글씨도 누군가에 의해 새로

씌어진 것이 분명한데 이 글씨 또한 추사체 비슷하게 되어 있다. 그러니까 자세히 보면 추사의 글씨와 추사체를 모방한 글씨 사이의 미묘한 차이를 엿볼 수 있으니 그 비교의 시각적 훈련은 우리가 글씨의 안목을 키우는 데 적지 않은 도움을 줄 것이다.

그런 백파비문이기에 나는 그것의 탁본을 여러벌 구하여 귀한 선물할 데가 있으면 족자로 만들어 보내고, 지금 내 연구실에도 앞뒷면 탁본 족자가 걸려 있어 항시 보고 즐기며 배우는 바가 되었다. 그런데 언젠가 지곡서당(芝谷書堂)의 청명 임창순 선생을 찾아뵙고 밤늦게까지 바둑 서너 판을 둔 다음 이런저런 담소 끝에 백파비문 얘기가 나왔는데 선생은 내게 이렇게 묻는 것이었다.

"자네 그 비문 중에 추사글씨 아닌 곳이 있는데 아는가?"

"그럼요. 완당학사 김정희와 건립일자요."

"그것 말고 또 있네."

"그래요? 전혀 몰랐는데요. 무슨 글씬가요?"

"가서 잘 보게. 자네면 알 수 있을 걸세."

"탁본을 매일 보면서도 몰랐는데요. 무슨 글씬가요?"

"지금 생각이 잘 안 나는데, 그건 찢어지거나 무슨 사정이 있어서 우봉(又峯) 조희룡(趙熙龍) 같은 이가 대필한 것이 분명해."

이튿날 지곡서당을 떠나 나는 곧바로 내 연구실에 와서 탁본을 다시 훑어보았다. 아뿔싸! 비문의 마지막 줄에 쓰인 비명의 글씨들은 추사의 글씨가 아니었다. 추사체로 쓰인 듯싶지만 획의 구성과 붓의 놀림이 과장되고 어지러운 구석이 있다. 행간의 구사도 전혀 아니올시다이고 아닐 '불(不)'자를 본문과 비교해보니 더욱 그렇다. 10년을 보면서도 모른 것을 선생의 가르침 한마디로 알 수 있게 된 것이 부끄러운 것인가, 기쁜 것인가? 세상에 안다는 것, 본다는 것이 이렇게 힘든 줄은 몰랐다. 그래서 미술품에 대한 안목을 높이는 것은 "좋은 작품을 좋은 선생과 함께 보는 것"이라는 말을 더더욱 실감할 수 있었다.

올겨울 선운사에서 나는 시 쓰는 황지우를 만났다. 지우를 데리고 백파비에 대해 내가 아는 바를 설명했더니 저 감수성 예민한 시인은 이리저리 보면서 신기한듯 어루만지는 것이었다. 나는 지우에게 이렇게 말을 건넸다.

"지우야, 나는 이 비를 볼 때마다 추사보다 더 위대한 것은 석공의 손끝이었다고 생각해. 글씨 획의 강약 리듬에 맞추어 힘준 곳은 깊이 파고 흘려내리듯 그은 것은 얕게 새겨 추사체의 울림을 남김없이 입

체화시켰잖아."

지우는 내 말이 떨어지자 비문을 다시 만지면서 음미해보고, 멀찍이 떨어져 느낌을 확인하는 것이었다. 그리고 백파비를 떠나 우리가 다시 전나무숲을 걷게 되었을 때 지우는 내게 이렇게 말했다.

"세상엔 고수(高手)가 많아요잉. 그래도 나는 추사가 석공보다 한 수 위인 것 같네. 석공은 입면에 리듬을 새겼지만 추사는 그것을 평면에 했잖아."

백파와 추사의 선논쟁

백파(白坡, 1767~1852)스님은 전북 고창에서 태어나 18세 때 선운사의 중이 되었다. 출가의 동기는 "한 자식이 출가하면 구족(九族)이 모두 천상에 난다"는 말을 듣고 그런 효심에서 나온 것이었다고 한다. 백파는 23세 때 지리산 영원사의 설파(雪坡, 1707~91)스님을 찾아가 스승에게 구족계를 받아 율종(律宗)의 계맥을 이어가며, 50세 때『선문수경(禪文手鏡)』을 지어 당시 불교계에 일대 논쟁을 일으키게 된다.

백파의 선사상은 선종의 제8대조인 마조(馬祖, 709~88)에서 본격적으로 제창되어 제11대조 임제(臨濟, ?~867)에 이르러 크게 일어난 조사선(祖師禪) 우위사상에 입각한 정통성의 확립이었다. 백파는 임제선사가 확실한 개념규정 없이 제시한 이른바 임제삼구(臨濟三句)에 모든 교(敎)·선(禪)의 요지가 포함되었다고 보면서 이 임제삼구의 내용에 따라 선을 의리선(義理禪), 여래선(如來禪), 조사선(祖師禪)으로 구분하였다.

그리고 백파는 마음의 청정함(佛)을 대기(大機), 마음의 광명(法)을 대용(大用)이라 하고, 그 청정과 광명이 함께 베풀어짐〔道〕을 기용제시(機用齊施)라 생각했으니, 이 역시 임제선사의 사상에 기초한 것이었다. 그러면서 백파스님은 조사선에서는 대기대용이 베풀어지면서 세상의 실상과 허상, 드러남과 감추어짐이 함께 작용하는 살활자재(殺活自在)의 경지에 이르게 된다는 것이었다.

백파가『선문수경』을 세상에 내놓자 이에 맞서 반박논리를 편 것은 해남 대흥사 일지암의 초의(草衣, 1786~1866)선사였다. 초의는 실학(實學)의 불교적 수용자라고 지칭되는바, 그는 교와 선은 다른 것이 아니라며, 조사선이 여래선보다 우위에 있는 것이 아니라 입각처가 선이면 조사선이고, 교면 여래선으로 된다면서 "깨달으면 교가 선이 되고, 미혹하면 선이 교가 된다"는 유명한 명제를 내세웠다.

이리하여 초의는 선을 넷으로 나누어 조사선과 여래선, 격외선(格外禪)과 의리선으로 구분한『선문사변만어(禪門四辨漫語)』를 펴내었다. 이 논쟁의 와중에 초의의 절친한 벗이자, 해동의 유마거사라고 불교의 박식함이 칭송되고 있던 추사 김정희가 끼어들어 백파와 한판의 불꽃 튀는 논쟁을 벌이게 된다. 추사가 백파의 오류를 적어보낸 편지에 대하여, 백파는 13가지로 논증한 답신을 보냈다. 이에 대하여 추사는 다시 백파의 논지가 잘못됐음을 15가지로 일일이 논증했으니 이것이 그 유명한「백파망증 15조(白坡妄證十五條)」이다. 추사와 백파의 이 왕복서한 논쟁은 금세기 초 루카치와 안나 제거스의 표현주의 논쟁에서 보이는 바와 같은 박진감이 느껴지는데, 추사의 신랄한 말투는 우리의 상상력을 뛰어넘는 바가 있다.

(…) 이제 또 스님의 소설(所說)이 이와 같은 것을 보니 선문(禪門)의 모든 사람들은 자고 이래로 거개가 다 무식한 무리들뿐이라 더이

상 이렇고 저렇고 따질 거리가 못되니 내가 이들을 상대로 그렇고 저렇고 따지는 것이 철부지 어린애와 떡다툼 하는 것 같아서 도리어 창피하도다. 이것이 스님의 망증(妄證) 제1이오.

(…) 심지어는 정자(程子) 주자(朱子) 퇴계 율곡의 학설을 원용하여 유불(儒佛) 비유를 일삼으니 무엄하고 기탄없음이 이와 같은 자를 일찍이 보지 못하였노라. 이는 곧 개소리 쇠소리를 가지고 함·영·소·호(咸英韶護)의 율음(律音)을 같은 것으로 보는 격이니 진실로 하룻강아지 범 무서운 줄 모르는 꼴이다. 이것이 스님의 망증 제2요.

(…) 또 스님은 육조(六祖)의 구결(口訣)을 여기저기서 닥치는 대로 망증하여 무식한 육조(혜능)를 유식한 육조로 만들어놓았으니 육조인들 그 어찌 마땅히 여기랴? (…) 이것이 스님의 망증 제5요.

(…) 원효, 보조가 대혜서(大慧書)로 벗을 삼았다고 말했으나 그 어느 책에 이런 말이 써 있던가? (…) 이것이 스님의 망증 제6이오.

선문의 모든 사람들은 그저 경전이 번역된 것만을 다행히 여기고 원본과 대조함이 없이 장님끼리 서로 귀띔하듯이 내려오던 그대로 통째로 받아들여 무조건 '부처님이 말씀하시기를' 하지만 (…) 번역이란 이렇듯 무조건 믿을 것이 못되거늘 스님같이 무식하고 경솔한 무리들은 다만 캄캄한 산 귀신굴 속에 떨어져 다만 입으로만 지저거려내며 사설(邪說) 망증을 일삼지 않는 자가 하나도 없도다. 그렇지 않은가? 이것이 스님의 망증 제10이오.

스님은 매양 80여년 공을 쌓은 나인데 그 누가 나를 넘어설 자가 있느냐고 호언장담하더니 그 공 쌓은 것이 겨우 이것이냐? 내 묻노니 심안상속(心眼相屬)이란 무슨 뜻이뇨? (…) 아무런 심증도 없이 이것저것 주워보태서 입으로만 지껄이는 그 꼴이 점점 볼 만하도다. 이것이 스님의 망증 제12요. (…)

논지의 옳고 그름을 떠나서 안하무인격으로 남을 이렇게 사갈시할 수 있다는 추사의 대담성에 나는 놀라지 않을 수 없다. 지금 백파가 추사에게 보낸 편지는 전해지는 것이 없는데 전하는 말로는 「망증 15조」를 읽은 백파는 "반딧불로 수미산을 태우려고 덤비는 꼴"이라고 가볍게 받아넘겼다고 한다. 확실히 속인보다 스님 중에 고수가 많다. 사실 이쯤 되는 것이 구단(九段)의 경지가 아닐까?

그런데 고형곤(高亨坤) 박사는 일찍이 추사의 「백파망증 15조」 연구논문을 발표하면서 추사의 해박한 고증학적 비판의 타당성을 인정하면서도 추사가 오히려 망증한 것도 다수 지적하며 결론을 이렇게 맺었다. 고형곤 박사도 역시 고수다웠다.

> 망증 15조는 무승부.

백파스님은 『선문수경』 이후에도 수많은 저술을 남기고 쇠잔한 불교계에 활력을 넣어주며 지리산 화엄사에서 1852년 세수 86세, 법랍 68년으로 세상을 떠났다.

백파와 초의의 논쟁은 그 제자들에게도 이어졌다. 초의의 『선문사변만어』는 제자인 우담(優曇)스님의 『선문증정록(禪門證正錄)』으로 나왔고, 백파의 제자인 설두(雪竇)스님은 『선원소류(禪源溯流)』를 내어 백파의 설을 보완하니 또다시 초의 쪽에서는 축원(竺源)스님이 『선문재정록(禪門再正錄)』을 펴내었다. 돌이켜보건대 우리 한국사상사에서 이처럼 빛나는 논쟁이 있었다는 사실 자체가 얼마나 행복한 일인가?

추사의 백파비문

그런데 추사의 백파비문을 보면 그가 56세에 쓴 「백파망증 15조」와는 완연히 다른 자세를 보여준다. 그 글의 공손함과 스님에 대한 존경이 가히 심금을 울리는 내용이다. 왜 이렇게 되었을까? 죽은 자 앞에서 보여준 겸허 때문이었던가? 나는 그렇게 생각지 않는다. 추사 김정희는 9년에 걸친 제주도 귀양살이의 아픔 속에서 새롭게 태어난 위인이었다. 귀양가기 전의 그의 오만함은 그가 원교 이광사의 글씨에 대하여 매몰차게 썼던 「원교서결후(圓嶠書訣後)」에도 여실히 보였었다. 그러나 추사는 해배되어 돌아온 후 전혀 다른 모습의 인간상을 우리에게 보여주게 된다. 세상을 보는 시각도, 세상을 대하는 태도에서도 일대 반전(反轉)을 이룬다. 이런 추사의 모습은 귀양갈 때 초의에게 해남 대흥사의 원교 현판을 떼어내고 자신의 글씨로 걸게 했다가 해배되어 돌아오는 길에 자신의 글씨를 떼어내고 다시 원교의 글씨로 달게 했다는 전설적인 사실에서도 엿볼 수 있다. 그러니까 추사가 인생과 예술에서 그야말로 달인(達人)이 된 시점, 타계하기 1년 전의 글이기 때문에 이 백파비문은 추사체의 진면목일 뿐만 아니라, 그 내용과 문장에서도 대표적인 글로 꼽히는 것이다.

우리나라에는 근래에 율사(律師)로서 일가를 이룬 이가 없었는데 오직 백파만이 여기에 해당할 수 있다. 고로 여기에 율사라고 적은 것이다. 대기대용(大機大用), 이것은 백파가 팔십평생 가장 힘들인 곳인데, 혹자는 기용(機用)과 살활(殺活)을 지리하고 억지스럽다고 하지만 이는 결코 그런 것이 아니다. 무릇 보통사람들을 대치함에 어느 것이나 살활과 기용 아닌 것이 없으니, 비록 팔만대장경이라고는 하나 어느 것 하나 살활과 기용에서 벗어난 것은 없는 것이다. 그런데도 사람들이 이 뜻을 모르고 허망되게 살활과 기용을 갖고 백파가 고집했

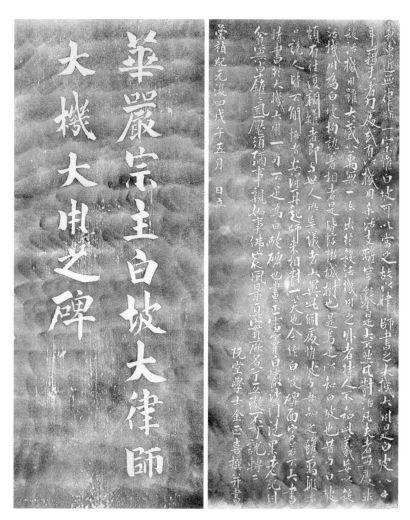

| 백파선사비 앞면 | "화엄종주 백파대율사 대기대용지비"라는 글씨를 힘차고 굵게 새겨놓아 추사체의 굳센 필력을 느끼게 해준다.

| 백파선사비 뒷면 | 글자 획의 굵기와 자간(字間)의 간격조정이 어지러울 정도로 자유자재롭지만 그것이 바로 추사체의 진면목을 보여주는 자율성이다.

다고 말하는 것은 모두 하루살이가 느티나무를 흔들려는 격인 것이다. 이래서야 어찌 백파를 안다고 할 수 있겠는가? 옛날에 내가 백파와 더불어 여러번 왕복서한으로 변증한 것은 세상사람들이 헛되이 의논하는 것과는 크게 다른 것이었다. 이 점에 대해서는 오직 백파와 나만이 알고 있을 따름이다. 비록 만가지 방법으로 입이 쓰도록 사활을 설득하려 해도 모두 깨닫지 못하니 어찌하여 백파를 다시 일으켜 서로 마주보고 한번 웃어볼 수 있을 것인가! 이제 백파의 비문을 지으면서 만약 대기대용 이 한구절을 크고 뚜렷하게 쓰지 않는다면 그것은 백파비로서는 부족하다 할 것이다. 설두, 백암 등 문도들에게 이것을 써주면서 과로(果老, 추사의 별호, 즉 과천에 사는 노인)는 다음과 같이 부기하노라.

가난하기는 송곳 꽂을 자리도 없었으나
기상은 수미산을 덮을 만하도다.
어버이 섬기기를 부처님 모시듯 하였으니
그 가풍은 정말로 진실하도다.
속세의 이름은 긍선이나
그 나머지야 말해 무엇하리요.

완당학사 김정희가 찬하고 또 쓰다.

我東近無律師 一宗, 惟白坡 可以當之, 故以律師書之. 大機大用, 是白坡八十年藉手着力處. 或有以機用殺活, 支離穿鑿, 是大不然. 凡對治凡夫者, 無處非殺活機用, 雖大藏八萬, 無一法出於殺活機用之外者. 特人不知此義, 妄以殺活機用, 爲白坡拘執着相者, 是皆蜉蝣撼樹也. 是烏足以知白坡也. 昔與白坡, 頗有往復辨難者, 卽與世人所妄議者大異. 此個處, 惟坡

與吾知之. 雖萬般苦口說人, 皆不解悟者, 安得再起師來, 相對一笑也. 今
作白坡碑面字, 若不大書特書於大機大用一句, 不足爲白坡碑也. 書示雪
竇白巖諸門徒, 果老 記付, 貧無卓錐, 氣壓須彌. 事親如事佛, 家風最眞
實. 厥名兮亘璇, 不可說轉轉.

阮堂學士 金正喜 撰幷書.

崇禎紀元後四戊午五月日立.

석전스님 박한영

백파 이후 선운사에 큰스님이 몇이나 배출되었는지 나는 잘 모른다.
다만 서정주가 쓴「추사와 백파와 석전」이라는 시를 통하여 정호(鼎鎬,
1870~1948)스님의 아호가 석전(石顚, 돌이마)이 된 기막힌 사연만은 알 수
있다.

질마재 마을의 절간 선운사의 중 백파한테 그의 친구 추사 김정희
가 만년(晩年)의 어느날 찾아들었습니다.

종이쪽지에 적어온 '돌이마[石顚]'란 아호(雅號) 하나를 백파에게
주면서,

"누구 주고 싶은 사람 있거든 주라"고 했습니다.

그러나, 백파는 그의 생전 그것을 아무에게도 주지 않고 아껴 혼자
지니고 있다가 이승을 뜰 때, "이것은 추사가 내게 맡겨 전하는 것이
니 후세가 임자를 찾아서 주라"는 유언으로 감싸서 남겨놓았습니다.

그것이 이조(李朝)가 끝나도록 절간 설합 속에서 묵어오다가, (…)
박한영이라는 중을 만나 비로소 전해졌습니다. (…)

정호스님은 본명이 박한영(朴漢永)으로 19세에 전주 태조암에서 중이 된 이후 구한말·일제시대의 시대적 비운 속에 그래도 자신을 지킨 몇 안 되는 스님 중 한분이었다.

1911년, 한일병합 이듬해에 이회광(李晦光)이 일본 조동종(曹洞宗)과 연합하려 하자 한용운, 오성월(吳惺月)스님 등과 임제종(臨濟宗)의 정통론을 내걸고 이를 저지한 분이었다. 한때는 조선불교월보 사장, 불교전문학교 교장을 지내고 1929년부터 1946년까지 조선불교 교정(敎正)을 맡은 정호스님은 만년을 정읍 내장사에서 보낸 것으로 알려져 있다.

유명한 최치원의 「사산비명(四山碑銘)」에 근세에 각주를 단 것에 석전노인주(注)라는 것이 있는데 그것이 곧 한영스님이었으니 그분 역시 백파의 제자다운 학승이었다.

선운사의 보물들

사적기에 의하면 선운사는 조선 성종 3년(1472)에 행호(幸浩)선사가 쑥대밭이 된 폐사지에 구층탑이 외롭게 서 있는 것을 보고 분발하여 다시 일으켰다고 한다. 성종의 작은아버지인 덕원군의 후원으로 대대적으로 중창했다는 것이다. 보물 제279, 제280호로 지정된 금동보살좌상과 금동지장보살은 이때 제작된 것으로 추정된다. 특히 도솔암 내원궁에 모셔놓은 지장보살상은 통일신라, 고려가 아닌 조선시대 불상의 진면목을 보여준다. 경주 석굴암 석가여래상이 통일국가의 이상을 반영하는 근엄과 권위의 화신으로 묘사되고, 도솔암 암각여래상이 지방호족의 자화상적 이미지라면 이 지장보살은 사대부적 이상미를 반영하듯 학자풍이고 똑똑하게 생겼다. 그래서 나는 이 지장보살을 가리켜 "꼭 경기고등학교 나온 보살님"같다는 표현을 쓰기도 한다.

| **도솔암 내원궁 지장보살상** | 조선초기의 금동 지장보살상으로 얼굴에는 선비의 풍이 나타나 있다.

행호가 보았다는 구층석탑은 지금 대웅전 앞에 남아 있는 고려풍의 육층석탑일 텐데, 이것이 본래 구층이었던 것인지 아니면 행호가 미술사에 약해 탑의 기단부와 상륜부까지 층수로 세어 구층탑이라 했는지는 확실치 않다.

선운사는 1597년 정유재란 때 박살이 났다. 본당을 제외한 당우가 모두 불탔다. 성종 17년(1486)에 임금의 명으로 새긴 「석씨원류(釋氏源流)」가 깡그리 소실됐다. 광해군 5년(1613)에 이곳 현감으로 온 송석조(宋碩

| 정와 | '조용한 작은 집'이라는 뜻에 걸맞은 사랑스런 조촐한 건물이었으나 지금은 관음전으로 개수되었다.

祚)는 원준(元俊)이라는 후원자를 만나 다시 선운사를 재건하여 3년간의
역사 끝에 오늘의 모습을 세웠다. 대웅전·만세루·영산전·명부전 등이
그때 지어진 건물이다. 불타버린 「석씨원류」도 사명대사가 일본에 건너
가 한 질 갖고 귀국한 것이 있어 최서룡(崔瑞龍), 해운법사(海雲法師)가
복간하였다. 총 409판으로 된 이 목판 「석씨원류」는 조선시대 삽화의 걸
작 중 걸작이다.

그런 「석씨원류」 목판 원판이 몇년 전에 세상으로 흘러나와 인사동 골
동점에서 볼 수 있었다. 당국에서 급기야 회수하느라 멋모르고 구입한
수장가들이 졸지에 문화재법 위반 현행범이 되고 말았는데, 지금은 다
찾았는지 아닌지는 알 수가 없다.

그런 선운사에서 내 눈길을 끄는 당우는 대웅전 왼쪽에 있는 세 칸짜
리 스님방이었다. 그 조촐하고 조용한 아름다움이란 요즘같이 들뜬 세상

| **정와 현판** | 원교 이광사의 기교가 많이 들어간 글씨이다. 지금은 새로 지은 큰 건물 창방 사이에 매미처럼 매달려 있다.

사람들에게 진짜 아름다운 것이 무엇인가를 무언으로 말해주는 듯하다. 게다가 당호는 원교 이광사가 힘과 기교를 다해 쓴 '정와(靜窩, 조용한 작은 집)'이다.

그러나 불행하게도 1992년 어느날 선운사는 거찰로의 위용을 갖춘다고 아기자기하게 나뉘어 있던 절마당을 반듯하게 펼쳐 꼭 연병장처럼 되었고 이 아담한 집은 관음전으로 개수되고 저쪽 요사채에 대방(大房)이 건립되었다. 나는 그 현판 '정와'가 어디로 갔는가 궁금하여 찾아보았더니 맙소사! 그것은 우람한 대방의 창방 사이에 빼꼼히 끼여 있는 것이 아닌가. 그렇게 해놓고도 '조용한 집'이라는 문패를 달 생각은 어떻게 했던고.

풍천장어와 선운리 당산제

선운사 앞마을의 명물은 뭐니뭐니 해도 풍천(豊川)장어다. 풍천장어는 판소리 사설 중에서도 천하일품 요리로 꼽고 있으니 그 유래가 자못 긴 것 같다. 본래 장어는 바다와 연이은 강줄기에서 서식하는데, 선운산 계곡이 흘러 바다로 빠지는 풍천이 최적지가 되었다. 그래서 풍천장어는 여느 장어보다 싱싱하고 힘이 좋아 기허(氣虛)한 사람은 기허한 대로, 스태미너 넘치는 사람은 그것을 유지하기 위한 영양식으로 이름높다. 풍천장어는 복분자술이 제짝이라고 한다. 산딸기를 복분자(覆盆子)라고 부르는 것은 산딸기의 모양새가 요강을 엎어놓은 것 같기 때문인데, 속설에는 산딸기술을 먹고 오줌독에 오줌을 누면 오줌독이 엎어진다고 해서 글자 모양이 그렇게 되었다는 말도 있다. 그러니 풍천장어의 짝이 됐나보다.

몇년 전까지만 해도 선운사를 찾는 사람은 으레 동백여관에 머물렀다. 다 허물어져가는 이층 양옥이지만 그 운치는 그만이었고 주인 아줌마와 일하는 총각 맘씨가 아주 따뜻했다. 그 동백여관이 요새는 동백호텔로 면모를 일신했다. 시설은 편해졌지만 옛날 여관 시절 인심은 없어졌다.

이미 선운리 마을은 그렇게 황폐화해가고 있었다. 토박이들이 뿌리를 내리고 사는 마을이 아니라 외지사람이 뿌리고 가는 돈으로 사는 관광지의 사나운 인심이 자리잡아가고 있다.

재작년 대보름날 자정이었다. 동백호텔과 선운사 사이에 있는 이 마을 당산나무 아래에서 동네 늙은이 네분이 사물을 치면서 당산제를 지내고 있었다. 구경꾼조차 없는 쓸쓸한 마을굿이었다. 오직 네분이 올리는 제사인지라 한분이 소지(燒紙) 올리면 사물은 삼물이 된다. 선운리 당산은 할머니 당산, 할아버지 당산이 마주하고 있는데 그러께 할아버지 당산이 죽고 말았다. 그래서 술을 올릴 때 할머니 당산부터 하는 것이 원칙이지만 이제는 죽은 당산 먼저 하고 산 당산은 나중 한단다.

촌로는 당제를 지내면서 구경꾼인 나에게 한숨을 섞어가면서 이렇게 말했다. "이제 우리마저 떠나면 당산제도 끝이여. 다 떠나고 누가 있어야제. 이러다간 농사짓는 것도 인간문화재 된다는 말 나올까 겁나."

올 대보름 선운리 당산제는 올려지지 않았다. 그날따라 보름달은 백내장끼듯 희뿌옇게 떠 있었다.

1991. 4.

* 본문에서 나는 글이 길어지는 바람에 꼭 한번 눈여겨보아둘 유물을 그냥 지나쳐버린 것이 있다. 선운사에서 도솔암으로 오르는 길에는 천연기념물로 지정된 멋진 소나무 '장사송'이 있음은 답사객 누구나 놓치지 않을 것이지만, 냇가를 끼고 가다가 산길로 들어서는 길가에 서 있는 민불(民佛) 한 분은 대단한 명품으로 생각되는 것이다. 달덩이 같은 얼굴에 고개를 갸우뚱하며 두 손을 가슴에 얼은 모습은 소박하고 안온하며 건강한 아름다움을 한몸에 지니고 있다. 이것은 불상, 장승, 석인상의 여러 요소들이 만나 이루어진 형상이다. 이런 불상은 민속신앙으로 변한 불상이라는 뜻에서 사찰불상과 구별하여 흔히 민불이라고 부른다. 조선후기에 많이 제작된 민불 중에서 이 선운사 민불은 화순 운주사 가는 길에 볼 수 있는 벽나리 민불과 함께 가히 쌍벽을 이룬다고 할 명품이다.

동해 낙산사의 영광과 상처
의상대 낙산일출 / 원통보전의 탑, 불상, 돌담 /
낙산사 화재 / 낙산사 복원

낙산사 회한

양양 낙산사를 생각하면 나는 회한으로 가득하다. 2005년 4월 5일, 강
원도 양양군 일대를 휩쓴 대형 산불은 45만평(150헥타르)의 야산을 태우고
낙산사 원통보전을 비롯한 크고 작은 전각 13채와 보물 제479호인 낙산
사동종마저 삼켜버렸다. 당시 나는 문화재청장으로 그 책임을 져야 했
다. 청장으로 재임하는 동안 나라의 보물 하나를 망실(亡失)처리했다는
불명예를 평생 안고 살아야 하는 죄인으로 되었다.

한편 나에겐 이를 복원하는 의무도 있었다. 마음 같아서는 전액 국고
로 복원하고 싶었지만 나라에서 할 수 있는 것은 국가지정문화재에 한정
되어 있었다. 때문에 원통보전과 홍예문의 복원, 동종의 재주조 등 일부
에만 예산을 지원할 수 있었을 뿐 여타의 전각과 요사채 복원에는 국고

를 투입할 방법이 없었다.

그러나 낙산사 스님들과 사부대중은 전국민의 지대한 관심과 격려에 힘을 얻어 복원불사에 착수하여 마침내 2009년 10월 12일에 복원불사 회향식이 봉행되었다. 당시 낙산사 주지 정념스님은 그 회한을 다음과 같이 말했다.

"낙산사는 화재 이후 국립문화재연구소의 2년여에 걸친 발굴조사와 전문가들로 구성된 복원위원회의 자문을 받아 천년고찰의 사격(寺格)을 되살리는 복원불사에 착수해 오늘에 이르기까지 정진, 또 정진해왔습니다.

복원위원회는 낙산사의 사격이 가장 크고 장엄했던 조선 세조 때의 모습으로 복원하기로 의견을 모으고 단원 김홍도의 「낙산사도(洛山寺圖)」를 기본 모형으로 삼아 불사를 진행키로 했습니다. 이번에 회향하는 빈일루, 응향각, 정취전, 설선당, 고향실, 송월요, 근행당 등 총 7동의 주요 전각들은 이 그림을 바탕으로 하여 우리 전통건축의 아취와 천년고찰의 격조가 느껴질 수 있도록 정성스럽게 지어졌습니다. (…) 다시는 이번 화마와 같은 고통이 찾아오지 않게 하기 위해 주요 전각에 수막시설을 설치했고, 곳곳에 여러대의 방수총도 마련해놓았습니다.

오늘 이 복원불사 회향은 낙산사의 아픔을 나의 아픔으로 받아들이고 기와 한 장, 서까래 하나, 나무 한 그루에도 자비의 마음을 내어주신 국민들의 따뜻한 성원 때문에 가능했습니다. 아픔과 눈물 속에서도 간절한 발원과 원력으로 복원불사를 회향할 수 있었던 힘은 모두 다 이같은 국민들의 성원과 자비 때문이었습니다."

| **낙산사 전경** | 낙산사는 드물게도 바다를 앞에 둔 절집이어서 여느 산사와는 다른 호방함이 있다.

회향식에 나는 차마 얼굴을 내밀지 못했다. 그래도 복원된 낙산사를 찾아가는 것이 나의 도리라고 생각되고 또 단원의 그림에 기초한 가람배치의 실제 모습을 보고 싶었다. 마침 재작년(2009) 명지대 미술사학과 봄 답사 순번이 관동지방으로 잡혀 있어 학생들을 데리고 낙산사 새 절을 보러 가게 되었다.

의상대사의 낙산사 창건설화

낙산사를 답사할 때면 나는 으레 후문으로 들어가 정문으로 나왔다. 그것은 동해바다가 멀리 내다보이는 의상대(義湘臺)에 먼저 오르기 위함이었다. 낙산사의 유래를 알기 위해서도 그렇고 낙산사의 건축적 자리매

| **겸재 정선의 「낙산일출」** | 금강산과 관동8경을 즐겨 그린 겸재는 여러 폭의 낙
산사 그림을 남겼는데, 어느 경우든 동해바다의 일출을 곁들여 시원스런 화면구성
을 보여준다.

김을 이해하기 위해서도 의상대에 먼저 오르는 것이 유리하다.

　특히 의상대에서 바라보는 일출은 대단히 장엄하다. 겸재 정선이 그린
「낙산일출」은 이 의상대에서 본 그림이다. 지금도 낙산사 입구 여관에서
1박을 하노라면 아직 어둠이 걷히기 전 여행자, 답사자, 해수욕객들은 너
나없이 바닷가로 나와 낙산일출을 바라본다. 수평선에 동이 트기 시작하
면 웅성거리던 소리들이 잠잠해지고 1분쯤 걸릴까, 태양이 머리를 내밀
며 시뻘겋게 둥근 모습을 완전히 드러내면서 수평선 위로 솟아오를 때까

지 사람들은 마치 극장 안의 관객들처럼 모두 숨소리를 죽인다. 그것은 정녕 장대한 영화의 서막 같고, 장중한 교향곡의 첫 소절 같다.

의상대는 1926년 만해(萬海) 한용운(韓龍雲, 1879~1944) 스님이 여기 낙산사에 머물고 계실 때 저 장엄한 '낙산일출'을 바라볼 곳에 정자 하나 없는 것이 못내 아쉬워 높은 벼랑 위 시원한 전망을 가진 이곳에 육각정을 지은 것이다. 만해스님은 이 누대의 이름을 의상대라 하고 당대의 서예가인 성당(惺堂) 김돈희(金敦熙, 1871~1936)의 글씨로 현판을 달았다. 만해스님이 세운 육각정은 그후 10년이 지나 큰 폭풍우로 무너져 다시 세우게 되었고 지금의 의상대는 1975년에 개축한 뒤, 2005년에 화마도 이겨냈으나 풍우로 전각 일부가 썩어 2009년 가을에 다시 복원하여 오늘에 이르고 있다.

같은 동해안의 정자라도 월송정, 망양정, 청간정이 아닌 의상대 육각정 난간에 걸터앉으면 의상대사가 다른 곳 아닌 바로 이 자리에 관음신앙의 근본도량으로 낙산사를 창건한 옛이야기가 절로 떠오른다. 의상대사가 여기에 낙산사를 세우게 된 내력은 『삼국유사』에 아주 자세히 전하고 있다.

옛적에 의상법사가 당나라에서 돌아와(670년, 문무왕 10년) 관음보살의 진신(眞身)이 이 해안 굴 속에 산다는 말을 듣고 인하여 낙산이라고 하였으니 이는 서역에 보타락가산(補陀洛迦山, 관음이 거주하는 곳)이 있는 까닭이다. 이것을 소백화(小白華)라 하는 것은 백의(白衣)보살(관음보살의 별칭)의 진신이 머물러 있는 곳이므로 이를 빌려 이름 지은 것이다.

의상이 재계(齋戒)한 지 7일 만에 앉은 자리[座具]를 새벽물 위에 띄웠더니 천(天), 용(龍) 등 팔부중(八部衆, 사천왕이 거느리는 여덟 수호신)

이 굴 속으로 그를 인도하였다. 의상이 공중을 향하여 예를 올리니 수정염주 한 꾸러미를 내어주므로 그것을 받아 물러나왔다. 그리자 동해의 용이 또한 여의주 한 알을 바치므로 그것도 받아왔다. 의상이 다시 7일 동안 재계하니 비로소 관음의 진신을 보게 되었다.

관음보살이 의상에게 말하기를 "앉은 자리 위 산꼭대기에 한쌍의 대가 솟아날 것이니 그 자리에 불전을 짓는 것이 마땅할 것이다"라고 하였다. 의상이 그 말을 듣고 굴에서 나오니 과연 쌍죽이 땅에서 솟아나왔다. 이에 금당을 짓고 관음상을 빚어 모시니 그 원만한 얼굴과 고운 모습이 천연스러웠다. 그리고 그 대는 없어졌으므로 그제야 비로소 이곳이 바로 관음의 진신이 거주하는 곳임을 알았다. 이로 인하여 그 절을 낙산사라 하고 의상은 그가 받은 수정염주와 여의주를 성전(聖殿)에 모셔두고 떠났다.

의상대에서 북쪽을 바라보면 깎아지른 벼랑 위, 노송과 대밭 밑에 보타굴(관음굴)과 홍련암(紅蓮庵)이 있다. 지금 홍련암 바닥에는 10센티미터 남짓한 구멍을 통하여 관음굴을 들여다볼 수 있도록 해놓았으니 여기가 곧 전설의 고장인 것이다. 홍련암은 의상이 참배할 때 한 마리 파랑새(靑鳥, 관음보살 주변에 붙어 있는 새, 곧 그의 화신)를 만났는데 그 파랑새가 석굴 속으로 자취를 감추자 의상이 7일 동안 기도를 한즉, 7일 후 별안간 붉은 연꽃(紅蓮)이 떠오르고 관음보살이 현현했다고 해서 붙여진 이름이다.

이 전설은 오래도록 사람들에게 전해져온 모양이다. 고려불화 중에는 보타락가산 금강대좌에 앉아 선재동자의 방문을 맞이하는 「수월관음도(水月觀音圖)」가 여러폭 있다. 그중 일본 다이또꾸지(大德寺)에 소장된 그림에는 다른 수월관음도와는 달리 그림 아래쪽에 팔부중과 동해용왕이 여의주를 바치는 모습이 그려져 있고, 관음보살 머리 위로는 예의 파랑

| 「**수월관음도**」 | 14세기 고려시대의 탱화로 일본 다이또꾸지 소장품에는 낙산사 창건설화가 묘사되어 있다.

| 의상대 | 만해 한용운 선생이 이 아름다운 곳에 정자 하나 없음이 아쉽다며 육각정을 세우고 의상대라 이름지었다.

새가 날고 있어 의상대사의 낙산사 창건설화와 그대로 연결된다.

이런 전설을 지닌 홍련암은 낙산사 화재 때도 기적적으로 살아남아 사람들로 하여금 의상대사의 신성함과 신통력을 다시금 생각게 하고 있다.

원효대사의 낙산사 봉변

그런데 『삼국유사』 낙산사 전설에는 의상의 신통력 이야기에 뒤이어 이상하게도 원효대사의 큰 망신과 봉변 얘기가 나온다. 이 얘기에서는 자못 악의적이라 할 만큼 원효대사가 폄하되어 있다.

훗날 원효법사가 뒤이어 (낙산사에) 와서 예를 보이려 하였다. 처음에 남쪽 교외에 이르니 논 한가운데 흰옷(白衣, 백의관음의 암시)을 입은 한 여자가 벼를 베고 있었다. 원효가 희롱삼아 그 벼를 달라고 하니 여인은 벼가 열매 맺지 않았다고 희롱으로 대답했다. 원효가 또 길을 가다가 다리 밑에 이르니 한 여인이 월경대(月水帛)를 빨고 있었다. 원효가 먹을 물을 달라고 청하니 이 여인은 그 (월경대 빨던) 더러운 물을 떠서 주었다. 원효는 여인이 준 물을 쏟아버리고 다시 냇물을 떠서 마셨다.

이때 들 한가운데 서 있는 소나무 위에서 파랑새 한 마리가 "휴제호(休醍醐) 화상(제호를 마다하는 스님)아!" 하고는 재빨리 몸을 숨기고 보이지 않았다. 소나무 아래엔 신 한 짝이 벗어져 있었다. 원효가 낙산사에 이르니 관음보살상 자리 밑에 전에 보았던 신 한 짝이 벗어져 있는 것이었다. 그제야 원효는 전에 만났던 여인이 관음의 진신임을 알았다. 그래서 그때 사람들은 그 소나무를 관음송이라 했다. 원효가 성굴(聖窟)에 들어가 다시 관음의 참모습을 보려고 했으나 풍랑이 크게 일어 들어가지 못하고 떠났다.

이 전설의 요지인즉, 원효는 관음을 만났으면서도 알아보지 못한 스님이고, 관음에게 수정염주를 받기는커녕 월경대를 빨던 물이나 한 바가지 얻은 스님이었다는 것이다.

일종의 유언비어라 할 원효대사 봉변기는 말하자면 '유언비어의 사회사'로 풀어야 그 의미가 살아난다. 의상과 원효는 선후배로, 동학으로 서로 존경하던 사이인데 이처럼 악의적인 이야기가 나오게 된 이유가 무엇일까. 의상과 원효는 여러면에서 차이가 있었다. 의상은 진골귀족 출신이었고, 원효는 육두품 출신이었다. 의상은 끝내 당나라에 유학하여 화엄종 체계를 배워왔지만 원효는 결국 유학을 포기하고 "모든 것이 마음에 달렸다"는 스스로의 깨달음을 실천했다. 의상은 강렬한 국가의식을 가진 정치적 인물이어서 당나라에서 귀국하게 된 동기가 당나라의 신라 침공계획을 본국에 알리기 위한 것일 정도였다. 그러나 원효는 광대의 노래에 무애가(無碍歌)를 붙여 부르고 다닐 정도로 대중성이 강했다. 원효가 개인적 깨달음을 주장했다면, 의상은 거대한 불교체제 속에 들어와야 깨칠 수 있음을 강조하였다.

오늘날 불자들이 즐겨 암송하는 의상대사 법성게(法性偈)를 보면, 오묘하고 원만한 법은 증명할 길이 없는 것으로 인연에 따라 이룰 수 있다면서 "하나가 모두이고 모두가 곧 하나다〔一卽一切多卽一〕"라고 외치고 있다. 그러나 원효대사의 발심수행장(發心修行章)에 의하면 "행자(行者)라도 마음이 밝으면 온 하늘이 함께 찬양하지만 도인(道人)이라도 속세에 연연하면 착한 신이 버린다"고 하였고 "정토의 본뜻은 대중〔凡夫〕을 위한 것이지 보살을 위한 것이 아니다"라고 설파하면서 대중불교를 이끌어갔다.

신라가 통일전쟁을 승리로 이끄는 과정에서 대중의 정신력을 고양하는 데에는 원효의 사상도, 의상의 정신도 모두 필요했을지 모른다. 그러나 신라가 통일전쟁을 마치고 새로운 국가체제를 갖추어나갈 시점에 이르러서는 원효 같은 자율성이 아니라 의상 같은 체제질서가 필요하였던 것이다. 그러나 원효의 대중적 영향력은 여전히 막강하였다. 지배층이 필요로 했던 것은 의상의 정신을 높이기 위하여 대중들이 신봉하는 원효의 사상을 약화시킬 수 있는 유언비어였다는 얘기가 된다. 그래서 의상의 전설 뒤에는 줄곧 원효의 그림자가 따라다니곤 한다. 그 원효의 모습은 항시 의상에 못 미치는 신통력 없는 것, 별 볼일 없는 것, 아니면 낙산사 봉변기 같은 것이다.

반면에 의상의 일거수일투족은 거의 신격화되었다. 부석사의 창건설화, 불영사(佛影寺)의 신비로운 전설은 그 대표적인 예다. 의상은 화엄 10찰의 개창자가 되어 부석사, 해인사, 화엄사 등 당시 영험한 산마다 거찰을 세웠다. 의상대사의 낙산사 창건설화에는 그런 사회성이 담겨 있는 것이니 옛사람이 전설로 말한 것을 곧이곧대로만 들을 수도 없고 허구로 넘길 것만도 아니다. 그것의 사회사적 해석은 우리들의 몫인 것이다.

낙산사 홍예문

이번 낙산사 답사 때 나의 주목적이 새 절을 보기 위한 것이기 때문에 종전과는 달리 정문으로 들어가는 길을 택했다. 낙산사 주차장 앞에 길게 늘어선 상가 끄트머리를 돌아 일주문으로 오르는 언덕길로 돌아서니 낮은 비탈 한쪽의 대숲은 여전히 울창하다. 바닷바람인지 산바람인지 세찬 골바람이 지나가면서 대숲은 가는 휘파람소리를 내며 싱그러운 산내음을 일으킨다. 예전 같았으면 흔들리는 대숲을 바라보면서 조선시대 화가들이 즐겨 그리던 풍죽(風竹) 그림을 떠올리며 엷은 서정을 일으켰으련만 지금은 생각조차 하기 싫은 낙산사 화재 당시의 웬수 같은 바람만이 떠오른다.

일주문에서 낙산유스호스텔을 지나 낙산사의 관문 격인 홍예문으로 다가가니 낮은 산자락엔 새로 심은 금강송들이 하늘을 향해 힘찬 성장의 몸짓을 보여주고 있다. 10년생을 심었는데 나이가 어린 탓에 줄기가 가늘고 아직 푸른빛을 지우지 못하고 있다.

사실 낙산사 화재에서 사람들이 안타까워한 것은 건물만큼이나 그 아름답고 장하던 솔숲이었다. 건물은 새로 지으면 한두해 만에 제모습을 보여주지만 나무는 그럴 수가 없으니 저 금강송의 줄기가 누른빛으로 연륜을 더할 때까지 낙산사 화재의 상처는 그대로 남아 있을 것이다. 그러나 금강송은 생각 밖으로 속성수여서 1년이면 45센티미터씩 자란다고

| 홍예문 | 무지개 형상의 입구를 한 전형적인 조선시대 성문이다. 이 홍예문은 사실상 낙산사의 일주문 역할을 한다.

한다. 벌써 5년이 지났으니 또다른 5년, 10년이 지나면 옛 모습에 비스듬
히 다가갈 것이라며 낙산사 사하촌 사람들은 오히려 세월의 흐름을 재촉
한다.

낙산사는 아래쪽 초입의 일주문보다도 산자락을 마주 이어 성문처럼
세운 홍예문(강원유형문화재 제33호)에 이르러야 산문에 들어선 기분이 일어
난다. 낙산사 안내서를 보면 이 무지개 모양의 돌문은 세조 13년(1467)에
세조가 낙산사에 행차한 것을 기념하기 위해 절 입구에 세운 것이라고
되어 있으나 정확한 설명이 아니다.

세조는 세조 12년(1466) 3월부터 윤3월까지 40일간에 걸쳐 금강산을
유람하였다. 세조의 금강산 행차에는 왕비, 왕세자(훗날 예종)와 신숙주 등
많은 신하들이 수행하였고 원래 목적은 고질병인 피부병 치료를 위한 것
이었다. 외금강 온정리에서 온천을 마친 세조는 귀로로 동해안변을 타고

내려와 낙산사, 대관령, 월정사를 거쳐 궁궐로 돌아갔다. 이때 세조는 몽골난 이후 퇴락한 낙산사를 보고 학열(學悅)스님에게 중수를 명하였다. 『동국여지승람』은 이 사실을 "세조가 이 절에 행차했다가 전사(殿舍)가 비좁고 더러우니 신축하도록 명하여 굉장해졌다"라고 기록하고 있다.

이리하여 낙산사는 중수되어 칠층석탑도 세워지게 되었고 세조가 죽자 아들은 선왕의 명복을 빌기 위해 범종을 주조하게 되었으니 오늘의 낙산사가 있는 데는 세조의 공이 누구보다 컸다고 할 수 있다. 왕명에 의한 국가적 사업이었기 때문에 낙산사 중수에는 당시 강원도에 있던 26개 고을에서 건자재와 인력을 품앗이하듯 내주었다. 홍예문을 세울 때는 장대석 하나씩을 내어 모두 26개의 화강석으로 무지개문을 만들고 자연석으로 성벽을 쌓듯 양날개를 이었다. 2단의 기대석을 높직이 쌓고 그 위에 13개씩 두 줄로 조성하여 돌문의 폭이 제법 넓다. 그리고 홍예문 위에는 정면 3칸의 우진각지붕 문루가 세워져 있다.

그러나 이 전각 건물은 임진왜란 때 불타버려 단원의 「낙산사도」에도 홍예문은 석축만 그려져 있다. 그리고 1963년에 비로소 복원되었으나 이번 화재로 소실되어 또다시 세워진 것이니 낙산사의 아픈 상처가 고스란히 이 문의 역사에 담겨 있는 셈이다. 새로 복원된 홍예문을 보니 전에는 양쪽 성벽이 강돌로 되어 있어 자주 허물어졌는데 이번에는 산돌을 이 맞추어 쌓아 제법 튼실해 보였다. 다만 성벽을 타고 오르는 담쟁이가 너무 어려 높은 벽을 타고 오르는 가냘픈 넝쿨손이 안쓰러워 보였다. 그러나 담쟁이야말로 생명력이 강하고 성장이 빨라 몇해 안에 홍예문은 옛 모습을 찾을 것 같았다.

"동해 낙산사!"

홍예문을 들어서자 새로 복원된 낙산사 새 절이 한눈에 들어왔다. 범종루와 사천왕문 너머 원통보전에 이르는 반듯한 가람배치에 나는 한동안 내 눈을 의심하고 한참 동안 거기에 눈길을 두었다.

화재 이전의 낙산사는 정말로 어지러운 절이었다. 홍예문을 들어서면 제일 먼저 눈에 들어오는 것은 콘크리트 2층 한옥건물이었고 스무 채 남짓하게 들어선 낙산사 가람배치에는 어떤 질서가 없었다. 그렇다고 선암사처럼 옛 마을을 연상케 하는 자연스러움도 아니었다. 그 어지러움이란 낙산사의 명성에 먹칠을 하는 격이었다. 그래서 나는 20년 전에 낙산사 답사기를 쓰면서 낙산사의 이런 모습을 아주 신랄하게 비판하였다. 그 글을 옮겨보면 다음과 같다.

고은 선생이 뜨거운 가슴으로 쓴 『절을 찾아서』의 제1장 제1절은 「바다와 여행자가 함께 부처 되어」라는 제목으로 쓴 낙산사다. 고은 선생은 이 글의 첫머리를 이렇게 시작한다.

"동해 낙산사!"라고 말해야 한다. 거기에는 반드시 감탄사가 붙어 있지 않으면 하나의 고유명사가 되지 않는다. (…) 창연망망한 동해와 더불어 오랜 세월을 그 파도 속에 싸여서 살아온 낙산사를 어찌 감탄부 없이 부를 수 있겠는가.

그런 낙산사다. 그러나 나는 어느 답사객이 낙산사를 둘러보고 감탄부호를 찍으면서 "동해 낙산사!"라고 할 수 있을까 의심한다. 대부분의 답사객은 홍예문으로 들어가 원통보전, 칠층석탑, 범종각, 의상대, 해수관음, 홍련암, 관음굴을 길표시 따라 답사하며, 안내판을 읽으

| **낙산일출** | 낙산사를 찾는 사람들의 첫번째 감동은 저 장엄한 동해 일출이다.

면서 마침표를 찍을 것이다. 그리고 한시간 남짓 걸리는 이 일정을 마치고 숙소로 돌아왔을 때는 마침표를 물음표로 바꿀지도 모른다. 뭐가 좋다는 것이고, 뭐가 "동해 낙산사!"란 말인가?

실제로 낙산사는 볼 만한 유물이 거의 없는 절이다. 의상대사의 요란한 창건설화만 살아있는 곳이지 그 당시 유물이나 유적은 단 한점도 남아 있지 않다. 1231년 몽골난 때 낙산사는 깡그리 불타버렸고, 조선왕조 세조 때 크게 중창되었다고 하지만 임진왜란 때 또다시 잿더미가 되어 겨우 명맥만 유지하다가 구한말에 와서야 다시 절 모습을 되찾았다.

그러나 1950년 6·25동란 때 아군이 철수하면서 완전히 소각하여 불에 타지 않은 칠층석탑만 남은 절이 낙산사다. 전쟁이 끝나고 1953년 4월 당시 1군단장이던 이형근 장군이 그때의 미안함을 갚아 원통보전을 군병력으로 복원시켜주었다. 이후 낙산사는 불국사 다음으로 많은 입장객을 갖게 됨으로써 절집의 형편이 피는 대로 그때마다 건물들이 무계획하게 들어서서 스무 채가 넘는 건물이 어지럽게 널려 있었다. 그 대부분의 건물이 불법 건물이었다. 그러니까 지금 우리가 보고 있는 절은 20세기 후반기, 무계획하고 대수롭지 못한 안목으로 치장해놓은 별 볼일 없는 절집일 뿐이다. 어디를 둘러보아도 "동해 낙산사!"라고 부를 계기가 없다.

김홍도의 「낙산사도」

이런 절이 이제 김홍도의 「낙산사도」에 입각하여 다시 태어난 것이다. 단원 김홍도의 「낙산사도」는 그의 금강산 사생화첩인 『금강사군첩(金剛 四郡帖)』의 한 폭이다. 1788년 가을, 단원 나이 44세 때 정조대왕은 단원 김홍도와 복헌 김응환에게 금강산을 그려오라는 명을 내렸다. 이에 단원 과 복헌은 내금강, 외금강, 해금강 등 금강산의 동서남북을 이루는 회양 군, 통천군, 고성군, 장연군 등 4개 군의 명승을 두루 그린 다음 돌아오는 길은 세조의 금강행과 마찬가지로 동해안을 타고 내려와 대관령을 넘어 가는 길을 택하게 됨으로써 사실상 영동의 9개 군 명승첩으로 꾸며졌다. 때문에 이 화첩은 『금강사군첩』이면서 그 속에는 성류굴, 대관령, 월정사 등과 함께 낙산사 그림이 들어 있는 것이다.

단원과 복헌이 금강산을 사생하러 갈 때 스승인 표암 강세황은 맏아들 (강인)이 회양부사로 있어 마침 거기에 와 있었다. 표암은 그때 나이 77세 의 노령인지라 끝까지 탐승하지는 못하고 열흘 뒤 회양에서 합류했는데 두 화가의 행장 속에는 100여 폭의 금강산 스케치가 들어 있었다고 한다. 그래서 단원과 복헌을 떠나보내는 글을 쓰면서 "산천의 신이 있다면 자

| **김홍도의 낙산사도** | 김홍도가 금강산을 스케치하고 한양으로 돌아가는 길에 낙산사, 월정사, 대관령 등을 그렸는데 이것이 새 절 복원의 모델로 되었다.

신의 모습을 빈틈없이 꼭 닮게 그렸다며 즐거워했으리라"고 말했다. 단원이 돌아와 정조에게 바친 그림은 수십미터 되는 장폭의 두루마리 그림이었다고 서유구(徐有榘, 1764~1845)는 『임원경제지(林園經濟志)』에서 이렇게 말했다.

　　김홍도는 (…) 일찍이 왕명을 받들어 비단 화첩을 들고 금강산에 들어가 50여일을 머물면서 1만 2천 봉우리와 구룡연 등 여러 승경을 모두 유람하고 그것을 형상으로 그려 수십장(丈) 길이의 두루마리로 만들었다. 채색이 아름답고 운치있으며 붓놀림이 아주 정밀하니 환쟁이의 채색산수라고 소홀히 볼 것이 아니었다.

그러나 애석하게도 이 두루마리는 지금 전해지지 않고 다만 그 초벌 그림으로 그린 사생첩인『금강사군첩』만이 여러 형태로 전해지고 있다. 단원의『금강산사군첩』은 본래 70폭으로 순조가 정조의 사위이자 자신의 매제인 홍현주에게 선물하여 홍현주는 큰형인 당대의 시인 홍석주에게 서문과 70수의 시를 얻어 붙였다고 한다. 그리고 훗날 이 화첩은 홍선대원군의 소장으로 되었는데 일제시대에 매물로 나올 때는 60폭만 남았다고 하며, 지금은 어느 개인 소장품으로 깊숙이 들어가 세상에 공개되지 않고 있다. 이『금강사군첩』은 큰 인기가 있었던 듯 몇권의 복사본이 전해지고 있고 엄치욱, 이풍익 등 단원을 추종한 화가들이 이 첩을 거의 똑같이 임모(臨摸)한 것도 있다.

그중「낙산사도」를 보면 화면을 대각선으로 나누어 왼쪽엔 낙산사, 오른쪽엔 동해바다와 일출을 그렸다. 낙산사 주위는 솔밭이 감싸고 있고 홍예문은 문루가 사라진 채 성벽문처럼 절집의 초입으로 그려져 있다. 낙산사 건물은 원통보전을 중심으로 하여 뒤쪽은 돌담, 앞쪽은 회랑으로 반듯하게 둘러져 있고 바닷가 쪽으로는 의상대사의 홍련암이 지붕만 빠끔히 내밀고 있다. 바다를 한쪽으로 비껴두고 산자락에 편하게 들어앉아 있는 그림 속의 이 낙산사는 누가 보아도 단아하고 사랑스러운 절집이라는 찬사가 나오게 한다. 낙산사의 새 절은 바로 이 그림을 모델로 하여 복원한 것이니 절문에 들어선 순간 그 정연함에 놀라지 않을 수 없다.

그것은 아름다움을 위한 배치만은 아니었다. 정념스님은 회향식에서 새 절을 복원하면서 전에는 미처 생각하지 못한 새로운 사실을 알았다며 이렇게 말했다.

"저는 화마를 겪으면서 물길, 사람길을 막으면 안되듯, 바람길도 인위적으로 막으면 안되겠다는 인식을 하게 되어 오봉산 고유의 지형을 거스르지 않고 사람길과 바람길을 열어두는 방향으로 불사를 진행했습니다."

원통보전과 새로 지은 일곱개의 전각에는 문헌자료에 따라 고유의 이름을 붙였다. 정취보살을 모신 정취전(正趣殿), 해를 맞이하는 빈일루(賓日樓), 요사채인 응향각(凝香閣), 강당인 설선당(說禪堂), 참선방인 고향실(古香室), 다실인 송월요(送月寮), 스님방인 근행당(勤行堂). 모두 불법에 맞고 기능에 맞는 아름다운 이름이다. 일곱 전각 하나 하나를 공부하듯, 조사하듯 낱낱이 살펴보고 발길을 원통보전으로 향하면서 빈일루를 지나는데 현판 글씨가 눈에 익어 자세히 살펴보니 당시 총무원장 지관스님의 글씨였다.

원통보전 칠층석탑에서

원통보전은 낙산사의 본전(本殿)이다. 원통보전이란 관세음보살을 모신 전각을 일컫는다. 낙산사는 관음보살의 상주처로 세워진 절이기 때문에 이 절에는 석가모니불을 모신 대웅전이나 아미타불을 모신 극락전, 비로자나불을 모신 대적광전 같은 불전이 없고 이 원통보전이 금당 역할을 하고 있다.

원통보전 앞에 서 있는 칠층석탑(보물 제499호)은 몇 안되는 조선시대 석탑이다. 본래 조선시대에는 폐불정책으로 삼국·고려시대 명찰들이 겨우 명맥을 유지하는 정도였고 새 절이 별로 창건되지 않아 불교미술이 위축될 수밖에 없었고 조선시대의 특징이라는 것이 따로 있기 힘들었다. 그

| 낙산사 칠층석탑 | 보물 제499호로 지정되어 있는 이 석탑만은 낙산사 화재에서도 화마를 비켜갈 수 있었다.

러나 낙산사는 조선초 세조 때 중수되면서 범종, 불상, 탑 모두에서 고려
시대의 전통을 잇는 조선적인 세련미를 보여준다. 그 점에서 미술사적
가치가 인정되어 나라의 보물로 지정된 것이다.

　본래 낙산사 창건 당시에는 삼층석탑이 있었다고 한다. 이것을 세조
13년 중수 때 현재의 칠층석탑으로 다시 조성한 것으로 알려져 있다. 전
체적으로 강릉 신복사터 삼층석탑·월정사 팔각구층석탑 등 이 지역의

고려시대 석탑양식을 이어받으면서 이를 간략화시킴으로써 단아한 조선적인 기풍이 살아나고 있다.

탑의 받침이 되는 기단부는 정사각형의 바닥돌 위로 밑돌을 놓았는데 윗면에 24잎의 연꽃무늬를 새겼다. 탑신부는 지붕돌과 몸돌을 일층으로 하여 칠층을 이루면서 각 층의 몸돌 아래로는 넓고 두꺼운 괴임이 한 단씩 있어 듬직한 무게감이 있다. 반면에 지붕돌은 경사면이 평탄하며 네 귀퉁이의 들림이 잘 어우러져 경쾌한 느낌을 준다. 탑의 머리 찰주에는 라마탑(喇嘛塔) 모양의 상륜부가 장식되어 있다.

이 탑은 임진왜란과 6·25동란, 그리고 낙산사 화재 때도 당당히 버티어왔으나 그때마다 지붕돌 얇은 면들이 상처받아 하나씩 둘씩 떨어져 나가 원통보전 쪽에서 바라볼 때에만 제모습을 볼 수 있다. 그런 중 이 칠층석탑은 사리장치 대신 의상대사가 관음보살을 친견하고 얻어왔다는 수정염주와 여의주가 봉안되었다고 전해 내려오고 있다.

수정염주와 여의주의 행방

이 전설적인 수정염주와 여의주의 행방에 대해서는 『삼국유사』에 다음과 같이 기록되어 있다.

몽골 대병이 침입한 이후 계축·갑인(1253, 54년) 연간에 관음·정취 두 보살상과 두 보주(수정염주와 여의주)를 양양성으로 옮기었는데, 몽골병의 침입이 아주 급박하게 되어 성이 거의 함몰할 때 주지스님인 아행(阿行)이 은상자에 넣어 도망치려 하였다. 이때 절의 노비(寺奴)인 걸승(乞升)이 그것을 빼앗아 땅에 묻고 맹세하였다. "만약 내가 이 전쟁에서 죽음을 면치 못하면 두 보주는 마침내 인간세상에 나타나지 못하여 아는 사람이 없게 되겠지만, 내가 만약 죽지 않으면 마땅히 두 보주를 받들어 나라에 바칠 것이다."

갑인년 12월 22일에 성이 함락되었다. 주지승 아행은 죽음을 면치 못했으나 절의 노비 걸승은 살아남았다. 걸승은 적병이 물러난 뒤 두 보주를 파내어 명주도(溟州道) 감창사(監倉使) 이록수(李祿綏)에게 바쳤다. 그는 이를 받아 창고 안에 간직하고 교대할 때마다 서로 인계받았다.

무오년(1258) 10월에 와서 기림사 주지인 대선사 각유(覺猷)가 임금에게 아뢰었다. "낙산사의 두 보주는 국가의 신보(神寶)입니다. 양주(襄州, 양양)성이 함락될 때 절의 노비 걸승이 성중에 묻어두었다가 적병이 물러나자 파내어 감창사에게 바치어 명주(강릉)영 창고 안에 간직되어 있습니다. 지금 명주성도 지킬 수 없사오니 마땅히 어부(御府)로 옮겨두어야 할 것입니다."

임금은 이를 허가하였다. 야별초 10명을 보내 걸승을 데리고 가서 명주성에서 두 보주를 가져오게 하여 내부(內府, 궁궐)에 모셔두었다. 그리고 그때 심부름 간 사자 10명에게 각기 은 1근과 쌀 5석씩을 주었다.

난리통에 수정염주와 여의주를 구해낸 것은 주지스님이 아닌 노비였다. 주지는 이것을 자신이 끝까지 갖고 있을 욕심이었지만 (국가로부터, 절로부터, 부처님으로부터 버림받은) 노비는 애국적·신도적 차원에서, 아니라면 최소한 진돗개 같은 맹목적 충성으로 이를 구해냈다.

몽골난 때 노비의 활약상에 대하여는 익히 알려져왔다. 귀족들이 노비에게 신분을 해방시켜줄 터이니 싸우라고 독려해놓고 자기는 도망가버리고, 난리가 끝나자 돌아와서는 집안 기물이 없어진 것을 노비들에게

덤터기 씌운 비인간적 처사도 여러 사례 알려져 있다. 난리통에 낙산사의 수정염주와 여의주를 구해낸 것은 절의 노비 걸승이었지만 나라에서는 그것을 가져온 심부름꾼 야별초 병사 10명에게는 후한 포상을 하였음에도 걸승에게 어떤 대접을 했다는 얘기는 없다. 지금 낙산사 안내책자에도 감사의 뜻을 담은 걸승에 대한 이야기는 나오지 않는다.

바로 이 수정염주와 여의주가 칠층석탑 속에 안치되었다고 전하는 것인데 이 석탑은 건립 이후 해체된 적이 없으니 사실이라면 아직도 탑 속에 있어야 한다. 어쩌면 이 탑이 임진왜란, 6·25동란, 낙산사 화재를 모두 이겨낸 것이 이 수정염주와 여의주의 신력인지도 모를 일이다.

건칠관음보살좌상

원통보전 안으로 들어가니 새로 봉안한 후불탱화 신중탱화와 함께 화마에서 기적적으로 구해낸 건칠(乾漆)관음보살좌상(보물 제1362호)이 해맑은 개금으로 새 단장하고 나를 맞아준다. 인근에 있는 영혈사에서 모셔왔다고도 전해지는 이 건칠관음상은 팔각 대좌 위에 결가부좌한 채 앉아 허리를 곧추 세우고 고개만 앞으로 약간 숙여 마치 굽어보는 듯한 인상을 준다.

머리에는 화려하기 이를 데 없는 높은 보관을 썼으며, 둥글고 탄력적인 얼굴에는 눈·코·귀·입 등이 단정하게 묘사되어 있다. 목에는 삼도(三道)가 뚜렷하고, 엄지와 중지를 맞댄 손모양은 가냘픈 듯 섬세하다. 양어깨를 덮은 옷은 옷주름이 자연스럽게 흘러내리고 가슴은 당당하게 표현되었는데 온몸에는 화려한 구슬장식이 드리워져 있다. 표현수법으로 보면 석탑과 마찬가지로 고려시대의 전통을 바탕으로 한 조선적인 조용함이 살아나 있다.

| 건칠관음보살좌상 | 보물 제1362호로 지정된 아름다운 보살상으로 화재가 일어날 때 낙산사 스님들이 황급히 피신시켜 상처를 입지 않았다.

　나는 이 보살상을 크게 주목한 바 없었다. 또 불교미술사에서 높은 평가를 내린 것도 근래의 일이어서 보물로 지정된 것은 2003년도이다. 이 불상은 4월 5일 화재에서 일단 진정되었던 산불이 오후 들어 다시 일어나기 시작할 때 낙산사 스님들이 등에 업고 모셔내어 지하수장고로 급히 피신시킴으로써 기적적으로 살려냈다. 내가 화재 이튿날 아침 화재현장에 도착했을 때는 천으로 감싸여 있어 상호를 뵙지 못했었다. 그런 때문

에 나는 이 건칠보살상과 한참을 마주하고 있었는데 높은 원력으로 화마를 피한 분이라 그랬는지 보면 볼수록 더욱 성스러워만 보였다.

원통보전 별무늬 담장

원통보전 법당 밖으로 나오면서 나는 건물 뒤로 돌아갔다. 아름다운 별무늬 담장을 가까이서 보기 위해서다. 비록 보물로 지정된 바는 없지만 낙산사에서 가장 큰 볼거리는 단연코 이 담장이다. 암키와와 진흙을 교대로 쌓으면서 사이사이에 화강암을 동그랗게 다듬어 끼워넣음으로써 아름다운 별무늬로 장식된 이 담장은 어떤 꽃담장보다도 조선인들의 소박하면서도 멋스러운 정취를 잘 보여준다. 그처럼 단출하면서 멋 부린 태가 없는 고고한 멋을 연출해낸 것은 가장 조선다운 디자인적 발상이라 할 만하다. 이런 별무늬 담장은 조선시대 왕릉의 곡장(曲墻)에서도 간혹 보이지만 낙산사 원통보전처럼 아름답고 길게 둘려 있는 곳은 없다.

낙산사에 화재가 일어났다는 소식을 처음 들었을 때 내게 가장 먼저 떠오른 것은 이 돌담의 안전이었다. 다행히도 이 별무늬 담장은 전혀 손상을 입지 않았다. 아직 화염이 가시지 않은 시커먼 화재현장에서 어엿이 살아남은 별무늬 꽃담장은 차라리 신비스런 아름다움으로 빛나고 있었다. 원통보전이 불길에 휩싸여 있을 때 소방차가 이곳에 사정없이 물을 쏘아대려고 했으나 스님들이 차라리 건물은 포기하고 담장과 석탑은 살리자고 하여 온전히 살아남을 수 있었다고 한다. 그 경황 없던 때에도 절집의 명물을 지키려고 노력했던 스님들의 슬기에 감사하는 마음이 절로 일어난다.

| 원통보전의 **별무늬 돌담** | 진흙과 토담에 기와와 둥근 화강암으로 별무늬를 장식한 이담한 의장이 보는 이를 환상의 세계로 인도한다.

정념스님과의 쓸쓸한 회상

죄스러운 마음이야 지울 길 없지만 그래도 낙산사를 이렇게 반듯하게 복원해놓은 것을 보니 고생 많으셨던 스님들께 감사드리고 싶어 새 절의 주지를 맡은 무문스님을 찾아뵈니 스님은 마침 정념스님이 와 계시다며 나를 다실인 송월요로 안내해주셨다.

정념스님은 내 두 손을 덥석 잡고 흔들며 아무 말도 하지 않았다. 나 역시 스님에게 두 손을 맡기고 눈길로만 하 많은 이야기를 건넸다. 그렇게 한동안 침묵이 흘렀는데 "그만 앉으시지요"라는 무문스님의 권유에 우리는 찻상을 마주하고 앉았다. 자리에 앉아 우리는 화재 당시의 아픔, 괴로움, 안타까움, 미안함을 말하는 무거운 대화를 나누며 서로를 미안해하고 서로를 위로했다. 그러다 마음이 다소 풀렸을 때 정념스님은 빙그레 웃으며 가볍게 이렇게 말을 꺼냈다.

"청장님, 말에는 씨가 있고 글에도 업보가 있다더니 꼭 그렇습니다. 청장님은 답사기에서 낙산사에서 볼 만한 것은 별무늬 돌담장뿐이라고 했죠. 그래서 온전히 살아남았는데 보물로 지정된 동종은 별볼일 없다고 언급도 안했었죠. 그러니까 범종이 화가 나서 녹아버린 것 아닙니까."

사실 그랬다. 보물 제479호 낙산사 동종에 대해 나는 어떤 애정도 언급도 보이질 않았다. 그때 왜 내가 이 동종을 그렇게 무시했는지 알 수 없다. 지금 와 생각해보니 아마도 에밀레종에 대해 긴 사설을 늘어놓았기 때문에 생략했던 것 같고 한때는 범종각이 세워지지 않아 초라한 보호각 속에 갇혀 있었기 때문이기도 했던 것 같다.

낙산사 동종은 조선초기의 대표적인 범종 중 하나다. 이 종은 예종 원년(1469)에 그의 아버지인 세조를 위해 낙산사에 보시한 것으로 높이 158센티미터, 입지름 98센티미터의 제법 크고 묵직한 종이다. 그러니까 에밀레종으로 대표되는 우리나라 범종 전통의 마지막을 장식하는 것이다.

그런데 이 종은 통일신라·고려시대 범종과는 완연히 다르다. 종고리가 한 마리에서 두 마리로 바뀌었고, 종유(鐘乳)라는 젖꼭지 표현이 사라졌고, 비천상 대신 보살상이 새겨졌으며 중간에 굵은 띠가 세 줄로 둘러져 있다. 그리고 전에 없이 "옴마니반메훔" 범어가 돋을새김으로 돌려졌다. 어깨 위에 둘린 연판무늬나 아래쪽에 돌려 새긴 구름무늬도 전혀 새로운 것이다. 전체적으로 소박하면서도 단아한 기품을 지니는 가운데 장중한 맛이 있다. 이것은 낙산사 종을 만들고 3개월 뒤에 세조의 능인 광릉을 지키는 봉선사에 주조된 종에서도 그대로 나타나는 형식이다. 이런 변화가 고려종의 조선적인 변형인지 아니면 중국종의 새로운 영향인지는 아직 단정적으로 말하지 못하고 있다.

그런 중 이 종이 금석학과 역사적 사료로서 중요한 가치를 지니는 것은 아랫단에 새겨진 긴 명문(銘文) 때문이다. 이 글은 당대의 명사인 김수온(金守溫, 1410~81)이 짓고, 글씨는 당대의 명필인 정난종(鄭蘭宗, 1433~89)이 썼다는 사실만으로도 주목받을 만한데 종을 만든 조각장(彫刻匠)과 주성장(鑄成匠)이라는 장인들의 계급관계까지 밝히고 있다. 회화사를 전공한 내 입장에서는 낙산사 종에는 이장손이라는 화원의 이름이 나오고, 봉선사 종에는 이배련이 나온다는 사실에 특히 주목해오고 있는 것이다.

나는 정념스님에게 그때 미처 자세히 물어보지 못한 것을 물었다.

"스님 그때 정말로 범종을 구할 길이 없었나요?"

"예, 없었어요. 오전에 불길이 잡혔다고 소방헬기들이 고성 쪽 산불을 진화한다고 다 떠났는데 오후 되어서 갑자기 불길이 다시 살아나는 게 아닙니까. 소방헬기 지원을 요청했지만 올 시간이 없었어요. 불길이 종루로 옮겨갈 것 같아 소방차가 급히 그쪽으로 달려갔는데 산불이 어찌나 거세던지 소방차가 타버리고 말았지요."

"종이 웬만해서는 녹지 않는 법인데 왜 그렇게 녹았을까요?"

"그게 안타깝습니다. 종루 건물이 무너지면서 범종이 지붕 서까래 밑에 깔려버린 것이었어요. 범종이 굴러 땅바닥에 나뒹굴었으면 녹을 리 없었지요. 서까래가 불에 휩싸이니 종은 마치 불구덩이 속에 있는 거나 마찬가지였지요. 소방차가 가서 이걸 건져내려 했는데 소방차마저 타버렸으니 어쩌겠어요. 발만 동동 굴렀을 뿐이지요."

이리하여 낙산사 범종은 새로 주조하게 되었다. 불교미술, 조각, 금속공예, 보존과학 등 분야별 전문가들로 복원 자문단을 구성하고 중요무형문화재 제112호인 주철장 원광식씨가 맡았다. 2005년 9월부터 본격적인 재현작업에 들어가 13개월의 복원과정을 거쳐 2006년 10월에 낙산사 새 범종루에 걸고, 화마로 녹은 범종은 현재 의상기념관에 안치되었으며 보물 제479호가 해제되었다.

한편 낙산사 동종을 새로 주조하여 새 종각에 걸게 되었을 때 언론에서는 새 종에 문화재청장의 이름이 새겨 있다고 비판한 보도가 나왔다. 이것은 정말로 억울한 보도였다. 새 종을 주조하게 된 동기를 기록하는 일종의 '공사 실명제'의 전통에 따라 주조 날짜와 책임자 이름을 음각으로 새겨놓은 것이었다. 종의 겉면이 아니라 속이었다. 불에 녹은 종을 새로 만든 불명예를 감내하며 기록으로 남긴 것이었다. 그러나 언론은 이를 마치 성덕대왕신종에 새긴 명문인 양 보도한 것이었다. 정념스님이 나를 위로해 이렇게 말했다.

"새 종에 청장님 이름이 새겨져 있다고 언론에서 떠들 때 참 미안하고 한심스러웠습니다. 종 속에 기록으로 남긴 것을 어떻게 매명(買名)이라고 말할 수 있었을까요."

"거기에 종을 만든 사람, 자문위원, 낙산사 스님 등을 모두 새겨넣었어야 하는데 실무자가 잘못한 것이지요. 문화재위원회에서도 앞으로는 관계자 이름을 다 넣으라고 결정했잖아요. 그나저나 정념스님 이름이 들어가지 않은 것은 개인적으로 다행이라고 생각해요. 이건 새 범종 주조가 아니라 불태워먹고 복제품을 만들었다는 치욕의 당사자 이름을 적은 것이니 원통보전 관세음보살이 도우신 걸로 아십시오."

"나무 관세음보살."

"그나저나 종소리는 좋습디까?"

"예, 정말로 좋아요. 시간이 되시면 저녁 종소리를 한번 들어보고 가시지요. 아주 맑고 장엄합니다."

"다음에나. 밖에 학생들이 갈 시간이 넘었다고 손짓하네요."

꿈이 이루어지는 길

한사코 붙잡는 손길을 뿌리치고 송월요를 나오니 학생들은 벌써 홍련 암 해수관음보살상, 공중사리탑까지 둘러보고 선생 나올 때만 기다리고 있었다. 질문하기 좋아하는 학생이 나를 보자마자 원통보전에서 해수관 음보살상으로 가는 길목에 '꿈이 이루어지는 길'이라는 표석이 있는데 무슨 내력이 있냐고 묻는 것이었다. 선생이라고 다 아는 것이 아닌데 이렇게 나오면 참으로 난감하다. 나는 그 정확한 내력은 모르겠고『삼국유 사』에 나오는 조신의 사랑 이야기가 있다는 것을 알려주었다.

옛날 서라벌이 서울이었을 때 세규사(世逵寺)의 장원(莊園)이 명주 에 있었는데, 본사에서 중 조신(調信)을 보내서 장원을 맡아 관리하게 했다. 장원에 온 조신은 태수의 딸에 반하게 되었다. 그는 여러번 낙 산사 관음보살 앞에 가서 그 여인과 살게 해달라고 빌었다. 그러나 몇 해 뒤 그 여인에게는 다른 배필이 생겼다.

조신은 또 불당 앞에 가서 관음보살이 자기의 소원을 들어주지 않 는다고 원망하며 날이 저물도록 슬피 울다 지쳐서 잠이 들었다. 그런 데 갑자기 그 낭자가 기쁜 낯빛을 하고 문으로 들어와 활짝 웃으며 "저는 일찍부터 스님을 잠깐 뵙고 알게 되어 마음속으로 사랑해서 잠 시도 잊지 못했으나 부모의 명령에 못 이겨 억지로 딴 사람에게로 시집갔다가 이제 부부가 되기를 원해서 왔습니다"하였다. 이에 조신은 매우 기뻐하여 그녀와 함께 고향으로 돌아갔다.

그녀와 40여년간 같이 살면서 자녀 다섯을 두었다. 그러나 가난하여 10년 동안 사방으로 떠돌며 걸식을 하게 되었다. 큰아들은 굶어 길가에 묻었고 딸아이는 밥을 빌러 다니다 개에 물렸다. 부인이 눈물을 흘리며 헤어지자고 했다. 그리하여 각각 아이 둘씩 데리고 장차 떠나려 하는데 부인이 말하기를 "나는 고향으로 갈 테니 그대는 남쪽으로 가십시오"라고 했다. 이리하여 서로 작별하고 길을 떠나려 하다가 눈을 떠보니 꿈이었다.

타다 남은 등잔불이 깜박거리고 날이 새어 아침이 되었다. 수염과 머리털은 모두 희어졌고 망연히 세상일에 뜻이 없어졌다. 관음보살상을 대하기가 부끄러워지고 잘못을 뉘우치는 마음을 참을 길이 없었다. 그는 꿈에 아이 묻은 곳을 파보니 그것은 바로 돌미륵이었다. 물로 씻어서 근처에 있는 절에 모시고 장원을 맡은 책임을 내놓고 정토사(淨土寺)를 세우고 살았다. 그후에 어디서 세상을 마쳤는지 알 수가 없다.

일연스님은 이 전설을 논평해 이렇게 말했다.

"이 전기(傳記)를 읽고 나서 책을 덮고 지나간 일을 생각해보니, 어찌 조신스님의 꿈만이 그렇겠느냐. 지금 모두가 속세의 즐거운 것만 알아 기뻐하기도 하고 서두르기도 하지만 이것은 다만 깨닫지 못한 때문이니라."

조신의 이 이야기는 춘원 이광수의 소설 『꿈』으로 꾸며졌고 한때 영화로도 만들어졌다. 내 이야기를 듣고 나더니 학생은 그러면 "헛꿈 꾸지 말라는 뜻인가요?"라고 해서 우리는 한바탕 웃었다.

병아리 같은 학생들을 데리고 '꿈이 이루어지는 길'을 따라 가는데 새내기 학생이 묻는다. 그 질문은 충격적이었다.

"선생님, 낙산사 화재가 언제 일어났어요? 저 중학교 때인가본데."

벌써 이런 질문이 나올 줄은 꿈에도 몰랐다. 나는 내 식으로 대답했다.

"집에 가서 네이버한테 물어봐라."

낙산사 화재

나야말로 집에 돌아온 뒤 인터넷으로 낙산사 화재를 검색했더니 여러 기사가 떠오르는데 그 내용을 정리하면 다음과 같았다.

2005년 4월 5일 식목일 오후 4시 낙산사에 일어난 대형산불. 이 불은 전날 밤 23시 53분경 양양군 양양읍 화일리에서 시작되었다. 불길은 초속 30미터의 강풍을 타고 동쪽으로 번져 불과 1시간 30분 만에 3킬로미터나 떨어진 강현면 사교리 마을을 덮치기 시작하였고 이내 16개 마을을 삽시간에 휩쓸고 번져갔다.

무섭게 번져가는 화마 속에 가재도구와 소, 돼지 등을 챙기는 마을 사람들로 아수라장이 되었다. 아비규환의 밤이 지나고 아침 6시 날이 밝아오면서 진화작업을 위해 산림청 소방헬기가 투입됐다. 그러나 몸조차 가눌 수 없는 강풍에 진화작업은 어려움을 겪었고 오전 10시쯤

되어서야 18대의 진화 헬기의 활약으로 큰 불길은 잡히고 산불은 소강상태로 들어갔다. 소방헬기는 고성 쪽에서 일어난 다른 산불현장으로 투입되었다.

그러나 오후 들어 강풍을 타고 또다시 여기저기에서 불길이 솟아올랐다. 오후 3시 30분 낙산사 주변 야산에서 피어오른 불길은 4시쯤 낙산사 정문인 홍예문을 전소시키고 경내로 무서운 기세로 번져갔다. 불길은 순식간에 울창했던 낙산사 뒷산의 소나무숲까지 옮겨 붙었다. 낙산사 스님들은 헬기 투입을 요청했지만 소방헬기는 이미 고성지역으로 이동했고 남은 헬기들은 연료 공급을 위해 속초공항으로 이동시킨 상태였다.

다급해진 낙산사 스님들과 신도들은 자체적으로 구입한 150대의 소화기로 방화선을 구축해 진화에 나섰지만 엄청난 화염 앞에서는 역부족이었다. 소방차와 소방대원들이 출동해 화재 진압에 나섰지만 솟아오르는 화염 앞에 적극적인 진화작업을 벌일 수 없었고 불길은 원통보전, 홍예문, 요사채 등 목조건물을 차례로 태웠다. 범종이 달린 종각에 불이 붙자 소방차가 급히 달려갔으나 소방차마저 불길에 타버리고 범종은 무너진 종각에 덮여 불구덩 속에서 녹아버렸다. 불은 낙산사를 전소시키고 이튿날 아침이 되어서야 진화되었다.

이 화재로 150헥타르(45만평)의 야산과 함께 13채의 낙산사 건물이 불타고, 보물 제479호였던 낙산사 동종이 소실되었으며 스님들이 지켜낸 건칠관음보살좌상과 탱화, 의상대와 홍련암만이 화마를 비껴갔다. 4월 7일 정부에선 양양군을 특별재난지역으로 선포하였다.

2011. 2.

답사 일정표와 안내지도

이 책에 실린 글을 길잡이로 직접 답사하실 독자분을 위하여 실제 현장답사를 토대로 작성한 일정표와 안내도를 실었습니다. 시간표는 휴일·평일에 따라 차이가 있을 수 있습니다.

일러두기

1. 서울을 비롯한 다른 지역에서 출발해도 오후 1시경에 1차 목적지나 주요 접근지(고속도로 나들목 등)에 도착하는 것으로 일정을 설계했다.

2. 답사일정은 1박2일을 원칙으로 하며 늦어도 3시경에는 출발지로 떠나는 것으로 했다.

3. 숙소나 식당은 따로 소개하지 않았다. 다만 그곳에서만 맛볼 수 있거나 특별한 체험(전통가옥이나 삼림욕장)이 있으면 코스 말미에 부기했다.

4. 계절에 따른 특별한 풍광이나 체험이 있는 경우는 코스 말미에 부기했다.

5. 답사지간 구간거리의 소요시간은 시속 60킬로미터를 기준으로 삼았다.

6. 이 책에 소개된 유적지를 답사하는 것을 기본으로 하되 상황에 따라 코스를 추가하거나 삭제했으며 일부 코스는 나누기도 했다.

남도답사 일번지 1—월출산과 강진

첫째날

13 : 00	나주시 영산포(영산대교)
13 : 20	나주 반남면 신촌리 고분군
13 : 50	출발
14 : 20	도갑사
15 : 30	출발
15 : 55	월남사터
16 : 25	출발(오설록 영암다원 주변 산책)
16 : 40	무위사
17 : 40	출발
18 : 00	강진읍내 숙식

둘째날

09 : 00	영랑생가
09 : 20	출발
09 : 30	다산초당(다산유물전시관 관람 포함)
10 : 30	걸어서 산 넘어 백련사로 출발
10 : 50	백련사
11 : 40	출발
12 : 00	강진 읍내에서 점심
13 : 00	출발
13 : 20	대구면 사당리 고려청자 가마터 (강진청자박물관)
14 : 00	출발
14 : 10	마량앞바다와 까막섬 상록수림 (천연기념물 제172호)
15 : 00	귀가

---

* 답사일정 중 첫날 나주 반남면 신촌리 고분군을 경유하지 않거나 다음날 대구면 사당리 고려청자 가마터나 마량앞바다를 들르지 않을 경우에는 강진군 병영면 성동리의 전라병영성(사적 제397호)과 병영마을을 답사할 수 있다. 하멜 일행이 쌓았다는 병영마을의 돌담길은 문화재청의 등록문화재로 지정된 곳이다. 병영에는 불고기 백반으로 이름난 식당이 두 곳(설성식당, 수인관) 있다. (전라병영성: 전남 강진군 병영면 지로리)

* 강진 일대에는 호텔은 없으나 여관은 여러 곳 있으며 읍내에는 한정식으로 이름난 맛집들이 많다. 여름철에는 별미인 짱뚱어탕도 맛볼 수 있다.

* 강진 일대 답사는 사철을 가리지 않지만 백련사 동백림(천연기념물 제151호)에서 꽃이 만발하는 3월 중순은 환상적이다. 영암 도갑사 일대는 벚나무길로 유명한데 꽃놀이객들로 인해 간혹 차가 막힐 때도 있다.

* **주요 누리집**
나주시청 나주문화관광 tour.naju.go.kr
강진군청 강진문화관광 tour.gangjin.go.kr
백련사 www.baekryunsa.net
영암군청 영암문화관광 tour.yeongam.go.kr
도갑사 www.dogapsa.org
강진청자박물관 www.celadon.go.kr

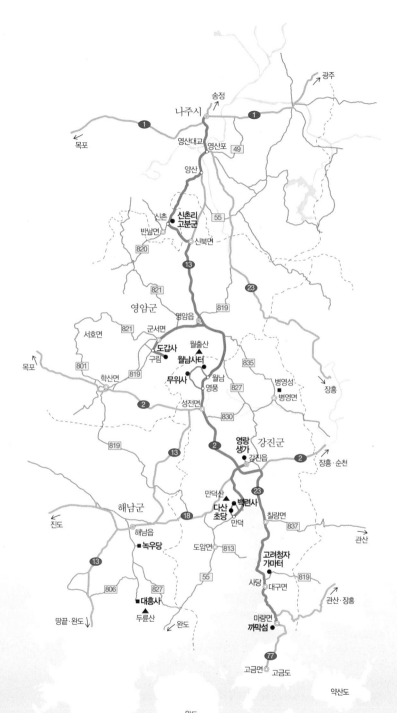

남도답사 일번지 2 — 강진과 해남

첫째날		둘째날	
13 : 00	서해안고속도로 목포IC	08 : 30	출발
14 : 00	월남사터	08 : 45	대흥사
14 : 20	출발	10 : 00	출발
14 : 30	무위사	10 : 40	미황사
15 : 30	출발	11 : 40	출발
16 : 00	백련사	12 : 10	땅끝(점심식사)
16 : 30	걸어서 산 넘어 백련사로 출발	13 : 30	출발
16 : 50	다산초당	14 : 20	녹우당
17 : 30	출발	15 : 00	귀가
18 : 20	대흥사 입구 도착, 숙식		

＊ 대흥사에서 일지암까지는 30분가량 산행을 해야 한다. 일지암까지 둘러보면서 위에서 제시하는 답사일정을 모두 마치려면 아침 7시에 출발하는 것이 좋다.

＊ 대흥사 입구 관광단지는 주차장이 넓고 숙박시설이 많아 숙식에 불편함이 없다. 그러나 여름 휴가철에는 관광객들이 몰려 간혹 숙박할 곳이 없는 경우가 있다. 이럴 경우 가까운 해남읍내에서 숙박하는 방법이 있다.

＊ 대흥사와 접하고 있는 유선관은 전통한옥으로 꾸며진 숙소로 일반 여관에서 숙박하는 것과는 또다른 체험이며 숙식이 가능하다. 영화와 방송을 통해 유명해진 곳이라 주말에는 예약이 필수적이다. (유선관: 전라남도 해남군 삼산면 구림리 799, 061-534-2959)

＊ 대흥사와 땅끝마을 주변에는 식당이 많지만 제대로 차려진 남도한정식을 맛보려면 해남읍내의 전통있는 식당을 찾는 것이 좋다.

＊ 강진과 해남 일대는 서울을 비롯한 중부지역에서 사는 사람들이 답사하려면 1박2일로는 일정이 매우 빠듯하다. 답사일정을 연장해 완도의 보길도까지 2박3일로 다녀보는 것도 권장할 만하다.

추가코스 : 강진과 해남 / 완도
땅끝 → 노화도(산양) 경유 → 보길도 고산 윤선도 유적지 → 숙박 → 예송리 해수욕장 → 노화도(동천항) → 완도(화흥포항) → 정도리 구계등(명승 제3호) → 장도 청해진 유적 → 해남 녹우당 → 귀가

＊ **주요 누리집**
대흥사 www.daeheungsa.co.kr　　땅끝마을 www.openland.or.kr

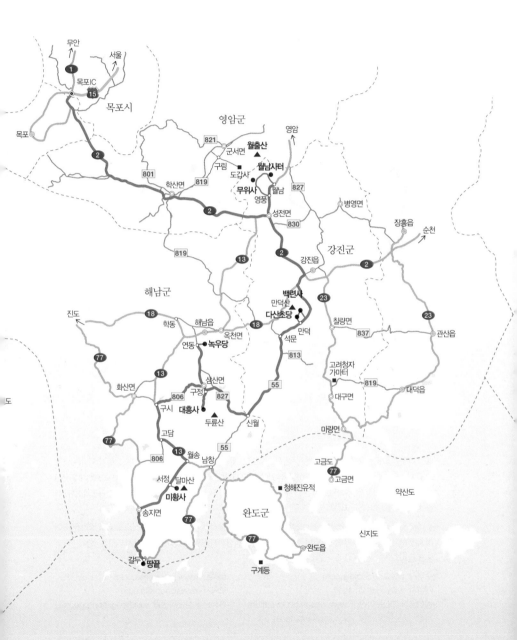

내포땅의 사랑과 미움—예산 수덕사와 가야산 주변

첫째날

13 : 00	당진-대전고속도로 고덕IC
13 : 10	예산 화전리 사면석불
13 : 30	출발
13 : 50	남연군 묘와 보덕사
14 : 50	출발
15 : 00	예덕상무사와 윤봉길의사 기념관
15 : 50	출발
16 : 00	수덕사와 정혜사
18 : 00	출발
18 : 10	덕산 숙소 도착

둘째날

09 : 00	출발
09 : 20	삽교 석조보살입상 (덕산 숙소 세심천 온천 뒤)
09 : 40	출발
10 : 00	홍성 이응노생가기념관
11 : 00	출발
11 : 20	해미읍성
12 : 00	점심
13 : 00	출발
13 : 20	개심사
14 : 30	귀가

＊예산·서산 일대는 경부고속도로, 천안-논산고속도로, 서해안고속도로, 당진-대전고속도로가 지나는 교통의 요지이므로 여러 지역에서 쉽게 찾아갈 수 있다. 따라서 위에 제시하는 답사동선에 예산 추사고택이나 서산 마애불, 보원사터 등을 추가해도 알찬 답사가 될 것이다. (예산 추사고택: 충청남도 예산군 신암면 용궁리 798 / 서산마애불, 보원사터: 충남 서산시 운산면 용현리)

＊수덕사 일대 사하촌에는 숙박시설이 많아 그리 불편하지는 않지만 가까운 덕산은 온천으로 널리 알려진 곳이며 깨끗하고 시설 좋은 숙박처가 많다. 정혜사나 덕숭산 정상까지 산행을 했다면 온천에서 피로를 씻을 만하다.

＊주요 누리집

수덕사 www.sudeoksa.com
개심사 www.gaesimsa.kr
예산군청 예산문화관광 www.yesan.go.kr/culture
서산시 서산문화관광 www.seosantour.net

정혜사 www.junghyesa.or.kr
보덕사 www.boduksa.com
홍성군 홍성문화관광 tour.hongseong.go.kr

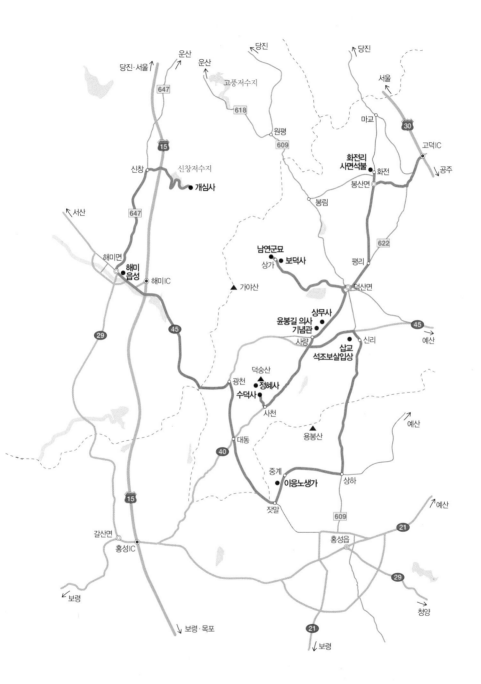

천년 서라벌을 걷다 ─ 경주 왕경과 남산

첫째날

13 : 00	경부고속도로 건천IC
13 : 10	여근곡 (건천읍 신평리 원신마을 입구)
13 : 20	출발
13 : 40	태종 무열왕릉과 서악동 고분군
14 : 10	출발
14 : 25	국립경주박물관
15 : 30	승용차는 국립경주박물관에 주차 후 도보로 출발
15 : 40	월정교, 월성, 계림, 첨성대, 임해전지(안압지)
17 : 00	출발
17 : 05	분황사와 황룡사터
17 : 50	출발
18 : 00	노동, 노서동 고분군
18 : 30	출발 및 숙소 도착

둘째날

08 : 30	출발
08 : 50	배리삼존불
09 : 00	출발
09 : 05	삼릉휴게소 도착
09 : 10	남산 종주 (삼릉 → 선각마애불 → 상사암 → 용장사터 → 신선암 마애불 → 남산 쌍탑)
14 : 10	출발
14 : 20	보리사
14 : 55	출발
15 : 00	탑곡 마애불
15 : 25	출발
15 : 30	불곡 감실부처
16 : 00	귀가

＊ 경주 남산 종주는 한나절 산행이 이어지고 출발지와 도착지가 다르니 자가용 이용보다는 단체답사가 적합하다.

＊ 경주 남산은 국립공원이라 산행 시 취사를 할 수 없다. 도시락과 음료수를 필히 지참해야 하며 산불방지기간에는 입산이 일부 통제될 수 있으니 답사 전 입산이 가능한지 확인해야 한다.

＊ 경주는 우리나라 최대의 관광도시답게 시내와 보문단지 주변에 다양한 숙박시설이 있다.

＊ 경주역을 비롯해 경주 여러 곳에서는 자전거를 대여해주는 곳이 있다. 남산 산행이 아닐 경우 대중교통을 이용해 경주로 와서 시내의 유적지를 자전거를 타고 돌아보는 것도 또다른 체험이다.

＊ 주요 누리집
　경주시청 경주문화관광 guide.gyeongju.go.kr　　신라문화원 www.silla.or.kr
　국립경주박물관 gyeongju.museum.go.kr

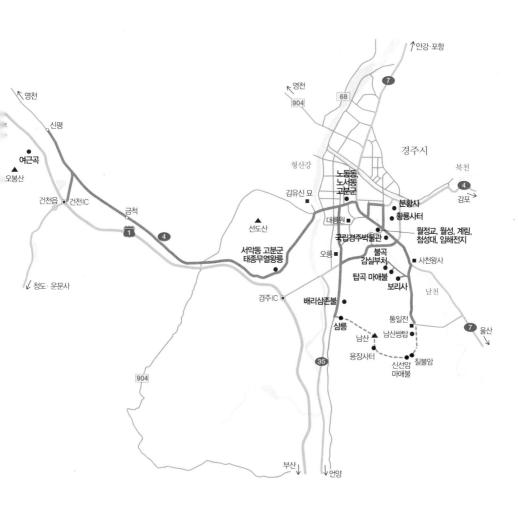

↑안강·포항

영천

904

68

7

경주시

영천

신평

북천

여근곡

형산강

4

오봉산

감포

건천읍 건천IC

금척

노동동
노서동
고분군

분황사
황룡사터

1

4

김유신 묘

선도산

대릉원

월정교, 월성, 계림,
첨성대, 임해전지

↓청도·운문사

서악동 고분군
태종무열왕릉

국립경주박물관

불곡
감실부처

사천왕사

오릉

탑곡 마애불

남천

보리사

경주IC

배리삼존불

통일전

7

울산

삼릉

남산쌍탑

남산

칠불암
마애불

용장사터

신선암
마애불

904

35

부산

↓언양

삼국유사의 현장 — 토함산과 동해구

첫째날

13 : 00 경부고속도로 경주IC
13 : 15 낭산 신문왕릉, 사천왕사, 선덕여왕릉
14 : 30 출발
14 : 40 괘릉
15 : 10 출발
15 : 20 영지
15 : 50 출발
16 : 15 신라역사과학관
17 : 00 출발
17 : 15 불국사
18 : 15 숙소(불국사관광단지)

둘째날

08 : 45 출발
09 : 00 석굴암
10 : 00 출발
10 : 15 장항리 절터
11 : 00 출발
11 : 20 감은사터
11 : 55 출발
12 : 00 대왕암과 이견대
          (점심식사)
13 : 15 출발
13 : 30 기림사
14 : 20 출발
14 : 50 진평왕릉
15 : 10 귀가

---

* 경주는 우리나라 최대의 관광도시답게 항시 관광객이 많지만 4월 초 벚꽃이 필 적이면 불국사로 가는 7번 국도와 보문단지 일대가 상춘객으로 몹시 혼잡하다. 또한 5월은 수학여행철이라 관광버스와 학생들로 붐빈다. 호젓한 답사를 원한다면 이 시기를 피하는 것이 좋다.

* 석굴암은 현재 보존을 위해 석굴 내부로 들어갈 수 없어 정작 석굴암답사 때는 석굴암을 자세히 살펴볼 수 없다. 석굴암의 이해를 위해서는 신라역사과학관 방문이 매우 큰 도움이 된다. (신라역사과학관 : 경북 경주시 하동 201, 054-745-4998)

* 새벽에 석굴암 일출을 보는 답사를 한다면 위에서 제시하는 답사일정에 골굴암을 더할 수 있다. 예) 기림사→골굴암→진평왕릉

* 주요 누리집
불국사 www.bulguksa.or.kr   기림사 www.kirimsa.com
석굴암 www.sukgulam.org   신라역사과학관 www.sasm.or.kr

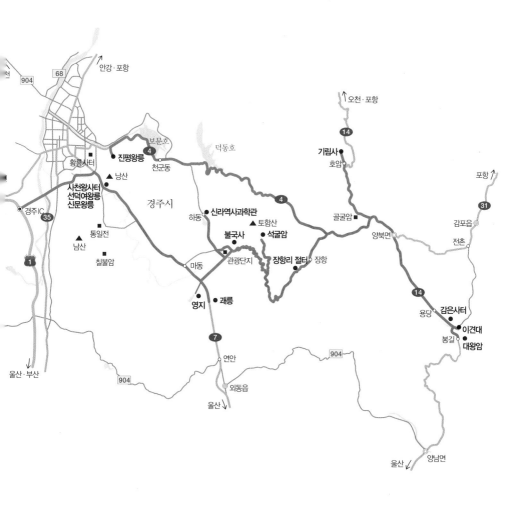

안강·포항
904
68
오천·포항
14
보문호
진평왕릉
4
덕동호
기림사
천군동
호암
포항
황룡사터
31
낭산
경주시
감포읍
사천왕사터
신라역사과학관
4
골굴암
선덕여왕릉
하동
토함산
전촌
신문왕릉
양북면
경주IC
불국사
석굴암
35
통일전
관광단지
장항리 절터
장항
남산
마동
1
칠불암
용당
감은사터
영지
괘릉
14
이견대
봉길
대왕암
7
울산·부산
연안
904
904
외동읍
울산
울산
양남면

오대산의 고찰과 관동지방의 폐사지

첫째날

13 : 00	영동고속도로 진부IC
13 : 20	월정사
14 : 20	출발
14 : 35	상원사 → 적멸보궁
16 : 00	출발(오대산휴게소 휴식 포함)
17 : 20	동해고속도로 북강릉IC
18 : 00	숙소(낙산도립공원)

둘째날

08 : 45	출발
09 : 00	낙산사
10 : 00	출발
10 : 20	진전사터
11 : 20	출발(국도 56번 휴게소에서 점심)
13 : 00	선림원터 입구 미천휴양림교 도착 →도보로 선림원터 출발
13 : 30	선림원터
14 : 30	도보로 미천휴양림교 출발
14 : 50	귀가

* 오대산의 고찰과 관동지방의 폐사지 답사코스는 오대산의 진고개와 설악산의 한계령에 걸친 백두대간을 넘나 드는 코스로 도로가 나 있긴 하지만 간혹 겨울철 큰눈이 내리면 교통이 통제되기도 한다.

* 오대산의 고찰과 관동지방의 폐사지 답사코스는 문화유산뿐만 아니라 빼어난 자연경관도 함께 누릴 수 있는 곳이다. 이곳의 자연경관은 사철 아름답지만 특히 봄, 가을이 빼어나다. 그러나 가을 단풍철에는 교통이 막히 기도 한다.

* 낙산사의 일출은 답사코스에서 따로 제시하지 않았다. 각자의 상황에 따라 개별답사를 권한다.

* 선림원터 답사를 마친 뒤 처음 출발지로 되돌아가는 경우 서울을 비롯한 수도권지역은 양양군 서면 서림리에 서 418번 지방도로를 이용해 인제군 진동계곡을 넘어가고, 강원도 남쪽 지역은 56번 국도를 계속 따라서 홍천 군 구룡령과 운두령을 넘어가는 것을 권한다. 이 길은 모두 뛰어난 자연경관이 함께 한다.

* **주요 누리집**

낙산사 www.naksansa.or.kr	월정사 www.woljeongsa.org
평창군 평창문화관광포털 www.yes-pc.net	양양군 양양관광 tour.yangyang.go.kr

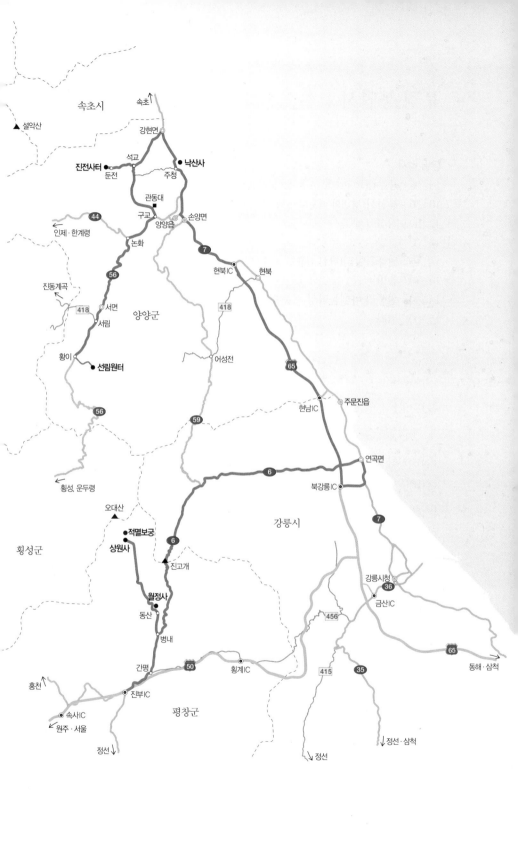

문경 봉암사

당일 답사

10 : 00   중부내륙고속도로 문경새재IC

10 : 30   봉암사(경내와 백운대 마애불)

12 : 00   점심식사

13 : 00   출발

13 : 45   연풍관아터(단원 김홍도 유적 / 연풍초등학교)

14 : 30   출발

14 : 40   원풍리 마애불좌상(이불병좌상)

15 : 00   귀가

＊봉암사는 음력 4월 초파일에만 일반인에게 개방된다. 따라서 답사도 초파일에만 다녀올 수 있다. (봉암사: 경북
  문경시 가은읍 원북리 485, 054-571-9088)

＊봉암사는 초파일 행사로 몹시 붐빈다. 식당을 미리 예약하지 않으면 식사하기가 힘들다. 초파일 행사로 절에서
  식사를 제공하나 역시 혼잡하기 때문에 일행이 모두 모여 식사하기는 힘들며 각자 해결해야 한다. 도시락을 준
  비하면 식사시간을 줄일 수 있으며 봉암사 입구에 있는 야유암(夜遊岩)과 '청풍명월 고산수장(淸風明月 山高水
  長)'의 암각글씨를 돌아볼 수 있는 시간이 생긴다.

＊주요 누리집
  봉암사 www.bongamsa.or.kr   괴산군청 www.goesan.go.kr

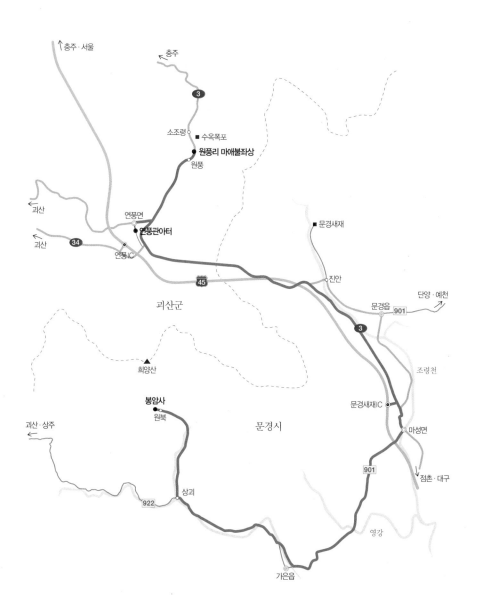

충주 · 서울

충주

3

소조령   ■ 수옥폭포

● 원풍리 마애불좌상

원풍

괴산

연풍면

■ 문경새재

연풍관아터

괴산

34

연풍IC

45

진안

단양 · 예천

괴산군

문경읍   901

3

희양산

조령천

봉암사

문경새재IC

원북

문경시

마성면

괴산 · 상주

점촌 · 대구

901

상괴

922

영강

가은읍

담양의 원림과 조계산 선암사

첫째날

13 : 00	호남고속도로 동광주IC
13 : 20	식영정, 환벽당, 취가정
	(지실마을과 가사문학관)
14 : 50	출발
15 : 00	소쇄원
15 : 45	출발
16 : 00	명옥헌
16 : 55	출발
18 : 00	숙소(선암사 입구)

둘째날

08 : 40	출발
09 : 00	선암사
10 : 30	출발
11 : 00	낙안읍성
11 : 50	출발
12 : 00	점심: 벌교 홍교와 보성여관
	(소설 『태백산맥』의 무대)
13 : 00	출발
13 : 30	순천 고인돌 공원
13 : 50	출발
14 : 05	송광사
15 : 00	귀가

＊ 담양의 원림과 정자문화답사는 배롱나무꽃이 피는 한여름철이 좋지만 이때는 광주를 비롯한 인근 지역의 피서객이 몰려 혼잡하다.

＊ 선암사는 사철 뛰어난 경관을 자랑하지만 특히 3월 중순경 선암사 일대에서 피어나는 매화꽃이 장관을 이룬다. 선암사에는 무우전 백매와 무우전 홍매가 천연기념물로 지정되었으며 인근 낙양읍성과 송광사에도 오래된 고매가 많아 봄철 선암사 일대를 답사하려면 이 시기를 택해 탐매여행과 함께하는 것을 권한다. (선암사: 전남 순천시 승주읍 죽학리 산 802, 061-754-5247)

＊ 주요 누리집

선암사 www.seonamsa.net
담양군 담양문화관광 tour.damyang.go.kr
한국가사문학관 www.gasa.go.kr

송광사 www.songgwangsa.org
순천시 관광순천 tour.suncheon.go.kr
소쇄원 www.soswaewon.co.kr

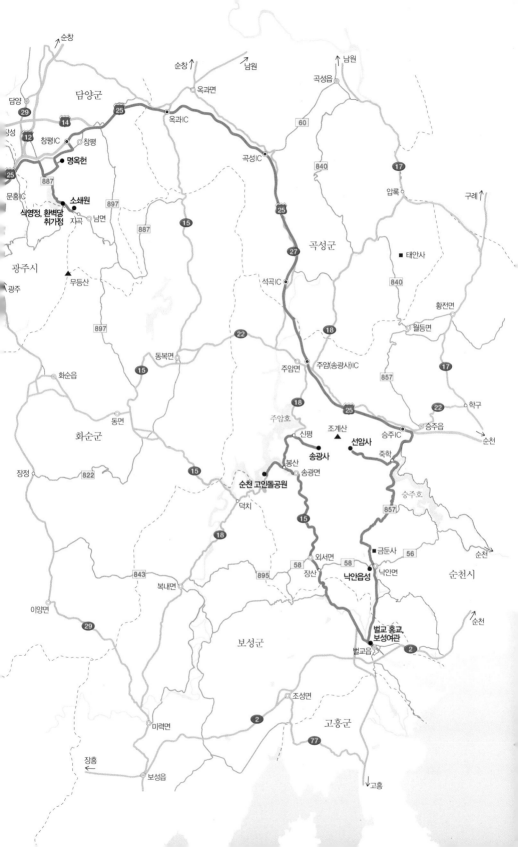

고창 선운사와 변산반도 일주

첫째날

13:00 서해안고속도로 고창IC
13:20 모양읍성과 신재효 고택
      (판소리 박물관)
14:30 출발
14:40 고창 도산리 탁자식 고인돌
15:10 출발
15:00 고창 상갑리 고인돌군
15:30 출발
16:00 선운사 → 도솔암과 낙조대
18:30 숙소(선운사 입구)

둘째날

08:40 출발
09:00 미당 서정주 시문학관과
      안현(벽화)마을
09:50 출발
10:30 내소사
11:30 출발
12:00 채석강 도착, 점심식사
13:00 출발
13:15 수성당
13:45 출발
14:20 구암리 고인돌군
14:40 부안 동문안 당산
15:00 귀가

＊ 고창 선운사와 변산반도 일주답사는 출발지에 따라 위에서 제시하는 역순으로도 할 수 있다.

＊ 선운사 도솔암까지는 승용차가 다닐 수 있으나 시간을 넉넉히 잡고 걸어서 다녀오는 것도 좋다.(선운사: 전라북
  도 고창군 아산면 삼인리 500, 063-561-1422)

＊ 선운사 동백은 4월 말까지 볼 수 있다. 그러나 동백군락은 보호림으로 지정되어 숲속으로 들어갈 수 없다. 9월
  말부터 10월 초순까지는 선운사 주변으로 상사화가 만개하고 10월 말에는 미당 서정주 문학관 주변에서 국화
  축제가 열린다.

＊ 주요 누리집
  미당 서정주 문학관(미당시문학관) www.seojungju.com   고창군문화관광 culture.gochang.go.kr
  부안군문화관광 www.buan.go.kr/02tour   판소리박물관 www.pansorimuseum.com

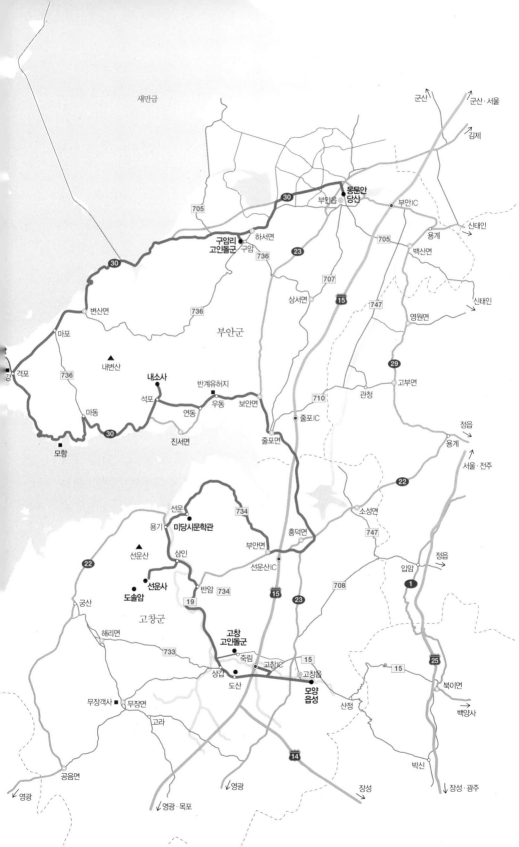

본문 사진

김대벽   320면, 321면

김성철   21면, 29면, 34면, 37면, 42면, 59면, 61면, 78면, 85면, 99면, 100면, 106면, 113면,
         122면, 123면, 126면, 138면, 144면, 148면, 152면, 156면, 166면, 169면, 183면,
         184면, 201면, 204면, 207면, 208면, 217면, 268면, 270면, 286면, 290면, 294면,
         295면, 311면, 317면, 324면, 338면, 345면, 348면, 354면, 360면, 364면, 366면,
         371면, 381면, 398면, 410면

김효형   222면, 240면, 314면, 376면, 428면

낙산사   405면, 417면, 426면

손용석   234면

유물 소장처

간송미술관 111면, 406면, 419면 / 개인 소장(「동국여지지도」) 90면 / 개인 소장(「윤두서 자화
상」) 88면 / 고려대학교 박물관 68면 / 국립경주박물관 178면, 180면, 214면 / 성균관대학
교 박물관 278면, 291면 / 아모레퍼시픽 미술관 105면 / 일본 다이또꾸지 409면 / 일본 지
온인 33면 / 제주추사관 393면

나의 문화유산답사기 1

남도답사 일번지

초판 1쇄 발행 1993년 5월 20일
초판 23쇄 발행 1994년 6월 10일
개정1판 1쇄 발행 1994년 7월 11일
개정1판 85쇄 발행 2010년 12월 20일
개정2판 1쇄 발행 2011년 5월 11일
개정2판 41쇄 발행 2025년 1월 13일

지은이 / 유홍준
펴낸이 / 염종선
책임편집 / 박영신
디자인 / 디자인 비따 김지선 장민정
펴낸곳 / (주)창비
등록 / 1986년 8월 5일 제85호
주소 / 10881 경기도 파주시 회동길 184
전화 / 031-955-3333
팩시밀리 / 영업 031-955-3399 편집 031-955-3400
홈페이지 / www.changbi.com
전자우편 / nonfic@changbi.com

ⓒ 유홍준 1993, 1994, 2011
ISBN 978-89-364-7201-6 03810
      978-89-364-7973-2(세트)